Lucy Clarke

Das Haus am Rand der Klippen

PIPER

Zu diesem Buch

»Ich stoße mich ab und paddle vom Ufer fort. Das bitterkalte Meer umschlingt mich und löscht jeden Gedanken aus. All meine Konzentration richtet sich auf meinen Atem. Ich schmecke das Salz auf den Lippen und fühle das angenehme Beißen auf der Haut. Als ich mich zum Haus umdrehe, sehe ich, dass ich in meinem Arbeitszimmer das Licht angelassen habe. Ich kann direkt hineinblicken. Der leere Schreibtisch blickt zurück. Einen Moment lang sieht es so aus, als würde jemand durch das Zimmer gehen. Ich blinzle gegen das Salzwasser an und sehe noch einmal hin. Ein Lichteffekt natürlich. Eine sonderbare Spiegelung, denn der Schatten ist verschwunden.«

Elle Fielding erfüllt sich mit dem Haus auf den Klippen ihren Lebenstraum. Doch kaum hat sie es bezogen, häufen sich die rätselhaften Vorkommnisse. Elle ist überzeugt, dass jemand versucht, sie in den Wahnsinn zu treiben. Doch kann sie ihrem Verstand trauen?

Lucy Clarke studierte Englische Literatur an der Universität von Cardiff, bevor sie sich ganz ihrer Karriere als Schriftstellerin widmete. Sie ist mit einem professionellen Windsurfer verheiratet, mit dem sie zwei Kinder hat und die Liebe zum Meer teilt. Den Sommer verbringen sie an der Südküste Englands, den Winter in fernen, exotischen Ländern. Ihre Romane erobern auf der ganzen Welt die Bestsellerlisten.

Lucy Clarke

DAS HAUS AM RAND DER KLIPPEN

Roman

Aus dem Englischen
von Claudia Franz

PIPER

Mehr über unsere Autoren und Bücher:
www.piper.de

Wenn Ihnen dieser Roman gefallen hat, schreiben Sie uns unter Nennung des Titels »Das Haus am Rand der Klippen« an *empfehlungen@piper.de*, und wir empfehlen Ihnen gerne vergleichbare Bücher.

Von Lucy Clarke liegen im Piper Verlag vor:
Die Landkarte der Liebe
Der Sommer, in dem es zu schneien begann
Das Haus, das in den Wellen verschwand
Die Bucht, die im Mondlicht versank
Das Haus am Rand der Klippen

Ungekürzte Taschenbuchausgabe
ISBN 978-3-492-31666-8
November 2020

Titel der englischen Originalausgabe:
»You let me in«, HarperCollinsPublishers, London 2018

erschienen im Verlagsprogramm Paperback
Redaktion: Ilse Wagner
Umschlaggestaltung: FAVORITBUERO, München
Umschlagabbildung: Nikki Smith / arcangel; Shutterstock.com
Satz: Kösel Media GmbH, Krugzell
Gesetzt aus der Galliard
Druck und Bindung: CPI books GmbH, Leck
Printed in the EU

Prolog

Ich möchte Ihnen einen Rat geben. Es handelt sich um eine Kleinigkeit. Viele von Ihnen wird es gar nicht betreffen – aber es ist wichtig.

In meinem Fall hat es alles verändert.

Es geht um Folgendes: Wenn Sie in Erwägung ziehen, jemandem Ihr Haus zu überlassen, halten Sie kurz inne. Denken Sie nach.

Denken Sie darüber nach, was es bedeutet, einem Fremden – oder mehreren – Ihren Hausschlüssel anzuvertrauen.

Denken Sie darüber nach, dass diese Fremden durch Ihr Haus wandern und die Hand in eine Schublade stecken könnten; Finger könnten über die Kleider in Ihrem Schrank streichen; man könnte Ihren Badezimmerschrank öffnen und seinen Inhalt begutachten.

Denken Sie darüber nach, woran der Blick hängen bleiben könnte: an den Fotos von Ihnen und Ihrer Familie, die an den Wänden hängen. An dem Küchenkalender, der Ihre Pläne preisgibt. An der Mappe, die Sie auf dem Boden einer Truhe verwahren.

Denken Sie daran, dass diese Personen in Ihrem Bett liegen werden; die Matratze wird sich ihren warmen Körpern anpassen; winzige Hautpartikel werden an Ihren Laken hängen bleiben; feuchter Atem wird über Ihr Kopfkissen streichen.

Was werden die Fremden noch hinterlassen?

Was werden sie noch entdecken?

1 Elle

Was im ersten Kapitel deines Romans geschieht, sollte wie ein Pfeil auf das letzte zielen.

Die Schriftstellerin
Elle Fielding

In der Kurve der schmalen Straße verlangsame ich das Tempo und spüre, wie der Wagen über Furchen und Rinnen holpert; unter den Rädern spritzt Kies auf.

Während die Straße immer weiter ansteigt, recke ich mich und versuche, über die Hecke hinweg einen Blick aufs Meer zu erhaschen. Im gedämpften Licht der Abenddämmerung sehe ich die Schaumkronen auf dem Wasser, sehe, wie sich das Meer im Wind kräuselt. Mein Atem beruhigt sich allmählich.

Ich schalte das Radio aus, weil ich nicht möchte, dass mir die Stimme des Moderators den nächsten Moment verdirbt. Den gesamten Weg von London nach Cornwall über habe ich mich darauf gefreut.

Als ich um die Ecke biege, liegt es vor mir: das Haus am Rand der Klippen, das wie ein Versprechen am Ende des Weges auf mich wartet.

Nachdem ich in die Einfahrt gebogen bin, drehe ich den Zündschlüssel um und bleibe einen Moment sitzen, lausche dem Geräusch des tickenden Motors.

Es fühlt sich immer noch vollkommen unwirklich an, dass dies der Ort sein soll, an dem ich leben werde.

Bei meinem ersten Treffen mit dem Architekten hatte ich keinerlei konkrete Vorstellungen von dem Haus, abgesehen von der Anzahl der Zimmer und meinem Wunsch nach einem Platz zum Schreiben. In den darauffolgenden Monaten verwoben sich die unzusammenhängenden Ideen zu der Vision, die nun mit ihren drei Stockwerken auf die windgepeitschte Bucht hinabschaut.

Das Haus ist taubengrau gestrichen und hat große Fenster mit Naturholzrahmen. »Modern interpretierte Küstenarchitektur«, hat der Architekt gesagt. Ich bin froh, dass die Holzverschalung schon ein wenig von ihrer kruden Neuheit verliert und die salzige Luft an den Fenstern nagt. Die Strenge der Fassade muss allerdings noch ein wenig abgemildert werden. Vielleicht sollte ich eine Glyzinie um den Eingang ranken lassen – falls sie den kräftigen Seewind verträgt.

Ich habe noch nie in einem eigenen Haus gelebt. Oder in einer eigenen Wohnung. Mit meiner Mutter und meiner Schwester habe ich immer zur Miete gewohnt. Wörter wie »Haus« oder »Hypothek« waren etwas für andere, nicht für uns.

Der Seewind reißt die Wagentür auf, als ich aussteige. Mein Kleid bläht sich und bleibt an meinen Oberschenkeln kleben.

Unter meinen Füßen knirscht der Kies, als ich die Einfahrt überquere. Nachdem ich den Koffer auf die steinerne Türschwelle gehievt habe, krame ich in den Tiefen meiner Handtasche nach dem Hausschlüssel. Ich gehöre zu den Leuten, die immer zu viel mit sich herumschleppen: Portemonnaie, Handy, Stifte, einen Roman, mein Notizbuch.

Ein Notizbuch ist immer dabei.

Als ich den Schlüssel ins Schloss stecke, zögere ich.

Es hat etwas Beklemmendes, nach Hause zu kommen,

wenn Fremde dort gewohnt haben. Meine Entscheidung, das Haus über Airbnb zu vermieten, hat mir in den zwei Wochen in Frankreich keine Ruhe gelassen; gleich zwei Mal bin ich auf der Suche nach einem Funknetz auf die Dachterrasse des Bauernhauses gestiegen. Gott sei Dank haben die Mieter keinerlei Hilferufe ausgesandt, und meine Schwester auch nicht.

Als ich auf der Schwelle stehe, beschleicht mich das ungute Gefühl, dass ich die Mieter noch antreffen könnte. Die Mutter – eine attraktive Frau mit einer teuren Frisur, wie ich dem Airbnb-Profil entnehmen konnte – könnte an meinem eckigen Spülbecken stehen und mit ihren blassen Händen einen Plastikbecher unter das fließende Wasser halten. Hinter ihr sehe ich ein Kind in einem Kinderstühlchen sitzen und sich mit pummeligen Fingern Erdbeeren in den Mund stopfen. Am Küchentresen steht der Vater und schneidet Toastbrot in kleine Stücke; er wird sie auf einer meiner Steingutplatten anrichten, bevor er sie zu einem drei-, vierjährigen Mädchen trägt, das sie sorgsam mit der Fingerspitze abzählen wird.

Musik ist zu hören. Stimmen und Gelächter. Der Ausfallschritt von Eltern, die über ein Spielzeugauto herumgehen. All der Lärm und die Energie und die Bewegung, die von einer Familie ausgehen, erfüllen mein Haus.

Mein Herz zieht sich zusammen: Es sollte meine Familie sein.

Als ich die Haustür öffne, bemerke ich sofort, dass es anders riecht. Erdig, feucht, vermischt mit den Gerüchen einer anderen Küche.

Der Wind zerrt an der Tür und lässt sie mit einem bedrohlichen Knall hinter mir ins Schloss krachen.

Dann Stille.

Niemand, dem ich etwas zurufen könnte. Niemand, der mich begrüßt.

Ich lege meine Handtasche auf die Eichenbank neben die ordentlich aufgestapelte Post. Als mein Blick auf die Rechnung ganz oben fällt, schaue ich schnell weg. Ich schlüpfe aus den Schuhen und gehe barfuß in die Küche.

Meer und Himmel füllen die Fenster. Selbst in der Abenddämmerung ist das Licht unglaublich. Zwei Möwen lassen sich sorglos in der Brise treiben, über der schäumenden See. Das ist der Grund, warum ich mich in dieses Haus verliebt habe, ursprünglich ein Fischerhaus, das seit den Sechzigerjahren nicht mehr renoviert wurde.

Irgendwo habe ich mal gelesen, die Schönheit des Meerblicks bestehe darin, dass das Meer sich unentwegt verändert und niemals gleich ist. Ich weiß noch, dass ich den Satz für übertrieben hielt. Dabei ist er wahr.

Ich reiße den Blick vom Wasser los und schaue mich in der Küche um. Die lange Granitplatte ist geputzt und aufgeräumt. Unter einem Tontopf mit Basilikum steckt ein Zettel. Die Handschrift meiner Schwester. Ich lese:

> Willkommen daheim! Alles lief bestens mit Airbnb. Komm auf ein Glas Wein rüber, wenn du dich wieder eingelebt hast. Fiona x

Ich habe sie vermisst. Und Drake auch. Ich werde sie morgen besuchen, dann können wir am Strand spazieren gehen oder irgendwo zu Mittag essen, in einem Pub mit Spielecke, damit Drake herumlaufen kann.

Im Moment reichen meine Kräfte nur noch aus, um mir ein Buch zu schnappen und ein langes Bad zu nehmen.

Ich hole ein Glas aus dem Regal. Als ich es unter den Wasserhahn halten will, bewegt sich etwas an meinen Fingerspitzen, und ich lasse es in die Spüle fallen. Eine Spinne mit dicken Beinen krabbelt zwischen den Scherben hervor und hockt sich in den Ausguss.

Mich fröstelt. Spinnen bewegen sich so eigentümlich ruckartig mit den vielgliedrigen Beinen. Mit einem Seufzer mache ich mich daran, die Spinne aus dem Haus zu entfernen. Ich fange sie mit einem anderen Glas ein und gehe zur Haustür.

Ich steige barfuß die Treppe hinunter. Die Steinplatten sind eiskalt. Als ich auf den Kies trete, zucke ich zusammen, gehe aber die Einfahrt bis zum Ende. Dieses Mistvieh wird nicht in mein Haus zurückkehren. Ich stelle das Glas hin, stoße es mit dem Fuß um und springe schnell zurück. Ein paar Sekunden lang verharrt die Spinne reglos, dann eilt sie in einem Gewirr schwarzer Beine davon.

Ich mache gerade rechtzeitig kehrt, um noch zu sehen, wie die Haustür von einer Böe zugeknallt wird.

»Nein!« Ich laufe den Weg zurück, packe den Türgriff und rüttele vergeblich daran, schlage mit den Händen gegen die Tür. Ich bin wütend auf mich selbst.

Meine Handtasche steht auf der Eichenbank, Schlüssel und Handy befinden sich im Reißverschlussfach. Meine Jacke hängt am Haken. *Idiotin!*

Fiona hat einen Ersatzschlüssel, aber ihr Haus liegt einen Fußmarsch von einer halben Stunde entfernt. Barfuß und ohne Jacke kann ich den Weg im November nicht bewältigen; vermutlich wäre ich erfroren, bevor ich dort ankäme.

Ich schaue über die Schulter zu dem Bungalow, der hinter meinem Haus auf der Klippe kauert, dem einzigen anderen Haus hier. Es gehört Frank und Enid, einem Paar im Ruhestand, das seit dreißig Jahren dort lebt.

Ich weiß noch, wie ich zum ersten Mal auf ihre Haustür zugegangen bin, Hand in Hand mit Flynn, erfüllt von der Vorfreude, dass wir, die frischgebackenen Hausbesitzer, nun unsere *Nachbarn* treffen sollten. Das fühlte sich so unfassbar erwachsen an, dass ich mir wie im Theater vorkam. Frank empfing uns ziemlich barsch und betrachtete uns prüfend. Enid wiederum verbreitete Hektik, weil sie unsicher war, ob ihr der Tee gelungen war, und weil das Geschirr vom Frühstück noch in der Spüle stand. Da Flynn ein Talent dafür hat, locker und entspannt auf Menschen zuzugehen, hatten wir aber am Ende des Besuchs Freundschaft geschlossen.

Mit den Besuchen ist es mittlerweile vorbei. Ich bin schon seit Monaten nicht mehr bei den beiden gewesen. Wenn wir uns auf der einspurigen Straße begegnen, sorgt Frank dafür, dass immer ich es bin, die in eine Ausweichbucht zurücksetzen muss; und wenn er mich beim Herausrollen der Mülltonnen sieht, wendet er demonstrativ den Blick ab.

Voller Unbehagen überquere ich die Straße und lege mir die Worte für mein Anliegen zurecht.

Die Haare wehen mir ins Gesicht, und ich versuche sie mit einer Hand festzuhalten. Als ich gerade auf den Klingelknopf drücken will, öffnet sich die Haustür, ein Mann tritt heraus und wirft sich eine schwarze Lederjacke über die Schulter.

Er bleibt wie angewurzelt stehen und starrt mich mit tief liegenden Augen an.

»Oh, hallo«, sage ich überrascht. »Ich bin Elle, Ihre Nachbarin.«

Durch einen Vorhang dichter, dunkler Haare huscht sein Blick zu meinem Haus hinüber. Seine Gesichtszüge verändern sich, spannen sich an. Er dürfte ein paar Jahre jünger sein als ich, Ende zwanzig vielleicht; an seinen Augenwinkeln bilden sich die ersten feinen Fältchen, und sein Kinn ist mit Stoppeln übersät.

»Die Schriftstellerin.« Irgendetwas an seinem Tonfall lässt es wie einen Vorwurf klingen.

»Genau. Und Sie müssen Franks und Enids Sohn sein.«

»Mark.«

Richtig. Die beiden hatten mal einen Sohn erwähnt – als wir uns noch alle gut verstanden haben. Ich glaube, Enid sagte, dass er Cornwall wegen der Arbeit verlassen habe, aber an weitere Details kann ich mich nicht erinnern.

»Es geht um Folgendes, Mark. Ich hatte ein Problem mit einer Spinne … Ich wollte sie von meinem Grundstück verscheuchen, als überraschend Wind aufkam und meine Haustür zugeknallt hat. Dummerweise sind mein Schlüssel und mein Handy im Haus.«

Sein Blick wandert über meinen Körper, über das blassblaue Sommerkleid und die braun gebrannten Beine, um dann auf meinen nackten Füßen mit den perlmuttfarben lackierten Nägeln liegen zu bleiben. Unwillkürlich möchte ich mich rechtfertigen: *Normalerweise trage ich im November nicht solche Kleider. Ich bin gerade erst vom Flughafen gekommen. Ich …*

»Ihre Schuhe.«

Ich blinzle.

»Ihre Schuhe sind auch im Haus.«

»Ach so, klar. In der Tat.« Ich verschränke die Arme vor der Brust. »Würde es Ihnen etwas ausmachen, wenn ich meine Schwester von Ihrem Telefon aus anrufe? Sie hat den Ersatzschlüssel.«

Er zögert einen Moment, dann tritt er zur Seite und hält mir die Tür auf. Ich gehe an ihm vorbei in den schmalen Flur.

Der Geruch von gebratenen Zwiebeln hängt in der Luft, außerdem etwas Beißendes. *Gras,* registriere ich und verspüre eine warme Welle der Erinnerung.

»Sind Enid oder Frank zu Hause?«

»Nein.« Mit einem dumpfen Geräusch schließt Mark die Tür und bleibt davor stehen.

Unruhe befällt mich. Ich muss immer wissen, wo ein Ausgang ist, muss ständig darüber nachdenken, wie ich einen Raum oder ein Gebäude verlassen kann, ein offenbar unauslöschlicher Zwang, der während meines Studiums ausgelöst wurde. Mein Blick wandert zum Schloss: ein Yale-Schloss. Kein Schlüssel an der Innenseite der Tür.

»Sind Sie für ein paar Tage zu Besuch? Sie leben in London, nicht wahr?«, frage ich und gebe mir Mühe, mit einem freundlichen Tonfall das erste Zittern der Angst zu überspielen. »Was tun Sie eigentlich dort? Ich glaube, Ihre Mutter hat mal etwas von Computern gesagt, oder bilde ich mir das nur ein?«

»Warum sollten Sie sich das einbilden?«

Ich spüre, dass ich mich unter seinem Blick unbehaglich winde. Mit meinen dreiunddreißig Jahren habe ich es nicht nötig, ihm zu gefallen. Ich brauche einfach nur sein Telefon.

Es steht auf einem altmodischen Telefontischchen unter einem Spiegel mit Messingrahmen. »Dürfte ich wohl?«

»Funktioniert nicht.«

»Haben Sie ein Handy?«

Er zögert, bevor er in seine Tasche greift und es herausholt. Nachdem er den Code eingetippt hat, hält er es mir hin. Es gibt einen kurzen Moment des Widerstands, nicht länger als eine halbe Sekunde, in dem er es festhält, als ich es entgegennehmen will.

Ich krame in meinem Gedächtnis nach Fionas Nummer. Ich möchte nicht aufschauen, aber ich bin mir sicher, dass Mark mich beobachtet. Meine Wangen werden heiß.

»Jetzt fällt mir doch glatt ihre Nummer nicht ein. Früher kannte ich sämtliche Telefonnummern auswendig, aber mittlerweile sind sie ja alle im Handy gespeichert, nicht wahr?«

Er schweigt.

Ich räuspere mich und beginne zu tippen, und plötzlich ist

der Rhythmus der Nummer wieder da. Erleichtert halte ich das Handy ans Ohr und höre es klingeln. Ich bete stumm, dass Fiona da sein möge.

Das Leder von Marks Jacke knarrt, als er sich an die Tür lehnt und auf die Uhr schaut.

»Ja?«, flüstert Fiona. Vermutlich schläft Drake in der Nähe.

»Ah, Gott sei Dank, dass du rangehst! Ich rufe von einem fremden Handy aus an. Hör zu, ich habe mich ausgesperrt. Sag bitte, dass du den Ersatzschlüssel hast. Und dass du zu Hause bist.«

»Ich bin zu Hause. Und ich habe den Ersatzschlüssel.«

»Kannst du kommen? Ich könnte mich aber auch in ein Taxi setzen, wenn Drake schon im Bett ist.«

»Bill ist da, also kann ich kommen. Dann erspare ich mir auch das Theater im Badezimmer.«

»Super. Perfekt. Danke.«

»Von wessen Handy rufst du denn an?«

»Das erzähle ich dir später.«

Ich kann mir vorstellen, was für eine Miene Fiona zieht, wenn sie Bill mitteilt, dass sie sofort losfahren muss, um ihrer Schwester zu helfen – wieder einmal. Fiona würde sich niemals aussperren. Zweifellos hat sie Vorkehrungen getroffen, indem sie Ersatzschlüssel versteckt oder an ein ganzes Netz von Nachbarn verteilt hat.

Ich gebe Mark das Handy zurück. »Meine Schwester ist auf dem Weg. Es wird nur zehn Minuten dauern.«

Einen Moment lang herrscht Schweigen, dann sagt Mark: »Ich bin schon spät dran.«

»Sie … Sie wollen, dass ich draußen warte?«

Statt zu antworten, öffnet er den Einbauschrank unter der Treppe und kramt eine Weile darin herum. Schließlich dreht er sich wieder um und hält mir eine violette Damen-Fleecejacke hin.

Dann öffnet er die Haustür. Die Idee, dass ich vielleicht auch gerne Schuhe hätte, kommt ihm nicht in den Sinn. Ich trete auf die eiskalte Betonschwelle und stelle fest, dass sich mittlerweile die Nacht herabgesenkt hat.

Als ich in die Ärmel schlüpfe, steigt mir ein muffiger Lavendelgeruch in die Nase. »Ich bringe sie später zurück.«

Mit einem Schulterzucken tritt er an mir vorbei und zieht die Tür hinter sich zu.

Ein schwarzes Motorrad parkt am Rand des Grundstücks. Fast muss ich lachen. Natürlich fährt er Motorrad! Ich schaue zu, wie er den Helm aufsetzt, in den Sattel steigt und den Motor hochjagt.

Als ich durch die Einfahrt gehe, bin ich dankbar, dass der Bewegungsmelder anspringt. Ich setze mich auf die Vortreppe und spüre, wie die Eiseskälte der Steinplatte in meine Knochen dringt.

»Beeil dich«, murmle ich und sehe es förmlich vor mir, wie meine Schwester steif hinter dem Lenkrad hockt und sich strikt an die Geschwindigkeitsbegrenzungen hält.

Ich wickle mich enger in die Fleecejacke und ziehe die Schultern bis an die Ohren hoch.

Hinter mir spüre ich das Haus, lauernd, leer. Unwillkürlich frage ich mich, ob es mich dafür bestrafen will, dass ich es alleingelassen habe – wie Hunde, die ihre Besitzer einfach ignorieren, wenn die sie aus dem Tierheim wieder abholen wollen.

Das Licht des Bewegungsmelders erlischt, und ich sitze zitternd in der Dunkelheit.

Vorher

Ein einspuriges Sträßchen gräbt sich zwischen den hohen Hecken hindurch und windet sich zu den Klippen hinauf.

»Es liegt ganz am Ende«, teile ich dem Taxifahrer mit.

Die Einfahrt ist mit grau-weißen Kieselsteinen bedeckt, die zweifellos auf den Außenanstrich und die Naturholzverschalung abgestimmt sind.

Das Haus liegt eindrucksvoll hoch oben auf den Klippen. Stahlträger sind in den Felsen getrieben, sodass die dem Meer zugewandte Seite frei über dem Abgrund zu hängen scheint. Der Kontrast zwischen der einladenden Schlichtheit des Hauses und den dunklen Schatten der zerklüfteten Felsen ist eine kaum zu überbietende architektonische Attraktion.

»Hübsches Plätzchen haben Sie hier«, sagt der Taxifahrer, als der Wagen mit knirschenden Reifen zum Stehen kommt.

»Das kann man wohl sagen«, antworte ich mit einem verstohlenen Lächeln.

Ich zahle und gebe mehr Trinkgeld als nötig.

Ich trage meine Reisetasche zur Haustür, stelle sie auf die steinerne Schwelle und warte, bis der Taxifahrer auf dem Kiesweg gewendet hat und wieder im Tunnel der Hecken verschwunden ist. Dann begebe ich mich zum Rand des Grundstücks, wo sich, wie in der Mail beschrieben, in einem diskret eingezäunten Bereich die Mülltonnen befinden.

Ich ziehe die grüne Altglastonne zur Seite und höre das Klirren der Flaschen darin. Unter der Tonne liegt ein großer Kieselstein. Vorsichtig hebe ich ihn an wie ein Kind, das jeden Stein umdreht, um vielleicht Asseln oder Käfer darunter hervorhuschen zu sehen.

Da ist er: der Hausschlüssel.

Ich stelle die Mülltonne wieder zurück und gehe über die

Einfahrt zum Haus. Meine Fingerspitzen berühren die solide Holztür, deren graugrüne Farbe dem Meer abgeschaut ist. Kurz halte ich inne. Mir ist bewusst, was für ein bedeutender Moment dies ist; er umfängt mich und lässt mein Herz schneller schlagen.

Ich schaue über die Schulter, um sicherzugehen, dass mich niemand beobachtet. Dann hole ich tief Luft und stecke den Schlüssel ins Schloss.

2 Elle

»Gott sei Dank, dass du da warst«, sage ich und schenke Fiona Wein nach, bevor ich mich aufs Sofa zurücksinken lasse.

»Was, wenn ich nicht da gewesen wäre?«

»Sonst hat nur Flynn einen Schlüssel.«

»Er hat immer noch einen Schlüssel?«

Ich zucke mit den Schultern. »Es käme mir kleinlich vor, ihn zurückzufordern.«

Fiona sagt nichts, das muss sie auch nicht. Ihre Augenbrauen – dunkel und stark gewölbt – sprechen für sie.

»Wie hat es Drake bei Bills Eltern gefallen?«, erkundige ich mich. »Ich habe ihn vermisst. Vielleicht kann er ja dieses Wochenende zu mir kommen. Ich habe ihm auch etwas Leckeres mitgebracht.«

»Er braucht erst einmal Entzug von allem, was schön und lecker ist. Bills Eltern haben ihn jeden Tag zwei Stunden lang Zeichentrickfilme schauen lassen – und sind jeden Nachmittag mit ihm in die Eisdiele gegangen. Ich bin fast überrascht, dass er sich nicht adoptieren lassen wollte.«

»Du musst ihn vermisst haben.«

»Soll das ein Witz sein? Ich hab ausgeschlafen. Ich musste nicht kochen. Ich hab mehr Arbeit erledigen können als in den ganzen letzten Monaten zusammen. Ich hab mich schon erkundigt, ob wir das nicht jedes Jahr so machen können.«

»Wirklich?« Nun ziehe ich meinerseits eine Augenbraue hoch. Drake ist gerade erst zwei Jahre alt geworden, und es war das erste Mal, dass er länger als eine Nacht von zu Hause fort war. Bill hat die Woche bei seinen Eltern in Norfolk in monatelangen Verhandlungen vorbereitet.

»Und wie war es bei dir? Wie war es in Frankreich?«

»Oh, gut.« Man hat mich als Gastrednerin zu einem Schreibseminar eingeladen. Ich habe lang hin und her überlegt, ob ich die Einladung annehmen soll, da der Abgabetermin für mein eigenes Buch näher rückt. Andererseits war das Seminar so gut bezahlt, dass ich es kaum ausschlagen konnte. »Wir waren in einem überwältigenden Bauernhaus mitten in der Pampa untergebracht. Es gab sogar einen Swimmingpool. Ich bin jeden Morgen geschwommen.«

»Wenn du weniger wiegst als vorher, hast du nicht genug Käse gegessen.«

»Ich habe schon zum Frühstück Käse gegessen.«

»Brav«, sagt Fiona und trinkt einen Schluck Wein. »Und wie waren die anderen so?«

»Interessant, intelligent, leidenschaftliche Leseratten. Manche vielleicht ein wenig verbissen. Gnadenlose Wortklauber. Und pünktlich um zehn im Bett.« Ich halte kurz inne. »Die hätten dir gefallen.«

Fiona lacht – dieses Lachen, das ich so sehr liebe, laut und unbekümmert.

»Möglich. Haben sie auch Merkzettel mit unter die Dusche genommen?«

Als sich Fiona auf die Schulprüfungen vorbereitete, hat sie ihre Merkzettel immer in Plastikhüllen gesteckt, damit sie unter der Dusche weiterlernen konnte. Sie ist schon immer diejenige gewesen, die ihr Ziel klar vor Augen hatte und gnadenlos verfolgte.

»Dabei habe ich niemanden ertappt.«

»Und was ist mit deinem« – Fiona legt eine Kunstpause ein – »nie enden wollenden Meisterwerk?«

Ich schaue zum Fenster. In der dunklen Scheibe spiegelt sich das Licht der Lampe. Allein bei dem Gedanken an meinen zweiten Roman krampft sich mein Magen zusammen.

»Das quält sich immer noch mühselig voran.«

»Wirst du den Abgabetermin einhalten können?«

Ich ziehe die Schultern hoch. »Der ist in sechs Wochen.«

Fiona mustert mich eindringlich. »Was passiert, wenn du es nicht schaffst?«

»Dann verliere ich den Vertrag.«

Und damit dieses Haus, denke ich und spüre, wie die Panik in meinem Brustkorb aufflattert. Das kann ich nicht zulassen.

Fiona weiß, wie viel Energie ich in dieses Haus gesteckt habe, in den langen Prozess von den Bauzeichnungen bis hin zu den Bauanträgen; dann all die Monate mit den Bauarbeitern, die über das Gerüst gepoltert sind, die großen Glasscheiben eingesetzt haben und in den Felsen bohren mussten, um sperrige Stahlträger einzupassen; dann die Stunden, die ich über Badezimmerarmaturen, Fußbodenbelägen und Farbtafeln gebrütet habe.

Dabei passt das überhaupt nicht zu mir – zu diesem »mir«, das im ersten Erwachsenenalter kaum mehr besaß, als man in einen Rucksack stopfen kann. Aber dieses Haus wollte ich mehr als alles auf der Welt. Fiona lebt in Cornwall. *Ein Haus, das aufs Meer blickt,* das war der Traum unserer Mutter. Es bedeutet Wurzeln, Stabilität.

Eines Abends während der Bauzeit, als ich in unsere Mietwohnung in Bristol zurückgekehrt war, stand Flynn am Kamin, den Rücken mir zugewandt, und starrte in die lodernden Flammen. »Ich frage mich, ob du nicht zu viel Energie in dieses Haus steckst«, sagte er.

Dieses Haus. Nie *unser* Haus.

Ich wünschte, ich hätte den feinen Unterschied damals bemerkt.

Meine Antwort lautete: »Ich möchte, dass alles perfekt wird, damit wir das Haus nie wieder verlassen müssen.«

»Danke, dass du dich in meiner Abwesenheit um alles gekümmert hast«, sage ich zu Fiona. »Das Haus ist ja tadellos in Schuss.«

»Überrascht dich das?«

»Natürlich.«

»Ich muss zugeben, dass ich kaum etwas zu tun hatte. Es war makellos sauber.«

»Tatsächlich? Ich habe mir durchaus Sorgen gemacht. Es war schon ein eigenartiges Gefühl, dass hier jemand anders wohnt.«

»Ich hätte dir vorher sagen können, dass du das so siehst.«

Tatsächlich war es Bill gewesen, der den Vorschlag mit der Vermietung gemacht hatte.

»Sollte das Geld mal knapp werden«, begann er, als sie eines Abends am Strand grillten, »kannst du ja darüber nachdenken, das Haus für den Sommer bei Airbnb anzubieten.«

»Erinnerst du dich noch an meine Studienfreundin Kirsty?«, fragte Fiona.

Ich muss wohl ratlos ausgesehen haben.

»Die Englischlehrerin. Die, die mit dem Schuldirektor gevögelt hat, als plötzlich eine Mutter in sein Büro platzte.«

»Ach, *die* Kirsty!«

»Sie hat ein Haus mit drei Schlafzimmern in Twickenham. In den Schulferien fährt sie immer weg und vermietet es. Zweitausend Pfund kassiert sie pro Woche.«

»Zweitausend Pfund?« Ich ging in die Hocke, um eine Muschel zu begutachten, die Drake mir hinhielt. »Die ist wunderschön, mein Schatz«, sagte ich, küsste ihn auf die sanfte Wölbung seiner Stirn und schloss die Finger um die Muschel. Er trollte sich, um weitere Muscheln zu suchen.

»Alle tun das«, sagte Bill. »Das ist leicht verdientes Geld.«

»Klar, aber Elle ist anders.« Fiona warf mir einen Blick zu. »Sie hat drei Tage gebraucht, um die Türklinken auszusuchen.«

»Ich klinke schon nicht aus«, sagte ich mit einem Grinsen.

»Egal, du darfst sie nicht auf solche Ideen bringen, Bill. Du weißt doch, wer die Scherereien hat, wenn während ihrer nächsten Lesereise ihr Haus für einen Pornodreh benutzt wird ...«

»O Gott, sag nicht so etwas!« Ich lachte.

»Eine Reinigungsfirma vielleicht?«, sagte Bill.

»Kirsty räumt alle wertvollen Gegenstände in ihr Arbeitszimmer und schließt die Tür ab, ganz einfach.« Fiona fischte ein Minzblatt aus ihrem Pimm's und zerriss es mit den Zähnen. »Erinnerst du dich an das Haus, in dem Bill und ich in Pembrokeshire gewohnt haben? Das haben wir über Airbnb entdeckt. Die Besitzer haben einfach alles gelassen, wie es war. Die Schränke waren voll mit Kleidern. Ich glaube, die Frau war Tänzerin.«

»Jetzt erzähl mir nicht, du hättest Paillettenkleider anprobiert.«

»Sie hatte eher Bills Größe.«

»Ein hautenges Oberteil steht mir gut zu Gesicht«, sagte Bill und klopfte sich zufrieden auf den Bauch. »Aber mal im Ernst, du könntest ein Vermögen mit deinem Haus machen. Denk einfach mal darüber nach.«

Und das tat ich auch. Ich tat es, als ich auf die Abschlussrechnung für die Bauarbeiten starrte und mit zitternden Fingern Zahlen in meinen Taschenrechner tippte. Fiona und Bill wussten nicht – wissen es bis heute nicht –, dass ich eine Hypothek aufnehmen musste, um die Bauarbeiter bezahlen zu können.

Die Airbnb-Vermietung war also nur ein erster Versuch,

ein Testlauf. Mein Plan lautet, dass ich das Haus im Sommer wieder vermiete und irgendwohin abdampfe. Meine beiden besten Freundinnen leben am anderen Ende der Welt: Nadia ist als Englischlehrerin nach Dubai gezogen, und Sadie wohnt bei der Familie ihres Mannes auf einer Farm in Tasmanien.

Ich wende mich an Fiona. »Wie war die Familie denn so, die es gemietet hat?«

»In Ordnung«, antwortet sie und stellt ihr Weinglas auf den Couchtisch.

»Wirkten sie nett?«

»Ich bin ihnen ja nur kurz begegnet.«

Ich nehme eine Anspannung in ihrer Stimme wahr, die mich veranlasst, noch einmal nachzuhaken. »Ist wirklich alles in Ordnung?«

»Ja, absolut. Nichts zu Bruch gegangen. Die Kaution habe ich bereits zurückgezahlt. Sie haben nur ein bisschen Zeug hinterlassen.« Als sich Fiona vom Sofa erhebt, fällt mir auf, dass sie abgenommen hat. Wir beide waren immer schlank, aber ihre Schultern wirken plötzlich knochig, und ihr Brustbein zeichnet sich im Ausschnitt ihrer Bluse deutlich ab.

Fiona geht zur Anrichte und holt ein Döschen Wundschutzcreme für Babys und eine zerkaute Plastikgiraffe heraus.

»Das ist das Einzige, was ich gefunden habe«, sagt sie und drückt auf die Giraffe, die ein Quieken von sich gibt.

Unvermittelt verspüre ich eine große Traurigkeit.

»Die Bettwäsche habe ich komplett gewaschen – Kochwäsche«, fügt sie mit einem Augenzwinkern hinzu. »Drakes Kinderstühlchen habe ich wieder mit nach Hause genommen.«

»Ach ja. Danke, dass du ihn mir geliehen hast.«

»Ich habe ihn am Abend vor dem Eintreffen der Gäste vorbeigebracht und fast einen Herzinfarkt bekommen, als die Alarmanlage ansprang. Ich hatte ganz vergessen, dass du gesagt hast, sie sei eingeschaltet.«

»Hast du sie denn ausstellen können?«

»Erst beim sechsten Versuch. Mein Trommelfell ist fast geplatzt. Okay«, erklärt Fiona und marschiert zur Wohnzimmertür, »ich geh dann mal. Ich hatte Bill gesagt, dass ich nur eine halbe Stunde fortbleibe.«

»Tut mir leid, dass ich dich hierher beordert habe.«

»Kein Problem. Bill hat ja seinen Fernseher. Dritte stören da nur.«

Als ich aufstehe und meiner Schwester einen Kuss gebe, stoßen unsere Wangenknochen aneinander.

Nachdem ich hinter Fiona abgeschlossen habe, begebe ich mich in die Küche und schalte sämtliche Lichter und das Radio an.

Ich hole mein Notizbuch aus der Handtasche und lege einen Bleistift daneben. Dann trete ich zurück und betrachte das Arrangement auf meinem Handybildschirm. Ich mache ein Foto, lade es auf Facebook hoch und füge einen Text hinzu:

Nachdem ich zwei wunderbare Wochen als Dozentin bei einem Schreibseminar verbracht habe, bin ich wieder daheim und freue mich WAHNSINNIG, in meinen Roman einzutauchen – der sich bereits auf der Zielgeraden befindet! #IchSchreibe #Autorenleben

Dann räume ich die Requisiten wieder weg.

In der Hoffnung, Fiona könne einen Liter Milch oder ein Brot hinterlassen haben, öffne ich den Kühlschrank – aber er ist leer.

Zu müde, um auch nur daran zu denken, wieder ins Auto zu steigen, blicke ich mich in der Speisekammer um. Schließlich finde ich eine Packung vorgekochten Quinoa, den ich mit Sesampaste und Zitronensaft vermenge. Ich esse im Stehen und sehe dabei die Post durch.

Auf die Rechnungen werfe ich nur einen flüchtigen Blick und versuche die Wörter »letzte Mahnung« zu ignorieren, die quer über meine Stromrechnung gedruckt sind. Als Nächstes finde ich ein paar Päckchen von meiner Agentur; sie enthalten Bücher anderer Autoren, Vorabdrucke, die vor dem Erscheinen hochgejubelt werden müssen. Ansonsten finde ich Spendenaufrufe für wohltätige Zwecke, zwei Briefe von Fans, weitergeleitet von meinem Verleger, und eine Geburtstagseinladung von einem Freund. Als ich mich dem Boden des Stapels nähere, greifen meine Finger nach einem dicken cremefarbenen Kuvert mit aufgeprägtem Goldemblem. Es stammt von Flynns Anwalt.

In Frankreich musste ich an unsere erste gemeinsame Reise denken, die wir mit Mitte zwanzig gemacht haben. Wir hatten die Fähre nach Bilbao genommen und waren dann mit Flynns zerbeultem Seat Ibiza Richtung Norden nach Hossegor gefahren, ein Skateboard aufs Dach geschnallt, ein Zelt im Kofferraum. Im Schatten einer dicken Pinie campend, haben wir uns von Nudeln und warmem Baguette ernährt und dazu billiges Bier aus kleinen Fläschchen und Wein aus Pappkartons getrunken. Abends spielten wir im Licht unserer Stirnlampen Karten oder lagen im offenen Zelt, die ineinander verschlungenen Glieder von Salz und Sonnencreme glänzend.

Auf dieser Reise hat Flynn davon gesprochen, an welche Orte er reisen wollte – und ich habe stets zugestimmt, weil ich überall sein wollte, nur nicht zu Hause. In seiner Gegenwart kam es mir so vor, als hätte eine andere Person mein bisheriges Leben erlebt, eine Person, die von mir aus gerne in der Universitätsstadt bleiben konnte, in die ich nie wieder zurückkehren würde.

Ich kratze den restlichen Quinoa in den Mülleimer, nehme meinen Koffer und gehe die Treppe hinauf. Nachdem ich das Licht im Schlafzimmer angeschaltet habe, bleibe ich im Türrahmen stehen und betrachte das Bett.

Fiona hat sich natürlich alle Mühe gegeben, es ordentlich zu machen. Die Kissen sind aufgeschüttelt, und die weiche olivgrüne Decke ist über das gesamte Bett gelegt, nicht nur über den Fußteil. Die winzigen Details machen mir bewusst, dass ich nicht die letzte Person war, die in diesem Bett geschlafen hat, sondern eine andere Frau mit ihrem Ehemann.

Ich stelle den Koffer ab, schreite durch den Raum und lasse den Blick über die sauberen Oberflächen gleiten. Dann öffne ich die Tür meines Kleiderschranks; meine Kleider hängen noch auf der Seite, wo ich sie hingeschoben habe, damit die Gäste Platz an der Stange haben. Ich gehe zu meinem Nachtschränkchen und ziehe die Schublade heraus. Leer, so wie ich sie hinterlassen habe – oh, außer einem kleinen Döschen Männer-Haarwachs ganz hinten. Ich schraube den Deckel ab. Als ich sehe, dass es fast leer ist, werfe ich es in den Mülleimer.

Ich hole meine Kulturtasche heraus, gehe zu dem großen, frei stehenden Spiegel am Fußende des Betts, gebe Reinigungsmilch auf ein Baumwollpad und reibe mir damit sanft über das Gesicht. In Frankreich habe ich ein bisschen Farbe bekommen, und mein Haar hat in der Sonne einen warmen Karamellton angenommen.

Als ich mich vorbeuge, entdecke ich sie: Fingerabdrücke. Größer als meine. Ich sehe genauer hin. Jemand hat seine Hand flach an den Spiegel gelegt; die Spuren fremder Haut haben sich auf dem Glas abgelagert.

Während ich noch dastehe und das Spiegelbild des leeren Zimmers hinter mir sehe, fängt meine Haut zu kribbeln an. Jemand war in diesem Raum. In meinem Haus. Die Frau, die es gemietet hat – Joanna –, muss genau an der Stelle gestanden haben, an der ich jetzt stehe. Der Spiegel hat ihr Ebenbild eingefangen. Es fühlt sich an, als sei der Blick der Fremden auf mich gerichtet.

Als ich zurückweiche, fährt mir ein scharfer Schmerz in die Ferse.

Ich stütze mich an der Wand ab, um nicht das Gleichgewicht zu verlieren, und untersuche meinen Fuß. Mitten in meiner Ferse befindet sich ein tiefes Loch, aus dem ein Blutstropfen hervorquillt. Auf was, zum Teufel, bin ich getreten? Ich bücke mich, betrachte den Teppich und streiche mit der freien Hand darüber, bis ich auf etwas unangenehm Spitzes stoße.

Eine Glasscherbe, messerscharf, steckt tief im Flor. Vorsichtig ziehe ich sie heraus. Die Deckenstrahler fallen auf einen wunderschönen bläulichen Zapfen; das schillernde Glas kommt mir seltsam bekannt vor.

Ist irgendetwas zerbrochen? In meinem Schlafzimmer fällt mir nichts ein, von dem die Scherbe abgeplatzt sein könnte. Auf meinem Nachtschränkchen stehen nur wenige Dinge: eine Lampe mit Stativfuß, eine Blumenvase, drei Bücher hiesiger Schriftsteller. Meine Parfumflakons habe ich mit den anderen zerbrechlichen Gegenständen und den Wertsachen in meinem Schreibzimmer eingeschlossen. Dass ich diesen Glasdolch nicht zuordnen kann, hat etwas Beunruhigendes.

Ich wickle ihn in ein Taschentuch. Als ich es in den Mülleimer werfe, fällt mein Blick auf den cremefarbenen Teppich – mein Blut hat eine purpurfarbene Markierung hinterlassen.

Eiche, Jasmin und Zitrusdüfte – das sind die Gerüche, die mich beim Eintreten empfangen. Die Luft hat etwas Reines, Frisches, das ich von mir zu Hause nicht kenne; sie ist trocken und frei von Küchendünsten oder dieser erdigen Feuchtigkeit, die daher rührt, dass man seine Wäsche zum Trocknen auf die Heizkörper hängt.

Ich kann nicht anders. »Hallo?«

Natürlich antwortet niemand. Ich lächle. Diese Stille ist wunderbar und wird nur vom fernen Rauschen des Meeres abgemildert.

Auf dem robusten Eichenboden wirkt meine schwarze Reisetasche wie ein Fremdkörper. Ich schüttle meine Schuhe ab und lasse sie einfach liegen. Deine stehen, wie ich sehe, ordentlich neben der Eichenbank.

Ich schreite durch den Eingangsbereich, der direkt in die geräumige Küche führt. Die Wände sind in einem warmen Weißton gestrichen, vermutlich eine Farbe mit lichtstreuenden Teilchen, damit es sich so anfühlt, als würden die Wände Luft ausströmen. Vereinzelte Farbakzente – kreidige Pastellfarben – werden mit den lasierten Holzschränken, den sorgfältig ausgewählten Bildern und der kunstvoll verteilten Keramik gesetzt.

Der Stil ist zauberhaft und beruhigend, als habe man am Meer ausgebleichte Kiesel gesammelt und der Farbpalette zugrunde gelegt. Die klare moderne Linie der grifflosen Schränke und die granitene Arbeitsplatte kontrastieren mit dem wunderschönen alten Bauerntisch aus unbehandeltem Holz, auf welchem Trinkgefäße ihre ringförmigen Spuren hinterlassen haben. An der Wand steht eine lange Sitzbank mit Kissen aus Sackleinen. Es ist ein Tisch für eine Familie oder für Abendgesellschaften, nicht für eine einzelne Person.

Ich lächle, als ich das gewünschte Kinderstühlchen betrachte, das natürlich niemand benutzen wird. Auf dem Küchentresen steht in einem alten Honigtopf, zusammengebunden mit einer braunen Schnur, ein Wildblumensträußchen. Eine handgeschriebene Karte für »Joanna und ihre Familie« lehnt daran.

Eine nette Geste.

Ich nehme die Karte, lasse den Finger über die elegante Handschrift gleiten, klappe sie aber nicht auf.

Nachdem ich sie zurückgestellt habe, gehe ich zu einer alten, eierschalenblau gestrichenen Anrichte mit elegant geschwungenen Eisenhaken, an denen Steingutkrüge hängen. Gesprenkelte Schalen mit Seegrasmuster stapeln sich dekorativ zwischen Schraubgläsern mit Nüssen, Hülsenfrüchten und kunstvoll gestalteten Nudeln in Spiral- und Bandform. Ich ziehe eine Schublade auf, aber als ich hineingreifen will, packt mich die Angst, dass jemand die Schublade zuknallen und meine Finger einklemmen könnte – als wäre ich ein neugieriges Kind, das man ertappt hat.

Ich komme mir wie ein Eindringling vor. Dabei spüre ich, wie der kleine, harte Hausschlüssel in meiner Hosentasche gegen meinen Oberschenkel drückt.

Ich bin kein Eindringling, rufe ich mir in Erinnerung. Du hast mich hereingelassen.

3 Elle

Wenn du eine Zeitbombe in die Geschichte werfen willst, stell den Zeitzünder gleich zu Beginn und lass uns das Ticken hören.

Die Schriftstellerin
Elle Fielding

In der holzkohleschwarzen Hülle der dritten nächtlichen Stunde liege ich wach und spüre das Pochen in meiner Ferse. Mein Puls scheint dort zu klopfen.

Über die Jahre hinweg habe ich tausend Tipps und Tricks ausprobiert, um gegen die Schlaflosigkeit anzukämpfen: Ich habe ausgedehnte Lavendelbäder genommen, Hörbücher gehört, Verdunkelungsrollos angebracht und vor dem Zubettgehen warme Milchgetränke getrunken; die dämliche Meditations-App, die ich zunächst für den Durchbruch hielt, verlor bald ihre Wirkung; Bildschirmabstinenz, Verzicht auf Zucker beim Abendbrot, Schlaftabletten, homöopathische Mittel, Akupunktur, alles habe ich ausprobiert.

Die Leute begreifen nicht, dass die Herausforderung nicht im *Einschlafen* besteht. *Durchschlafen* ist das Problem.

Wenn mein Geist nur einen Schalter hätte, irgendeine Vorrichtung, mit der man ihn ausstellen oder wenigstens den Ton herunterdrehen könnte. Stattdessen regen sich, je tiefer die Nacht herabsinkt, alle meine Sorgen, recken sich, wachen auf. Harmlose, belanglose Ereignisse verändern die Gestalt, und ihre Schatten wachsen ins Unermessliche.

Der Chef der Bar, in der ich gekellnert habe, pflegte über diese Angstzustände zu sagen: »Trau keinem Gedanken, den du zwischen zwei und fünf Uhr nachts hast. Das wäre, als würdest du auf dein betrunkenes Selbst hören.«

Heute Nacht hilft mir die Erinnerung an diesen Kommentar nicht. Ich atme langsam ein und aus und spüre meinem Atem nach.

Aber ich fühle sie immer noch: die eisig scharfe Spitze der Scherbe, die meine Haut durchbohrt.

Ich lehne am Küchentresen und lausche auf das Gurgeln der Espressokanne, als das kochende Wasser aufzusteigen beginnt. Was täte ich nur ohne Kaffee? Gegen fünf Uhr morgens bin ich endlich in einen tiefen, traumlosen Schlaf gefallen. Jetzt habe ich einen dicken Kopf, und meine Glieder fühlen sich taub an.

Jenseits der Fenster hängen samtig weiße Wolken am Himmel; Fetzen von Blau blitzen dazwischen hervor. Ein Kajakfahrer kämpft sich durch die Bucht, das Paddel mit bewundernswerter Eleganz hebend und senkend.

Am Ufer steht ein einsamer Vogelbeobachter, den Kragen bis zum Kinn hochgezogen. Er hat den Kopf in den Nacken gelegt und das Fernglas auf die Klippe gerichtet. Die Ruhe, die er ausstrahlt, hat etwas Bewundernswertes. Es muss schön sein, wenn einen das Leben eines Vogels derart fasziniert, dass man viele Stunden des Tages damit zubringt, ihn einfach nur zu beobachten.

Ich folge seiner Blickrichtung, um zu sehen, was er entdeckt hat.

Als ich den Winkel des Fernglases einzuschätzen versuche, läuft mir ein leiser Schauer über den Rücken. Der Blick richtet sich gar nicht auf die Klippen. Er richtet sich auf eine Stelle darüber.

Auf mein Haus.

Die Erinnerung flammt wie ein Streichholz in mir auf: ein träges Lächeln; dunkle, wissende Augen, die mir folgen und mich wie die eines Falken ins Visier nehmen; die Lust in dieser Stimme, als sie meinen Namen ausspricht.

Mit einem Blinzeln jage ich den Gedanken fort, aber der Schauer bleibt.

Natürlich beobachtet die Person nicht mein Haus, sage ich mir. Das Fernglas muss auf einen Vogel gerichtet sein. In der Nähe nisten Uferschwalben, und gelegentlich sieht man auch ein Wanderfalkenpärchen.

Das Haar des Fremden ist mit einer Mütze bedeckt, die tief über die Ohren herabgezogen ist. Irgendetwas an der Art und Weise, wie er dasteht – die aufrechte Haltung, die schmalen Schultern –, bringt mich auf den Gedanken, dass es sich auch um eine Frau handeln könnte.

Die Person scheint mich am Fenster entdeckt zu haben, denn sie senkt das Fernglas. Unsere Blicke begegnen sich. Für einen Moment – nur wenige Sekunden lang – schauen wir uns an. Dann wendet sich die Person ab und geht weiter.

Als ich mein Handy zu mir herüberziehe, sehe ich den Namen meiner Lektorin aufblinken.

Ich bemühe mich um ein Lächeln. »Jane, hallo.«

Wir tauschen ein paar Artigkeiten über mein Schreibseminar und Janes Besuch bei der Frankfurter Buchmesse aus. Schließlich holt Jane Luft, was den unvermeidlichen Übergang vom Small Talk zum Geschäftlichen markiert.

»Also, eigentlich wollte ich mich nur mal melden und sicherstellen, dass wir den Abgabetermin nächsten Monat einhalten können.«

Meine Schultern versteifen sich. Das Buch ist bereits viele Monate überfällig. Ich habe Renovierungsmaßnahmen und Eheprobleme angeführt, und der Gerechtigkeit halber muss man sagen, dass Jane viel Verständnis gezeigt und den Termin zweimal verschoben hat. Mittlerweile ist sie aber mit der Geduld am Ende, was ich ihr nicht verübeln kann. Der endgültige Abgabetermin wurde für den zehnten Dezember festgesetzt; wenn der neue Roman dann nicht auf dem Tisch liegt, mache ich mich des Vertragsbruchs schuldig.

Während des Schreibseminars habe ich sogar ein bisschen über den Roman, den ich schreibe, nachdenken können – den ich *nicht* schreibe, besser gesagt. Seit Monaten schiebe ich Ideen hin und her und bin schon in so viele Sackgassen geraten, dass ich vollkommen das Selbstvertrauen verloren habe. Den richtigen Instinkt. Die Ideen sind nicht gut und nicht spannend genug, um die Handlung tragen zu können. Und wenn ich selbst nicht inspiriert bin und keine Begeisterung für die Geschichte aufbringen kann, wieso sollten die Leser es dann tun?

Das Zweiter-Roman-Syndrom, hat David, einer der Tutoren des Schreibseminars, das genannt.

»Hat man einen großen Erfolg gelandet«, hat er gesagt und sich in der Sonne geschmolzenen Brie auf einen Cracker geschmiert, »dann türmen sich all die Lobhudeleien der Kritiker und Leser vor dir auf. Dein Debüt war ein internationaler Bestseller und hat alle erdenklichen Preise eingeheimst. Die Leser warten sehnsüchtig auf deinen nächsten Coup. Da ist es kaum verwunderlich, dass du dich jedes Mal, wenn du dich über die Seiten beugst, mit tausend Erwartungen konfrontiert siehst. Du schreibst im Schatten eines Buchs.«

Im Schatten eines Buchs. Die Worte hallten in meinem Kopf wider, als ich, etwas benommen vom Rotwein, in meinem kühlen Raum lag, die Fensterläden weit geöffnet, damit ich die Vögel zwitschern hören konnte.

»Das Buch kommt gut voran«, sage ich jetzt zu Jane, während sich die Steifheit zwischen meinen Schulterblättern in die Wirbelsäule fortsetzt.

»Wir sind alle ganz wild darauf, es zu lesen«, sagt Jane aufgekratzt. »Könntest du dir vorstellen, mir schon einmal einen Teil zu schicken, damit ich mir einen Eindruck verschaffen kann? Ich würde den Designern gerne ein paar Anregungen für das Cover geben.«

Ich denke an das schlichte schwarze Notizbuch, das Gewirr von Wörtern, die mühselig zu Absätzen zusammengefasst wurden, die hingekritzelten Sätze, dann all die Seiten, die mit einer einzigen harten Linie durchgestrichen sind.

»Eigentlich bin ich gerade dabei, einen ganzen Handlungsfaden umzuschreiben. Wenn du nichts dagegen hast, würde ich es lieber beim zehnten Dezember belassen.«

Jane hat nichts dagegen – was bleibt ihr schon anderes übrig? Wir reden noch eine Weile über ein Interview, das mein Verleger mit der Zeitschrift *Red* ausgehandelt hat, wobei der Termin noch bestätigt werden muss. Bevor Jane auflegt, sagt sie: »Ich freue mich schon auf deine Liveschaltung auf Facebook.«

Ich schaue auf die Uhr. Noch eine Stunde.

Vor meinem Aufbruch nach Frankreich hat Jane mich dazu überredet, eine Reihe von Livevideos zu streamen, weil man auf diese Weise massenhaft Leser erreicht und schon vor der Veröffentlichung des Buchs die Werbetrommel rühren kann.

Als ich erklärte, ich wisse gar nicht, worüber ich reden solle, klang sie aufrichtig überrascht.

»Elle, du bist doch eine selbstbewusste, eloquente junge Frau. Du wirst das toll machen. Die Leser möchten einfach mehr über dich wissen – woher du deine Ideen hast, wie du schreibst, solche Sachen. Gib dich ganz locker. Vielleicht könntest du jede Woche mit einem Schreibtipp beginnen, du weißt schon: ›Was ich beim Schreiben gelernt habe‹ und solche Dinge. Und dann beantwortest du ein paar Fragen.«

Mir ist kein hinreichend guter Grund eingefallen, um mich zu weigern.

Jetzt teilt sie mir mit: »Wir haben es über unsere Social-Media-Kanäle gepusht, daher hoffen wir, dass viele Tausend Leute live dabei sind. Wir werden alle im Büro sitzen und die Daumen drücken.«

Alle diese Menschen werden mich anschauen. Mir Fragen stellen. Live. Kein Platz für Fehler. Keine Möglichkeit, etwas zu revidieren. Keine Möglichkeit, sich zu verstecken. Nur ich – die Schriftstellerin Elle Fielding – in meinem Schreibzimmer.

Ich lege das Handy hin und bemerke, dass ich schwitze.

Die Luft wird kühler, als ich die Treppe ins Obergeschoss hinaufsteige.

Für die Dauer der Airbnb-Vermietung habe ich mein Schreibzimmer abgeschlossen. Ich brauchte einen Ort, an dem ich meine Wertsachen verwahren konnte. Außerdem missfiel mir die Vorstellung, dass eine fremde Person an meinem Schreibtisch sitzen könnte. Komisch, ich weiß.

Ich ziehe den Schlüssel aus der Tasche und mühe mich eine Weile mit dem Schloss ab. Mehrfach drehe ich den Schlüssel hin und her, bis ich spüre, dass der Bolzen nachgibt. Dann öffne ich die Tür weit.

Licht durchflutet den Raum; die schimmernden Schattierungen des Meeres strömen durch die Glaswand und ergießen sich über die Holzdielen und die weißen Wände. Beim Entwurf diesen Raums wollte ich eine Umgebung schaffen, in der mein Geist über den Schreibtisch fliegen kann, über den Computerbildschirm und durch die Wände hindurch, um auf das endlose Versprechen des Horizonts zuzusegeln.

Auf überflüssigen Krempel habe ich bewusst verzichtet. Die einzigen Möbel sind ein alter Eichenschreibtisch und ein schlichtes Bücherregal aus aufgearbeiteten Gerüstplanken, in dem ein paar meiner Lieblingsromane und eine tönerne Öllampe stehen. In der Zimmerecke, mit Blick aufs Meer, steht noch ein Ohrensessel neben einer Truhe mit Notizbüchern, Fotos und Tagebüchern.

Als ich durch den Raum gehe, registriere ich überrascht den Salzgeruch in der Luft. Ich hätte eher erwartet, dass es stickig sein würde, nachdem der Raum zwei Wochen lang abgeschlossen war.

Und dann sehe ich es: Das kleine Fenster in der Ecke der Glaswand ist geöffnet. Ich bin überrascht. Normalerweise kontrolliere ich mehrfach, ob Türen und Fenster verriegelt sind. Dieses muss ich irgendwie übersehen haben. Während der Airbnb-Vermietung kann niemand in dem Raum gewesen sein, da ich ihn abgeschlossen und den einzigen Schlüssel mitgenommen habe.

Als ich mich an den Schreibtisch setze, habe ich die Sache bereits vergessen. Ich liebe diesen Schreibtisch. Vor vier Jahren habe ich ihn auf dem Kempton Market entdeckt. Damals wohnten Flynn und ich in einer Mietwohnung in Bristol, und ich hatte gerade mit der Arbeit an meinem ersten Roman begonnen. Die Zeit zum Schreiben musste ich mir von den Mittagspausen und von meinem Feierabend nach dem Schichtdienst abzwacken. Außer Flynn erzählte ich niemandem von meinen hochtrabenden Plänen, weil dieser Traum noch zu frisch war, zu zerbrechlich – als könne ein falscher Kommentar zerstörerische Kraft entwickeln. Als wir den Kempton Market verließen, sagte ich zu Flynn: »Sollte ich je einen Buchvertrag bekommen, werde ich mir als Allererstes einen solchen Schreibtisch kaufen.«

Ohne mein Wissen nahm Flynn Kontakt zu dem Verkäufer auf und ließ den alten Schreibtisch in die Garage seiner Mutter liefern. An den Wochenenden, an denen er dort zu Besuch war, verbrachte er Stunden damit, den Tisch herzurichten. Er bekämpfte den Holzwurm und schliff die Oberflächen ab, bis unter den Lackschichten das nackte Holz wieder zum Vorschein kam, selbst in den Rillen der gedrechselten Beine. Er tauschte Knäufe aus, wachste Führungsschienen und versiegelte Risse.

Ein Jahr später, als mein Roman endlich fertig war, druckte ich ihn sechs Mal aus, um ihn an Literaturagenturen zu schicken. Damals nahm Flynn mich mit und zeigte mir den Schreibtisch.

»Eigentlich wollte ich bis zu deinem ersten Buchvertrag warten«, begann er, als wir in der Garage seiner Mutter standen, mitten im beißenden Terpentingestank, »aber ich glaube, dieser Tag ist wichtiger. Du hast dein Buch vollendet, Elle. Egal, ob es nun veröffentlicht wird – oder vielleicht erst das nächste oder übernächste –, du bist jetzt eine Schriftstellerin.«

Der Timer an meinem Handy piepst.

Noch eine Minute.

Mein Magen revoltiert. *Viele Tausend Leute werden live dabei sein.*

Ich setze mich aufrecht hin und straffe die Schultern. Mir ist klar, was ich zu tun habe. Was alle von mir erwarten.

Konzentriert blicke ich auf den Laptop. Mein eigenes Gesicht erscheint auf dem Bildschirm, erfasst von der Computerkamera. Vielleicht liegt es am Neigungswinkel des Bildschirms oder daran, wie das Licht in den Raum strömt, aber im ersten Moment erkenne ich mich selbst nicht wieder.

Ich greife nach der Maus und lasse den Cursor über der Schaltfläche für die Liveschaltung schweben.

Klick.

Auf meinem Gesicht macht sich ein Lächeln breit. Ich höre es auch in meiner Stimme mitschwingen, als ich sage: »Hallo, alle miteinander. Ich bin die Schriftstellerin Elle Fielding und sende heute live aus meinem Schreibzimmer hier in Cornwall. Vielen, vielen Dank, dass ihr alle dabei seid. Für diejenigen, die mich noch nicht kennen, möchte ich hinzufügen, dass ich *Wilde Angst* geschrieben habe, einen Psychothriller, der letztes Jahr veröffentlicht wurde. In den nächsten Wochen möchte ich euch von meiner langen Reise in die Literatur erzählen. Ich möchte euch an allem teilhaben lassen, was ich bislang gelernt habe, und eure Fragen beantworten. Also, vielleicht ist dies ein guter Moment, um meinen heutigen Schreibtipp loszuwerden. Es geht um etwas ganz Simples, das ihr alle tun könnt: Kauft euch ein Notizbuch. Nehmt es überallhin mit. Unser Kurzzeitgedächtnis kann Informationen nur drei Minuten lang speichern. Wenn man Ideen nicht sofort aufschreibt, gehen sie leicht verloren. Dies hier ist mein aktuelles Notizbuch«, sage ich und halte ein schlichtes schwarzes Heft hoch. »Ich trage es in meiner Handtasche mit mir herum und lege es nachts neben mein Bett und habe es auch sonst überall dabei. Dieses Heft erinnert mich daran, dass ich nie aufhöre, Schriftstellerin zu sein, egal, wo ich bin und was ich tue.«

Ich hüte mich davor, es aufzuklappen.

Einen Blick auf die Seiten zu gewähren.

Ich hole Luft. »Okay, jetzt könnt ihr mir Fragen stellen.« Ich schaue auf die linke Bildschirmseite, wo Zuschauer ihre Fragen in Echtzeit tippen. »Ich werde mein Bestes tun, so viele wie möglich zu beantworten. Die erste Frage stammt von Cheryl Down. Sie will wissen: ›Dein Debütroman war ein internationaler Bestseller. Setzt dich das beim Schreiben deines zweiten Romans unter Druck?‹«

Mir ist bewusst, dass Jane und ihre Kollegen zuschauen. »Ja, dieser Druck besteht natürlich. Das Gute ist aber, dass ich mit meinem zweiten Roman bereits vor der Veröffentlichung von *Wilde Angst* begonnen habe, als ich noch keine großen Erwartungen hatte. Ich muss zwar zugeben, dass ich mit der Fertigstellung ein wenig im Verzug bin – ich bin umgezogen und habe eine große Lesereise hinter mir –, aber die Dinge beruhigen sich allmählich. Jetzt werde ich mich ranhalten.«

Abgehakt.

»Als Nächstes fragt Adam Grant: ›Was hast du getan, bevor du Schriftstellerin wurdest?‹« Ich lächle. »Die Frage müsste eigentlich lauten, was ich *nicht* getan habe. Ich habe gekellnert, Kaffee serviert, an einer Rezeption gearbeitet, in der Garderobe eines Nachtclubs ausgeholfen und Büros geputzt. Außerdem bin ich so viel gereist, wie ich es mir nur leisten konnte. Eine Weile habe ich in Neuseeland gelebt, später dann in Kanada. Seit ich erwachsen bin, habe ich meine Zeit mehr oder weniger damit zugebracht, herauszufinden, was ich eigentlich tun will.«

Wer ich eigentlich sein will.

»Und plötzlich ist es mir wie Schuppen von den Augen gefallen: Ich will schreiben. Es hat einfach klick gemacht. Ich kam mir fast dumm vor, weil ich es nicht eher bemerkt habe. Im selben Moment, als ich mit dem Schreiben begann, habe ich mich in diese Tätigkeit verliebt. Ich wusste nicht, ob ich sie überhaupt beherrsche oder davon leben kann. Mir war nur klar, dass ich wahnsinnig gerne schreibe.«

Und das ist die Wahrheit.

Ich beantworte noch ein halbes Dutzend Fragen, dann trinke ich einen Schluck Wasser und schaue auf die Uhr.

»Für zwei weitere Fragen bleibt uns heute noch Zeit. Amy Werden fragt: ›Hast du irgendwelche Schreibrituale? PS: Du führst das perfekte Leben.‹«

Ich antworte: »Das perfekte Leben? Offenbar benutze ich zu viele Filter! Hinsichtlich meiner Schreibrituale kann ich nur sagen, dass es mir wichtig ist, meine ersten Ideen handschriftlich festzuhalten. Der Kern einer Idee erscheint mir zu kostbar, um ihn in einen Computer zu tippen, wo er dann auf dem Bildschirm gefangen ist. Ich liebe die Windungen der Sätze auf einer Seite, den Mangel an Gleichmaß, das Kratzen des Bleistifts auf cremefarbenem Papier. So können die Ideen fließen und ihren Rhythmus finden.«

Sollte Fiona zuschauen, wird sie die Augen verdrehen.

»Die letzte Frage stammt von Booklover101.« Den Benutzernamen erkenne ich sofort. Das Profilbild zeigt ein Fahrrad mit Korb, der mit Büchern gefüllt ist. Booklover101 hat meine Entwicklung von Beginn an verfolgt und fast alle meine Posts kommentiert. Sie verfasst Tweets, schickt mir Direktnachrichten und hat mir über meinen Verlag auch schon handgeschriebene Karten zukommen lassen.

»›Als dein erster Fan‹«, lese ich laut vor, »›würde ich gerne Folgendes wissen: Braucht ein Autor ein finsteres Gemüt, um finstere Bücher schreiben zu können?‹«

Ich hätte die Frage überspringen und eine andere wählen sollen.

Ich lächle weiter.

»Was man braucht«, sage ich langsam, um Zeit zum Nachdenken zu gewinnen und die richtigen Worte zu finden, »ist ein offener Geist. Man muss eine Situation betrachten und das Potenzial für Schatten darin erkennen können. Die Frage nach dem ›Was, wenn‹ darf man nie aus den Augen verlieren.«

Dabei belasse ich es. Ich bedanke mich noch einmal bei

allen und erinnere daran, dass ich nächste Woche wieder live bei ihnen sein werde.

Mein Gesicht verschwindet vom Bildschirm.

Ich bleibe einen Moment sitzen und atme ruhig und tief durch. Nahezu perfekt, denke ich. Jane wird sich freuen.

Dann erhebe ich mich, entferne mich von meinem Schreibtisch und öffne das Fenster noch ein Stück weiter. Ich stecke den Finger in den Halsausschnitt meines Oberteils und zupfe daran, damit Luft an die erhitzte Haut gelangt.

So stehe ich da, lasse den Blick auf den Wellen ruhen und warte, dass sich mein Herz beruhigt.

2003

Elle saß auf dem Beifahrersitz des alten Renaults ihrer Mutter und drehte nervös an dem silbernen Sternchen, das in ihrer Ohrmuschel steckte, während ihr gleich mehrere Fragen durch den Kopf ratterten. *Würden ihre neuen Mitbewohnerinnen sie mögen? Würde sie Heimweh haben? Hatte sie das richtige Fach gewählt? War sie richtig angezogen?*

Als sie bei der Überquerung der Severn Bridge die Fensterscheibe herunterkurbelte und ihr Gesicht in die faulig riechende Salzluft hielt, war ihr nicht bewusst, dass keine dieser Fragen zu den wirklich relevanten gehörte.

Das umwälzende Ereignis stand erst später an. In einer Zeit, in der sie angekommen und glücklich war und ihr Leben vor ihr lag.

In diesem Moment sollte es sie wie aus heiterem Himmel treffen.

Elle kam als Erste an. Sie hielten auf dem Gehweg und schalteten das Warnblinklicht ein, während sie hin- und herliefen, um Elles Habseligkeiten ins Haus zu tragen: ein Oberbett, das aus einem zerrissenen Müllsack hervorquoll, eine Pappkiste mit Lebensmitteln, die sie aus den Schränken daheim zusammengesammelt hatte, eine in ein Handtuch gewickelte Lavalampe, eine mit Kleidung vollgestopfte Reisetasche und zwei gerollte Poster, die im Wagen abgeknickt waren.

Das trostlose, direkt an einer Bahnstrecke gelegene Studentenwohnheim mit dem Kieselrauputz konnte sie nicht schrecken, und die feuchte Stelle an der Wand hinter ihrem Bett auch nicht. Wenn sie ihr neues Zuhause betrachtete, sah sie nur Freiheit.

Ihre Mutter half ihr, die Poster von Bob Marley und Lenny Kravitz aufzuhängen, neben die Postkarten von Fiona, die damals gerade ein Praktikum in einer Nachrichtenredaktion in Santiago absolvierte.

»Du wirst sehr glücklich hier sein«, sagte ihre Mutter und nahm Elles Gesicht zwischen die Hände. »Ich bin so stolz auf dich. Das habe ich dir hoffentlich oft genug gesagt.«

Elle konnte nur ahnen, wie sich ihre Mutter wirklich fühlte. Nach zwei Jahrzehnten war es das erste Mal, dass sie in eine leere Wohnung zurückkehren würde.

»Du könntest es doch auch tun, Mum. Studieren, meine ich. Mehr Zeit zum Schreiben haben. Du könntest einen Studienkredit beantragen …«

Ihre Mutter winkte ab. »Jetzt bist du erst einmal an der Reihe. Du solltest jeden einzelnen Moment dieser Zeit genießen.«

Und das tat Elle.

Bis sie *ihn* traf.

4 Elle

In der mondbeschienenen Dunkelheit der ersten nächtlichen Stunde wälze ich mich auf die Seite und ziehe das Oberbett bis zum Kinn hoch.

Wenn ich als Kind nicht schlafen konnte, bin ich ins Bett meiner Mutter geschlüpft und bat sie, mir eine Geschichte zu erzählen. Sie zauberte romanreife Figuren aus den Verästelungen ihrer Fantasie, während ich mit offenen Augen auf dem Rücken lag und die Schneeleoparden oder Blumenfeen an der Decke tanzen sah.

Vier Jahre ist es nun her, dass sie gestorben ist, aber manchmal ist es immer noch schwer zu begreifen, dass sie nicht mehr da sein soll.

In den schrecklichen ersten Wochen nach ihrem Tod, in denen Fiona und ich uns im Schockzustand befanden, las ich alles, was ich über Sepsis in die Finger bekam. Ich griff zum Handy und erklärte wütend: *Wusstest du, Fiona, dass weltweit jährlich acht Millionen Menschen an einer Sepsis sterben? Wie, um alles in der Welt, kann es sein, dass wir noch nie davon gehört haben? Wie kann es sein, dass unsere Mutter wegen etwas nicht mehr lebt, das mit einer Entzündung der Harnwege begann?*

Ich schalte das Licht ein, zu aufgewühlt, um schlafen zu können. Ich hole mein Exemplar von *Wilde Angst* aus dem Nachtschränkchen und schlage es auf.

Lese die Widmung.

Für meine Mutter.

Fahre mit dem Finger unter den Worten entlang.

Ihre Mutter wäre so stolz auf Sie gewesen, hat mal ein Leser bei einer Autogrammstunde gesagt.

Er hat sich geirrt.

Der Wind fegt an der Hausseite entlang, als ich durch die Hintertür in die beißende Morgenluft trete. Die Kieselsteine unter meinen nackten Fußsohlen sind eiskalt. Ich ziehe den Gürtel meines Morgenmantels enger und spüre den kühlen Kuss meines Badeanzugs darunter.

Am Ende des Pfads sind Stufen in den Felsen geschlagen, ein Privatweg, den ich mir mit Frank und Enid teile. Ich konzentriere mich darauf, wo ich hintrete, und meide die Pfützen mit Meerwasser, das sich in den Mulden und Prielen sammelt. An den Felsen hängt Seegras.

In der vergangenen Nacht konnte ich nur ein, zwei Stunden schlafen. Es ist, als hätte ich eine starr eingestellte Lenkachse im Kopf, die meinen Geist kaum merklich in eine bestimmte Richtung steuert, sodass er sich, egal, wie weit ich reise, stets im Kreis dreht und wieder zum Ausgangspunkt zurückkehrt.

Hier draußen allerdings, wo ich dem böigen Wind und der beißenden Salzluft ausgesetzt bin, wird mein Kopf allmählich klar. Als ich den Strand erreiche, spüre ich fest und kalt den Sand unter meinen Füßen. Wellen bäumen sich auf und brechen schäumend unter den sich auftürmenden Wolken.

»Du bist verrückt«, erklärt Fiona jedes Mal, wenn sie hört, dass ich im Winter schwimmen war. »Niemand weiß, dass du da draußen bist. Du trägst nicht einmal einen Neoprenanzug. Was, wenn dir etwas zustößt?«

»Mir stößt schon nichts zu«, erwidere ich, weil ich darauf vertraue, dass ich die Wetterbedingungen und meine Grenzen richtig einzuschätzen weiß. Ich bin immer schon gerne geschwommen, aber es mitten im Winter zu tun, das hat etwas Berauschendes. Als ich hierher gezogen bin, habe ich mir fest vorgenommen, jede Woche ein Mal ins Meer zu gehen – das ganze Jahr über.

Als Kinder haben wir immer in Cornwall Urlaub gemacht, in einem gemieteten Wohnwagen in Strandnähe. Ein besonders kalter April ist mir noch gut in Erinnerung. Bücher und Decken lagen im Wohnwagen verstreut, und es herrschte diese gewisse Unruhe, die daher rührt, dass man zu lang im Haus herumhockt. Als ich von meinem Buch aufsah, erblickte ich eine Gruppe älterer Leute, die sich im Badezeug am Meer versammelt hatten. Niemand quiekte, niemand tippelte auf Zehenspitzen ins Wasser, niemand stellte sich an. Sie gingen einfach ins Meer und schwammen.

»Da sieht man mal, was die Demenz anrichtet«, erklärte Fiona, die sich aufs Sofa gesetzt hatte, um ebenfalls zuzuschauen.

»Die Leute sind mutig«, entgegnete ich, das Kinn auf die Unterarme gestützt.

»Die sind bestimmt hundert Jahre alt. Sie werden sich eine Lungenentzündung zuziehen.«

Unsere Mutter, die etwas in das Notizbuch mit dem Goldrand schrieb, das wir ihr zu Weihnachten geschenkt hatten, schaute auf.

»Kaltes Wasser regt die Bildung von weißen Blutkörperchen an, weil unser Körper gezwungen ist, sich auf die Bedingungen einzustellen. Das tut den Menschen gut.« Sie hatte die Gabe, in fast jede Unterhaltung eine einschlägige, verständlich erläuterte Tatsache einzubringen.

Fiona schaute mich mit glitzernden Augen an. »Ich wette, du traust dich nicht, zu ihnen ins Meer zu springen.«

Da sie vier Jahre älter war als ich, konnte ich sie nicht leicht beeindrucken. Ich dachte an die bittere Kälte, an das Gefühl, wie mich die eisigen Wellen emporheben und wieder hinabstürzen würden, an die Gänsehaut, die meine Haut überziehen würde. Ich steckte das Lesezeichen in mein Buch.

»Doch, natürlich.«

Eineinhalb Minuten blieb ich im Wasser. Die Kälte presste die Luft aus meinen Lungen, aber Fiona stand am Ufer und klatschte und jubelte, sodass ich mich wie eine Heldin fühlte. Hinterher kochte meine Mutter heiße Schokolade. Ich saß im Schneidersitz vor dem elektrischen Kamin und schaute in die züngelnden roten Hitzelinien, die Tasse in den Händen, der Körper von einer Welle von Endorphinen überschwemmt.

Als ich nun am Meer stehe und den Bademantel ausziehe, spüre ich, wie die Kälte in meine Haut beißt. Ich lege den Bademantel in den Sand, fotografiere ihn und tippe einen kurzen Post:

Meine bevorzugte Droge, wenn ich die Hirnzellen zum Feuern bringen will. #WildSchwimmen

Im nächsten Moment ist das Handy vergessen. Es gibt nur noch mich und das Meer.

Das Geheimnis besteht darin, sich nicht zu beeilen, sondern ein bestimmtes Tempo vorzulegen und sich durch nichts beirren zu lassen. Zielstrebig schreite ich aufs Meer zu und dann direkt hinein. Ich achte nicht darauf, dass die Kälte an meinen Knöcheln nagt, sondern konzentriere mich ganz darauf, ruhig zu atmen, während mir das Wasser an die Hüfte steigt.

Ich stoße mich ab und paddle vom Ufer fort. Das bitterkalte Meer umschlingt mich und löscht jeden Gedanken aus. All meine Konzentration richtet sich auf meinen Atem.

Ich gebe gut acht, in Ufernähe zu bleiben, weil ich nicht das Risiko eingehen will, von der Strömung in Richtung

Horizont gezogen zu werden. Ich schmecke das Salz auf den Lippen und fühle das angenehme Beißen an der Haut.

Als ich mich zum Haus umdrehe, sehe ich, dass ich in meinem Schreibzimmer das Licht angelassen habe. Ich kann direkt hineinblicken. Der leere Schreibtisch blickt zurück.

Einen Moment lang sieht es so aus, als würde jemand daran vorbeigehen.

Ich trete auf der Stelle, blinzle gegen das Salzwasser an und sehe noch einmal hin. Ein Lichteffekt natürlich. Eine sonderbare Spiegelung, denn der Schatten ist verschwunden.

Das Haus am Rand der Klippen habe ich mit Flynn zusammen entdeckt. Wir waren nach Cornwall gefahren, um den zehn Tage alten Drake in Augenschein zu nehmen. Fiona wirkte zutiefst erschüttert, dass dieses winzige rosige Wesen mit den geballten Fäusten und dem durchdringenden Geschrei tatsächlich ihr gehören sollte. Wie in Trance wanderte sie durchs Haus, ein Spucktuch über die Schulter geworfen, Flecken ausgetretener Milch an der Bluse.

»Nimm ihn«, bat Fiona, als ich eines Abends am Kinderzimmer vorbeikam und sah, dass sie ihn erschöpft zu beruhigen versuchte.

Ich drückte ihn an die Brust und strich langsam über die Wölbung seines winzigen Rückens. Dann sang ich ihm leise, fast flüsternd, ein Lied vor, das unsere Mutter uns beigebracht hatte. Die Worte flogen mir aus weiter Ferne wieder zu. Der Rhythmus schien ihn zu beruhigen. Ich legte die Lippen an den flaumweichen Kopf und atmete ein. Wie Blut schoss die Sehnsucht an die Oberfläche meiner Haut.

Als ich mich umdrehte, sah ich, dass Fiona noch in der Kinderzimmertür stand und mich beobachtete. In ihren Augen glänzten Tränen, die nicht fließen wollten.

»Ich kann ihn nicht einmal beruhigen, wenn er weint.«

»Du machst das großartig, aber du bist vollkommen erschöpft. Schlaf ein wenig. Ich wecke dich, wenn er Hunger bekommt.« Fiona schien mich jedoch nicht zu hören. Ihr Blick war auf das leere Kinderbettchen gerichtet.

»Es gibt so vieles, das ich Mum gerne fragen würde. Sie hat es ganz allein geschafft. Uns beide großzuziehen, meine ich.« Sie schüttelte den Kopf. »Dad ist abgehauen, als du sechs Wochen alt warst. Wie, zum Teufel, ist sie mit zwei Kindern zurechtgekommen, ohne eine Familie in der Nähe? Das ist mir vollkommen schleierhaft. Sie war eine Heldin, aber ich habe ihr nie … ich habe ihr nie gesagt, wie unglaublich sie war … Erst jetzt …« Sie schürzte die Lippen, als wolle sie die Zähne blecken. »Ich vermisse sie so unglaublich.«

»Ich weiß«, flüsterte ich.

Es war keine Überraschung, dass uns die grausame Tatsache, dass unsere Mutter nicht mehr bei uns weilte, mit Drakes Geburt wieder schmerzlich bewusst wurde. Leben und Tod gehören zusammen. Mum hätte Drake liebend gerne in den Schlaf gewiegt und diese winzigen rosigen Zehen bewundert; sie hätte ihn behutsam an- und ausgezogen, hätte ihn gebadet und seine Decken, seine schmutzigen Bodys und die Spucktücher gewaschen. Sie hätte gekocht, die Gefriertruhe aufgefüllt, Mülltonnen geleert, Wäsche zusammengefaltet. Sie hätte Bill gelobt, weil er so wunderbar Windeln wechselte und den Sterilisator bediente. Bei Fionas Anblick hätte sie gewusst, dass der Schlafmangel ihr zusetzte und die Wochenbettdepression sich zu etwas Ernsthafterem entwickelte.

Das alles hätte sie getan, weil sie selbst Mutter war und diese Dinge kannte.

Ich gab mir Mühe, diese Rolle so gut wie möglich auszufüllen, aber jedes Mal, wenn ich Drake im Arm hielt, wurde meine eigene Sehnsucht schlimmer. Flynn spürte, dass ich eine Pause brauchte, und schob den Haufen sauberer Hemdchen, weißer Mützchen und weicher Jäckchen, die ich gerade zusammenfaltete, zur Seite und nahm mich an der Hand. »Lass uns spazieren gehen«, sagte er.

Wir stiegen einen gewundenen Pfad zur Küste hinab. Irgendwann wurde der Weg steiler und führte in scharfen Kurven zu einer kleinen, von Klippen gesäumten Bucht hinab.

Vage konnte ich mich erinnern, dass ich vor vielen Jahren schon einmal dort gewesen war. Die roten Quasten der Picknickdecke sah ich noch vor mir, ebenso meine Mutter, die sich die Augen beschirmte und irgendetwas bewunderte. Die ausgesetzten schwarzen Felsen glänzten bei Ebbe.

Unterwegs sagte Flynn: »Wir werden auch eines haben.«

Ich schob die Hand in seine Jeanstasche und lehnte mich an ihn. »Es ist nun schon ein Jahr her.«

»Vielleicht sollten wir einen Arzt aufsuchen.«

Ich spürte, dass ich erstarrte und auf Abwehr schaltete. Aber ich brauchte ebenfalls Antworten.

Als wir das andere Ende der Bucht erreicht hatten, blickten wir hoch und entdeckten das plumpe Fischerhaus oben am Rand der Klippen. »Was für eine Aussicht.«

»Es ist zu verkaufen.« Flynn deutete auf das rote Schild daneben.

Die Besitzerin war zu Hause, eine Krankenschwester im Ruhestand, die kein Problem damit hatte, dass ein junges Paar einfach an ihre Tür klopfte. Sie lud uns ein, uns umzuschauen. Das Haus war hoffnungslos heruntergekommen; das Dach hing durch, und die Tapete wellte sich an den Rändern, aber es hatte einen besonderen Reiz.

»Stell dir vor, wie es wäre, hier zu wohnen«, sagte Flynn, als wir allein waren. Er drehte mich um, damit ich die Aussicht bewundern konnte, schlang mir die Arme um die Taille und stützte das Kinn auf meine Schulter. »Wir könnten das stemmen, oder?«

Das Geld von meinem Vorschuss war soeben auf unserem Konto gelandet, und Flynn hatte ein paar Ersparnisse aus einer Erbschaft.

»Klar, das könnten wir. Aber in Cornwall? Was wäre denn dann mit deiner Arbeit?«

»Als Baumchirurg kann ich überall arbeiten«, sagte er. »Und dies ist doch der Ort, an dem du gerne wärst, oder? In der Nähe deiner Schwester, in Drakes Nähe.«

Ich dachte an Fiona, die ihr Neugeborenes wiegte; ich dachte an den Traum meiner Mutter, ein Haus mit Blick aufs Meer zu besitzen; ich dachte daran, was für ein Zufall es war, dass wir über dieses Haus gestolpert waren und die Besitzerin zu Hause angetroffen hatten. Das schien mehr als eine glückliche Fügung des Schicksals zu sein.

»Ja«, sagte ich zu Flynn, »das stimmt.«

Zwölf Wochen später hielten wir die Schlüssel in den Händen. Wir zogen ein, schliefen auf einer Matratze auf dem Boden und schmiedeten Pläne. Ein neuer Anstrich. Ein Holzbrenner. Neue Vorhänge. Ein neuer Teppich. Mehr brauchten wir nicht.

Während ich nun im Meer schwimme und zu dem oben auf der Klippe thronenden Haus hochsehe, frage ich mich, ob die Beibehaltung der ursprünglichen Pläne – wenn ich mich nicht von meiner Fantasie hätte mitreißen lassen – für unsere Ehe nicht besser gewesen wäre.

Jetzt stehe ich allein da, mit einem Haus, das ich mir nicht mehr leisten kann, und einem Beruf, der auch am Rand der Klippen zu stehen scheint.

Meine Füße wirken blutleer und bleich gegen die schwarzen Felsen, als ich die Stufen wieder hinaufsteige, zitternd unter meinem Bademantel. Mein Haar hängt nass im Nacken, und ich freue mich schon auf die warme Dusche.

Als ich dem schmalen Pfad ums Haus herum folge, treibt in der Brise eine Plastiktüte an mir vorbei und streift meinen Knöchel. Ich schnappe danach, aber eine Böe reißt sie fort und lässt sie davonschweben. Ich eile ihr bis zum Ende des Pfads nach und bleibe dann wie angewurzelt stehen.

Die Zufahrt ist mit Müll übersät. Alte Küchenrollen, leere Dosen, Plastikbehälter und Müslikartons liegen über dem Kies verstreut. Zeitungspapier flattert in der Brise oder wird an den Zaun gepresst. Ein zusammengeknülltes Blatt aus einem Notizbuch rollt an mir vorbei. Am Ende der Zufahrt ist die Papiertonne umgekippt, der Deckel geöffnet. Obwohl es windig ist, weiß ich, dass der Wind nicht annähernd stark genug ist, um die Tonne umzustürzen.

Ich eile über die Einfahrt und spüre, wie sich die Kiesel in meine Fußsohlen drücken. Mit einiger Anstrengung schaffe ich es, die Tonne aufzurichten. Dann binde ich den Gürtel meines Bademantels fester zu und mache mich daran, den Müll einzusammeln. Das nasse Haar peitscht mir ins Gesicht und hinterlässt Spuren von frischem Salz.

Als ich mir die Haare aus dem Gesicht streiche, habe ich plötzlich das Gefühl, nicht allein zu sein.

Auf der anderen Straßenseite sehe ich Mark an der Tür seines Elternhauses stehen, eine Zigarette zwischen den Fingern.

»Füchse«, ruft er.

Dann drückt er die Zigarette an der Wand aus, dreht sich um und verschwindet im Innern des Hauses.

Ich stehe mit offenem Mund da. Ist das wirklich gerade geschehen? Hat er – ein erwachsener Mann – meine Mülltonnen umgekippt?

Fast muss ich lachen, so überrascht bin ich. Ist das eine Reaktion auf den Umbau des Hauses, die Rache dafür, dass die Aussicht vom Haus seiner Eltern aus ruiniert wurde? Ich muss an den schrecklichen Besuch sechs Monate nach dem Hauskauf denken, als ich auf dem Küchentisch vor Frank und Enid die Pläne des Architekten ausrollte.

»Du hast doch von Renovieren gesprochen, nicht von einem kompletten Umbau!«, platzte es aus Frank heraus. Seine Wangen waren knallrot.

Wenn ich mich wegen der Reaktion der Nachbarn sorgte, hatten Freunde mir immer versichert: Eine Aussicht gehört niemandem! Jeder Käufer würde es so machen! Obwohl sie recht hatten, minderte das nicht die Schuldgefühle, die in mir aufstiegen.

Enid ging ans Küchenfenster. Ihre Fingerknöchel traten hervor, als sie an ihrer Jacke herumfummelte. Sie schaute aufs Meer hinaus, als bleibe ihr nicht mehr viel Zeit dafür. Wenn es einen Moment gab, in dem ich meine Pläne fast aufgegeben hätte, dann war es dieser.

Ich sammle den restlichen Müll auf und ziehe die Mülltonne wieder an ihren Platz am Ende der Einfahrt. Fiona würde rübergehen und Mark eine Entschuldigung abverlangen, aber ich habe nicht die Kraft für eine Auseinandersetzung.

Mein Roman, denke ich. Das ist das Einzige, woran ich jetzt denken sollte.

Nachdem ich mich mit einem dampfenden Kaffee und feuchtem, salzigem Haar an den Schreibtisch gesetzt habe, bin ich bereit. Ich öffne die Schublade, um einen Bleistift herauszunehmen, finde aber keinen. Ich ziehe die Schublade ganz heraus und krame in dem Chaos aus Stiften, Textmarkern, Klebezetteln und Klebestiften herum. Ein Locher, ein Taschenrechner, ein Kästchen Reißzwecken und ein Feuerzeug für mein Öllämpchen kommen zum Vorschein – aber kein verdammter Bleistift.

Das ist ein albernes Detail, aber es beunruhigt mich. Ich habe immer Bleistifte vorrätig.

Ich gehe nach unten und krame einen aus den Tiefen meiner Handtasche hervor. Als ich in mein Schreibzimmer zurückkehre, bin ich nervös. Ich öffne das Fenster und setze mich ein zweites Mal. Auf dem Schreibtisch liegt ein zerblättertes Wörterbuch. Ich schaue zu, wie es im Wind aufschlägt und die Seiten flattern.

Irgendetwas kommt mir merkwürdig vor. Ich versuche, dem Gefühl nicht allzu viel Bedeutung beizumessen – ich möchte nicht zu diesen Schriftstellern gehören, die nur in einer ganz bestimmten Umgebung arbeiten können –, aber ich kann den Gedanken nicht abschütteln, dass irgendetwas nicht stimmt.

Dann wird es mir klar. Das Wörterbuch. Normalerweise liegt ein Briefbeschwerer darauf, eine wunderschöne Glaskugel, die meine Mutter drei Jahre vor ihrem Tod bei einem Wanderurlaub in Malta gekauft hat.

»Das Meer scheint darin gefangen zu sein«, sagte sie mit einem sehnsüchtigen Blick. Der Briefbeschwerer liegt immer auf dem Wörterbuch, aber nun liegt er aus irgendeinem Grund daneben.

Ich nehme ihn, drehe ihn in den Fingern herum, spüre seine kühle Festigkeit an den Händen. Das Tageslicht fängt sich in den silbernen Flecken und lässt ihn wie das Meer glitzern. Als ich ihn so hin und her wende, spüre ich etwas Scharfes.

Bei näherer Betrachtung sehe ich, dass ein Stück abgeplatzt ist, kaum größer als ein Fingernagel.

Ich kann mich nicht erinnern, den Briefbeschwerer beschädigt zu haben.

In meinem Hinterkopf lauert ein beunruhigender Gedanke, ein Misston. Ich schreite auf und ab, um meiner Erinnerung auf die Sprünge zu helfen.

Und plötzlich weiß ich es: Die scharfe Scherbe, die sich in meinen Fuß gebohrt hat. Wie ein winziger, tödlicher Eiszapfen sah sie aus. Die Farbe war dieselbe wie die des Briefbeschwerers.

Schnell verlasse ich das Schreibzimmer und eile die Treppe hinunter, den Briefbeschwerer in der Hand. Ich öffne die Schlafzimmertür und gehe zu dem Papierkorb am Fuß meines Spiegels. Nachdem ich eine Weile darin herumgewühlt habe, finde ich das zusammengefaltete Taschentuch.

Vorsichtig wickle ich es auseinander und hole den gläsernen Dolch heraus, den ich im Teppich entdeckt habe.

Ich drücke das fehlende Teilchen an den Briefbeschwerer.

Es gleitet wie ein Schlüssel ins Schloss und fügt sich nahtlos in die Glaskugel ein.

Vorher

Wenn man im Haus eines anderen wohnt, müsste man schon sehr gleichgültig sein, um sich nicht für das Leben seines Besitzers zu interessieren. Es wimmelt von Spuren diesen Lebens – die sorgfältig ausgewählten Fotos an den Wänden, die Kleidung in den deckenhohen Einbauschränken, die Medikamente im Badezimmerschränkchen, der Dokumentenordner im Sekretär, die handschriftlich adressierte Post.

Ich kann mir Zeit lassen und mich über die kleinen Entdeckungen freuen, weil dein Haus für den Moment mein Haus ist.

Ich gehe aus der Küche ins Wohnzimmer und bewundere die fließenden Übergänge zwischen den Räumen. Alles ist wunderbar geschmackvoll eingerichtet: das cremefarbene Sofa mit der niedrigen Rückenlehne, das von zwei neu aufgepolsterten Sesseln flankiert wird, alles exakt so positioniert, dass man aufs

Meer schaut. Die neutralen Farbtöne und die klaren Linien lenken den Blick auf natürliche Weise aufs Wasser, das selbst an einem trüben Tag wie diesem hypnotisierende Wirkung entfaltet. Ich stelle mir vor, wie man bei wärmerem Wetter die doppelten Falttüren zurückschiebt, sodass die Wand verschwindet und den Eindruck hinterlässt, als läge das Haus direkt am Meer.

Es ist wirklich überwältigend. Sicher sind die Leute schnell mit Kommentaren dabei wie: »Gut und schön. Wenn man das Geld hat, ist das ja auch kein Problem.«

Dem kann ich nicht zustimmen. Um so etwas zu verwirklichen, braucht man Visionen.

Ich hätte es niemals geschafft.

Mein Blick wird von einer leichten Mulde in der Sitzfläche des Sofas angezogen, einer kaum merklichen Spur im Stoff. Das ist der Platz, auf dem du immer sitzt. Meine Augen wandern zu dem angrenzenden Couchtisch hinüber, zu der abgewetzten Stelle, wo du offenbar deine Füße hochlegst.

Ich lasse mich an deinem angestammten Platz nieder. Unwillkürlich gleiten meine Finger an der Seite des Sofas entlang. Die vergessenen Winkel eines Hauses bergen oft die verräterischsten Details. Ich fühle das raue Kratzen von Sand oder Krümeln. Dann stoßen meine Finger auf etwas Festes, Schmales, und ich ziehe einen Bleistift heraus. Das Ende ist zersplittert, der Bleikern ragt aus der hölzernen Hülle hervor. Es sieht so aus, als wäre der Stift abgebrochen.

Ein Versehen?

Ich stehe auf und drehe mich um. Hinter dem Sofa befindet sich eine Bücherwand. Sorgsam ausgewählte Keramikobjekte stehen zwischen den Buchreihen, schön geschwungen wie wohlgesetzte Kommata. Einen Moment bleibe ich stehen und bewundere deinen literarischen Geschmack. Viele Klassiker: Hemingway, Shakespeare, Brontë, Austen. Nicht sehr originell, aber trotzdem eindrucksvoll.

Ich trete näher heran und lasse den Finger über die abgenutzten Rücken im Belletristikregal gleiten: Psychothriller, Liebesromane, anspruchsvolle Literatur – aber ich kann es immer noch nicht finden. Ich suche so lange, bis ich mir sicher bin.

In deinem Regal gibt es nur ein Werk, das durch Abwesenheit glänzt: deines.

5 Elle

Ich stecke das letzte Stück Fladenbrot in den Mund, dann sammle ich die Take-away-Behälter ein und folge Fiona in die Küche.

»Schau weg«, weist Fiona mich an, einen Blick auf die Spüle werfend, in der sich das schmutzige Geschirr stapelt. »Das ist eine dieser grässlichen Wochen.«

»Ich mach das, das dauert ja nicht lang.«

»Das wirst du nicht tun.« Sie stellt sich vor die Spüle. »Schenk uns lieber noch ein Glas Wein ein.«

Fionas unerbittlich dominante Art stimmt mich fast nostalgisch. Ich bin es gewohnt, dass ich hin und her dirigiert werde, als sei ich etwas Flüssiges, dessen Bestimmung es ist, um Fiona herumzufließen.

»Was ich dich noch fragen wollte«, sage ich, während ich zusehe, wie sie die Plastikbehälter abspült und in die Wertstofftonne wirft, nachdem sie eine Müslischachtel zusammengeknüllt hat, um Platz zu schaffen. »Als du nach der Airbnb-Geschichte geputzt hast, bist du da zufällig in meinem Schreibzimmer gewesen?«

»O Gott, jetzt sag nicht, dass ich dort auch putzen sollte?« Sie drückt den Mülleimerdeckel mit einem energischen Ruck zu. »Ich hatte eine derart anstrengende Woche, dass ich nur eine Stunde dort war. Im Übrigen werde ich das nie wieder tun. Das nächste Mal kannst du dir eine Putzfrau suchen.«

»Nein, darum geht es nicht. Es ist nur ... Als ich in das Zimmer gegangen bin, stand das Fenster offen, und auch sonst schienen ein paar Dinge anders zu sein als vorher.«

»Anders?«

»Als wären Gegenstände bewegt worden.«

Fiona dreht sich um. »Was meinst du damit?«

»Auf meinem Schreibtisch liegt doch dieser Briefbeschwerer aus blauem Glas. Erinnerst du dich? Mum hat uns beiden einen aus Malta mitgebracht.«

»Klar, der mit diesen Tintenwirbeln.«

»Meiner hat eine Macke. Das fehlende Teil steckte in meinem Schlafzimmerteppich.«

»Ja und?«

»Das muss während meiner Abwesenheit passiert sein.«

»Ich dachte, du hättest das Schreibzimmer abgeschlossen.«

»Hab ich auch.«

»Du denkst also«, sagt Fiona und zieht eine Augenbraue hoch, »dass die Mieter in dein Schreibzimmer eingedrungen sind, deinen Briefbeschwerer beschädigt und das abgesplitterte Teil in deinem Schlafzimmer deponiert haben?«

Diese Reaktion hatte ich erwartet: abfällig, ungerührt. Das ist genau der Grund, warum ich es meiner Schwester erzählt habe.

»Der Glassplitter ist möglicherweise in deiner Schuhsohle stecken geblieben«, fährt Fiona fort. »Dann bist du im Haus herumgelaufen, bis er sich im Schlafzimmer schließlich gelöst hat.« Sie wirft einen Tab in die Spülmaschine und schlägt die Tür übertrieben heftig zu. »Mir war klar, dass du mit so etwas ankommen würdest, wenn du dein Haus vermietest. Du brauchst einen Hund.«

»Ich brauche keinen Hund.«

Ich hole eine Flasche Weißwein aus dem Kühlschrank und schenke uns nach. Die Kühlschranktür ist übersät mit Fotos,

Notizen und Drakes ersten Bleistift-Kritzeleien. Mein Blick bleibt an dem Bild hängen, auf dem Flynn und ich vor unserem Campingwagen stehen, neben Bill und der hochschwangeren Fiona.

Ich vermisse den Camper, einen alten Mercedes Sprinter, den Flynn in monatelanger Arbeit umgerüstet hat. Wir sind an ruhige Strände gefahren und haben uns bei weit aufgeschobener Tür etwas zu essen gekocht.

Ich nehme das Foto ab und schaue es mir genauer an. Meine erste Begegnung mit Flynn ist mir noch gut in Erinnerung – das sandfarbene Haar, das braun gebrannte Gesicht, das Skateboard unter dem Arm, das beschwingte, sorglose Lächeln. Mein Magen hat sich vor Begehren zusammengezogen, als ich ihm seinen Kaffee serviert habe, mit einem Extrakeks auf der Untertasse. Eine Woche lang ist er jeden Abend in das Café gekommen, bevor er allen Mut zusammengenommen und gefragt hat: »Hast du Lust, noch irgendwo hinzugehen, wenn du hier fertig bist?«

Damals war ich vierundzwanzig Jahre alt und fühlte mich unglaublich verloren. Ich übernahm unterschiedliche Schichten in Cafés und Bars, schlief zu unmöglichen Zeiten und verließ, wenn ich nicht bei der Arbeit war, kaum meine Mietwohnung. Es war, als lebte ich unter Wasser … als würde mein Leben von anderen Menschen gelebt, denen ich aus der Ferne zusah. Den Kontakt zu meinen Schulfreunden hatte ich abgebrochen, und von Fiona und meiner Mutter hatte ich mich distanziert. Ich wusste nicht mehr, wer ich war oder was ich wollte. Bis dann an einem Dienstagmorgen im Frühling Flynn in das Café spazierte, sein Skateboard unter dem Arm. Plötzlich tauchte ich wieder auf und konnte atmen.

Fiona tritt neben mich. »Das erinnert mich daran, warum du in Scheidung lebst.«

Ich werfe ihr einen Blick zu, der besagen soll: bitte nicht.

»Weißt du, was ich denke«, sagt Fiona, als ich das Foto wieder zurückhänge.

»Spuck es aus.«

»Es wird Zeit, dass du mal wieder einen Mann kennenlernst.«

»Ich dachte, ich brauche einen Hund.«

»Triff dich mit einem Mann, der einen Hund hat.«

»Lass mich in Frieden damit.«

Wir durchqueren mit unseren Weingläsern das Wohnzimmer und setzen uns auf das Sofa. Im Raum ist es warm, und ich muss unwillkürlich gähnen. Die Augen fallen mir fast zu, dabei ist es noch nicht einmal zehn Uhr.

»Erzähl mir von den Mietern. Wie waren sie so?«

»Was?«

»Joanna und ihre Familie. Die Airbnb-Mieter. Hattest du den Eindruck, dass es anständige Leute sind, als du ihnen das Haus gezeigt hast? Keine Verrückten, die Briefbeschwerer in der Gegend herumwerfen?«

Ein Schatten huscht über Fionas Gesicht. Ihr Blick ist auf den Stiel des Weinglases gerichtet. »Ja, sie schienen anständig zu sein.«

Ich kenne meine Schwester. »Was verschweigst du mir?«

»Überhaupt nichts.«

»Fiona ...«

Es dauert drei, vier Sekunden, bis Fiona den Kopf hebt und mir in die Augen sieht.

»Hör zu, es tut mir leid, aber ich habe sie nicht gesehen.«

»Wie bitte?«

»Am Morgen ihrer Ankunft bin ich wie vereinbart rübergefahren, aber sie waren nicht da. Also habe ich einen Zettel mit meiner Telefonnummer hinterlassen. Eigentlich wollte ich mich später in der Woche bei den Leuten blicken lassen, aber dann brach hier das reinste Chaos aus, und ...«

»Du hast gesagt, du seist hingegangen. Du hast gesagt, du hättest dich mit ihnen getroffen.« Meine Hand kracht auf die Sofalehne, zu unser beider Überraschung.

Es sieht meiner Schwester ähnlich, dass sie Dinge, die sie nicht direkt betreffen, nicht konsequent verfolgt.

Im grellen Oberlicht von Fionas Badezimmer werde ich damit konfrontiert, wie müde ich aussehe; die Tränensäcke unter meinen Augen verwandeln sich in dunkle Schatten. Mittlerweile habe ich aber gelernt, dass man sich nicht bei einer Mutter, die die ganze Woche mit einem Kleinkind allein ist, über die eigene Erschöpfung beklagen sollte.

Ich wasche mir die Hände, vergesse aber, dass der Kaltwasserhahn spritzt, sodass sich das Wasser auf meinem Oberteil verteilt. Schnell drehe ich den Hahn wieder zu. Da ich kein Handtuch finde, trockne ich die Hände an dem Bademantel ab, der an der Tür hängt.

Mir kommt in den Sinn, dass ich angeboten hatte, die Renovierung des Bads zu bezahlen – damals, als der Vorschuss für mein Buch unerschöpflich zu sein schien –, aber Fiona hatte mich nur mit einem ihrer tödlichen, hochmütigen Blicke bedacht. Mir war sofort klar gewesen, dass ich das Angebot besser nicht wiederholen sollte. Irgendwie bin ich sogar froh darüber. Es hat etwas Gemütliches, wie sich Shampoos und Haarfestiger auf dem Wannenrand aneinanderreihen und Quietschenten und Plastikboote aus einem mithilfe eines Saugnapfs an die Fliesen geklebten Netz quellen; in einem angeschlagenen Krug drängen sich Zahnbürsten, und in einer Schale liegen winzige Duschgelfläschchen aus Hotelbadezimmern. Es gibt Einbauschränke für Toilettenartikel und geflochtene Körbe für ordentlich zusammengefaltete Handtücher. Das Bad sieht so aus, als würde hier jemand leben, und das hat etwas Behagliches.

Ich habe schon oft gedacht, dass Menschen, die Fiona in ihrem beruflichen Umfeld erleben und ihre Direktheit und ihren messerscharfen Verstand kennen, sich bestimmt wundern würden, wenn sie in ihr Haus kämen. Es ist ein Ventil, eine kleine Nische des Chaos, um den Druck, der durch ihre übergenaue Arbeitsweise entsteht, abzulassen.

In dieser Hinsicht sind wir das genaue Gegenteil voneinander. Mein Haus ist mein Heiligtum, schnörkellos, wohlgeordnet. Alles befindet sich an seinem Platz, was mir ein Gefühl der Sicherheit und Ruhe verleiht.

Der Rest meines Lebens versinkt im Chaos.

Als ich auf den Treppenabsatz trete, bleibe ich vor Drakes Tür stehen, die einen Spalt geöffnet ist. Mein Herz quillt über, wenn ich an den kleinen Körper im Pyjama denke, den warmen Keksgeruch seines Nackens, den leicht kratzigen Klang seines Schnarchens. Es wäre so verlockend, in den Raum zu treten, nachzuschauen, ob er zugedeckt ist, und sicherzustellen, dass er seinen Schnuller hat, aber ich will nicht das Risiko eingehen, ihn aufzuwecken. Fiona hat eine Stunde gebraucht, um ihn ins Bett zu bringen, und ich möchte mir nicht ihren Zorn zuziehen.

Der Raum gegenüber ist Fionas Arbeitszimmer, in dem eine Schreibtischlampe brennt. Es ist die Rumpelkammer des Hauses, das zukünftige Kinderzimmer, falls Fiona sich mit dem Gedanken tragen sollte, noch ein Kind zu bekommen – tut sie nicht. Der Schreibtisch verschwindet unter einem Meer von Papieren, Notizbüchern und Zeitungsartikeln. Über diesem Strandgut treibt der Bildschirm ihres Computers.

Jahrelang hat Fiona in London als Journalistin gearbeitet und aufsehenerregende Artikel über Wirtschaftsgrößen verfasst. Wie ein Jagdhund, der eine Fährte verfolgt, ist sie diesen Männern und Frauen auf der Spur geblieben und hat illegale Geldtransfers, Steuerhinterziehungen und jede auch noch so kleine Ungerechtigkeit gegenüber Mitarbeitern angeprangert. Die Arbeit entsprach ihrem Gerechtigkeitssinn, und unter den unmenschlichen Arbeitszeiten und dem hohen Druck blühte sie förmlich auf.

Nach Cornwall zu ziehen und ein Kind zu bekommen war nicht sosehr ein simpler Richtungswechsel gewesen, eher eine Vollbremsung mit quietschenden Reifen, Gummigestank auf dem Asphalt und schleuderndem U-Turn. Job, Kind und Umzug sind nicht miteinander vereinbar. In ihrem Job ist sie auf Kontakte, Interviews und Quellen angewiesen, die ihr nur in London zur Verfügung stehen.

Fionas Arbeit war so zentral für ihr Selbstverständnis, dass Bill und ich hocherfreut waren, als sie am Abend von Drakes erstem Geburtstag beim Abräumen des Geschirrs verkündete, dass sie fortan freiberuflich als Texterin arbeite.

Jetzt ist ihre Arbeit davon bestimmt, das perfekte Wort zu suchen, die überzeugende Formulierung, die Kunden zum Erwerb einer bestimmten Marke verleitet. Über ihrem Schreibtisch hängt eine Pinnwand mit Ideen, Bildern und Richtlinien zur speziellen Wortwahl von Kunden. Mittendrin entdecke ich eine Postkarte. Ich erkenne meine eigene Handschrift. *Du bist so unerschrocken und talentiert, dass du Erfolg haben wirst, das WEISS ich. Möge Cutting Edge Copy Erfolg haben!*

Ich lächle gerührt, weil meine Schwester die Karte über ihren Arbeitsplatz gehängt hat.

Hinter mir knarrt eine Diele. »Nicht gerade Meerblick, was?« Fiona steht im Türrahmen.

»Ich mag diesen Raum.«

»Was schaust du dir da an?«

»Du hast die Postkarte aufbewahrt, die ich dir geschickt habe.«

»Ach ja? Ich hatte ganz vergessen, dass sie noch dort hängt.«

In diesem Moment erklingt hinter Fiona ein Weinen. »Mummy.«

Die Haustür öffnet sich, und Bill stürzt ins Haus, einen Schwall kalter Luft mit sich bringend.

Er lässt eine Reisetasche auf den Boden fallen und legt die Anzugjacke darüber. Der Kragen seines Hemds ist aufgeknöpft, die Krawatte verschwunden.

»Oh, hallo, sind Sie nicht die berühmte Schriftstellerin?« Er strahlt, als er seinen üblichen Witz reißt, und breitet dann die Arme aus. Das Hemd spannt über seiner breiten Brust. »Hatte ich mir doch gedacht, dass ich deinen Wagen gesehen habe.«

Als wir uns umarmen, rieche ich einen Hauch von Raumspray und Pfefferminzbonbons – und eine leise Andeutung von Zigarettenqualm. Fiona hat ihm das Rauchen untersagt, als sie selbst vor sechs Jahren aufgehört hat, aber es ist kein Geheimnis, dass Bill gelegentlich heimlich eine raucht. Wie Fiona selbst auch.

»Es schmeckt besser, wenn man es heimlich tut«, hat Fiona mal erklärt. »Das verleiht einem das Gefühl, ein gefährliches Leben zu führen.«

»Wo ist denn deine umwerfende Schwester?«

»Oben. Drake ist gerade aufgewacht.«

»Aha.« Er betrachtet die Preisliste vom Take-away-Imbiss. »Fiona hat dich also wieder mit ihren Kochkünsten beglückt.«

»Ja, ihr Korma ist köstlich. Tut mir leid, wir wussten nicht, dass du früher zurückkommst, sonst hätten wir dir etwas übrig gelassen.«

»Alles, was ich brauche, ist …«, sagt Bill und geht in die

Küche, wohin ich ihm folge, »eine von diesen hier.« Er nimmt eine Flasche Bier aus dem Kühlschrank, öffnete sie und lässt den Flaschenhals an mein Weinglas klirren. »Prost. Aufs Wochenende.«

»Aufs Wochenende«, sage ich, auch wenn ich seinen Überschwang nicht teile. Morgen habe ich ein Autorengespräch in der örtlichen Bücherei. Bevor ich das hinter mich gebracht habe, werde ich mich sicher nicht entspannen können.

Bill nimmt eine Tüte Pistazien und schüttet sie in ein Schälchen. Er hält es zunächst mir hin, dann beginnt er, die Schalen aufzuknacken, die Pistazien in den Mund zu stecken und mit Bier hinunterzuspülen.

»Wie war es in Frankreich?«

»Gut. Ich habe es sehr genossen, obwohl ich mich auch gefreut habe, wieder zurückzukehren.«

»Steht das Haus denn noch?«

»Ja, Gott sei Dank.«

»Fiona hat gesagt, die Airbnb-Vermietung sei gut verlaufen.«

»Offenbar.«

»Wenn du noch einmal vermietest, lass es mich wissen. Ich hätte nichts dagegen, für ein paar Tage diesem Chaos hier zu entfliehen.« Er lacht, und seine Augen funkeln.

Ich kann mich noch erinnern, wie ich Bill in Fionas Wohnung in London zum ersten Mal begegnet bin. Er stand an der Spüle, die dicken Arme in eine Schüssel Seifenlauge getaucht; in der Wölbung seines kahlen Schädels spiegelte sich das Küchenlicht. Mein erster Gedanke war, dass er der Vater einer Mitbewohnerin sein müsse.

Bill hatte so wenig Ähnlichkeit mit den bleichen Akademikern, mit denen Fiona zuvor zusammen war, dass ich der Beziehung nicht viel Zeit gab. Es stand zu befürchten, dass Fiona, die sich schnell langweilte, bald genug von Bill haben würde.

»Er hat einen Superjob«, erzählte Fiona mir später, als wir allein waren. »Irgendetwas mit Geschäften. Er hat sogar einen Dienstwagen, so ein hässliches silbernes Monster mit getönten Scheiben.« Sie klang fast amüsiert, als könne sie es selbst nicht glauben, dass sie sich in Bill verliebt hatte. »Er hat seit zwei Jahren keinen einzigen Roman mehr gelesen. Er schaut beim Snooker zu. Einen schönen Abend zu verbringen heißt für ihn, ›ein paar Kannen‹ in einem Comedyclub zu heben. Er ist zwölf Jahre älter als ich. Er trägt Schmuck, und damit meine ich keine Piercings, sondern richtigen Schmuck. Eine Goldkette. Und einen Siegelring.«

Ich musterte sie. »Du magst ihn wirklich, nicht wahr?«

Sie lächelte und schaute dann schnell weg, eine fast mädchenhafte Reaktion, die ich von meiner Schwester gar nicht kannte. »Ja, ich glaube schon.«

Jetzt erkundigt sich Bill: »Alles in Butter? Du siehst ein bisschen müde aus, meine Liebe. Ist alles in Ordnung?«

Was ich an Bill schätze, ist, dass er es immer spürt, wenn ich irgendwie anders bin.

»Ich schlafe im Moment nicht gut, das ist alles.«

»Ah, die Schlange der Schlaflosigkeit. Du hast aber auch eine Menge am Hals, was? Die Sache mit Flynn. Den Abgabetermin für dein Buch. Vielleicht musst du dich auch noch in deinem neuen Haus einleben.«

Ich nicke und stelle wieder einmal fest, wie einfühlsam Bill sein kann.

»Du weißt ja, wo wir wohnen, falls du uns mal brauchst, nicht wahr?« Er legt mir seine große Hand auf die Schulter und drückt sie – ein klein wenig zu fest.

»Kam mir doch so vor, als hätte ich die Haustür gehört«, sagt Fiona, als sie in die Küche kommt, und küsst Bill auf den Mund. »Kein Verkehrschaos?«

»Ich hatte ein Treffen in Bristol. Wir haben pünktlich Schluss gemacht, dann bin ich sofort los. Mit Drake alles in Ordnung?«

»Ja. Aber am Wochenende kannst *du* dich um ihn kümmern.«

»Solange ich mich auch um dich kümmern darf.« Er zieht Fiona in die Arme und schmiegt das Gesicht an ihren Hals.

Ich gehe zu dem Sessel, auf den ich Mantel und Handtasche gelegt habe. »Dann verschwinde ich wohl mal.«

»Sei nicht albern! Bleib!«, sagt Bill und lässt Fiona los.

»Ich habe morgen ein Autorengespräch in der Bücherei.«

»Ich habe die Plakate gesehen«, sagt Fiona. »Wenn wir es schaffen, schauen wir vorbei.«

»Tun wir das?«, fragt Bill.

»Wagt es ja nicht!«, sage ich.

Fiona winkt ab. »Um elf ist es, nicht wahr?«

»Bitte. Ihr habt am Wochenende sicher Besseres zu tun.«

»Wir sind entsetzlich langweilige Zeitgenossen, Elle.«

»Außerdem«, fügt Bill hinzu, »wollen wir im Publikum sitzen und damit angeben, dass wir dich kennen.«

»Stellt bloß keine peinlichen Fragen, ja?«

Bill hakt sich bei Fiona unter und wackelt mit den Augenbrauen. »Wir?«

Ich trete aus der Wärme des Hauses und gehe über die Straße zu meinem Wagen. Fiona und Bill schauen mir von der Haustür aus nach und vergewissern sich, dass ich heil dort ankomme.

Ich starte den Motor, drehe die Heizung auf und schalte das Radio ein. Als ich anfahre, hebe ich die Hand zum Gruß – aber die beiden haben sich bereits abgewandt.

Energisch zieht Bill die Tür hinter sich zu und schließt seine Familie im Innern ein.

2003

Elles Haut hatte die tiefe Sonnenbräune eines träge verbrachten Sommerurlaubs. Sie war spät dran, weil sie sich auf dem verwirrenden Campus immer noch nicht richtig zurechtfand, und schlüpfte atemlos durch die Hintertür in den Hörsaal.

Sie ließ den Blick über das Meer der Köpfe schweifen und hielt nach einem freien Platz Ausschau. Zu ihrem Unmut konnte sie nur ganz vorn einen entdecken. Als sie die Mitteltreppe hinabstieg, darum bemüht, sich unsichtbar zu machen, hielt der Dozent mitten im Satz inne.

Er saß auf der Tischkante. Auf dem Bildschirm hinter ihm leuchteten die Worte »Shakespeares Tragödien«. Sein braunes Haar war ungewöhnlich geschnitten; zur dunklen Jeans trug er ein gut sitzendes Cordjackett.

»Vielleicht sollte ich erwähnen«, sagte der junge Dozent, »dass verspäteten Hörern die ehrenvolle Aufgabe zukommt, mir am Ende der Vorlesung zu assistieren und die heutigen Handzettel zu verteilen. Diese Rolle« – er fing Elles Blick auf – »fällt heute wohl Ihnen zu.« Er lächelte, ein jungenhaftes Lächeln, das sein Gesicht zum Leuchten brachte und einen Strahlenkranz feiner Fältchen um seine Augenwinkel zauberte.

Sofort richtete sich die Aufmerksamkeit aller Studenten auf sie, weil bestimmt hundert Augenpaare seinem Blick folgten. Vielleicht hatte es damit zu tun, dass sie erst neunzehn Jahre alt war oder dass sie noch unter dem Einfluss der harten Getränke stand, die sie bis vier Uhr nachts getrunken hatte, jedenfalls grinste sie vor diesem mit Studenten der englischen Literatur vollgestopften Hörsaal und machte einen Knicks.

»Zu Diensten.«

Luke Linden hieß er, »aber sagen Sie doch einfach Luke«. Er war einer der Dozenten, wie sie erfahren sollte, der gerne hinter dem Pult hervortrat und mit großen Schritten von einem Ende des Hörsaals zum anderen tigerte. Er gefiel sich darin, Kunstpausen einzulegen, sodass selbst die Studenten, die gerne die Gedanken schweifen ließen, plötzlich wieder aufschauten, als hätte die Stille sie aus dem Schlaf gerüttelt. Luke Linden konnte leidenschaftlich über die Semantik der romantischen Liebe im Jakobinischen England reden – und schien gleichzeitig selbst einer seiner Studenten zu sein.

Nur dass er keiner seiner Studenten war.

Und hier machte Elle ihren ersten Fehler.

6 Elle

Die beste Geschichte – die einzige Geschichte, die erzählenswert ist – ist jene, die in einem lebt, die von einem Besitz ergreift, die darauf beharrt, erzählt zu werden.

Die Schriftstellerin Elle Fielding

Die Wagentür öffnet sich in die Dunkelheit, und mir fällt auf, dass meine Schritte eilig über die frostharte Einfahrt hasten.

Auf der Türschwelle krame ich in meiner Handtasche und suche nach meinem Schlüssel.

Vielleicht hätte ich noch ein Glas Wein trinken und auf Fionas Gästesofa schlafen sollen, um nicht in ein leeres Haus zurückkehren zu müssen.

Ich stecke den Schlüssel ins Schloss, schlüpfe ins Haus und riegle hinter mir ab.

Da ist sie, diese Stille. Sie lähmt mich und füllt meine Ohren mit ihrem geräuschlosen Lärm.

Ich hasse es, in ein leeres Haus zu kommen, besonders nach Einbruch der Dunkelheit. Vielleicht hat Fiona recht: Ich brauche einen Hund.

Unwillkürlich ertappe ich mich dabei, dass ich die Straßengeräusche meines alten Lebens in Bristol vermisse: das ständige Rauschen des Verkehrs, die rund um die Uhr geöffneten Geschäfte, die Geräusche, die von den anderen Menschen durch die Wände der Wohnung dringen; Stimmen, Fernseher, Spülkästen, die wieder volllaufen, Teller, die zusammengestellt werden, Gelächter.

Ich zwinge mich, durchs Haus zu eilen und Lichter, Radio und Fernseher einzuschalten.

Mein erster Winter hier steht bevor, und ich frage mich, ob es warm genug sein wird. Eine Fußbodenheizung spendet nicht die gleiche Wärme wie ein Kaminfeuer. Eigentlich müsste ich den Holzbrenner in Betrieb nehmen, aber jedes Mal, wenn ich ihn vorbereiten will, werde ich von dem Gefühl von Flynns Abwesenheit überwältigt. Es war immer seine Aufgabe.

In unserer letzten Mietwohnung hatten wir einen Kamin. Ich habe noch gut in Erinnerung, wie sorgfältig er jeden Abend das Holz ausgewählt und mir erklärt hat, ob es sich um Apfel oder Birke handelte oder um ein Stück Pflaumenbaum, das er im vergangenen Jahr bei einem Auftrag irgendwo abgesägt hatte. Er erläuterte, wie lange ein Stück Holz brennen und wie es riechen würde und wie gut es schon abgelagert war.

Bevor ich mich eines Besseren besinnen kann, hole ich mein Handy aus der Tasche und wähle seine Nummer. Ich möchte seine Stimme hören. Ich möchte ihm mitteilen: *Soeben wollte ich den Holzbrenner einweihen, den du ausgewählt hast.* Ich möchte sagen: *Ich vermisse dich.* Ich möchte ihn sagen hören: *Ich verzeihe dir.*

Als er sich meldet, höre ich leise Musik. Muddy Waters. Einer seiner Lieblings-Bluesmusiker. Flynn spielt die Platte auf einem Plattenspieler ab, der einmal seinem Vater gehört hat. Ihm gefällt das Zeremonielle, wenn man die Nadel auf die Platte setzt und diese sich mit einem sanften Kratzen zu drehen beginnt.

»Elle?«

»Ich wollte nur … ich dachte nur, ich … sag mal Hallo.« Ich schaue auf die Uhr. Es ist Mitternacht an einem Freitagabend. Mist.

»Aha. Hallo«, erwidert Flynn leicht belustigt.

Ich klemme das Handy unters Kinn und gehe in die Küche, um sicherzustellen, dass die Hintertür abgeschlossen ist. Nachdem ich auf die Klinke gedrückt habe, prüfe ich den Bolzen. Dann gehe ich an den Küchenwänden entlang und schaue nach, ob sämtliche Fenster geschlossen sind und der Weinkeller abgesperrt ist.

Auf dem Weg ins Wohnzimmer erzähle ich Flynn von meinem Abend bei Fiona und Bill. Ich schaue hinter das Sofa und streiche mit der Hand über die Vorhänge, bis ich die Wand spüre. Alle Räume müssen überprüft werden. Jedes Fenster. Nur so findet mein Geist Frieden.

Als ich mit meinen Maßnahmen zufrieden bin, gehe ich ins Schlafzimmer, setze mich aufs Bett und lasse mich zurückfallen. Mit einem dumpfen Geräusch landet mein Kopf auf dem Kissen.

Das Handy fest ans Ohr gedrückt, höre ich Flynn langsam atmen. Ich sehe ihn auf dem Sofa sitzen, bei brennendem Kamin und Dämmerlicht, eine leere Flasche Ale auf dem Couchtisch.

Die Platte von Muddy Waters ist zu Ende, und unser Gespräch setzt sich in die tröstliche Stille fort. Die Augen halte ich geschlossen. In unserem vergangenen Leben – der Version, die parallel zu dieser verläuft – hätte ich mich aufs Sofa gelegt, die Füße in seinem Schoß, und die Wärme des Kamins an meinen Schienbeinen gespürt. Wir würden Pläne fürs Wochenende schmieden: eine Wanderung durch den Wald mit anschließendem Mittagessen in einem Pub oder vielleicht eine Fahrt an die Küste, um Freunde zu besuchen.

Am anderen Ende der Leitung höre ich, wie sich eine Tür

öffnet, dann Schritte. Flink und leicht. Das Murmeln einer Frauenstimme, leise, vorwurfsvoll.

»Oh«, sage ich und setze mich auf. Meine Hand fährt an meine Brust. »Du hast Besuch.«

Es klingt, als würde er den Mund näher an die Sprechmuschel halten, als er sagt: »Hör zu, Elle, mir war nicht klar, dass du ...«

Ich suche nach Worten, die zum Ausdruck bringen, dass das schon in Ordnung ist. Mir fällt aber nichts ein, was ich sagen könnte und wie ich mit dieser plötzlichen niederschmetternden Erkenntnis umgehen soll.

Daher tue ich das Einzige, was mir in den Sinn kommt: Ich beende das Gespräch.

Im Schlafzimmer auf und ab schreitend, spiele ich das Gespräch immer wieder durch.

Flynn.

Flynn und eine andere Frau.

Wie ein Fausthieb in den Magen ist das.

Ich werfe mein Handy aufs Bett. Es federt hoch, knallt gegen mein cremefarbenes Nachtschränkchen und landet auf dem Teppich.

Dann lasse ich mir ein Bad ein und füge ätherische Öle hinzu. Das Wasser fließt über meinen Körper, bis nur noch mein Gesicht herausschaut. Ich konzentriere mich auf meinen Atem und versuche mich zu entspannen.

Zwecklos. Ich steige aus der Wanne und verteile das Wasser auf dem Badezimmerboden.

In meinen Bademantel gewickelt, beäuge ich das Bett. Es macht keinen Sinn, mich hinzulegen, wenn ich so erregt bin, so aufgekratzt.

Ich werde schreiben, beschließe ich.

Die Lampe wirft weißes, makelloses Licht auf meinen Schreibtisch. Der Rest des Raums liegt im Dunkeln.

Ich hole Luft. Der Mauszeiger schwebt über dem Word-Dokument mit dem Namen BUCH 2.

Das Buch kommt gut voran, hatte ich Jane erzählt.

Fünfeinhalb Wochen vor dem Abgabetermin.

Ich denke an die ungeöffneten Rechnungen, die unten auf meinem Sekretär liegen, und die Rate für die Hypothek, die ich diesen Monat nicht bezahlt habe. Alles hängt von diesem Buch ab, wartet auf mich. Ich denke an den letzten Post von booklover101 auf meiner Facebook-Seite, ein GIF von einer Frau, die an einer Schreibmaschine sitzt und wie besessen auf den Tasten herumhämmert. *Ich hoffe, du arbeitest hart. Denk dran, dass dein erster Fan wartet.*

Klick.

Das Dokument öffnet sich, und die Titelseite erscheint.

BUCH 2
von Elle Fielding

Darunter – nichts.

Weißer Bildschirm.

All dieser leere Raum sieht mich an und möchte gefüllt werden. Es ist, als würde ich in ein schwarzes Loch blicken – nur dass es weiß ist –, als könne ich hineingesogen werden und mich in dieser Leere verlieren.

Unter dem Schreibtisch klopft mein Fuß auf den Boden.

Ich muss daran denken, wie begeistert und inspiriert ich war, bevor mein erstes Buch veröffentlicht wurde. Damals schrieb ich ohne Erwartungen und Abgabetermine, nur für mich allein. Ein großer Frieden lag darin. Damals war mir das gar nicht bewusst, weil ich mich nur nach einem Buchvertrag sehnte, aber es war ein wunderbares Schreibgefühl – allein auf freier Wildbahn, ohne Vertrag.

Jetzt warten Tausende von Lesern sehnsüchtig auf meinen nächsten Roman, ein Verlag steht in den Startlöchern, und mein Zuhause hängt von dessen Gelingen ab. Ich reibe über die Haut unter meinem Schlüsselbein und spüre, wie sich mein Brustkorb zusammenzieht.

Dies ist nicht so, wie ich es mir vorgestellt habe.

Nichts ist, wie es sein sollte.

»Alles wird gut«, sage ich laut in den leeren Raum. Meine Stimme klingt unnatürlich munter. »Du schaffst das. Du musst dich nur konzentrieren und aufhören, an dir selbst zu zweifeln. Denk nicht zu viel nach, Elle, schreib einfach.«

Teambesprechung mit mir selbst.

Verdammt, diese Stille. Kein Wunder, dass ich Selbstgespräche führe. Ich lege Musik auf und drehe sie laut. Dann schalte ich noch das große Deckenlicht ein. Schon besser, denke ich, während ich auf und ab gehe.

Wenn heute Abend jemand in der Bucht herumläuft, kann er direkt in den Raum schauen und mich hier sehen, allein.

Ich nehme den Briefbeschwerer vom Schreibtisch und drücke den Daumen auf die abgeplatzte Stelle. Fast spüre ich die scharfe Spitze des fehlenden Splitters, als stecke er immer noch in meiner Ferse.

Dieses Gefühl, der heiße Atem der Angst.

Ich setze mich auf den Stuhl und lege den Briefbeschwerer neben mich. Das Licht sammelt sich darin und wirft mein Ebenbild zurück, verzerrt durch die Wölbung des Glases.

Ich weiß, was für eine Geschichte ich schreiben muss. Vermutlich habe ich es immer gewusst.

Alles ist hier in mir drin, das kann ich jetzt klar erkennen. Die Figuren sind bereits lebendig, sie stecken direkt unter meiner Haut. Ich muss sie nur noch auf die Seite bringen und dort festhalten.

Also stelle ich sie mir vor, lasse ihre Stimmen auf mich wirken, lade sie zu mir ein.

Und dann beginne ich zu schreiben.

2003

Den zweiten Fehler beging Elle später.

Sie sah auf und stellte sicher, dass die Bibliothekarin noch damit beschäftigt war, die Bücher vom Wagen zu nehmen, dann fuhr sie fort, ihr Crunchie zu zerlegen; sie knabberte die Schokoladenschicht ab und saugte an dem Honigkern, bis er sich in ihrem Mund in eine klebrige Masse verwandelte.

Ihre Mitbewohnerin Louise, die ihr gegenübersaß, erzählte ihr flüsternd von ihrem Plan, eine Rolle Luftpolsterfolie mit Farbe zu besprühen und sich daraus ein Kleid für die Weltraumparty am Abend zu basteln.

Mitten im Satz hielt Louise inne und beobachtete etwas hinter Elles Rücken.

»Da ist er ja.«

Elle nahm das Crunchie aus dem Mund und drehte sich auf ihrem Stuhl herum.

Luke Linden durchquerte mit langen, lockeren Schritten die Bibliothek, eine Zeitung unter den Arm geklemmt. Überall drehten sich die Köpfe nach ihm um. Eine Gruppe Studenten an einem Tisch zu ihrer Linken winkte ihn zu sich. Er blieb stehen, um sich eine Frage anzuhören, sanft nickend. Seine Antwort ertönte in der angespannten Stille, einen Moment später ging er weiter und verschwand.

Louise stützte die Ellbogen auf den Tisch und flüsterte: »Ich muss meinen Master machen, damit ich ihn noch ein Jahr lang anschauen kann.«

»Mach lieber ein Foto von ihm, dann musst du dich nicht weiter verschulden.«

»Erzähl mir nicht, dass du nicht in ihn verliebt bist.«

»Ich bin nicht in ihn verliebt.«

»Aber du würdest sofort mit ihm ins Bett gehen, oder?«

Elle zuckte mit den Schultern.

»Klar würdest du das.«

Später ging Elle oft durch den Kopf, was sie darauf erwidert hatte. Ob sie es so gemeint und wie es die Dinge verändert hatte. Am liebsten würde sie in der Zeit zurückgehen und ihre Erinnerungen bearbeiten. Würde dieses winzige Detail in ihrer Geschichte umschreiben, weil es – obwohl es sich nur um einen Satz handelte – ausschlaggebend gewesen war.

So wurde es zu dem Haken, an dem sie hängen würde.

In jenem Moment aber war Elle nur eine junge Frau von nicht einmal zwanzig Jahren, mit hüftlangem Haar und faltenloser Haut; sie strahlte in der Erwartung dessen, was das Leben für sie bereithielt.

Elle hielt Louises Blick stand, als sie schließlich antwortete: »Ja, das würde ich tun, unbedingt. Tatsächlich«, fügte sie hinzu, »habe ich es vielleicht sogar fest vor.«

7 Elle

In der schwarzsamtenen Dunkelheit der vierten nächtlichen Stunde wälze ich mich auf die Seite. Die Laken bilden ein heißes Gewirr an meiner Hüfte. Die Schlange in meinem Kopf ist lebendig, hellwach.

Ich lausche auf das Haus und sehne mich nach Geräuschen anderer Menschen – dem sanften Schnarchen eines Babys im Kinderzimmer, dem Quietschen, mit dem sich die schmiedeeiserne Klappe des Holzbrenners öffnet, einem Holzscheit, das in die Flammen geworfen wird.

Aber da bin nur ich. Mein Atem. Mein Herzschlag, rasend.

Und meine Gedanken. Sie randalieren wie ein Betrunkener. Sie scheinen in meinem Geist widerzuhallen und meinen Kopf mit ihrem Lärm und ihrer Gehässigkeit zu füllen.

Du lädst deine Geschichte und deine Charaktere in deine Gedanken ein – aber was, wenn sie nicht mehr gehen?

Ich setze mich auf. Meine Augen sind in der Dunkelheit weit aufgerissen.

An diesem Morgen fühle ich mich trostlos, leer. Das ist das merkwürdige Gefühl der Erschöpfung, wenn man zu viel geweint hat. In der Nacht habe ich fünftausend Wörter geschrieben, ich konnte einfach nicht abschalten. Ich kann es immer noch nicht. Das Letzte, wonach mir jetzt der Sinn steht, ist ein Autorengespräch. Ich möchte nicht weggehen müssen, sondern meine Geschichte zu Papier bringen.

Ich ziehe meinen Wintermantel an und bleibe im Vorraum stehen, um mich im Spiegel anzuschauen. Herrgott, ich sehe wie eine Vogelscheuche aus. Mein Teint ist fleckig, und unter meinen Augen liegen violette Schatten.

Ein Blick auf die Uhr. In einer Stunde werde ich in der Bücherei stehen und über mein großartiges Leben als Schriftstellerin dozieren.

Warum habe ich mich nur darauf eingelassen?

Natürlich weiß ich, warum. Ich muss in der Gegend allmählich heimisch werden, muss Wurzeln schlagen. Das alte Fischerhaus zu entstellen, das ist bei den Menschen hier nicht auf Gegenliebe gestoßen. Mit Sicherheit denken sie, ich sei eine dieser Städterinnen, die nur gelegentlich vorbeischauen. Dabei möchte ich hier Freundschaften schließen und Cornwall zu meiner Heimat machen.

Das ist mir wichtig.

Ich öffne meine Handtasche und kontrolliere zum zweiten oder dritten Mal, ob meine Notizen in meinem Roman stecken.

In Erwartung der Kälte jenseits der Eingangstür schließe ich meinen Mantel bis zum Hals. Irgendetwas stimmt nicht. Meine Finger greifen ins Leere, wo normalerweise eine Brosche steckt. Sie hat meiner Mutter gehört – ein silberner Mauersegler im Gleitflug –, und ich nehme sie nie ab. Als ich den Mantel zum letzten Mal getragen habe, steckte sie noch am Kragen. Am Tag meiner Abreise nach Frankreich war das. Seither hing der Mantel genau an dieser Stelle im Vorraum. Ich gehe in die Hocke, suche zwischen den unten aufgereihten Schuhen und drehe jeden Einzelnen von ihnen um, aber sie sind alle leer.

Für eine gründlichere Suche bleibt keine Zeit, es gefällt mir jedoch nicht, das Haus ohne die Brosche zu verlassen. Es ist beunruhigend, ein schlechtes Omen.

Als ich aufstehe, schießt mir ein Bild in den Sinn: Joannas blasse Hand, die über den Kragen meines Mantels streicht; lange Finger, die auf den silbernen Vogelflügel stoßen; eine winzige Bewegung, mit der die Brosche gelöst wird, um das kühle Metall in der Handfläche verschwinden zu lassen.

Nachdem ich die Bücherkiste von der Rückbank geholt habe, stoße ich die Wagentür mit der Hüfte zu und fummle mit dem Schlüsselanhänger herum.

Die Bücherei mit der Kieselputzfassade, die ein Stück zurückversetzt hinter einem teuren Rasen aufragt, wirkt müde im Morgenlicht. Ich gehe über den Plattenweg zum Eingang. Glyzinien, deren Blüten längst abgestorben sind, schlängeln sich über die Wand; der Beton darunter ist mit Vogelkot verkrustet.

Ich schiebe die Tür mit der Schulter auf und atme den warmen Geruch von Büchern ein.

Eine junge Bibliothekarin in einer karierten Bluse, die an Busen und Bauch spannt, lässt den Bücherwagen stehen und kommt herbeigeeilt.

»Herzlich willkommen! Warten Sie, ich nehme Ihnen die Kiste ab«, sagt sie. »Ich bin Laura. *Wilde Angst* habe ich geliebt, buchstäblich geliebt! Ich empfehle es praktisch jedem weiter.«

»Das ist sehr nett von Ihnen, Laura. Danke.« Ich lächle.

Sie begleitet mich zu einem Areal, wo man vor einem kleinen Tischchen im Halbkreis Stühle aufgestellt hat.

»Ist das in Ordnung so?«, fragt Laura mit einem leichten Cornwall-Akzent. Ihre Wangen sind gerötet, und aus ihrem Pferdeschwanz haben sich feine Strähnen gelöst. »Ich habe Ihnen einen Krug Wasser auf den Tisch gestellt. Das Mikro steht auf Standby, falls Sie es brauchen. Aber ich weiß, dass manche Leute lieber ohne sprechen. Maeve hat gesagt, dass wir im Lagerraum ein Stehpult haben, falls Ihnen das lieber ist?«

»Es ist wunderbar so, danke.« Meine Aufmerksamkeit wird von dem Fenster angezogen, hinter dem in der Ferne das schimmernde Meer zu sehen ist. Plötzlich überkommt mich die Sehnsucht, dort draußen zu sein, im Wasser, das Salz auf der Haut.

»Oh, tut mir leid. Das Fenster lässt sich nicht öffnen, aber wenn Sie es zu stickig finden, kann ich den Notausgang aufmachen. Was meinen Sie? Soll ich das vielleicht schnell tun?«

»Für mein Gefühl ist die Temperatur genau richtig. Übrigens gefällt mir das Veranstaltungsplakat«, sage ich und zeige auf die Aushangtafel.

»Das ist einfach ein schlichter Ausdruck«, sagt Laura und presst erfreut die Hände an die Brust.

Ich ziehe den Mantel aus und hänge ihn über die Stuhllehne, dann lege ich mein Exemplar des Romans auf den Tisch, schlage es auf und überfliege meine Notizen.

»Ah, schauen Sie! Da ist die Büchereileiterin, Maeve. Ich denke, Sie kennen sich noch nicht.«

Eine kleine Frau mittleren Alters in einem Trägerkleid kommt auf uns zu, ein Blaudrucktuch um das tiefrote Haar geknotet. Ihre blassgrünen Augen sind auf mich gerichtet.

»Hallo.« Sie lächelt.

»Freut mich, Sie kennenzulernen«, sage ich und reiche ihr die Hand.

Maeves Hand liegt kühl und sanft in meiner. Irgendwie kommt sie mir bekannt vor.

»Ganz meinerseits.«

»Danke, dass Sie die Veranstaltung heute ausrichten.«

»Die Arbeit hat Laura gemacht, was, Laura?«

Die strahlt. »War mir ein Vergnügen. Es kommt ja nicht oft vor, dass eine Bestsellerautorin in unsere Gegend zieht. Alle freuen sich wahnsinnig auf die Veranstaltung, das ist ein Selbstläufer«, sagt sie mit Blick auf die Stuhlreihen, die sich allmählich füllen.

In diesem Moment öffnet sich die Tür, und Fiona kommt herein. Sie knöpft einen Mantel mit hohem Kragen auf und lässt den Blick durch den Raum schweifen. Sie trägt Schwarz, und nur der rote Lippenstift bringt Farbe in ihr ansonsten ungeschminktes Gesicht. Über ihrer Schulter hängt eine große Handtasche. In der anachronistischen Bücherei wirkt ihr sachlicher Stil fast fehl am Platz. Als sie mich entdeckt, hebt sie einen Finger und kommt durch den Raum auf mich zu. Wir küssen uns, und ich rieche den Duft von Kaffee und Croissants.

»Das ist meine Schwester Fiona«, sage ich zu Laura und Maeve.

»Wir kennen uns«, erklärt Maeve lächelnd. »Der Buchclub.«

»Diesen Monat findet er bei dir statt, Fiona, oder?«, fragt Laura.

»O Gott, du hast recht! Vielleicht sollte ich euch vorwarnen, dass es keine Salzkaramell-Brownies geben wird. Dafür kann ich euch zusichern, dass der Alkohol in Strömen fließt.«

»Dann werden wir ja ordentlich Zulauf haben«, sagt Maeve.

Laura wendet sich an mich. »Sind Sie auch in einem Buchclub, Elle?«

»Nein.« Fiona hatte den Buchclub mal erwähnt, aber ich war nicht beleidigt, dass sie mich nicht dazu eingeladen hat. Jede von uns hat schon immer ihr eigenes Leben geführt.

»Dann sollten Sie zu unserem Club kommen«, sagt Laura und wippt auf ihren hohen Absätzen auf und ab. »Es wäre doch toll, eine richtige Schriftstellerin dabeizuhaben. Diesen Monat besprechen wir *Die geheime Geschichte* von Donna

Tartt. Ich glaube, ich bin die Einzige, die es noch nicht gelesen hat. Sie sollten unbedingt teilnehmen. Ich würde mich wahnsinnig freuen. Alle würden es!«

»Ja, komm doch«, sagt Fiona, obwohl mir nicht klar ist, ob sie das ernst meint.

»Also gut.« Als ich mich umschaue, sehe ich, dass sich der Raum füllt. Die Frauen strömen herein, suchen sich einen Platz, legen ihre Wintermäntel über die Rückenlehnen und behalten die Handtaschen auf dem Schoß. Ziemlich weit vorn sitzen zwei junge Frauen, Notizbücher auf den Knien, stecken die Köpfe zusammen und reden. Ich denke: *Noch vor gar nicht so langer Zeit war ich auch eine von euch. Ich lauschte Schriftstellern und betete: Lass mich bitte eines Tages auch dort stehen.*

Maeve und Laura verschwinden, um Mitgliedsanträge zu verteilen, und Fiona sagt: »Bill lässt sich entschuldigen. Drake wollte unbedingt an den Strand.«

»Ist doch in Ordnung.« Fiona hätte den Morgen mit ihnen verbringen können. Stattdessen ist sie gekommen, um mir zur Seite zu stehen. Ich nehme ihre Hand und drücke sie. »Danke, dass du da bist.«

Fiona schaut nach unten. »Feuchtkalte Finger.«

»Nervosität.«

Sie mustert mich. Ihr Blick ist durchdringend, als würde sie durch die Schichten meiner Persönlichkeit tiefer in mein Inneres blicken, als andere Leute es vermögen.

»Julia, Sandy, die Jungfrau Maria. In fast jeder Schultheateraufführung hast du die Hauptrolle gespielt. Du warst auf der Bühne zu Hause.«

»Das ist schon Jahre her. Außerdem habe ich dann Rollen verkörpert. Ich hatte einen Text auswendig gelernt.«

»Dann schlüpf doch in eine Rolle. Du bist eine internationale Bestsellerautorin. Du besitzt eines der begehrtesten

Häuser in ganz Cornwall. Du bist jung, schön und erfolgreich. Nicht zu vergessen, dass du eine umwerfende Schwester hast.«

Als ich vor dem Spiegel in der Büchereitoilette stehe, nehme ich mir Zeit, um mich zu sammeln. Mein Hals ist gerötet, und ich schließe noch einen Knopf von meiner Bluse. Meine Hände zittern, stelle ich fest.

Ich schaffe das. Diese Rolle habe ich bereits viele Dutzend Mal gespielt, auf Lesereisen, bei Literaturfestivals, in Interviews.

Im Kopf gehe ich noch einmal den ersten Teil meines Texts durch. Ich gedenke, kurz die Urlaube meiner Kindheit hier in Cornwall zu erwähnen, dann werde ich die merkwürdige schwarze Wolke streifen, die über den Jahren nach meiner Volljährigkeit liegt, um die Geschichte schließlich mit der Zeit, als ich Ende zwanzig war, beginnen zu lassen. Ich werde von der latenten Unzufriedenheit reden, die in mir köchelte, und von meinen verschiedene Jobs – Barkeeperin, Kellnerin, Rezeptionistin –, von denen keiner meiner brodelnden Ruhelosigkeit ein Ventil bot. Dann werde ich über meine Reisen mit Flynn sprechen (soll ich seinen Namen nennen oder lieber nicht? *Nein,* beschließe ich, weil ich nicht das Risiko eingehen will, die Kontrolle über meine Stimme zu verlieren) und darüber, wie im Herzen von Bristol, wo wir eine Wohnung gemietet hatten, die Idee, zu schreiben, in mir aufkeimte.

»Es gibt da so einen Abendkurs«, begann Flynn eines Abends, als wir eine Take-away-Pizza aßen, direkt aus der Schachtel. »Kreatives Schreiben. Er hat schon letzte Woche begonnen, aber du hättest nur eine Sitzung verpasst. Ich habe einen Handzettel gefunden. Hier«, sagte er und drückte ihn mir in die Hand.

Er zeigte ein abstraktes Bild von einem Flügel, der einen blauen Himmel zerschnitt. Lass deine Fantasie schweifen, lautete die Schlagzeile in einem eleganten grauen Schriftzug.

»Ich dachte«, sagte Flynn zögernd, »ich könnte dir den Kurs schenken. Zum Geburtstag. Falls du Interesse hast.« Flynn hatte seine erste bezahlte Stelle als Baumchirurg angenommen. Abends hafteten stets Holzspäne an seinem Pullover, und seine Jeans war von Harz verschmiert.

»Eine Frau leitet den Kurs«, sagte Flynn. »Sie hat schon ein paar Bücher geschrieben. Vielleicht kannst du sie ja mal googeln.«

An jenem Abend nahm ich ein Bad bei Kerzenschein. Die ätherischen Öle bildeten einen Film auf der Wasseroberfläche. Auf unseren Reisen hatte ich Tagebuch geführt und Seite über Seite mit Beschreibungen von unseren Erfahrungen und von interessanten Orten gefüllt. In diesen Momenten, in denen ich im Schneidersitz am Strand saß oder hinten in unserem Lieferwagen und der Bleistift über die glatten Seiten meines Tagebuchs kratzte, hat mich immer eine tiefe Ruhe erfüllt. Allerdings wäre ich nie auf die Idee gekommen, aus dieser Leidenschaft etwas zu machen.

Fiktion war die Welt meiner Mutter. Sie hat immer als Lehrassistentin gearbeitet, weil sich die Arbeit gut mit unseren Schulzeiten vereinbaren ließ, aber sie hat sich oft den Wecker sehr früh gestellt, um noch vor Tagesbeginn »das Beste aus diesem alten Hirn herauszuholen«. Über die Jahre hinweg sind verschiedene ihrer Kurzgeschichten in Zeitschriften abgedruckt worden, aber als Fiona sie mal fragte, ob sie davon träume, Schriftstellerin zu werden, antwortete sie: »Ich schreibe nicht, um veröffentlicht zu werden. Ich schreibe, weil ich nicht *nicht* schreiben kann.«

»Ja«, sagte ich zu Flynn, als ich, in ein Handtuch gewickelt, vor ihm stand und mit meinen nackten Füßen Wasser auf dem Linoleumboden verteilte, »diesen Kurs würde ich gerne machen.«

Die Mittwochabende wurden zum Höhepunkt der Woche. Ich liebte meine Lehrerin, eine Frau in den Fünfzigern mit kurzem rotem Haar und einer endlosen Kollektion an Halstüchern mit Tiermotiven. Ihr Humor war eher beißender Sarkasmus, und sie füllte den Raum mit ihrer Leidenschaft für Wörter. Menschen jeden Alters nahmen an dem Kurs teil: zwei frisch geschiedene Männer, die wilde Abenteuergeschichten in den Fußstapfen von Wilbur Smith schrieben; ein englischer Doktorand, der seine Zwillingsschwester verloren hatte; drei Freunde im Ruhestand, die sich immer vor dem Kurs zum Abendessen trafen, weshalb ihnen stets der Geruch von Thailändischen Gewürzen oder Wein anhaftete. Der Mittwoch war für uns alle ein besonderer Tag.

Während des Kurses kam mir die Idee zu meinem ersten Roman, nicht in einer blitzartig aufleuchtenden Inspiration, sondern schlicht in Form eines Bildes. Ich sah zwei Frauen zusammen am Meeresstrand stehen, die Hände ringend, die zusammengekniffenen Augen in die Ferne gerichtet. Ich fragte mich, wohin sie wohl schauten. Als ich mein inneres Auge einsetzte, um die Szene näher heranzuziehen, traten weitere Details hervor: zwei Jungen im Wasser; das Aufblitzen eines orangefarbenen Rettungsboots; ein Junge, der lebend ans Ufer zurückgebracht wurde – der andere nicht.

Sobald sich die Idee verfestigt hatte, begann ich fieberhaft zu schreiben. Damals arbeitete ich als Rezeptionistin, und der Notizblock neben dem Telefon füllte sich mit Handlungselementen und Charakterstudien. Die Mittagspausen verbrachte ich schreibend auf dem Rücksitz meines Wagens, weil ich im Mitarbeiterraum gestört werden könnte. Ich nahm mir ein Beispiel an meiner Mutter und stellte den Wecker morgens eine Stunde früher, um schreiben zu können; in dieser ruhigen Zeit vor der Dämmerung ließ ich die Wände meines Arbeitszimmers hinter mir und entschwebte.

Ganz allmählich begann sich die Gestalt eines Romans abzuzeichnen. Sie war vage und unbestimmt, aber sie hatte Potenzial, da war ich mir sicher.

Schriftsteller reden oft von diesem magischen Moment, in dem sie ihren ersten Buchvertrag unterschreiben – und auch ich kann mich noch an jedes Detail erinnern. Als ich bei einem interessierten Verlag eingeladen worden war, saß ich mit meiner Agentin in der großzügigen Lobby des Verlagsgebäudes und schaute zu einer Metallskulptur hoch, die unter der Decke hing, eine Art Discokugel ohne Party. Meine Kleidung, über die ich einen ganzen Nachmittag lang nachgedacht hatte – ein gelber Cordrock mit Stickereien und ein grünes Seidenoberteil –, kam mir hier hoffnungslos provinziell vor.

Ich sah die anderen Besucher ins Atrium strömen und die Sicherheitsschleuse überwinden: Handtaschen und Aktenkoffer wurden durch ein Röntgengerät geschoben; auf der Brust der Besucher baumelten an Bändern Ausweise. Das alles hatte so wenig mit dem Prozess des Schreibens zu tun, dass ich plötzlich das Gefühl hatte, am falschen Ort zu sein. Ich griff in die Tasche, holte den Füllfederhalter meiner Mutter heraus, drehte ihn in den Fingern herum und betrachtete die Stelle in der Nähe der Feder, wo sich der Glanz durch regelmäßigen Gebrauch abgenutzt hatte. Mir stand noch vor Augen, wie meine Mutter damit geschrieben hat: die Neigung ihrer Hand und die Art und Weise, wie ihr Ellbogen an der Tischkante entlangglitt. Als Mädchen war ich fasziniert von den leeren schwarzen Tintenpatronen mit der winzigen Glaskugel, die an das Auge einer Wühlmaus erinnerte.

Als ich ihn in den Fingern hielt, war mir klar, dass meine Mutter stolz auf mich wäre – stolz darauf, dass ich, Elle

Fielding, ehemalige Barkeeperin, Kellnerin und Weltreisende, etwas geschrieben hatte, das gut genug war, um die Aufmerksamkeit eines Verlags auf sich zu ziehen.

Meine Agentin und ich wurden von einem Assistenten abgeholt und mit dem Aufzug in den zwölften Stock gebracht. Dort führte er uns in einen gläsernen Besprechungsraum, aus dem man über ein riesiges Großraumbüro blicken konnte. Ich hatte noch nie so viele Leute an einem Ort arbeiten sehen.

Wenige Minuten später kam eine Frau in einem schlichten blauen Kleid und Stiefeletten herein, Papiere in der Hand.

»Elle, ich bin Jane, eine der Verlagsleiterinnen hier. Ich freue mich sehr, Sie kennenzulernen.« Sie küsste mich herzlich auf die Wangen. Jane gefiel mir sofort. Sie war ernst, intelligent und leidenschaftlich an Büchern interessiert.

»Lassen Sie mich gleich sagen, dass ich Ihr Buch geliebt habe. In den Charakteren habe ich mich regelrecht verloren. Diese Frauen – ich hatte das Gefühl, dass ich zum Handy greifen und sie anrufen möchte. Sie haben ein großartiges Beobachtungsvermögen.«

Freude packte mich, und ich entspannte mich ein wenig. Locker erzählte ich davon, wie ich auf Ideen komme und warum das Buch so endet, wie es endet. Meine Agentin schenkte mir ein begeistertes Lächeln. Ja, es lief wirklich gut.

Jane erklärte mir, was als Nächstes geschehen würde: Sie würde sich bei der Programmsitzung nächste Woche für das Buch starkmachen.

»Eine der Fragen wird lauten«, sagte Jane, »ob es Ideen für weitere Bücher gibt.«

Ich hatte jedes Quäntchen Energie in diese Geschichte und ihre Charaktere gesteckt und es nicht gewagt, sie aus den Augen zu verlieren, damit sie mir nicht in meiner Abwesenheit die Tür vor der Nase zuschlugen.

»Wenn es etwas gibt, das Sie mir vor der Sitzung mitteilen können«, sagte Jane, »selbst wenn es nur ein, zwei absolut vage Ideen sind, würde mich das bei den Verhandlungen wirklich stärken. Wir arbeiten gerne vorausschauend, um darüber nachdenken zu können, wie wir Sie als Marke auf dem Markt lancieren können.«

Verhandlungen. Markt. Marke. Mein Magen flatterte vor Begeisterung. Ich gestattete mir eine winzige, flirrende Hoffnung: Von hier könnte alles seinen Anfang nehmen.

Als ich nun in der Toilette der Bücherei stehe, wische ich mir die feuchten Hände an der Jeans ab. Ich hole tief Luft und spüre, wie sich meine Schultern straffen.

»Hallo, ich bin Elle Fielding«, sage ich zu meinem Spiegelbild und setze ein Lächeln auf.

Als ich mich so betrachte, denke ich an die Schriftstellerin, die das Publikum zu sehen erwartet. Eine Frau von Anfang dreißig mit einer glänzenden Karriere. Eine Frau, die selbstbewusst ist, beherrscht, glücklich.

Und wen sehe ich?, frage ich mich und beuge mich näher an den Spiegel heran. Ich schaue direkt in das schwarze Zentrum der Iris und sehe die roten Linien an ihren Rändern.

Ich blinzle. Schiebe das Bild beiseite.

»Hallo, ich bin Elle Fielding«, sage ich noch einmal mit mehr Vehemenz. »Es freut mich sehr, dass ich hierher eingeladen wurde, um …«

Als eine Toilettenspülung bedient wird, halte ich inne. Ein Riegel wird gelöst, und aus einer der Toilettenkabinen tritt Maeve hervor.

Unsere Blicke begegnen sich im Spiegel.

Ich fühlte mich ertappt.

»Aufwärmübungen«, sage ich.

Maeve geht zum Waschbecken und lässt kaltes Wasser über ihre blassen Handrücken fließen. Dann schließt sie den Wasserhahn mit dem Handgelenk und tupft sich sorgfältig mit einem Papiertuch die Hände ab.

»Übung macht die Meisterin.«

Vorher

Obwohl du nicht zu Hause bist, fühle ich mich dir sehr nahe.

Überall sind Spuren von dir zu sehen. Vorhin entdeckte ich, dass eines deiner Haare an meinem Ärmel klebte. Ich hielt es gegen das Licht, betrachtete den karamellfarbenen Ton und registrierte überrascht, dass die Wurzel ergraut war.

In der Papiertonne fand ich einen zusammengeknüllten Klebezettel, auf dem stand: Konzentration! Kein Internet! Ich musste lächeln, weil ich mir vorstellen kann, wie viel Selbstdisziplin man als Schriftsteller braucht. Und unter was für einem Druck man steht, wenn man einen außergewöhnlichen Zweitling abliefern soll.

Wir warten alle darauf.

Ich weiß noch, wie ich deinen Debütroman zum ersten Mal gelesen habe. Er hat mich umgehauen. Ich habe ihn in einem Zug gelesen, förmlich am Sitz festgeklebt. Die Schönheit und die kunstvolle Konstruktion der Geschichte, das atemberaubende Tempo. Mir stockte der Atem.

Mein Exemplar hast du vorn signiert, ein geschwungenes Autogramm mit einem Kuss.

Ich war bei einer deiner Lesungen und habe dich vom Ende einer langen, gewundenen Schlange aus beobachtet.

Dein Kopf neigte sich, wenn du ein Buch signiert hast; die Haare sind dir über die Schultern gefallen. Du hast gelächelt, hast mit den Lesern geplaudert, wenn du sie nach ihren Namen gefragt hast, hast dich erkundigt, für wen die Widmung sein soll.

Erst als ich näher hinschaute, fiel es mir auf – das heftige Zittern deiner Beine unter dem Tisch.

8 Elle

In einem Roman geht es um Wahrheit: darum, die Wahrheit zu erkennen, und darum, sie festzuhalten.

Die Schriftstellerin
Elle Fielding

»Es ist mir ein großes Vergnügen«, verkündet Laura dem Publikum, »Ihnen eine Schriftstellerin aus unserer Gegend vorzustellen. Elle Fielding. Ihr Debütroman hat sich über eine halbe Millionen Mal verkauft und wurde in ein Dutzend Sprachen übersetzt.«

Mein Blick schweift durch den Raum. Alle Plätze sind besetzt; ein Grüppchen später Gäste versperrt den Ausgang.

Atmen, ermahne ich mich. *Lächeln.*

Als mein Blick auf die erste Reihe fällt, lässt mich ein Gesicht erstarren. Dort sitzt Mark, den Arm über die Rückenlehne gelegt, ein Knöchel locker auf dem anderen Knie. Er lächelt träge.

Was, zum Teufel, tut der denn hier?

Ich reiße den Blick von ihm los. Laura sagt: »Elle ist nicht nur Bestsellerautorin. Wenn Sie ihr zufällig auf Facebook folgen, werden Sie wissen, dass sie auch eine passionierte Schwimmerin ist und ein unbestechliches Auge für Innenausstattung hat. Ich kann Sie nur warnen: Auf Elles Haus könnte man neidisch werden.«

Gelächter ertönt im Publikum. Ich muss gar nicht zu Mark hinüberschauen, um zu wissen, dass er feixt.

»Sollte es hier außerdem noch ein paar verkappte Schriftsteller geben … noch andere außer mir«, fügt Laura kichernd hinzu, »dann sollten Sie wissen: Elle verrät in ihren wöchentlichen Livevideos auf Facebook brillante Schreibtipps. Schalten Sie also ein.« Sie schnappt nach Luft. »Aber bevor ich mich noch länger wie ein hysterischer Teenager geriere … bitte begrüßen Sie mit einem Applaus die überaus reizende und unglaublich talentierte Elle Fielding.«

Ich mache mich auf den Weg, bedanke mich bei Laura mit einem Nicken und lasse mich neben dem Tischchen nieder, auf dem mein Roman und der Krug Wasser auf mich warten. Als sich der Applaus gelegt hat, greife ich nach meinen Notizen.

Sie sind nicht da.

Panik wallt in mir auf, heiß und schnell.

Ich blättere in den Seiten meines Buchs, weiter krampfhaft lächelnd. Die Notizen steckten vorn drin, als ich gekommen bin, das hatte ich extra noch einmal überprüft.

Ich spüre, wie mein Herz an den Rippen pocht. Ohne meine Notizen bin ich verloren.

»Nur noch einen kleinen Moment bitte«, sage ich, gehe in die Hocke und suche unter dem Tisch, falls die Notizen aus dem Buch herausgefallen sein sollten. Dann schaue ich in meine Handtasche, aber da sind sie auch nicht. Die ganze Zeit über fühle ich die Blicke des Publikums auf mir ruhen.

Meine Notizen steckten in dem Buch, als ich es auf den Tisch gelegt habe, das weiß ich genau. Irgendjemand muss sie herausgenommen haben.

Ich stehe auf. Schaue ins Publikum.

Hat irgendjemand von diesen Leuten sie entwendet?

»Scheint so, als hätte ich meine Notizen verlegt.«

Mark fängt meinen Blick auf und lächelt.

»Haben Sie sie vielleicht weggenommen?« Die Worte sind raus, bevor ich mir auf die Zunge beißen kann.

Die Aufmerksamkeit des Publikums richtet sich nun auf Mark.

Er öffnet die Hände. »Natürlich nicht.«

Jemand räuspert sich. Ich drehe mich um und sehe, dass Laura an ihrem Kettenanhänger herumfummelt und mir sanft zunickt. *Jetzt leg endlich los,* scheint sie mir mitteilen zu wollen.

»Aber wer braucht schon Notizen?«, sage ich, um einen ungezwungenen Tonfall bemüht. An den Reaktionen im Publikum erkenne ich, dass mir das nicht wirklich gelingt.

Atme. Lächle. Rede langsam.

Ich muss meine Nerven beruhigen und eine Minute schinden, um einen klaren Kopf zu bekommen. »Woher stammen die Ideen?« Mit der Frage spiele ich erst einmal dem Publikum den Ball zu.

Hundert Augenpaare starren mich ratlos an. Vielleicht sollte ich meine Frage in einen Kontext stellen. Unter meinen Achseln bildet sich Schweiß.

»Ich würde gerne darüber reden, wie unsere Ideen entstehen – und wie wir sie in eine Geschichte gießen. Was denken Sie also, woher Schriftsteller – oder auch Künstler oder Musiker oder … oder … andere Menschen – ihre Ideen haben?«

Gemurmel ist zu hören, als die Anwesenden über die Antwort nachzudenken scheinen. Schließlich hebt sich eine Hand in der ersten Reihe, am Rande meines Sichtfelds. Ich weiß, dass es Mark ist, und warte noch einen Moment. Als sich sonst niemand meldet, sage ich: »Ja?«

»Vom Meeresblick.«

Gespannte Erwartung ist überall zu spüren.

Mit kühler Stimme fährt Mark langsam fort: »Ich habe gelesen, dass der Blick aufs Meer den Menschen hilft, kreativ zu denken. Offenbar hat er heilende Wirkung.«

Ich murmle irgendetwas vor mich hin. In meiner Brust bildet sich Druck. Ich schaue zum Ausgang hinüber, aber der ist von einer kleinen Menschenmenge verstellt. Der Druck verstärkt sich, erreicht meine Kehle, schnürt sie zusammen. Ich bekomme keine Luft mehr.

Alle schauen mich an. Warten darauf, dass ich etwas sage. Dass ich als Elle Fielding auftrete, die Bestsellerautorin. Aber ich bin erstarrt. Diese Person lässt mich im Stich.

»Vielleicht«, sagt jemand im Publikum, »kommen die Ideen von den Menschen in unserer Umgebung.«

Es ist Fiona.

»Es könnten Gesprächsfetzen sein, die man zufällig mitbekommt«, schlägt sie vor, um mir zu Hilfe zu eilen, »oder eine Geschichte, die uns jemand erzählt.«

»Ja.« Das ist ein guter Ansatz, und ich reiße mich zusammen. »Du hast recht. Solche Dinge können der Auslöser sein. Heute werde ich über die Idee reden, die meinen ersten Roman inspiriert hat. Daher sollte ich Ihnen vielleicht zunächst die erste Seite vorlesen.«

Der vertraute Rhythmus der Worte gibt mir allmählich mein Selbstbewusstsein zurück und besänftigt meine Nerven. Ich konzentriere mich darauf, langsam zu sprechen und meine Atmung unter Kontrolle zu bringen. Ich schaffe das. Ich habe es Dutzende Male geschafft, vor größerem Publikum.

Es funktioniert. Ich stelle meine Füße fest auf den Boden, spreche mit klarer Stimme, straffe die Schultern. Aber genau in dem Moment, in dem ich denke, dass doch noch alles gut geht, fällt mein Blick auf eine Stelle auf der Seite. Ein Wort ist rot markiert.

Ich kann mich absolut nicht erinnern, wann ich das getan

haben soll. Oder warum. Ich schreibe nie in Bücher hinein. Eine gedruckte Seite ist für mich sakrosankt.

Schnell lese ich die letzten Zeilen, aber meine Gedanken kreisen nur noch um das markierte Wort.

Du.

Die Veranstaltung geht in rasendem Tempo weiter. Ich schlittere und stolpere von einem Thema zum nächsten und halte nur kurz inne, um nach Luft zu schnappen. Ich bin auf Adrenalin und spüre die Spannung in meinen Schultern, im Nacken.

Es gibt noch eine kurze Fragerunde, aber das Publikum, das vielleicht spürt, dass ich einfach nur gehen will, beschränkt seine Fragen auf ein Minimum. Danach bildet sich eine kurze Schlange von Leuten, die sich ihr Exemplar signieren lassen möchten, dann lasse ich Dank und Abschiedsfloskeln der Büchereimitarbeiter über mich ergehen, und dann darf ich das Gebäude endlich – endlich! – verlassen.

Die frische Luft schlägt mir ins Gesicht, und die feuchte Bluse klebt kalt an meinem Rücken. Mein Wagen steht am Straßenrand unter einer Reihe von Pappeln. Als ich den Schlüssel aus der Handtasche hole, erscheint Fiona, eine Zigarette zwischen den Fingern.

»Willst du mal ziehen?«

Ich nicke und lehne mich an meinen Wagen, während ich einen langen Lungenzug nehme. Es ist Jahre her, dass wir uns eine Zigarette geteilt haben, und das Nikotin steigt mir zu Kopf.

»Bei wem hast du die denn geschnorrt?«

Sie bedeutet mir, dass ich besser nicht nachfrage.

Ich ziehe noch einmal, dann reiche ich ihr die Zigarette zurück. »Willst du zufällig etwas Positives über die Veranstaltung sagen, vielleicht so etwas wie: *Nachdem du erst einmal deinen Rhythmus gefunden hast, gab es durchaus ein paar gute Momente?*«

»Hast du das nötig?«

Ich atme schwer aus. »Nötig hätte ich wohl eher Alkohol.«

»So schlecht, wie du denkst, war es gar nicht.«

»Danke, dass du mir zu Hilfe geeilt bist.«

»Was ist mit deinen Notizen passiert?«

»Sie steckten in dem Buch. Ich hatte es auf dem Tischchen liegen lassen. Irgendjemand muss sie herausgenommen haben.«

Fiona zieht eine Augenbraue hoch. »Vielleicht dieser Mann aus der ersten Reihe, dem du die Schuld gegeben hast?«

»Ich habe ihm nicht die Schuld gegeben, ich habe ihn nur gefragt. Das war übrigens Mark, der Sohn von Frank und Enid.«

»Ah, der Mülltonnenrowdy.«

Ich nehme den leisen Spott in ihrer Stimme wahr und weiß nicht, ob das hilfreich ist oder mich wütend macht.

»Unglaublich, dass er die Chuzpe hat, sich in die erste Reihe zu setzen. Es muss ihm ein diebisches Vergnügen bereitet haben, mich auf der Bühne verhungern zu sehen.«

»Vielleicht hat er ein aufrichtiges Interesse daran, was du zu sagen hast.«

»Nichts an ihm ist aufrichtig.«

»Wenn man vom Teufel spricht«, sagt Fiona und nickt.

Mark nähert sich, den Blick auf mich gerichtet.

Fionas Hand fährt in ihr Haar, weil es ihr ins Gesicht peitscht.

»Interessante Veranstaltung«, sagt er, ohne zu lächeln.

»Mir war gar nicht klar, dass Sie sich für meine schriftstellerische Karriere interessieren«, erwidere ich mit eiskalter Höflichkeit.

»Man muss doch die Heimatgemeinde unterstützen, oder?«

»Ich dachte, Sie leben in London.«

»Dies hier ist meine Heimat.«

Eine Pause tritt ein, und sein Blick huscht zu Fiona hinüber. Er streckt die Hand aus. »Ich bin Mark, Elles Nachbar.«

Fiona steckt die Zigarette zwischen die Lippen und schüttelt ihm die Hand. »Fiona.«

Ein kaum merkliches Lächeln zuckt in seinen Mundwinkeln.

»Haben Sie Ihre Notizen gefunden?«, fragt er, wieder an mich gewandt.

»Sie haben sie weggenommen, nicht wahr?«

Nun lacht er und lässt sich auf die Fersen zurückfallen. »Wäre keine schlechte Idee gewesen. Ein bisschen ins Schwimmen geraten, was?«

Dann hebt er die Hand zum Gruß und schlendert an uns vorbei.

»Arschloch«, murmle ich leise.

»Aber ein ziemlich attraktives.« Fiona wirft die Zigarette auf den Bürgersteig und tritt sie mit dem Stiefelabsatz aus. »Gut, jetzt sollte ich vielleicht zu meinen Jungs zurückkehren.«

Ich versuche, das Gefühl zu verdrängen, aber es ist da, das leise Pulsieren des Neids, dass meine Schwester in ihr Familienleben zurückkehrt.

»Schönes Wochenende«, sage ich und gebe Fiona einen besonders herzlichen Abschiedskuss, um es wiedergutzumachen.

Als ich mich hinter das Steuer setze, spüre ich etwas: das Knistern von Papier in meiner Gesäßtasche.

Meine Notizen.

Ich ziehe sie heraus und halte das warme, verknitterte Papier auf meinen Knien fest. Das Blut steigt mir ins Gesicht. Ich muss die Notizen mit auf die Toilette genommen haben, um vor der Veranstaltung noch einen Blick daraufzuwerfen.

Ich lasse den Kopf sinken, bis er aufs kalte Lenkrad trifft. Die Hupe ertönt, ein lang anhaltender Klageruf.

Ich öffne die Haustür, dann zögere ich. Irgendetwas ist anders, das spüre ich sofort. Die Luft ist schneidender. Aus meinem Haus weht mir Zugluft entgegen.

Ich lasse den Mantel an und gehe durch den Vorraum, während sich in meinen Eingeweiden ein hohles Gefühl ausbreitet. Es kann nicht später sein als zwei Uhr nachmittags, aber der trübe Himmel hat das Tageslicht verschluckt.

Vor dem Wohnzimmer bleibe ich stehen und lausche. Ein leises Rascheln ist zu vernehmen. Eine Böe weht durch die Tür und streicht mir über die Knöchel.

Ich möchte mich umdrehen und gehen. Aber ich zwinge mich dazu, die Tür weit aufzureißen. Meine Bewegungen sind eher fahrig als mutig, als hätte ich die Erwartung, dass jemand auf mich zustürzt.

Im Wohnzimmer ist es eiskalt. Die Vorhänge flattern in der Brise und fangen sich am Fensterbrett. Von der Tür aus sehe ich, dass das obere Fenster sperrangelweit offen steht und der Wind in den Raum bläst. Die Karten, die auf dem Kaminsims standen, verteilen sich auf dem Boden.

Normalerweise prüfe ich akribisch, ob alles verschlossen ist, wenn ich das Haus verlasse. Aber heute Morgen habe ich mich benommen gefühlt, weil ich wieder nicht geschlafen hatte. Vielleicht war der Riegel nicht richtig eingeschnappt, und der Seewind hat das Fenster aufgerissen.

Ich zwinge mich, das Wohnzimmer zu durchqueren und das Fenster fest zu schließen. Dann bleibe ich einen Moment stehen und lausche aufmerksam. Alles, was ich hören kann, ist mein eigenes Herz. Sonst herrscht Stille.

Schließlich gebe ich mir einen Ruck und kontrolliere das gesamte Untergeschoss. Erst als ich mich zweimal davon überzeugt habe, dass sämtliche Fenster geschlossen sind, bin ich zufrieden und ziehe endlich den Mantel aus.

In der Küche hole ich eine Flasche Wein aus dem Kühlschrank und schenke mir ein großes Glas ein. Noch im Stehen stürze ich es zur Hälfte hinunter. Die Spannung zwischen meinen Schulterblättern löst sich allmählich.

Fiona hat recht, ich brauche einen Hund. Das Haus würde so viel mehr Wärme ausstrahlen, wenn ein Hund auf mich warten und vor Begeisterung im Kreis herumspringen würde. Er würde sich auf dem Sofa mit mir zusammenrollen und beim Schreiben zu meinen Füßen liegen. Flynn hatte vor ein paar Jahren vorgeschlagen, dass wir uns einen Hund anschaffen könnten, aber damals hat mir die Idee widerstrebt – als wäre es ein klares Eingeständnis: Hund statt Baby.

Ich trinke mein Glas aus und schenke mir nach. Meine Nerven müssen sich beruhigen. O Gott, war die Veranstaltung peinlich – in der Öffentlichkeit derart auszuteilen. Ich spüre, dass die Hitze einer Panikattacke in mir aufwallt. Nicht nur, dass ich die Notizen vergessen habe, sondern auch die verwirrende Entdeckung dieses markierten *Du*.

Ich öffne meine Handtasche, ziehe mein Exemplar von *Wilde Angst* hervor und schlage die erste Seite auf. Da ist es, nicht zu übersehen, dieses unschuldige Wort mit den zwei Buchstaben, mit roter Tinte markiert.

Du.

Warum? Warum hätte ich das tun sollen? Es ist nur eine winzige Kleinigkeit, und doch sticht es seltsam hervor.

Ich blättere noch ein paar Seiten durch, überfliege sie sorgfältig, suche nach weiteren Spuren von roter Tinte, irgendetwas anderem, das markiert oder unterstrichen worden wäre, werde aber nicht fündig. Vielleicht habe ich das Wort eingekringelt, als ich mich auf die Veranstaltung vorbereitet habe; vielleicht ist es die Stelle, bis zu der ich lesen wollte. O Gott, vielleicht sind das nur weitere Folgen der Schlaflosigkeit: Notizen verschlampen, Fenster nicht richtig schließen, orientierungslos durch den Tag treiben.

Ich blättere weiter. Als ich am Ende des Buchs angelangt bin, fällt mir eine weitere Stelle ins Auge: ein rot markiertes Wort auf der letzten Seite des letzten Kapitels.

Ich erstarre.

Ich kneife die Augen zusammen und öffne sie wieder, um mich zu vergewissern.

Lügnerin.

Ich blättere von der ersten zur letzten Seite. Das Blut weicht mir aus dem Gesicht, als mich die beiden markierten Wörter anstarren.

Du Lügnerin.

In der winterschwarzen Dunkelheit der vierten nächtlichen Stunde fahre ich hoch und streiche mir das Haar aus dem Gesicht. Schweißperlen hängen zwischen meinen Brüsten. Ich schiebe das Oberbett zurück. Mein Atem geht flach, als hätte ich ein Wettrennen hinter mir.

Du Lügnerin.

Die markierten Wörter wollen mir nicht mehr aus dem Sinn. Sie verfolgen mich, jagen mich durch meine Träume und kommen immer näher und näher, bis sie sich auf mich stürzen.

Ich sehe eine blasse Hand – dieselbe Hand, die meine Brosche abgenommen hat –, aber dieses Mal hält sie einen roten Stift. Einen Moment lang schwebt sie in der Luft, bevor sie sich auf das Blatt hinabsenkt und diese Wörter rot markiert.

Mir eine Botschaft hinterlässt.

Ich stürze aus dem Bett, durchquere den Raum, reiße die Balkontür auf und trete hinaus. Der Boden ist feucht vom Tau. Die plötzliche Kälte ist ein Schock an meiner Haut. Ich greife nach dem Geländer. Atme.

Das Meer tost in der Dunkelheit, ruhelos. Ich spüre, dass Flut ist; sie verschlingt die Bucht und brandet gegen die Klippen.

Ich stelle mich auf die Zehenspitzen, beuge mich vor und schaue auf die schwarzen Felsen und das anschwellende Meer hinab.

Mich beschleicht das merkwürdige Gefühl, dass genau hier jemand gestanden hat. Joanna? Ihr Ehemann? Wieder diese bleiche Hand, die sich ans Geländer klammert; ein Versuch, abzuschätzen, wie groß der Abstand zwischen der Stelle, an der die Füße stehen, und den harten Felsen unten ist.

Vorher

Dein Schlafzimmerspiegel ist größer als meine Haustür. Er lehnt wie zufällig an der Wand; der verschnörkelte Silberrahmen ist an den Rändern abgewetzt.

Der Himmel ist bedeckt, und doch fängt der Spiegel das besondere Licht ein, das es nur an der Küste gibt, und verteilt es spielerisch im Raum. Glänzend liegt es auf deinem riesigen Bett mit den schweren cremefarbenen Laken und den gedrungenen Zierkissen.

Ich trete einen Schritt vor, direkt vor deinen Spiegel. Meine Füße stehen fest auf dem Boden; der dichte Flor deines Teppichs fühlt sich weich an zwischen den Zehen. Ich befinde mich genau an der Stelle, an der du dich schminkst – das erkenne ich an der Wimperntusche am Glas, wo du dich zu nahe vorgebeugt hast.

Gefällt dir, was du siehst?, frage ich mich.

Dem Rest der Welt gefällt es. Gestern war ich auf deiner Facebook-Seite und habe die Kommentare deiner Leser studiert.

Du bist umwerfend, Elle. Mach weiter so.

Ich habe dein Buch DREI MAL gelesen. Du bist meine neue Lieblingsautorin.

Du hast ein wunderschönes Lächeln ☺

Ich schiebe die Tür vom Kleiderschrank auf und sehe die leere Stelle an der Stange, wo ich meine Sachen aufhängen kann. Eigentlich kann ich sie mir dort nicht vorstellen. Ich bin eher der Typ für Schubladen.

Ich betrachte ein wadenlanges Kleid in einem sanften Blauton. Seide, denke ich. Meine Finger streichen über den Halsausschnitt und liebkosen das Material. Ich könnte nicht behaupten, viel von Mode zu verstehen, aber ich weiß, dass dieses Kleid deine biegsame Gestalt umschmeichelt und den Karamellton deines Haars aufgreift. Ich weiß, dass sich die Leute nach dir umdrehen, wenn du durch einen Raum gehst.

Und das sind keine Spekulationen. Ich weiß es, weil ich dich in diesem Kleid gesehen habe.

9 Elle

Das Wasser hat sich wieder zurückgezogen, und der harte Sand glänzt im dünnen Morgenlicht. Drake läuft voraus und macht Jagd auf Schaum, der von der Brise hin und her gefegt wird. Fiona und ich sehen zu, wie er einen wabbeligen Klumpen am Wasser entdeckt, mit seinen roten Gummistiefeln hineinspringt und den Schaum aufspritzen lässt.

Zwei Surfer laufen vor uns über den Strand, die Surfbretter unter den Arm geklemmt. Ihre Blicke sind auf die Wellen gerichtet. Sie studieren die Strömungsmuster, um herauszufinden, wie sie am besten hinauspaddeln.

Ich vergrabe die Hände in den Manteltaschen, straffe die Schultern und hole tief Luft. Meine Lungen füllen sich mit frischer Salzluft. Hier draußen fühlt sich mein Kopf klarer an als sonst in letzter Zeit. Nachdem ich in der Nacht stundenlang wach gelegen habe, verließ ich das Bett und setzte mich vor den Fernseher, um den Lärm aus meinem Kopf zu vertreiben. Dort bin ich heute Morgen aufgewacht, mit verrenktem Hals und kalten, blutleeren Händen.

Nach zwei Tassen Kaffee zwang ich mich, an den Schreibtisch zu gehen, aber ich kam nicht richtig in Schwung. Ich verlor die Nerven. Der Schreibfluss schien zu stocken, als sei ich noch nicht bereit, zu meiner Geschichte zurückzukehren. Schließlich rief ich Fiona an und schlug vor, einen Spaziergang zu machen.

»Elle?«

Als ich mich umdrehe, schaut Fiona mich an.

»Tut mir leid, ich war in Gedanken ganz woanders.«

»Ich hatte gefragt, ob du mal etwas von Flynn gehört hast.«

»Ich habe ihn Freitagabend angerufen, nachdem ich bei dir zum Essen war. Im Hintergrund war die Stimme einer Frau zu hören.«

»Oh.«

»Hat Flynn Bill gegenüber jemanden erwähnt?«

Fiona schaut weg.

»Also ja.«

»Wenn du es wissen möchtest, kann ich es dir gerne erzählen, Elle«, sagt sie und öffnet die Hände. »Aber möchtest du das wirklich?«

»Natürlich.«

Fiona seufzt. »Bill hat mir nur erzählt, dass Flynn bei ihrem letzten Gespräch versprochen hat, dass er mal wieder rausgeht. Leute kennenlernt.«

Frauen kennenlernt, denke ich. Mein Magen zieht sich zusammen.

»Flynn war mies drauf. Ich denke, es war ein guter Rat.«

»Rat? Willst du sagen, Bill hat Flynn geraten, auszugehen und sich durch die Betten zu schlafen?«

»Sie sind Freunde. Bill hat einfach das Gefühl, er muss sich um ihn kümmern.«

»Wie wär's, wenn er sich mal um mich kümmern würde?«

Ihre Aufmerksamkeit wird von Drake in Anspruch genommen, der sich eine Handvoll Meeresschaum ins Gesicht schaufelt und einen wabbeligen Blasenbart bastelt.

»Nicht in den Mund!«

Er schüttelt den Kopf, und der Schaum fliegt in weißen Flocken davon. Als ich ihn so im Gegenlicht betrachte, lächle ich und denke, wie schön und lebendig er aussieht. Wann immer ich daran zweifle, ob es die richtige Entscheidung war, nach Cornwall zu ziehen, belehrt mich Drake stets eines Besseren. Ich möchte Teil seines Lebens sein, möchte die kleinen Schritte seiner Entwicklung mitbekommen, möchte für ihn da sein, wenn er älter wird.

Ich hole mein Handy aus der Tasche, richte es auf ihn und schieße ein Foto.

»Wag es ja nicht, das auf Facebook zu stellen.«

»Das würde ich nie tun«, sage ich empört.

»Gut. Man weiß ja nie, bei wem all die Bilder landen, die du postest. Aber egal«, sagt Fiona, »was hat dich denn geritten, Flynn mitten in der Nacht anzurufen?«

Wir sind also wieder bei Flynn. »Ich wollte nur seine Stimme hören.«

»Wenn du dich einsam fühlst …«

»Ich habe nicht gesagt, dass ich mich einsam gefühlt habe.«

Eine Augenbraue hebt sich. »Dann lass es mich anders formulieren. Wenn dir nach Gesellschaft ist, unser Schlafsofa steht dir jederzeit zur Verfügung. Komm zu uns, wann immer dir danach ist. Du musst dir nur klarmachen, dass Drake gegen sechs Uhr morgens deinen Kopf als Kissen benutzt und Zeichentrickfilme rezitiert.«

»Klingt verlockend.«

»Das ist mein Leben, unbedingt.«

Irgendetwas stimmt nicht mit meiner Schwester an diesem Morgen – sie wirkt angestrengt, irgendwie überspannt.

»Ist Bill die ganze Woche weg?«

Sie nickt. »Ich bin wieder alleinerziehende Mutter.«

»Falls du abends mal ausgehen möchtest, du weißt, dass Drake sehr gerne zu mir kommen kann.«

»Wenn Drake im Bett ist, möchte ich nur noch schlafen. Aber dann denke ich auch wieder, dass es die einzige Zeit ist, die ich für mich habe, und ich irgendetwas damit anfangen sollte, und sei es nur, mich mit einem Glas Wein in die Wanne zu legen. Kannst du das nachvollziehen?«

Ich nicke, obwohl ich es natürlich nicht nachvollziehen kann. Ich habe alle Zeit der Welt für mich selbst. Viel zu viel Zeit. Mir wird klar, wie unterschiedlich sich unsere Leben entwickelt haben. »Wie läuft es mit der Texterei?«, frage ich.

»Es regt zum Denken an und fordert mich.«

»Wirklich?«

»Ich schreibe eine Broschüre für eine Kreuzfahrtgesellschaft und benutze Wörter wie ›einmalige Erfahrung‹ und ›gehobenes Ambiente‹. Wie soll das schon laufen?«

»Ich dachte, du freust dich, dass du den Job bekommen hast.«

»Klar, weil wir das Geld brauchen. Intellektuell anspruchsvoll ist das nicht gerade. Aber egal, in ein paar Tagen bin ich fertig.«

»Könntest du nicht als freie Journalistin arbeiten? Das hätte mehr Ähnlichkeit mit deinem alten Job.«

»In Cornwall lebt man wie auf einem anderen Kontinent. Und Mutter zu sein hat meinen Lebenslauf auch nicht gerade aufgewertet. Man bekommt nicht immer das Leben, das man sich vorstellt.«

Wie Fiona das sagt, mit abwesendem Blick und gedämpfter, ernster Stimme, macht mich stutzig – wenn man bedenkt, was ein solcher Kommentar aus ihrem Mund bedeutet.

»Fiona«, beginne ich.

Aber sie eilt zu Drake, der auf der Stelle herumhüpft und ruft: »Muss Pipiii.«

Ich schaue zu, wie meine Schwester Drake aus seiner Kleidung schält. Dass Fiona Mutter ist, will mir immer noch nicht richtig in den Kopf. Beharrlich hatte sie erklärt, dass sie keine Kinder wolle und nicht erpicht aufs Heiraten sei – aber da ist sie nun, Ehefrau und Mutter.

Ich drehe mich langsam um die eigene Achse und nehme das Panorama in mich auf. Als Kinder haben wir es bei unseren Cornwall-Urlauben geliebt, wenn bei Tiefdruck große Brecher an den Strand rollten, was sich in unserem Wohnwagen wie Donnergrollen anhörte. Wenn sich die Wellen dann zurückzogen und allerlei Treibgut und Schätze vom Meeresgrund am Ufer hinterließen, gingen Fiona und ich an den Strand. In einem Herbsturlaub fand Fiona mal eine ungeöffnete Dose mit einem unversehrten japanischen Etikett. Ehrfürchtig trug sie sie zum Wohnwagen und stellte sie wie einen Tafelaufsatz auf den Tisch. Stunden verbrachten wir damit, über den Inhalt zu spekulieren. Aufregend exotisch war das, gleichzeitig aber auch Beweis dafür, dass die ganze Welt über die Ozeane miteinander in Verbindung stand.

Mit großem Tamtam öffnete Fiona die mysteriöse Dose schließlich und schaute hinein, die Augenbrauen gerunzelt. Dann fuhr sie zurück und schlug die Hand vor den Mund.

»Das ist ja ekelhaft!«, rief sie zwischen ihren Fingern hindurch.

Ich äugte in die Dose und entdeckte etwas Wabbeliges, Quallenartiges, schleimig und salzig. Nachdem ich es in eine Schüssel geschüttet hatte, um es genauer unter die Lupe zu nehmen, holte ich einen Zahnstocher, spießte eins der Objekte auf und hielt es ins Licht. Fiona bestand darauf, dass wir es sofort entsorgten. Ich weiß noch genau, dass sie theatralisch zitterte, als ich die toten Kreaturen zur Tür trug. Am Eingang stolperte ich, vielleicht weil mir der Wind die Tür aus der Hand riss oder ich die Entfernung falsch einschätzte, und die Schüssel in meiner Hand wackelte. Die fischige Flüssigkeit schwappte über, spritzte auf Fionas Schienbein und rann dann auf die Zunge ihrer neuen violetten Doc Martens.

Fiona stieß einen gewaltigen Schrei aus, entledigte sich mit großem Theater ihrer Stiefel und erhob Anschuldigungen, ich hätte das absichtlich getan. Ich entschuldigte mich umständlich und gab mir alle Mühe, die Stiefel zu reinigen, aber Fionas Stimmung blieb finster – bis ich später meine Gummistiefel anziehen wollte und feststellen musste, dass die Spitzen mit dem Inhalt einer ganzen Dose Thunfisch ausgestopft waren. Selbst als Fiona von unserer Mutter zurechtgewiesen wurde, warf sie mir ein selbstzufriedenes Lächeln zu, als wollte sie sagen: *Das hast du nun davon.*

Die Erinnerung wird vom Klingeln meines Handys gestört. Meine Lektorin. Erst bin ich versucht, die Mailbox anspringen zu lassen, aber in letzter Sekunde nehme ich das Gespräch doch noch an.

Jane klingt ungehalten. »Elle, ist alles in Ordnung? Der Kulturredakteur von *Red* hat soeben angerufen. Wieso bist du nicht zum Interview erschienen?«

Interview? Meine Haut erglüht. Ich wusste, dass es anstand, aber ich kann mich nicht erinnern, dass es für heute anberaumt war.

»Ich dachte, du schickst mir die Details noch«, sage ich.

»Hab ich doch. Letzte Woche.«

Ich kann mich nicht erinnern, sie bekommen zu haben.

»Tut mir leid, Jane, aber ich habe sie nicht erhalten.«

Eine Pause tritt ein. »Du hast aber geantwortet, Elle. Du hast erklärt, der Termin sei okay für dich.«

Hab ich das? Ich denke an den nicht enden wollenden Strom von E-Mails, der in den letzten Tagen und Wochen über mich hinweggeflutet ist und beantwortet werden wollte. Ich erinnere mich auch, dass ich mich, als ich nicht schlafen konnte, mitten in der Nacht dieser Aufgabe gewidmet habe. Vermutlich habe ich automatisch geantwortet und den Termin nicht in meinen Kalender eingetragen.

»Das tut mir furchtbar leid, Jane, das habe ich total vermasselt. Ich war so versunken in die Arbeit an meinem Manuskript. Aber ich werde mich bei *Red* melden und mich entschuldigen.«

»Ja, tu das.«

Das Gespräch ist beendet. Ich fluche innerlich, stinksauer auf mich.

Fiona ist zurückgekehrt, während Drake immer noch am Wasser spielt. »Worum ging's denn?«

»Ich sollte eigentlich in London sein. Ich habe ein Interview mit *Red* vergessen«, sage ich, den Blick auf mein Handy gerichtet, weil ich durch meine E-Mails scrolle, um den Beweis für meine Antwort zu suchen.

Da ist sie schon. Vor wenigen Tagen abgeschickt.

An: Jane Riley
Datum: Freitag, 5. November
Betreff: Interview mit der Zeitschrift *Red*
Danke, Jane. Das klingt wunderbar.
Ich freue mich darauf.
Elle x

Ich lege den Kopf in den Nacken und stöhne. Mir ist bewusst, wie schwierig es ist, einen solchen Termin auszuhandeln. Die Aussichten, einen neuen zu bekommen, sind dürftig.

»Alles in Ordnung?«

Ich fahre mir mit der Hand übers Gesicht. »Ich fasse es nicht, dass ich das vergessen habe. Jane klang ziemlich sauer.«

»Wir vergessen alle mal was.«

»Du hast sicher noch nie in deinem Leben einen Termin verpasst«, sage ich, aber es klingt bissig. »Tut mir leid. Ich bin einfach so erschöpft. Es setzt mir furchtbar zu, wenn ich nicht mehr klar denken kann und solche Fehler mache. Diese beschissene Schlaflosigkeit.«

»Das geht vorbei«, versichert sie mir. »Das liegt nur am Druck wegen deines Abgabetermins.«

»Ja«, sage ich und schaue schnell weg.

Wir gehen den Dünenweg hoch, um wieder zu Fionas Wagen zu gelangen. Ich gebe mir alle Mühe, das schlechte Gewissen wegen des Interviews abzuschütteln, und konzentriere mich ganz auf Drakes pummelige Hand, wenn ich ihm helfe, die steileren Stufen zu erklimmen.

Fiona plaudert drauflos, um mich aufzumuntern. »Kommst du denn am Donnerstag zum Treffen des Buchclubs?«

Es ist das erste Mal, dass sie davon anfängt, seit mich Laura und Maeve beim Autorengespräch in der Bücherei dazu eingeladen haben.

»Lust hätte ich schon. Wenn du nichts dagegen hast.«

»Warum sollte ich?«

»Du hast dein eigenes Leben hier. Ich möchte nicht den Eindruck erwecken, als wollte ich mich einfach dranhängen.«

»Sei nicht albern. Ich hatte nur nichts gesagt, weil ich dachte, das sei dir zu provinziell, jetzt, wo du ein international anerkanntes Schreibgenie bist.«

»Gibt es Kanapees?«

»Wir brauchen etwas, das zum Bollinger passt.«

Drake reißt sich von mir los und rennt die Düne hinauf. Der Bommel an seiner Mütze hüpft auf und ab.

Als der Pfad breiter wird, schließt Fiona zu mir auf, und wir gehen Seite an Seite weiter. In wenigen Minuten werden wir das Auto erreichen. Fiona und Drake werden in ihr Haus zurückkehren, ich in meines.

Ich denke an die Stille, die mich hinter der Haustür erwarten und von den weiß gekalkten Wänden widerhallen wird. Eigentlich möchte ich nicht dort sein, wird mir bewusst. Ich suche nach Vorwänden, um es hinauszuschieben.

Mir ist selbst nicht klar, warum ich das so empfinde. Das Haus am Rand der Klippen war immer mein Heiligtum. Und doch … seit ich aus Frankreich zurückgekehrt bin, fühlt sich irgendetwas anders an. Als wäre es nicht mehr mein Haus.

Ich wende mich an Fiona. »Das habe ich dir noch gar nicht erzählt: Mums Brosche ist weg.«

»Der silberne Mauersegler?«

Ich nicke. »Die Airbnb-Mieter müssen sie geklaut haben.«

»Was?«, sagt sie schockiert. »Wo war sie denn? In deinem Schmuckkästchen?«

»Nein, sie steckte an meinem Mantel. Der hing im Vorraum, als ich in Frankreich war.«

Ihre Sorge weicht Belustigung. »Ist es in dem Fall nicht wahrscheinlicher, dass sie einfach abgefallen ist?«

»Möglich. Aber ich habe so ein Gefühl …«

»Ein Gefühl?«

Fiona hält nicht viel von Empfindungen. Sie orientiert sich an Fakten. Niemals würde sie einen Satz sagen wie: *Ich habe so ein Gefühl …*

»Erklären kann ich das auch nicht. Es fühlt sich einfach so an, als habe jemand sie entwendet. Außerdem ist es ja nicht nur die Brosche. Da wären auch noch der beschädigte Briefbeschwerer, dann die …« Ich bin drauf und dran, ihr von den beiden markierten Wörtern in meinem Roman zu erzählen – *Du Lügnerin* –, halte aber inne.

Das könnte zu viele Fragen aufwerfen.

Stattdessen sage ich: »Ich trage mich mit dem Gedanken, Joanna zu kontaktieren.«

»Um ihr was mitzuteilen?«

»Keine Ahnung. Es ist einfach … Ich würde mir gerne ein Bild von ihr machen und mich davon überzeugen, dass sie koscher ist.«

»Dass sie koscher ist? Elle, ist dir klar, wie das klingt? Joanna und ihre Familie haben in deinem Haus gewohnt, haben ihre Rechnung bezahlt und alles ordentlich hinterlassen. Und jetzt willst du Nachforschungen über sie anstellen?«

»Keine Nachforschungen. Ich möchte einfach Kontakt zu ihr aufnehmen. Damit ich wieder Ruhe finde.«

»Mir ist bewusst, dass es hart ist, allein in dem Haus zu sein. Da wird man natürlich nervös. Du solltest deiner Gedankenwelt aber trotzdem nicht zu viel Raum lassen.«

»Was soll das denn heißen?«

»Hör zu, ich will mich nicht über dich erheben und dir erklären, dass du zu viel in diese Dinge hineinliest. Andererseits möchte ich auch deine Ängste nicht anheizen – denn genau darum handelt es sich. Du bist Schriftstellerin, Elle. Deine Fantasie ist dein wichtigstes Arbeitsmittel.«

Ich muss die Sache aus dem Kopf bekommen, sage ich mir, als ich nach Hause zurückkehre und meinen Laptop aufklappe. Als ich mich in mein Airbnb-Konto einlogge, stoße ich auf die Korrespondenz mit Joanna, in der ich die letzten Details der Vermietung kläre und Fionas Nummer durchgebe, falls es während meiner Zeit im Ausland Probleme geben sollte. Joanna bedankt sich und teilt mir mit, dass sich die ganze Familie auf den Urlaub bei mir freue.

Ich setze die Korrespondenz fort, indem ich tippe:

Hallo Joanna,
ich dachte, ich schreibe mal und erkundige mich, wie Ihnen der Aufenthalt hier gefallen hat. Ich hoffe, Sie und Ihre Familie hatten gutes Wetter. Sollten Sie die Gelegenheit haben, schreiben Sie doch bitte eine Rezension, wenn Sie mögen.
Außerdem wollte ich Ihnen mitteilen, dass Sie ein paar Dinge vergessen haben: Wundschutzcreme und eine

Spielzeuggiraffe. Tut mir leid, dass ich mich nicht eher gemeldet habe. Teilen Sie mir doch Ihre Adresse mit, dann kann ich es in die Post geben.
Alles Gute,
Elle x

Ich möchte nur Kontakt aufnehmen, das ist alles.

Als ich meinen Laptop wegstellen will, höre ich ein Signal und finde eine automatische Antwort in meinem Postfach. Sie besagt schlicht: *Dieser Benutzer ist nicht länger Mitglied von Airbnb.*

Joannas Konto ist nicht mehr aktiv. Ihre persönlichen Angaben sind gelöscht.

Meine Finger trommeln auf den Schreibtisch. Das gefällt mir nicht.

Gibt es noch eine andere Möglichkeit, mit ihr in Kontakt zu treten? Alle unsere Mails sind über die Airbnb-Website gelaufen. Telefoniert haben wir nie, und Joannas Adresse brauchte ich auch nicht.

Ich tippe Joanna Elmer, Winchester, in die Suchmaske von Google. Es gibt ein paar Treffer: eine Psychiatrieschwester, eine siebzehnjährige Joanna, die auf Facebook mit purpurrotem Lipgloss in die Kamera schmollt, eine Mopszüchterin von Ende sechzig. Aber kein Bild, das zu Joannas Airbnb-Profil passt.

Als Nächstes gehe ich in mein Onlinebanking-Konto und schaue, ob die Zahlungseingänge irgendwelche Informationen enthalten. Zwei Einträge finde ich: die beiden Zahlungen, die korrekt eingegangen sind, zu den richtigen Daten. Die einzige Irritation besteht darin, dass sie nicht von Joanna Elmer überwiesen wurden, sondern von C. Elmer. Natürlich können sie vom Konto des Ehemanns stammen, das wäre nichts Außergewöhnliches.

Etwas Erhellendes habe ich nicht gefunden. Ich reibe mit den Fingerknöcheln über meine Lippen, immer hin und her. Was könnte ich noch tun? Wenn Joanna ihr Konto geschlossen hat, kann ich Airbnb ja schlecht bitten, ihre Identität zurückzuverfolgen. Zu beanstanden habe ich ja nichts.

Ich klappe meinen Laptop zu. Es ist lächerlich, derartige Spekulationen anzustellen, wenn man eigentlich schreiben sollte. Ich muss die Sache aus dem Kopf bekommen. Mich konzentrieren.

Dennoch schleicht sich ein stetes, pochendes Unbehagen in meine Brust: Joanna hat ihr Konto gelöscht. Im Netz ist keine Spur von ihr zu finden. Es ist, als würde sie nicht länger existieren.

2003

Um drei Uhr morgens beendete Elle ihre Schicht und trat mit dröhnenden Ohren aus dem Nachtclub und auf den regennassen Gehweg. Sie zog die Kapuze ihrer Jacke über den Kopf, um sich gegen den Nieselregen zu schützen, und vergrub die Hände tiefer in den Taschen.

Sechs Stunden lang hatte sie auf einem Plastikhocker in einem Raum gesessen, der eher ein größerer Schrank war, und Kleidermarken an die Clubbesucher ausgehändigt. Stunden später kamen die Gäste zurück und kramten nach den rosafarbenen Papiermarken – in den Innenfächern ihrer Handtaschen oder in Hosentaschen mit klimperndem Wechselgeld –, um einen schließlich anzuflehen: *Geben Sie mir doch bitte meinen Mantel. Der da ist es. Da, der rote. Der mit dem Pelzfutter. Er hat einen Fleck am Kragen. Ich bin mir sicher, dass ich ihn hier abgegeben habe. Nein? Vielleicht hatte ich ja doch den Parka an. Soll ich einfach mal rumkommen und selber schauen?*

Ein Taxi fuhr vorbei, und seine Reifen zogen einen bogenförmigen Wasserschwall hinter sich her. Das Schild auf dem Dach leuchtete verführerisch. Die Heimfahrt würde allerdings die Hälfte ihres Lohns verschlingen, daher verschwendete sie nicht einmal einen Gedanken daran.

Als sie sich auf den Weg machte, fragte sie sich, wie es wohl ihrer Mutter ging und ob sie sich in der Mietwohnung mit den leeren Räumen einsam fühlte. Elle würde sie morgen anrufen und sich erkundigen, ob sie vielleicht für ein Wochenende zu Besuch kommen wolle. Sie könnten im Bute Park picknicken. Oder falls ihre Mutter mit dem Auto kam, könnten sie auch für einen Tag auf die Halbinsel Gower fahren und am Strand spazieren gehen.

Neben ihr verlangsamte ein Auto das Tempo; die Scheibenwischer fuhren wild hin und her. Elle dachte, es sei noch ein Taxi, aber als sie hinsah, erblickte sie einen dunklen Wagen. Die Scheinwerfer glänzten auf der schwarzen Oberfläche einer Pfütze.

Mit einem Surren glitt das elektrische Fenster herab.

Sie spürte, wie sie erstarrte. Die Straße war wie ausgestorben. Sie kannte in Cardiff niemanden mit einem Auto.

»Elle?«

Das Timbre dieser Stimme war ihr vertraut – sie hatte es in der trockenen Luft eines Hörsaals gehört.

Sie zog ihre Kapuze ein Stück nach hinten, um besser sehen zu können. Luke Linden beugte sich aus dem offenen Fenster.

»Sie sind es tatsächlich.« Er lächelte. »Soll ich Sie irgendwohin mitnehmen?«

Wenn sie in die Nacht sah, spürte sie, wie ihr der Regen auf Stirn und Wangen prasselte. Dann schaute sie in den trockenen, warmen Wagen des lächelnden Luke Linden.

Damals schien es keine große Sache zu sein. Ein Ja oder ein

Nein. Als sie Monate später nach Bristol zurückkehrte und Luke Linden zu vergessen versuchte, dachte sie an diesen Moment zurück und fragte sich, wie sich die Dinge wohl entwickelt hätten, wenn sie weitergegangen wäre. Stattdessen lächelte sie und antwortete: »Ja, das wäre großartig.«

Sie eilte um den Wagen herum und stieg ein.

Im Innern roch es nach Zigarettenqualm, eine Marke mit Menthol, das in den Augen brannte. Im Radio lief Pearl Jam. Luke Linden beugte sich vor und stellte die Musik leiser. Die Heizung blies warme Luft aus den Schlitzen. Als Elle den Sicherheitsgurt schloss, seufzte sie.

»Anstrengende Schicht?«

Sie schaute ihn an.

»Sie arbeiten in dem Club«, sagte er und zeigte auf das Schild, das an ihrem Hals hing.

»Acht Stunden«, sagte sie. »An der Garderobe. Danach laufe ich im Regen heim.«

»Dann ist es ja gut, dass ich Sie entdeckt habe.«

Sie fragte ihn nicht, was er um drei Uhr nachts vor dem Club machte oder warum er langsamer gefahren war, als er sie gesehen hatte.

Als er anfuhr, sah sie seine Hand auf dem Schaltknüppel liegen; im Schein einer Straßenlaterne leuchtete ein goldener Ehering auf.

Sie hatte Luke Linden immer nur im Hörsaal, in der Bibliothek, in den Gängen der Universität gesehen – Orte, die von Professionalität durchdrungen waren und sie an ihre jeweiligen Rollen erinnerten: er Dozent, sie Studentin.

Aber in seinem Wagen, in den bläulich-schwarzen Stunden der Nacht, die Haut feucht vom Regen, war alles anders.

Er schaute sie von der Seite her an, ein einziges Mal. Er fragte sie nicht, wie sie ihr zweites Semester fand oder was sie von seinem Kurs hielt, und sie redete auch nicht darüber. Sie schwiegen, und das erzeugte eine gewisse Spannung. Im Ungesagten lauerten tausend Möglichkeiten.

»Aha«, sagte er, als er vor ihrem Studentenheim vorfuhr, »hier leben Sie also.«

10 Elle

Wenn du deinen Bösewicht entwirfst, denk an das alte Sprichwort: »Meist ist es jemand aus dem Bekanntenkreis.« Die Aufgabe eines Autors ist es, zu erkunden, wie gut sein Protagonist besagte Person wirklich gekannt hat.

Die Schriftstellerin Elle Fielding

Ich gehe durch mein Wohnzimmer und biete Wein und eine Holzschale mit glänzenden, mit Chiliflocken gesprenkelten Oliven an. Zwei Frauen sitzen auf meinem Sofa, die angewinkelten Knie einander zugewandt, lachend. Eine Frau in einem eleganten Rock mit schmaler Taille stellt ihr Weinglas auf das Bücherregal, während sie vehement auf eine Künstlerin aus St Ives einredet. Die Musik ist überall im Erdgeschoss zu hören; darüber erheben sich die Gespräche, vermischt mit Gelächter.

Ich habe das Gefühl, mich unter der Wasseroberfläche zu befinden, da die ganze Szenerie ein wenig verzerrt wirkt. Dass ich ein Buchclubtreffen ausrichten würde, hätte ich mir nicht träumen lassen. Niemals hätte ich mir vorstellen können, dass sich mein Haus so plötzlich mit Fremden füllen könnte.

»Hör mal«, hatte Fiona erklärt, als sie kurz zuvor angerufen hatte, »unsere Zentralheizung hat den Geist aufgegeben.

Hier ist es wie in der Arktis. Zu allem Überfluss macht auch noch ein Krankheitserreger die Runde in Drakes Kita. Ich habe panische Angst, dass er ihn eingeschleppt haben könnte, sodass die Gefahr droht, den gesamten Buchclub schachmatt zu setzen. Und selbst wenn alle es überleben sollten, würden sie nach einem Abend in diesem Gefrierhaus sicher an Unterkühlung leiden. Wir müssen das Treffen zu dir verlegen.«

Ich wollte protestieren, aber Fiona sagte: »Du musst nichts tun. Überhaupt nichts. Ich habe alles vorbereitet: Wein, Käse, diese Schokosticks, bei denen alle Frauen einen sehnsüchtigen Blick bekommen. Du musst nur deine Haustür öffnen und die Leute zu Sitzgelegenheiten führen, die nicht mit Duplosteinen vermint sind. Sag einfach Ja.«

Meine Schwester hat noch nie gerne Leute bei sich zu Hause gehabt. Als Bills Eltern im Sommer zu Besuch waren, hat sie sie in einem Bed & Breakfast in der Nachbarschaft untergebracht.

»Darf man nicht Wert auf ein bisschen Privatheit legen?«, hat sie Bill angefahren, als er sie deswegen zur Rede gestellt hat.

Es würde mich nicht im Mindesten überraschen, wenn die Zentralheizung wunderbar funktionierte.

»Darf ich noch jemandem nachschenken?«, frage ich, als ich zu Maeve und Laura trete, die sich am Kamin unterhalten.

»Ich bin mit dem Auto da«, sagt Maeve.

»Wage es ja nicht, die Frau eines Polizisten auf die schiefe Bahn zu bringen«, sagt Laura und hält stattdessen ihr eigenes Glas hin.

Laura dürfte höchstens Anfang zwanzig sein. Unwillkürlich frage ich mich, ob sie abends nichts Besseres vorhat. Ich schenke ihr nach und öffne dann das Fenster. Eine erfrischende Meeresbrise weht durch den Raum.

»Du hast es gut, dass du direkt auf der Klippe wohnen

darfst«, sagt Maeve. »Bei Tageslicht muss die Aussicht überwältigend sein.«

»Ich lebe zum ersten Mal am Meer und bin überglücklich.«

»Das Haus ist *umwerfend*«, sagt Laura. »Ich meine, ich kenne es ja von Facebook, aber in Wirklichkeit ist es noch viel schöner.«

Eine dritte Frau gesellt sich zu uns, Ana, die in der Stadt ein Café betreibt. Sie hat schimmernde Haut und einen überwältigenden blonden Schopf. An den Handgelenken trägt sie Silberreifen, die klirren, als sie ihr Weinglas erhebt und mit mir anstößt.

»Auf unser neues Clubmitglied! In der Anwerbung neuer Leute seid ihr ja nicht zu schlagen«, fügt sie an Maeves und Lauras Adresse gerichtet hinzu.

»Es ist wunderbar, endlich mal Gäste zu haben«, sage ich und meine es auch so. Es gefällt mir, so viele Menschen in meinem Haus zu erleben und ihre Stimmen und das Gelächter zu hören. Seit meinem Umzug hierher habe ich noch keine Freunde gefunden. Arbeitskollegen habe ich ja nicht, und einen Partner, der mich in seine Kreise einführen würde, ebenfalls nicht. Und auch kein Kind, um die Kontakte herzustellen, die sich zwischen Müttern so mühelos zu ergeben scheinen. Vielleicht sollte ich mir Drake mal ausleihen und einen dieser Indoorspielplätze aufsuchen, die Fiona boykottiert, weil sie Angst um ihren Verstand hat.

Ich lache, fast prustend. Himmel, bin ich schon betrunken? Nicht ausgeschlossen. Bevor die Frauen vom Buchclub eingetroffen sind, habe ich mir ein paar Gläser Wein genehmigt, um dem Abend entspannt entgegensehen zu können.

Ana steckt eine Hand in die Tasche ihrer weiten Haremshose. Der indigofarbene Stoff bauscht sich um ihre zierliche Gestalt.

»Nun, da du uns reingelassen hast, wirst du uns nicht mehr so schnell los.« Sie lächelt, dann wendet sie sich an Maeve. »Wir haben uns nach deiner Auszeit gar nicht mehr gesprochen. Wie war es denn?«

»Wunderbar. Eine ganze Woche ohne zu kochen, zu putzen und einen Teenager in der Gegend herumzukutschieren.«

»Was war das denn für eine Auszeit?«, frage ich.

»Eine Freundin von Ana unterhält in Devon ein Wildniszentrum und bietet in der letzten Oktoberwoche immer die Möglichkeit zu einem Besinnungsurlaub an. Das ist meine Chance, in die Wälder zu entfliehen und so zu tun, als würde ich mich mit Yoga und Meditation beschäftigen. Eigentlich ist es aber einfach Urlaub von der Normalität.«

»Das würde uns allen guttun«, sagt Laura.

Ich stimme ihr zu, obwohl die Art und Weise, wie sie es gesagt hat – traurig, sehnsüchtig –, mich aufhorchen lässt.

Die Fortsetzung des Gesprächs erlebe ich wie ein unbestimmtes Wabern. Ich beobachte den Schwung von Anas Lippen, wenn sie lächelt, und den Seitenblick, mit dem Maeve ihr Gegenüber beim Zuhören anschaut. Die Details lösen sich vor meinem geistigen Auge in Pixel auf. Ich ertappe mich bei dem Gedanken, dass ich später darüber schreiben werde.

Als es an der Tür klingelt, gehe ich in den Vorraum.

»Du bist spät dran.«

Fiona tritt ein und schüttelt den Mantel von den Schultern.

»Entschuldigung, tut mir leid. Da bin ich aber nun«, sagt sie mit rot geschminkten Lippen und hält mir eine Flasche warmen Weißwein, ein paar Chipstüten und diverse Dips hin. »Alles in Ordnung?«

»Absolut. Geh durch, ich bring dir ein Glas.«

In der Küche nehme ich ein langstieliges Glas und schenke Fiona von dem Wein ein, den sie mitgebracht hat. Dann schütte ich eine Tüte Schwarzer-Pfeffer-Chips in eine Schale und stecke mir selbst ein paar Chips in den Mund. Ich schwanke leicht, ein gar nicht so unangenehmes Gefühl.

Dann hole ich mein Handy heraus, mache ein Bild von dem Wein und der Chipsschüssel und stelle einen schnellen Post über den Buchclub ins Netz.

Noch haben wir nicht angefangen, über das Buch zu diskutieren, aber der Wein geht gut die Kehle hinunter. #Buchclub #Weinakademie

Nachdem ich das Handy wieder eingesteckt habe, begebe ich mich ins Wohnzimmer. Als ich so durch mein Haus gehe, ist es, als würde ich es zum ersten Mal sehen. Manchmal überrascht es mich selbst durch seine schieren Dimensionen. Schönheit und Größe sind überwältigend, fast schwindelerregend. Übertrieben.

Ich verdiene es nicht.

Im Vorraum halte ich inne, weil ich spüre, dass mich jemand beobachtet. Maeve kommt die Treppe herunter, eine Hand auf dem Geländer. Sie hat das Haar hochgesteckt und mit einem Tuch befestigt, sodass ihre zarten Gesichtszüge zur Geltung kommen.

»Das Bad unten war besetzt.«

Ich lächle. »Kein Problem.«

»Danke, dass wir in letzter Minute hierherkommen durften. Dir ist hoffentlich klar, dass wir unseren Buchclub jetzt immer hier veranstalten möchten?«

Ich lache und folge Maeve ins Wohnzimmer, aus dem soeben Laura heraustritt. »Ich geh nur schnell Pipi machen. Fangt nicht ohne mich an.«

Fiona hat sich an den Kamin gestellt. Ihre Schultern wirken steif, ihr Kinn ist vorgereckt.

»Danke«, sagt sie, als sie den Wein entgegennimmt. Dann beugt sie sich zu mir vor und flüstert: »Ich hoffe, du hast mir das Zeug eingeschenkt, das ich mitgebracht habe.«

»Klar.« Ich grinse.

»Die Nachbarn haben die Polizei gerufen«, sagt Ana in den Raum. »Meine Friseurin musste sogar den Urlaub abbrechen und zurückfliegen. Als sie die Haustür öffnete, kamen ihr die Tränen. Diese Leute haben nicht einmal den Versuch unternommen, die Wohnung aufzuräumen. In der Spüle standen kaputte Gläser, in den Teppich waren Zigarettenstummel eingetreten, und der Tisch war von den Stilettos der Mädchen, die darauf getanzt haben, vollkommen zerkratzt. Was sie über den Zustand des Schlafzimmers gesagt hat, wiederhole ich lieber nicht.«

»Es passt gar nicht zu dir, dass du mit Details hinterm Berg hältst«, erklärt Fiona mit einem trockenen Lächeln.

Ana grinst.

»Man hört schreckliche Dinge über Airbnb-Vermietungen«, sagt die Frau mit dem taillierten Rock, Katherine. Sie ist stellvertretende Schulleiterin an der hiesigen Gesamtschule. Leicht denkbar, dass sie auf ihre stille Weise Autorität ausstrahlt, wenn sie hoch aufgerichtet über den Schulhof schreitet. »Ich habe einen Artikel über eine Frau gelesen, die bei ihrer Rückkehr feststellen musste, dass ihr Wohnzimmer in ein Setting für einen Pornodreh umfunktioniert worden war.«

»Klingt ja so, als könnte man bei der Heimkehr eine Menge Spaß haben«, sagt Ana.

»Wir sollten Elle keine Angst einjagen«, sagt Fiona. »Ihr ist immer noch mulmig, weil sie dieses Haus kürzlich über Airbnb vermietet hat.«

»Dieses Haus?«, fragt Ana überrascht. »Ich kann es kaum glauben, dass du dieses Haus vermietet hast. Wie ist es denn gelaufen?«

»Es befand sich in einem tadellosen Zustand«, antworte ich.

»Ich bin mir nicht sicher, ob ich mich mit der Idee anfreunden könnte, Fremde in mein Haus zu lassen«, sagt Katherine. »Ganz schön mutig von dir.«

»Es war nur ein Testlauf. Ich habe es nur für vierzehn Tage vermietet.«

»Erzähl doch mal von dem Briefbeschwerer«, sagt Fiona.

Ich werfe ihr einen Blick zu, weil ich nicht möchte, dass meine Ängste zu Stoff für Anekdoten werden, aber es ist zu spät. Die Aufmerksamkeit der Frauen ist nun auf mich gerichtet.

»Ach, das war kein Drama. Ich hatte nur auf meinem Schreibtisch einen hübschen Briefbeschwerer liegen, der bei meiner Rückkehr angeschlagen war, das ist alles. Vermutlich passiert bei jeder Vermietung irgendetwas in der Art.«

»Aber das Problem ist ja nicht, dass er angeschlagen war, oder?«, sagt Fiona. »Das Problem ist, dass Elle den Briefbeschwerer in ihrem Schreibzimmer aufbewahrt – und das war *abgeschlossen.*«

»Was? Denkst du, die Mieter haben sich Zutritt verschafft?«, fragt Ana.

»Nicht wirklich, nein. Es muss vor meiner Abreise passiert sein. Als ich es Fiona gegenüber erwähnte, ist einfach meine Fantasie mit mir durchgegangen. Was ja, wie meine Schwester selbst festgestellt hat«, sage ich mit einem Nicken in Fionas Richtung, »mein Job ist.«

Alle lachen.

»Übrigens kann ich es kaum fassen«, sagt Ana zu Fiona, »dass wir uns ständig mit unserem Buchclub treffen und du noch nie erwähnt hast, dass deine Schwester Schriftstellerin ist.«

Hatte sie nicht?

»Das wusste ich doch selbst nicht«, sagt Fiona. »Elle hat ihre Schriftstellerei streng geheim gehalten, nicht wahr?«

»Wenn man zu schreiben beginnt, glaubt man nicht, dass man wirklich etwas veröffentlichen wird. Daher wollte ich auf keinen Fall allen Leuten erzählen, dass ich an einem Buch arbeite.«

»Nur, dass ich nicht alle Leute bin.«

Meine Schwester ist in einer ihrer streitsüchtigen Stimmungen. Vermutlich hatte sie vor ihrer Abfahrt eine Auseinandersetzung mit Bill und versprüht immer noch reflexartig ihr Gift.

»Stimmt es«, fragt Maeve, »dass man am besten über das schreibt, was man kennt?«

Die Frage lässt mich innehalten, und ich nehme mir einen Moment, um meine Antwort zu formulieren.

»Ich denke, es verleiht einem Text Glaubwürdigkeit, Lebendigkeit und emotionale Tiefe, wenn man etwas selbst erlebt hat. Andererseits glaube ich nicht, dass Schriftsteller über nichts anderes schreiben können.«

»Ich habe einen faszinierenden Artikel über ›Method Acting‹ gelesen«, sagt Katherine. »Wenn Schauspieler alles tun, um sich mit ihrer Rolle zu identifizieren. Hast du den Film *The Fall – Tod in Belfast* gesehen?«

Ich schüttle den Kopf.

»Das musst du unbedingt tun. Es handelt sich um eine gruselige Serie um einen Serienmörder. Der Schauspieler – Jamie Dornan heißt er, glaube ich – wollte wissen, wie es ist, jemanden zu verfolgen. Also ist er eines Abends einer Frau, die aus der U-Bahn stieg, nachgelaufen. Offenbar hat er Abstand gehalten, sodass sie nichts davon mitbekam, aber er ist ihr ein paar Straßen lang auf den Fersen geblieben.«

»Das ist ja unheimlich«, sagt Laura.

Da kann ich nicht widersprechen, obwohl ich das Motiv nachvollziehen kann. Er wollte die emotionale Erfahrung machen, um sie dann in seine Rolle einbringen zu können.

»Wolltest du eigentlich immer schon Schriftstellerin werden?«, erkundigt sich Ana.

»Es ist noch gar nicht so lange her, dass ich weiß, was ich will.«

»Ach, komm«, sagt Fiona. »Du hattest doch immer schon ein Faible für Fiktion. Sogar in deinen Tagebüchern.«

»In meinen Tagebüchern?«

»Erinnerst du dich noch an die Phase, als du ständig deine Tagebucheinträge frisiert hast?«

Das muss ich den anderen erklären. »Ich hatte den Verdacht, dass meine Mutter sie liest, daher habe ich angefangen, sie mit erfundenen Details aufzupeppen, um meine Mutter zu überführen.«

»Elle hat wunderbare Geschichten über einen Schulkameraden erfunden, der angeblich in sie verliebt war«, erläutert Fiona. »Ich meine mich entsinnen zu können, dass du ihm einen Decknamen gegeben hast, vermutlich um maximale Spekulationen zu seiner wahren Identität zu provozieren.«

Ich spüre, wie meine Wangen heiß werden, als ich mich an bestimmte Passagen erinnere. Es begann mit mädchenhaften Erfindungen, die sich um die netten Dinge drehten, die er mir zuflüsterte, oder um die zufälligen Berührungen unserer Hände, wenn wir uns auf dem Flur begegneten. Nach und nach wurde daraus eine Geschichte um gestohlene Küsse und eine Liebeserklärung.

Die Falle funktionierte. Ich weiß noch, dass mich meine Mutter eines Tages in die Küche zitierte. Auf dem Tisch standen zwei Tassen Tee und ein Stück von dem Zitronenkuchen, bei dem mir immer das Wasser im Mund zusammenlief. Meine Mutter eröffnete das Gespräch mit den Worten: »Ein Vögelchen hat mir zugezwitschert …« Das war eine alberne Wendung, aber ich ließ meine Mutter ihre Zweifel erläutern, die sie hinsichtlich der Ernsthaftigkeit eines älteren Jungen hatte, der so ein eindeutiges Interesse an mir zeigte.

Ich wartete auf den rechten Moment, um mit den Worten »Erwischt! Du hast mein Tagebuch gelesen« dazwischenzuplatzen. Irgendwie beschlich mich aber auch das Gefühl, dass ich Ärger bekommen könnte, wenn ich einräumte, dass ich mir das alles nur ausgedacht hatte – dass es sich lediglich um eine Geschichte handelte, eine schöne zumal. Es gefiel mir, sie zu erleben. Daher sagte ich stattdessen: »Ja, ich verstehe.« Meine Mutter schien erst überrascht und dann erleichtert. Wir umarmten uns und teilten uns noch ein Stück Zitronenkuchen.

In den nächsten Tagen erfand ich zunehmend Einträge, in denen ich die Geschichte mit »R« abkühlen ließ. Detailliert beschrieb ich unsere tränenreiche letzte Umarmung und den langen Brief, den er mir in mein Schließfach geschmuggelt hatte. Dass meine Mutter mich nicht mehr mit Argusaugen beobachtete, deutete darauf hin, dass sie jeden Eintrag gelesen hatte.

Jetzt sage ich zu Fiona: »Du hast mir nie verraten, dass du meine Tagebücher gelesen hast.«

»Das Privileg großer Schwestern«, erwidert sie mit einem Augenzwinkern. »Außerdem habe ich deine kleinen Geschichten mit großem Vergnügen verfolgt. Wer hätte gedacht, dass du einmal davon leben wirst?«

Ich lächle, aber irgendetwas an diesem Gespräch verletzt mich. Nicht nur, dass Fiona meine Tagebücher gelesen hat – plötzlich stehe ich als Lügnerin da.

»All diese Anspielungen auf Platon und Homer sind ein bisschen zäh, finde ich«, erklärt Laura, als wir endlich dazu kommen, das Buch zu diskutieren.

Wir reden über Donna Tartts Debüt *Die geheime Geschichte.*

»Für mich war das das Tollste an dem Buch«, erwidert Ana.

»Das glaube ich gerne«, sagt Maeve. »Hast du nicht Altgriechisch oder Theologie studiert?«

»Philosophie«, korrigiert Ana sie. »Kaffee servieren ist nur Tarnung. In mir wohnt die Seele einer Philosophin.« Sie grinst.

Ich gelange zu dem Schluss, dass ich Ana mag. Vielleicht freunden wir uns ja an.

»Hast du eigentlich Englisch studiert?«, fragt Laura und schaut mich an.

Ich zögere, um nichts Falsches zu sagen. »Ich habe angefangen, Englische Literatur zu studieren, in Cardiff. Aber es hat mir nicht gefallen, daher bin ich nach dem ersten Jahr schon wieder gegangen.« Ich gebe mir Mühe, meine Worte unbeschwert klingen zu lassen und ein Lächeln in meine Stimme zu legen. Meiner Erfahrung nach darf man nicht zögern, weil die Leute dann sofort nachbohren und alles genau wissen wollen.

Ich trete ans Fenster und öffne es noch ein Stück. Dann ziehe ich den Vorhang zurück, weil ich unter dem Stoff eine Bewegung spüre, die sich bis auf Höhe meiner Augen fortpflanzt. Ich spüre es – das Flattern der Flügel an meiner Wange.

Meine Reaktion erfolgt prompt und instinktiv. Ich schreie auf, weiche zurück und hebe die Arme.

Ich verschwende keinen Gedanken an die Stille, die sich über den Raum senkt, oder an die Blicke der Anwesenden, die sich alle zu mir umgedreht haben, aufgeschreckt von meiner wilden Reaktion. In meinem Kopf herrscht nichts als weißglühende, blinde Angst.

Ich drücke mich an die Wand.

Von irgendwoher höre ich Fionas ruhige, besänftigende

Stimme. »Ist schon in Ordnung, Elle, die tut dir nichts. Ich scheuche sie raus.« Sie steht auf und geht zum Fenster. »Offenbar haben wir jetzt ein Clubmitglied mit Mottenphobie«, erläutert sie mit munterer Stimme, um mein Verhalten herunterzuspielen.

Über das pochende Rauschen des Bluts in meinen Ohren hinweg sage ich mir, dass ich in Sicherheit bin und kein Grund zur Angst besteht. Ich keuche und blinzle hektisch, mein Körper ist erstarrt.

Ich sehe zu, wie Fiona die Motte mit beiden Händen umschließt. Meine Augen richten sich auf den Käfig ihrer Hände und schauen zu, wie sie das Insekt durchs geöffnete Fenster nach draußen befördert, das Fenster schließt und den Griff herumdreht.

Ein paar Sekunden lang schlagen die Flügel der Motte ans Glas, dann entschwindet sie in die Nacht.

Ich schaue noch ein paar Sekunden lang hin, dann stoße ich langsam den Atem aus, den ich angehalten habe.

Als ich mich umdrehe, sind alle Augen auf mich gerichtet.

Meine Wangen glühen vor Scham, als ich mit zittriger Stimme eine Entschuldigung murmle.

»Mottenphobie«, sagt Laura. »Ich wusste gar nicht, dass es so etwas gibt.«

»Hast du das schon immer gehabt?«, fragt Ana freundlich.

Ich schaue ihr nicht in die Augen, als ich es bejahe.

»Als Kind nicht«, widerspricht Fiona, die eine schreckliche Korinthenkackerin ist. »Wenn es um die Jagd auf Kleinstgetier ging, hast du uns alle geschlagen. Du hast alles eingefangen, was in deinen Lupenbecher passte: Ameisen, Spinnen, Motten, Marienkäfer.«

»Wirklich?«, frage ich vage. »Dann muss ich diese unschöne Eigenschaft wohl später erworben haben.«

Fiona schenkt mein Weinglas wieder voll und reicht es mir. »Trink.«

»Kaum zu glauben, dass du Angst vor Motten hast«, sagt Laura. Es klingt keineswegs unfreundlich, aber die Vorstellung scheint sie trotzdem zu irritieren. »Die tun dir doch nichts.«

Ich ringe mir ein Lächeln ab. »Ich weiß.«

Die übliche Hektik des Abschieds setzt ein. Gläser werden ausgetrunken, Handtaschen eingesammelt, Mäntel über die Schulter geworfen, Dankesworte gesprochen. Ich bringe alle zur Tür und halte mich mit einer Hand am Rahmen fest, immer noch nervös nach dem Schock mit der Motte.

Als die Gäste nach und nach mein Haus verlassen, wird mir bewusst, dass ich sie am liebsten zurückrufen würde. Sie sollen noch ein wenig bleiben, sollen mich nicht allein lassen.

Laura ist die Letzte, die geht. Auf der Türschwelle bleibt sie noch einmal stehen und dreht sich zu mir um.

»Das hätte ich fast vergessen. Ich habe dir etwas mitgebracht. Ein Einweihungsgeschenk oder ein Willkommensgeschenk für Neubürger von Cornwall oder was auch immer.«

Sie kramt in ihrer Tasche und holt ein wunderschön verpacktes Geschenk heraus.

»Laura …«, fange ich an, aber sie winkt ab.

»Als ich es sah, wusste ich, dass du begeistert sein würdest.«

Ich packe es sorgfältig aus und verspüre ein gewisses Unbehagen, dass Laura – die in der Bücherei kaum mehr als den Mindestlohn verdienen dürfte – ihr Geld für mich ausgibt.

»Siehst du«, sagt sie, als ich eine cremefarbene Tasse auswickle, »die musste ich dir einfach mitbringen.«

In schwarzer Schreibmaschinenschrift steht darauf: *Vorsicht, oder ich stecke Sie in meinen nächsten Roman.*

»Danke.«

Ihre Miene wird ernst. »Ich muss dich das einfach fragen: Was ist dein Geheimnis?«

Ich blinzle. Meine Aufmerksamkeit verengt sich auf diese Frage.

Lauras Augen glänzen vom Wein. »Es gibt etwas, das du uns vorenthältst. Ich frage mich, was es ist.«

Ich schüttle den Kopf. »Was …«

»Ich meine, du kannst nicht viel älter als dreißig sein, besitzt dieses Haus und bist eine Bestsellerautorin. Wen musstest du umbringen, um ein solches Leben zu führen zu können?«

Ich höre das träge Rollen der Wellen hinter uns, das Knallen einer Wagentür am Ende der Einfahrt – dann tritt ein Lächeln auf Lauras Lippen.

Das sollte ein Scherz sein. Natürlich sollte es ein Scherz sein.

Ich erwidere ihr Lächeln. »Alle meine Morde ereignen sich ausschließlich auf dem Papier.«

»Nun, als dein erster Fan hielt ich es für meine Pflicht, mich danach zu erkundigen!« Laura winkt mir munter zu, dann dreht sie sich um, geht die Einfahrt entlang und steigt ins Maeves Wagen.

Motoren werden angelassen, Scheinwerfer leuchten auf, alle kehren heim zu Ehemännern oder Familien. Ich warte im Eingang und spüre die kalte Luft an den Wangen.

Ich bleibe stehen, bis der letzte Wagen auf der zerfurchten Straße verschwunden ist. Als ich die Tür hinter mir zuziehen will, verspüre ich ein Kribbeln am Hals.

Ich drehe mich um, sicher, dass ich beobachtet werde.

Der Bewegungsmelder ist erloschen, sodass die Straße im Dunkeln liegt. Über die Klippe fegt der Wind und dringt zur offenen Tür hinein, während ich in voller Beleuchtung auf der Schwelle stehe.

Da ist niemand. Nur meine Nerven liegen blank.

Aber dann sehe ich es – ein schwaches orangefarbenes Glühen am Rande meines Sichtfelds, nicht mehr als ein winziges Licht. Ich kneife die Augen zusammen, versuche, es genauer zu erkennen.

Plötzlich springt der Bewegungsmelder der Nachbarn an und erleuchtet die Fassade ihres Hauses. Und da steht er, Mark. Er lehnt an der Tür, eine Zigarette zwischen den Lippen, den Blick auf mich gerichtet.

Kein Lächeln. Kein Gruß. Nur dieser finstere Blick aus tiefer Nacht, der mich fixiert.

Mehrere Sekunden lang starren wir uns an.

Dann hebt er langsam die Hand. Im ersten Moment sieht es so aus, als würden Daumen und Zeigefinger auf mich zeigen wie eine Pistole, die auf meinen Kopf gerichtet ist.

Mir stockt der Atem.

Ich blinzle. Aber als ich wieder hinschaue, sehe ich, dass er die offene Hand zum Gruß erhoben hat.

11 Elle

In der finsteren Meerestiefe der vierten nächtlichen Stunde verschlingt mich die Stille.

Nur wenige Stunden zuvor war das Haus vom Lärm und den Geräuschen der Buchclub-Mitglieder erfüllt. Nun, da alle verschwunden sind, hat sich die Stille vertieft, verfestigt.

Allein in meinem inselartigen Bett muss ich unentwegt an Flynn denken.

Wünsche mir sehnlichst, er wäre bei mir.

Als wir uns kennenlernten, wohnte er mit drei Freunden in einer Mietwohnung, in einer Art Rumpelkammer, in die nur ein schmales Bett und eine Kleiderstange für seine beiden Jeans und seine wenigen Pullover passten. Vier Monate lang schliefen wir in diesem schmalen Bett, die Glieder ineinander verschlungen. Ich schmiegte mich an seinen Rücken, die Knie in seinen Kniekehlen, und spürte, wie sein Atemrhythmus den meinen beruhigte.

Damals habe ich immer gut geschlafen.

Dieses Bett aber, dieses Bett ist zu groß. Eine Seite der Matratze ist zu kalt.

»Leck mich«, sage ich in die Leere und schlage die Bettdecke zurück.

Ich schwinge die Beine aus dem Bett und bleibe auf der Kante sitzen, die Handballen auf die Augenhöhlen gepresst. Eine durchwachte Nacht folgt der nächsten und bringt mich an den Rand der Erschöpfung; das bedeutet einen weiteren

Tag, an dem ich mich mit Koffein aufputsche und wie eine Schlafwandlerin durch die Gegend laufe.

Ich gehe meine Möglichkeiten durch. Ich könnte den Fernseher einschalten oder mir ein Hörspiel anhören. Dann fallen mir die Fahnen von Clare Mackintoshs jüngstem Roman ein, die in meinem Schreibzimmer liegen. Die werde ich mich vorknöpfen und mich in den Worten einer anderen verlieren.

Ich wickle mich in meinen flauschigen Bademantel und steige die Treppe hinauf.

In meinem Schreibzimmer schalte ich die Schreibtischlampe an und erblicke mein Spiegelbild in der Glaswand. Tagsüber strahlt der Raum mit den fließenden Grenzen Ruhe aus wie ein Heiligtum, aber nachts verwandelt ihn die Dunkelheit in etwas Lauerndes, Ausgesetztes. Es gibt keine Vorhänge, die man zuziehen, und keine Winkel, in die man sich verkriechen könnte. Hier oben wirkt das Tosen des Meeres so nahe, als würden die Wellen ans Fenster schlagen.

Meine Hand gleitet zu dem Briefbeschwerer auf dem Schreibtisch und streicht mit der Fingerspitze über die Beschädigung in der Mitte. Ich nehme ihn und spüre sein kühles Gewicht in der Handfläche. Mir kommt es immer noch sonderbar vor, dass ich das fehlende Teil in meinem Schlafzimmerteppich gefunden habe, direkt vor dem Spiegel.

Es ist, als würde jemand wissen, wo ich stehe. Es ist, als hätte es jemand absichtlich dort hinterlassen.

Mich fröstelt, und ich lege den Briefbeschwerer wieder hin.

Ich drehe mich um und lasse den Blick durch mein Schreibzimmer schweifen. Wenn jemand hier war, was hat er gesehen?, frage ich mich. Wo würde er hinschauen?

Irgendwo unten höre ich ein leises Klopfen. Ich erstarre und neige den Kopf in Richtung des Geräuschs.

Ist es unten im Haus?

Der Türklopfer kann es nicht sein, dazu ist es zu schwach. Ich warte und lausche. Mein Herz rast.

Da ist es wieder, zwei, drei leichte, schnelle Schläge, als würde jemand mit den Fingerknöcheln an ein Fenster klopfen.

Ein Schauer läuft mir über den Rücken.

Meine Gedanken wandern zu Mark, wie er vor dem Haus stand und mich fixierte. Dann der seltsame Gruß mit der erhobenen Hand.

Hat er mir nachgeblickt, als ich in mein Haus getreten bin, ganz allein?

Noch ein Klopfen. Dieses Mal höre ich das Geräusch deutlicher: Auf das Klopfen folgt ein Kratzen. Mein Blick gleitet zum Balkon hinab, der sich um mein Schlafzimmer herumzieht. In der Dunkelheit kann ich nur erkennen, dass die Zweige des Lorbeers, der in einem Kübel auf dem Balkon steht, sich im Wind biegen und an den Glasscheiben kratzen.

Ich lache, um die Spannung aufzulösen, aber es klingt brüchig in diesem einsamen Raum.

Ich durchquere mein Schreibzimmer, gehe zu der Eichentruhe und knie davor nieder. Dann hebe ich den schweren Deckel an.

In der Truhe befinden sich alte Fotoalben, ein Stapel Tagebücher und etliche Notizbücher mit verblassten Einbänden und Kritzeleien an den Rändern. Meine Finger stoßen auf ein Bündel Karten, die von einem Gummiband zusammengehalten werden; unwillkürlich nehme ich sie heraus und lege sie in meinen Schoß.

Ich habe jede einzelne Karte aufbewahrt, die Flynn mir je geschrieben hat. Als ich das Gummiband abstreife, denke ich, dass dies vielleicht der eigentliche Grund ist, warum ich in mein Schreibzimmer gekommen bin – um mir die Karten anzuschauen.

Die erste zeigt ein Rosenmotiv. »Herzlichen Glückwunsch« steht in silberner Schnörkelschrift darüber. Flynn hatte nie ein glückliches Händchen für die Auswahl von Karten.

Liebe Elle, herzlichen Glückwunsch. Denk dran, ich habe die Quittungen – der Vorteil, wenn man nicht im Secondhandladen einkauft (dieses Jahr). Flynn x

Ich lächle. Die Leichtigkeit seiner Worte hat etwas Entspannendes. Die nächste Karte ist selbst gemacht, aus dünnem, grünem Papier. Vorn drauf klebt ein Foto von uns auf einer Picknickbank, ich auf Flynns Schoß. Unsere Blicke sind zu Boden gerichtet; meine langen Haare fallen wie ein Vorhang über eine Gesichtshälfte, während Flynn sanft seine braun gebrannten Arme um mich schlingt. Im Hintergrund sieht man die dicken Stämme von Mammutbäumen und eine grüne Zeltkuppel. Unter dem Bild steht: *3 Jahre heute!*

1 Kontinent, 2 Länder, 4 Provinzen, 8 Staaten, 8500 Meilen, 10 000 Mückenstiche und eine stümperhaft fabrizierte Karte später sind wir immer noch wahnsinnig verliebt. Herzlichen Glückwunsch zum Jahrestag, mein Schatz.

Ein Lächeln schleicht sich auf mein Gesicht, aber meine Augen füllen sich mit Tränen.

Das ist es, worauf es ankommt, denke ich.

In dem Kartenstapel stoße ich auf ein weiteres Foto von uns. Ich betrachte Flynns breites Lächeln und die Art und Weise, wie sich das Licht in seinen Augenwinkeln fängt. Das Foto ist an dem Abend entstanden, als ich den Vertrag mit meinem Verlag unterschrieben habe. Flynn hat mich nach der Arbeit abgeholt, und wir sind mit ein paar Freunden in eine Bar in der Innenstadt von Bristol gegangen. Ich kann mich noch erinnern, dass Flynn mich ständig geküsst und mir gesagt hat, wie stolz er auf mich sei und wie umwerfend ich sei. *Du hast es geschafft!*

Noch ein Fragment diesen Abends ist mir in Erinnerung, ein Fragment von höchstens ein paar Minuten, in denen ich in die Nacht hinausgetreten und einfach verschwunden bin, wie in einer Szene einer Geschichte, die niemals gelesen werden würde. Es war schon spät, nach Mitternacht, und ich hatte so viel gelächelt, dass meine Gesichtsmuskeln schmerzten. Ich verließ die Bar und zeigte dem Rausschmeißer die Innenseite meines Handgelenks; beim Anblick des Stempels nickte er kurz. Meine Absätze klapperten über die Straße, mein Kleid schwang um meine Oberschenkel. Der Nieselregen fing sich in meinem Haar, eine Krone aus flüssigen Perlen.

Ich ging in Richtung Bankautomat, huschte aber im letzten Moment daran vorbei und trat in eine enge, unbeleuchtete Gasse. Dort blieb ich stehen, die Schulterblätter an die feuchten Backsteine gepresst; mein Brustkorb bebte, und mein Atem ging zu schnell. Ich legte die Hände aneinander, blies hinein, atmete dieselbe Luft wieder ein und sog sie tief in meine Lungen.

Ganz allmählich beruhigte sich mein Herzschlag. Ich legte den Kopf zurück und schaute in die Regentropfen, die im Laternenlicht schwebten, sinkende Partikel, die meine Haut mit Tau bedeckten. Mir war klar, dass ich zu Flynn und unseren Freunden zurückkehren würde. Dass ich weitermachen würde, als sei nichts geschehen.

Es war meine Entscheidung – und ich muss mit ihr leben.

Als ich Flynns Karten und die Fotos wieder weglege, stoßen meine Finger auf eine Ledermappe. Mein Herz setzt aus, gerät ins Stolpern. Ich weiß genau, was sich darin verbirgt. Ich weiß, dass ich die Mappe nicht öffnen und hineinschauen werde.

Es ist gefährlich, sie auch nur aufzubewahren, und doch kann ich nicht anders. Ich stopfe sie tiefer in die Truhe und schließe den Deckel.

Nein, es waren nicht die Buchfahnen oder Flynns Karten, die mich hierher geführt haben. Es war diese Mappe. Ich musste sie sehen. Musste mich vergewissern, dass sie noch da ist.

Da ich nun wieder ins Bett gehen kann, nehme ich die Fahnen und greife über den Schreibtisch, um die Lampe auszuschalten. Offenbar habe ich die Entfernung falsch eingeschätzt, denn ich stoße mit dem Ellbogen dagegen und werfe sie zu Boden.

Glücklicherweise hat die Glühbirne überlebt. Als ich mich bücke, um die Lampe aufzuheben, fällt mein Blick auf das Tischbein, das von ihr angeleuchtet wird. Im Holz befindet sich eine verkratzte Stelle, die ich noch nie gesehen habe. Nachdem sich meine Augen an das helle Licht gewöhnt haben, erkenne ich, dass Buchstaben ins blasse Holz graviert sind. Es erinnert an einen Schultisch, in dem sich ein Schüler verewigt hat, oder an einen mit der Zirkelspitze eingeritzten Liebesschwur.

Ich gehe näher heran und lege den Kopf schräg, um die Buchstaben entziffern zu können.

Im nächsten Moment sträuben sich mir die Nackenhaare. Ich blinzle hektisch, aber das Wort bleibt bestehen, eingekratzt in Großbuchstaben.

Der Tisch war gebraucht, aber Flynn hat Stunden um Stunden damit verbracht, ihn aufzumöbeln. Auch die Beine hat er abgeschmirgelt; er hat mir selbst erzählt, wie schwierig es war, den alten Lack aus den Schnörkeln zu entfernen. Diese Buchstaben hingegen wirken frisch eingraviert; das Holz in den Rillen ist blasser als das außen herum.

Ich fahre mit dem Finger über die anderen Tischbeine und suche nach Kerben und Rillen. Dann drehe ich die Lampe so, dass sie die Unterseite des Tisches anleuchtet, und lasse sorgfältig den Blick darübergleiten. Aber da ist nichts mehr, keine Eingravierungen, keine Markierungen. Nur ein Wort schwelt in meinen Gedanken.

LÜGNERIN.

2004

Das Frühjahrstrimester verging damit, dass Elle ausschlief, Vorlesungen besuchte oder im Park Frisbee spielte. Eines Abends, als sie weder arbeiten noch eine Party besuchen musste, schlug sie ihre Lehrbücher auf und dachte: *Dann wollen wir uns wohl mal dem Essay widmen.*

Mit Daumen und Zeigefinger eine Augenbraue knetend, versuchte sie, sich zu konzentrieren. Sie wollte etwas Geistreiches über die Postmoderne schreiben, fand aber nicht die nötige Ruhe und schweifte in Gedanken immer wieder ab. Vielleicht sollte sie doch ausgehen, nur auf einen schnellen Drink im Studentenclub mit ihren Mitbewohnerinnen.

Sie kramte in ihrem Kleiderschrank und holte ein neues T-Shirt-Kleid heraus, zu dem sie ihre Converses tragen konnte.

Als sie sich in das Kleid wand, beschlich sie plötzlich das Gefühl, beobachtet zu werden. Ihre Nackenhaare sträubten sich, und sie schaute aus dem Fenster. Das Wohnheim sah auf eine Eisenbahnstrecke hinaus; unter den Büschen sammelte sich Müll.

Ihre Augen brauchten einen Moment, um sich an die Dunkelheit zu gewöhnen, aber dann erblickte sie ihn: einen Menschen, der an den Schienen entlangging, zwischen die Büsche trat und in ihrem Schatten verschwand.

Ein betrunkener Student auf dem Weg zu einer Party? Jemand, der eine Abkürzung nahm? Aber sollte dieser Jemand gesehen haben, wie sie sich umzog, war das so schlimm? Sie war neunzehn Jahre alt und zu neuer Schönheit erblüht, ein klassischer Spätblüher. Mit ihrer Zahnspange, der kurzen, aber heftigen Aknephase und dem Pony, der nicht zu ihrem Gesicht gepasst hatte, war sie von den Jungen immer links liegen gelassen worden. Aber in den letzten achtzehn Monaten hatte sie eine Verwandlung durchgemacht: Unter der Metallspange waren ebenmäßige weiße Zähne zum Vorschein gekommen, statt der hormonell bedingten Hautunreinheiten schimmerte ihr Teint nun in neuer Frische, und der Pony war zu langen karamellfarbenen Wellen herausgewachsen.

Als sie angekleidet war, kehrte sie zum Schreibtisch zurück, um nachzuschauen, bis wann sie den Essay fertig haben musste. Die Gestalt an den Gleisen hatte sie längst wieder vergessen. Der Essay musste erst in ein paar Tagen abgegeben werden, also konnte sie heute Abend feiern, zumal sie morgen arbeiten musste. Falls nötig, würde sie eben eine Nachtschicht einlegen. Wenn sie einen Abgabetermin im Nacken hatte, lief ihr Verstand auf Hochtouren. Das war ein guter Plan.

Wie sich herausstellen sollte, war es egal, was für eine Note sie für den Essay bekam. Tatsächlich sollten sich sämtliche Leistungsnachweise und Prüfungsnoten als irrelevant erweisen.

Aber das wusste sie damals noch nicht.

Genauso wenig, wie sie wusste, dass sie ihr neues Kleid, in dem sie sich jetzt im Spiegel bewunderte, eine Hand in die Hüfte gestützt, nur noch ein einziges Mal tragen würde. Oder dass sie es hinterher wie eine Haut abstreifen und in den Tiefen eines Mülleimers versenken würde. Denn Elle würde nichts lieber wollen, als das Mädchen in dem dunkelblauen Kleid zu vergessen.

12 Elle

Wirf mit jeder Enthüllung eine neue Frage auf. Die Neugierde ist es, die uns weiterblättern lässt.

Die Schriftstellerin
Elle Fielding

In der hermetischen Dunkelheit der ersten nächtlichen Stunde liege ich wach und versuche es mir vorzustellen: das Mädchen, das ich mit Anfang zwanzig war. Das Mädchen, das Cardiff verließ und in eine große Hausgemeinschaft zog. Das Mädchen, das sich das Haar auf Kinnlänge kürzen ließ und die Augen mit Kajal umrandete. Das Mädchen, dessen Zimmer keine Vorhänge hatte, weil es keinen Unterschied machte, ob es hell oder dunkel war, da es ohnehin kaum schlief.

Ich denke an das Mädchen, das mitten in der Nacht wach lag, so wie ich jetzt. Geh zehn, zwölf Jahre zurück, und du hast sie, wie sie da auf ihrem schmalen Bett liegt, die offenen Augen in die Dunkelheit gerichtet, während sich die Sprungfedern in ihren Rücken bohren. Das Problem mit der Schlaflosigkeit hat soeben begonnen, dringt ihr unter die Augenlider, richtet sich häuslich in ihrem Geist ein.

Was würde ich diesem Mädchen sagen, wenn ich es vor mir hätte? Ich könnte ihm das wunderschöne Haus zeigen, in dem es eines Tages leben würde, das Haus mit dem riesigen Bett und den Daunenkissen. Ich könnte ihm von seiner zukünftigen Karriere erzählen und von den Auszeichnungen, die sich mit seinem Namen verbinden würden. Ich könnte auf das Meer jenseits des Fensters zeigen und sagen: »Schau nur, wo ich gelandet bin. Alles wird gut.«

Aber das Mädchen würde durch mich hindurchsehen und fragen: *Und warum liegst du dann immer noch wach?*

Endlich kommt der Morgen. Ich quäle mich aus dem Bett und fühle mich, als wären meine Sinne vollkommen durcheinandergeraten. Manche sind übermäßig geschärft, andere dumpf. Das Tageslicht wirkt zu grell, und die Wasserstrahlen der Dusche stechen wie Nadeln in meine Haut.

Dann bin ich unten und sitze vor einem Becher mit Kaffee, den gemacht zu haben ich mich nicht erinnere. Ich verbrenne mir die Lippen, weil ich nicht warten will, bis er abgekühlt ist.

Eine Stunde später sitze ich in einem fensterlosen Büro und rede mit meinem Bankberater. Schweiß bildet sich in meinem Rücken, als ich zusehe, wie seine blassen Augen über das Bündel Papiere vor ihm gleiten.

Als er den Kopf schüttelt, krampft sich mein Magen zusammen. »Hieraus wird klar ersichtlich, dass wir Ihre Hypothekenrate letzten Oktober für die fixe Dauer von zwölf Monaten auf den bloßen Zinsanteil reduziert haben. Die letzten beiden Zahlungen haben Sie nicht geleistet ...«

»Weil ich die Endabrechnung der Bauarbeiter erhalten habe«, sage ich und schaffe es nicht wirklich, einen neutralen Tonfall anzuschlagen. In so etwas war ich noch nie gut: Banken, Büros, Kalkulationen. »Mir war nicht klar, dass die den gesamten Betrag auf einmal fordern. Ab der nächsten Monatsrate läuft alles wieder normal.« Ich ringe mir ein Lächeln ab.

»Wenn Sie Ihren Zahlungsverpflichtungen nicht nachkommen, Mrs Fielding, muss ich Sie darauf aufmerksam machen, dass die Bank rechtlich dazu befugt ist, Ihr Haus in Besitz zu nehmen.«

Ich lasse die Information sacken. Natürlich weiß ich das. Diese Worte habe ich in den Briefen gelesen, die ich ganz hinten in die Küchenschublade geschoben habe. Aber da bin ich nun, von Angesicht zu Angesicht mit dem Direktor der Bank, die mir eine irrwitzige Geldsumme geliehen hat.

In unseren Zwanzigern haben Flynn und ich kaum mehr als den Mindestlohn verdient. Wir waren es gewohnt, mit bescheidenen Mitteln zurechtzukommen, und zogen einen gewissen Stolz daraus. Als aber das Haus am Rand der Klippen ins Spiel kam, wurde die Vernunft irgendwie von dem Wunsch verdrängt, das perfekte Haus zum Schreiben zu schaffen. Warum, frage ich mich jetzt. Um mir zu beweisen, dass es kein Traum ist? Dass mein Erfolg all die Opfer wert ist, die ich dafür gebracht habe?

Ein teuflischer Gedanke drängt sich mir auf: Vielleicht *möchte* ein Teil von mir, dass alles den Bach runtergeht. Es ist, als stünde ich an einer Bahnstrecke und wartete darauf, den Wind an meiner Haut entlangrauschen zu fühlen, gefährlich nahe. Nur noch ein winziger Schritt, und …

Ich überlege, wie Fiona mit einer solchen Situation umgehen würde. Sie würde nicht zulassen, dass dieser Bankdirektor etwas bedroht, das sie liebt und braucht. Ich richte mich auf. »Meinen Buchvertrag haben Sie ja gesehen. Nächsten Monat trifft die zweite Hälfte vom Vorschuss ein. Wenn Sie sich bis dahin bitte noch gedulden würden.«

Der Bankdirektor schiebt die Brille seinen schmalen Nasenrücken hinauf, als er das Dokument noch einmal überfliegt.

»Ja, das sehe ich. Was mich allerdings beunruhigt, ist diese Klausel hier: Sollten Sie Ihr Manuskript nicht zum festgesetzten Datum abliefern, dann sind Sie verpflichtet, den ersten

Teil des Vorschusses zurückzuzahlen. Und das wäre…« – er hält inne und schaut mich an – »… eine beachtliche Summe.«

Atme. Atme einfach ruhig weiter.

»Darf ich davon ausgehen, Mrs Fielding, dass Sie Ihr Manuskript tatsächlich zum genannten Termin abgeben, was nach meinen Berechnungen in einundzwanzig Tagen wäre?«

Ich denke an das wartende Manuskript, das karge Gerüst der Geschichte, die mich verfolgt, meinen Schlaf stört und mich an einen Ort zerrt, an den ich nie wieder zurückkehren wollte. Mir ist allerdings bewusst, dass ich dorthin zurückkehren muss. Das muss ein Ende haben.

Ich verziehe die Lippen zu einem Lächeln. »Ja. Ich liege absolut im Plan.«

Ich trete aus der Bank in die beißende Nachmittagsluft. Es ist erst zwei Uhr, aber um mich herum leuchten die Straßenlaternen und kämpfen mit ihrem trüben orangefarbenen Licht gegen die wachsende Düsternis des Himmels an.

Ich sollte sofort heimgehen, direkt an meinen Schreibtisch, und schreiben. Aber nach dem Treffen bin ich nervös, zerstreut.

Statt zu meinem Auto zurückzukehren, gehe ich also in die entgegengesetzte Richtung und trete beim Schlüsseldienst um den Besitzer herum, der einen Türstopper hereinholt. Vor dem Blumenladen bleibe ich stehen und betrachte die Holzkisten mit dem violetten Flieder. Die sanften Verheißungen von Blumen haben etwas Beruhigendes, Erdendes.

Ein Glöckchen läutet, als ich die primelgelbe Tür öffne. Die Luft riecht nach Blumen und überreifen Pollen. Die steife Förmlichkeit der Bank löst sich in Luft auf, als ich an der Auslage entlanggehe, besänftigt von der Schönheit der zarten Blütenblätter, der Zartheit der rosafarbenen Staubgefäße und der betörenden Süße der Düfte.

»Ich bin gleich für Sie da«, begrüßt mich die Floristin, die gerade einen Strauß für einen Kunden bindet, der vor der Theke steht.

Der Kunde drehte sich zu mir um. Es ist Mark. Er schaut mich teilnahmslos an und lässt sich nicht anmerken, ob er mich erkennt. Dann nimmt er das Gespräch mit der Floristin wieder auf.

»Ich dachte, das bringt ein bisschen Farbe in ihr Zimmer.«

»Unbedingt. Ich würde sie dir für einen Zehner lassen, wie klingt das?«

»Sehr nett von dir, Marg. Danke.«

Ich gehe in die andere Ladenecke und bleibe bei den Blumeneimern dort stehen: eine alte zartrosa Rosensorte, ein Strauß langstieliger Gänseblümchen, lila gesprenkelte Freesien. Ich höre, wie Papier ausgerollt wird, wie es knistert.

»Wie geht es deiner Mum?«

»Unverändert. Sie hat immer noch kein Gefühl im rechten Arm. Die Ärzte wissen nicht, ob es je wiederkehrt.«

»Ein Schlaganfall ist immer heikel. Man weiß nie, was daraus wird, oder?«

Enid hatte einen Schlaganfall? O Gott, die Arme. Das erklärt auch, warum Mark so unerwartet nach Cornwall zurückgekehrt ist. Und warum ich Enid und Frank schon seit Tagen nicht gesehen habe. Am liebsten würde ich ihnen eine Karte schicken. Wäre das angemessen? Trotz unserer Differenzen wegen des Umbaus mag ich Enid. Sie ist meine Nachbarin. Natürlich kann ich ihr eine Karte schicken.

Marks Stimme klingt überdeutlich in meinen Ohren, als er sagt: »Offenbar ist zu viel Stress ein klassischer Auslöser von Schlaganfällen.«

»Das habe ich auch gehört. Deine Eltern hatten doch diesen ganzen Ärger wegen des Umbaus der Fischerhütte, nicht wahr?«

Ich bleibe reglos stehen.

»Die hat jemand von auswärts gekauft.«

»Hätte ich mir ja denken können. Man muss sich nur anschauen, was sie daraus gemacht haben. Protziges Teil, was?«

»Verdeckt die Hälfte der Aussicht und nimmt ihnen das Licht.«

Die Floristin stößt einen missbilligenden Laut aus. »Tja. Richte deiner Mutter ganz herzliche Grüße aus. Sobald sie wieder zu Hause ist, komme ich mal vorbei und bringe einen meiner Möhrenkuchen mit, ja?«

Ich höre das Klingeln der Kasse und das Geräusch, wie eine Quittung in ein Portemonnaie geschoben wird, dann ein Rascheln, als Mark die Blumen nimmt. Ich ziehe ein paar Rosenstiele aus dem Eimer und tue so, als wäre ich ganz in die Auswahl vertieft.

Marks Schritte gehen geradewegs auf die Tür zu. Unvermittelt macht er einen Ausfallschritt, bleibt neben mir stehen und beugt sich dicht an mich heran.

»Hübsch«, sagt er mit Blick auf die Rosen in meiner Hand. »Sind die für jemanden Besonderes?«

»Nein, einfach für mich.«

»Halten Sie sich nicht für etwas Besonderes?« Wieder dieser finstere Blick, der mich durchbohrt. »Das ist nicht der Eindruck, den Sie hinterlassen.«

Von meinem Hals strahlt Hitze aus, direkt in meine Wangen.

»Rosen, klassisch. Auf Ihrem Nachtschränkchen werden sie sich ganz wunderbar machen. Neben der cremefarbenen Lampe.«

Ich reiße überrascht den Mund auf, aber bevor ich etwas sagen kann, ist er schon verschwunden.

Das *Toad and Otter* riecht nach altem Zigarettenqualm, der sich im abgewetzten Teppich festgesetzt hat. Ich bestelle ein Glas Weißwein und warte an der Bar. Meine Finger zupfen an einem Bierdeckel herum, meine Gedanken schwirren.

Auf Ihrem Nachtschränkchen werden sie sich ganz wunderbar machen. Neben der cremefarbenen Lampe.

Er hatte andeuten wollen, dass er in meinem Haus gewesen ist, und zwar in meinem *Schlafzimmer.* Aber wie konnte das sein? Enid und Frank sind seit dem Umbau nicht mehr bei mir gewesen, daher können sie es ihm nicht beschrieben haben.

Mein Schlafzimmerfenster geht zum Meer hinaus, daher kann Mark auch nicht von zu Hause aus hineingesehen haben. Aber was, wenn er am Strand gestanden hat?

»Was hat Ihnen das arme Ding angetan?«

Ich schaue auf. Der Barkeeper lächelt trocken und nickt zu meinem Bierdeckel hinüber, den ich in kleine Fetzen zerrupft habe.

»Entschuldigung«, sage ich, schiebe die Teile zusammen und stecke sie in die Manteltasche. Dann trage ich meinen Wein zu einem leeren Tisch neben den blinkenden Spielautomaten. Meine Hände zittern, das ist mir bewusst. Ich lehne mich zurück und versuche, mich zu entspannen, aber mein Körper ist stocksteif. Ich setze das Glas an die Lippen und stürze die Hälfte des Weins hinunter.

Sollte Mark gewusst haben, dass ich mein Haus über Airbnb anbiete, hätte er es sich aus reiner Neugierde anschauen können. Ich weiß noch, wie ich die einzelnen Räume sorgfältig hergerichtet und lang über den perfekten Aufnahmewinkel nachgedacht habe, um einen Eindruck von Raum und Licht zu vermitteln.

Ich hole mein Handy aus der Tasche und scrolle durch

die Fotos, um jene zu suchen, die ich für die Airbnb-Seite gemacht habe. Als ich das Foto von meinem Schlafzimmer finde, betrachte ich das ordentlich gemachte Bett mit der frischen cremefarbenen Wäsche und den aufgeschüttelten Kissen, aber Nachtschränkchen und Lampe sind nicht zu erkennen. Ich weiß auch, dass ich nie ein Bild von meinem Schlafzimmer in den Sozialen Medien geteilt habe, daher muss Mark mit seinem Kommentar einfach geraten haben.

Es sei denn – die Möglichkeit schießt mir plötzlich in den Sinn –, Mark ist während der Airbnb-Vermietung irgendwie in mein Haus gelangt. Ich denke an das Wort LÜGNERIN, das jemand in das Bein meines Schreibtischs gekratzt hat. War er das gewesen? Möglicherweise kannte er Joanna und ihre Familie. Vielleicht hat er ihr sogar selbst vorgeschlagen, das Haus zu mieten. Aber als ich diesen Gedanken verfolge, kommt er mir unwahrscheinlich vor.

Ich presse die Finger gegen die Schläfen. Vielleicht hat sich Mark bei Joanna und ihrer Familie vorgestellt und ihnen erzählt, dass er sich um das Anwesen kümmere und nach dem Wassertank schauen müsse oder so. Ausgeschlossen ist das nicht.

Aber sogar wenn Mark irgendwie einen Weg gefunden haben sollte, sich Zutritt zu meinem Haus zu verschaffen, zu meinem Schlafzimmer, meinem Schreibzimmer, bleibt die beunruhigende Frage: *Warum?*

Das zweite Glas hätte ich besser nicht bestellt. Oder das dritte. Ich muss das Auto stehen lassen und allein über den Strand zurückgehen. Mittlerweile sollte ich wissen, dass Alkoholkonsum und Schlaflosigkeit eine verheerende Mischung sind. Alles wirkt verzerrt, wie in weite Ferne gerückt.

Für den dunklen Strand bin ich nicht richtig angezogen. Meine Lederpumps saugen sich im nassen Sand mit Wasser voll, und ich bekomme eine Gänsehaut unter der dünnen Jacke.

Ich höre die Wellen heranrollen und zurückfließen; auf dem Sand bilden sich Rinnsale. Haben wir Ebbe oder Flut? Ich sollte es mir angewöhnen, in die Gezeitentabelle zu schauen. Im schwachen Mondlicht sehe ich, dass das glitzernde Meer noch ein Stück entfernt ist. Ich werde einfach stramm durchmarschieren, bis zum Haus ist es ja nicht so weit.

Als Flynn und ich das Haus am Rand der Klippen gekauft haben, schien uns einer der Vorzüge der Lage zu sein, dass man in einem Pub in der Stadt essen und dann durch die Bucht nach Hause laufen kann. Die Vorstellung, wie wir Hand in Hand am Strand entlangliefen, den Wind im Rücken und das Geräusch der sich brechenden Wellen im Ohr, hatte etwas Romantisches für uns.

Jetzt pocht nur Angst in meiner Brust, als ich über den Sand eile, die Zehen feucht und eiskalt in den durchweichten Schuhen.

Ich schaffe es in guter Zeit, und als ich die Felsentreppe erreiche, hole ich mein Handy heraus, um die Taschenlampenfunktion zu aktivieren. Erst jetzt bemerke ich, wie nahe das Meer ist. Nur noch zwanzig Minuten, und die Treppe zu meinem Haus wäre nicht mehr zugänglich. Ich rutsche auf dem nassen Felsen aus und fühle, wie ich das Gleichgewicht verliere und nach vorn falle. Ich strecke die Hand aus, um mich aufzufangen, knalle aber auf den Felsen.

Ich stoße einen Schrei aus. Mein rechtes Knie schmerzt höllisch. Nachdem ich mich wieder aufgerichtet habe, hebe ich mein Handy auf und humpele die letzten Stufen hinauf, vollkommen außer Atem. Ich gehe über den Steinweg zur Seitentür und hantiere mit dem Schlüssel herum, bis ich mir Zutritt verschaffen kann. Mit heftig klopfendem Herzen und zitternden Beinen bleibe ich in der dunklen Küche stehen. Es war dumm und riskant von mir, nachts allein am Strand entlangzulaufen. Ich hätte mit dem Kopf auf den Felsen aufschlagen können, statt nur mein Handy fallen zu lassen.

Meine Entscheidungen werden immer fragwürdiger.

Ich streiche mit der Hand über die Wand und betätige den Schalter. Die Küche erglänzt im Licht der Deckenstrahler. Ich humpele zum Kühlschrank und schenke mir ein großes Glas Wein ein.

Da ich das Gefühl loswerden möchte, wie der Fels über meine Haut schrammt und feuchtwarmes Blut an meinem Bein hinunterläuft, hole ich mein Handy heraus, gehe auf meine Facebook-Seite und konzentriere mich darauf, neue Leserkommentare zu beantworten.

Mir springt sofort ins Auge, dass Booklover101 wieder gepostet hat.

Ich mache mir Sorgen um dich. Du siehst aus, als hättest du Gewicht verloren. Lass nicht zu, dass dieses Buch dich verschlingt.

Mein Rücken wird steif angesichts dieses Tonfalls. Angesichts der Aufdringlichkeit diesen Kommentars und der unterstellten Vertraulichkeit zwischen uns.

Ich scrolle zurück zu den letzten Fotos, die ich gepostet habe: meine Fußabdrücke an der gewundenen Wasserlinie, mein von der Sonne beschienener Ohrensessel im Schreibraum, ein Profilbild von mir, als ich lache.

Nein, ich sehe nicht aus wie jemand, der Gewicht verloren hat oder unter dem Druck fast zusammenbricht. Dafür habe ich schon gesorgt.

Mein Leben wirkt idyllisch.

Schnell mache ich ein Foto von meinem Weinglas, lade es auf Facebook hoch und schreibe: *Ein Glas Wein zur Feier eines Tages, an dem ich auf Hochtouren geschrieben habe. Drei Wochen noch bis zum Abgabetermin! #Buch2 #FastGeschafft*

Dann lösche ich den Post von Booklover101 und stecke das Handy wieder in die Tasche.

Nachdem ich die Küche verlassen habe, gehe ich durch den Flur und schalte überall die Lampen aus. Auf der Treppe bleibe ich am Fenster stehen. Ich kann direkt in Franks und Enids Haus hineinschauen. Wie lange muss Enid wohl im Krankenhaus bleiben, frage ich mich. Ist Frank bei ihr? Wenn ja, dann ist Mark allein in dem Haus. Ich stelle mir vor, wie er durch die stillen Räume des Bungalows streift und im Dunkeln am Küchenfenster stehen bleibt, eine brennende Zigarette zwischen den Fingern. Sein Beobachtungsposten.

Sollte er in diesem Moment in meine Richtung schauen, wird er mich im Licht stehen sehen. Schnell trete ich zurück, aber als ich das tue, entdecke ich etwas. Am Fenster ist ein Fingerabdruck zu sehen. Bei genauerer Betrachtung erkenne ich, dass ein Wort auf die leicht beschlagene Scheibe geschrieben ist.

HAUS

Während ich das Wort betrachte, erfasst mich eine große Kälte, als würden Eiskristalle in meinen Nacken wachsen und sich dort ausbreiten, über die Wirbelsäule hinab.

Es bleibt nicht bei dem einen Wort.

Noch vier andere Wörter stehen darüber.

ICH
BIN
IN
DEINEM
HAUS

Alles um mich herum erstarrt. Speichel sammelt sich in meiner Kehle. Ich ermahne mich, zu schlucken, zu atmen.

Blinzelnd schaue ich noch einmal auf die Wörter. In meinem Kopf scheint sich alles zu drehen, als würde der Boden unter meinen Füßen wanken.

Schließlich wische ich mit dem Ärmel meiner Jacke über das Glas.

So, es ist fort. Nichts mehr zu sehen. Ich starre auf die Fensterscheibe. Es ist fast so, als hätte ich mir das Ganze nur eingebildet.

Die Nachricht kann schon tagelang dort stehen, sage ich mir. Ein kleiner Scherz eines Besuchers, vielleicht sogar eines der Buchclubmitglieder? Aber warum sollte jemand etwas derart Heimtückisches schreiben, etwas so Unheimliches?

Das Blut rauscht in meinem Kopf. Aber da ist noch ein anderes Geräusch, als würde Holz auf Holz schleifen.

Ich warte. Lausche.

Mein Herz schlägt heftiger.

Da. Da ist es wieder. Das Geräusch kommt von oben. Aus meinem Schreibzimmer. Als würde jemand eine Schublade zuschieben.

Häuser haben nun mal ihre eigenen Geräusche, sage ich mir bestimmt. Hier ist niemand. Es handelt sich um bloße Einbildung. Meine Sinne sind überreizt und verstärken die Eindrücke, das ist alles.

Von oben sind keine Geräusche mehr zu hören.

Ich stoße den Atem aus, den ich angehalten habe.

Als ich mich vom Fenster wegdrehe, vernehme ich es: das gedehnte Knarzen eines Dielenbretts, das gegen einen Balken drückt, dann einen leisen Luftzug, als eine Tür geöffnet wird.

Jemand ist in meinem Haus.

Es gefällt mir, in deinem Haus zu sein.

Ich schlendere durch die Küche und nehme mir die Zeit, jeden einzelnen Schrank zu öffnen und alles zu betrachten: die Weingläser mit den schlanken Stielen, das klassische Wedgwoodporzellan, das Set schwerer Le-Creuset-Pfannen. Ich drehe den belüfteten Wasserhahn auf und schaue zu, wie das Wasser in das großzügige quadratische Spülbecken rauscht. Nicht das geringste Anzeichen von Verstopfung. Keine Brandspuren, wo jemand ein heißes Pommesblech hat fallen lassen.

Erst am Fenster bleibe ich stehen. Ich lege meine Hände ans Glas. Mir ist bewusst, dass die Wirbel und Krümmungen meiner Fingerabdrücke zurückbleiben, als würden sie alles, was ich berühre, für sich reklamieren.

Diese Aussicht. Ich habe das Gefühl, in der Luft zu stehen. Unwillkürlich straffe ich die Schultern, recke mich ein bisschen, fühle mich leichter.

Als ich den Anflug von Hunger verspüre, frage ich mich geistesabwesend, ob noch etwas zu essen im Kühlschrank ist oder ob ich mir alles selbst besorgen muss. Ich öffne den Kühlschrank und sehe, dass du deine Lebensmittel in die obersten beiden Fächer geräumt und so Platz für meine Sachen geschaffen hast. Du hast einen teuren Geschmack: Kekse mit Orangenfüllung und einer dicken Schokoladenschicht; ein Röhrchen Oliven, die mit Knoblauch gefüllt sind; ein großes Stück geräucherter Brie, ungeöffnet; zwei kleine Becher mit Biokokosnussjoghurt.

Dein Gefrierschrank enthält ein halbes Dutzend Fertiggerichte. Du magst Quiche mit Feta, Spinat und Pinienkernen, außerdem gefüllte Hähnchenbrust mit Mozzarella und Pesto. Ich ziehe die unterste Schublade heraus und muss lachen: gleich drei Hummer! Und anderer Fisch: eine ganze Brasse, oder vielleicht ist es auch ein Barsch, und ein Beutel mit Meeresfrüchten.

Mit gefrorenen Fischen und Meeresfrüchten muss man derart vorsichtig sein, denke ich, als ich meine Hand um den Gefrierschrank herumschiebe, bis sie den Stecker erreicht.

13 Elle

Ich stehe reglos da und atme flach. Meine Haut spüre ich überdeutlich, das Gefühl, dass sie sich über dem Schlüsselbein spannt, die Gänsehaut, die sich an meinen Armen bildet, der Druck meiner Fingernägel in den Handflächen.

Mein Gehörsinn ist wachsam, übersteigert.

Wieder Schritte, schwere, direkt über mir.

Das Blut pocht mir in den Ohren. *Weiß diese Person, dass ich hier bin?*

Ich muss aus dem Haus raus. Mein Wagen steht noch in der Stadt, also muss ich zu Fuß gehen. Die Flut steigt, daher kann ich es nicht noch einmal wagen, am Strand entlangzulaufen. Bleibt nur die Straße, eine halbe Meile, begrenzt von Hecken. Verstecken kann man sich dort nicht.

Langsam, ganz langsam schleiche ich mich über die Treppe nach unten, die Hand ans Geländer geklammert. Alles fühlt sich gefährlich scharf an, das Holz unter meiner schwitzenden Handfläche, das Klopfen des Bluts in meiner Kehle. Ich möchte rennen, schreien, zwinge mich aber, langsam zu gehen.

Als ich am Fuß der Treppe angekommen bin, halte ich inne, lausche.

Die Schritte oben überqueren nun den Treppenabsatz vor meinem Schreibzimmer. Angst macht sich in meinen Adern breit. Dies ist keine Einbildung, dies ist real.

Die Schritte halten inne.

Ich stelle mir vor, wie der Eindringling dasteht und lauscht.

Hat er mich gehört?

Dann vernehme ich das Knarren des Holzes, als er die Treppe hinabgeht und in meine Richtung kommt.

Im nächsten Moment mache ich kehrt und renne in die Küche. Ich schlittere über den Holzboden und packe den Griff der Hintertür.

Mist! Ich habe abgeschlossen, als ich hereinkam. Mein Schlüssel! Wo ist mein verdammter Schlüssel?

Mein Herz hämmert, als ich den Blick durch die Küche schweifen lasse. Kein Schlüssel.

Bleibt noch Zeit, kehrtzumachen und durch die Vordertür zu flüchten?

Ich höre, wie sich der Klang der Schritte verändert, als der Eindringling den Fuß der Treppe erreicht. Er hat mir den Weg abgeschnitten.

Instinktiv reagiere ich mit Abwehr und ziehe ein Messer aus dem Messerblock; der kalte Griff in meiner Hand.

Kampf statt Flucht, heißt es dann wohl.

Die Schritte werden lauter, nähern sich der Küche.

Mir.

Meine Angst verwandelt sich in Wut, strafft meine Muskeln und pumpt das Blut mit aller Macht durch meine Adern.

Ich bin stark. Ich bin zu allem fähig.

Das Messer dicht am Körper haltend, spanne ich die Muskeln an, sprungbereit.

Er kommt.

Als die Gestalt im Türrahmen erscheint, stürze ich mich mit erhobenem Messer auf sie. »Verschwinden Sie, verdammt!«

Die Gestalt taumelt zurück, mit erhobenen Händen. »Elle, ich bin's doch. Ich bin's.«

Mein Name klingt so distanziert, so wenig vertraut, dass

ich mehrere Sekunden brauche, um zu begreifen, dass es sich um Flynn handelt.

»Was tust du denn hier?«, keuche ich, das Messer auf ihn gerichtet.

»Tut mir leid, ich wollte dir keine Angst einjagen. Ich habe versucht, dich anzurufen. Eine Stunde lang bin ich im Wagen gesessen. Aber ich habe ja noch den Schlüssel, daher dachte ich …« Er lässt die Hände sinken. »Es tut mir furchtbar leid, dass ich dich erschreckt habe, das war keine Absicht. Mein Wagen steht ja draußen, und du hättest meine Schuhe und meinen Mantel im Vorraum sehen können.«

»Ich bin durch den Seiteneingang gekommen.«

»Tut mir leid«, entschuldigt er sich erneut. »Ich habe deinen Wagen gar nicht gehört.«

»Ich habe ihn in der Stadt stehen lassen.« Ich starre ihn an. Mein Herz hämmert immer noch in meiner Brust.

»Du zitterst, Elle.«

»Du warst in meinem Schreibzimmer.«

»Ich habe Fotos gesucht.«

»Wieso das denn?«, frage ich und lege endlich das Messer weg. Als ich ihn richtig anschaue, sehe ich, dass seine Augen rot gerändert sind und seine Lippen zerkaut.

Flynn kneift die Augen zusammen und drückt die Finger auf den Nasenrücken.

Ich trete auf ihn zu und nehme seine Hände. Er riecht nach Holzspänen und etwas Moschusartigem.

»Was ist passiert?«

Ich hocke mich auf die Fersen und schaue zu, wie Flynn noch ein Holzscheit aus dem Korb nimmt. Er dreht es mit seinen kräftigen Händen hin und her und legt es dann in den Holzbrenner. Die Flammen schlagen hoch und züngeln, als er das Drehrad einstellt; das Licht flackert auf seinem Gesicht.

»Ich freue mich, dass du da bist«, sage ich, als er sich neben mich auf den Boden setzt, sodass wir beide am Sofa lehnen.

»Den Eindruck hatte ich auch, als du mit dem Messer auf mich losgegangen bist.«

Wir schauen in das Geflecht der Flammen und lauschen auf das Prasseln und Knacken des Holzes.

Als Flynn das Wort ergreift, den Blick ins Feuer gerichtet, ist seine Stimme leise.

»Ein Herzaneurysma. Davon hatte ich noch nie etwas gehört. Ich war wegen eines Auftrags unterwegs, als ich den Anruf bekam. Die elektrische Baumschere lief, und ich konnte es nicht richtig verstehen. Ich habe immer nur ›*Was? Was?*‹ gesagt. Es war auch nicht das Krankenhaus, das angerufen hat, sondern James Fell. Erinnerst du dich an ihn? Den Metzger?«

Ich nicke.

»Da ist es passiert. Er dachte, Mum fällt in Ohnmacht, als sie einfach so gegen die Theke geknallt ist. Er hat einen Krankenwagen gerufen. In einer Minute sei er da, hat man ihm zugesichert – aber da war es schon zu spät.«

Ich stelle mir vor, wie Alison an der gewölbten Glastheke herunterrutscht, vorbei an all dem rosafarbenen Fleisch, das glänzend auf dem Eis liegt; James mit seiner blutbefleckten Schürze, der mit dem Handy herumfummelt; das Klirren des Perlenvorhangs, als die Sanitäter hereinstürzen.

Tränen rinnen über Flynns Gesicht und versickern in den dichten, dunklen Bartstoppeln.

»Jetzt muss ich mich um die Bestattung kümmern«, sagt er, die Flammen nicht aus den Augen lassend.

»Hat deine Mum je darüber geredet, wie sie bestattet werden möchte?«

»Sie möchte beerdigt werden. Neben Dad.«

»Natürlich.«

»Ich warte noch, bis Rea eintrifft, dann können wir planen.«

Flynn hat nicht gerade ein enges Verhältnis zu seiner Schwester Rea, die sieben Jahre älter ist als er. Sie hat in Kalifornien Archäologie studiert, dort ihren zukünftigen Mann kennengelernt und ist mit ihm zu seiner Familie nach Minnesota gezogen. Ich habe sie immer gemocht. Sie ist ernst und offen, teilt aber Flynns Abenteuerlust.

»Wann kommt sie denn?«

»Morgen.«

»Hast du es schon vielen Leuten erzählt?«

Flynn schüttelt den Kopf. »Ich kann nicht. Es fühlt sich noch so unwirklich an.«

»Ich wünschte, ich hätte mich in letzter Zeit noch einmal bei deiner Mutter gemeldet«, gebe ich zu.

»Sie wusste, wie sehr du sie magst.«

Alison war eine intelligente, zuverlässige Frau. Sie vergötterte Flynn, wusste aber auch, was es bedeutete, mit ihm verheiratet zu sein. Eingemischt hat sie sich nie und auch nie ihre Meinung kundgetan, es sei denn, sie wurde danach gefragt. Auf ihre unaufdringliche Art hat sie mich aber immer unterstützt. Mindestens ein Mal im Monat haben wir sie in Truro besucht. Alison kochte sich dann immer durch einen Berg von Rezepten hindurch, die sie aus Zeitschriften ausgeschnitten hatte, beharrte aber darauf, dass sie sich keinerlei Umstände gemacht habe. Nach den Mahlzeiten übernahm Flynn den Abwasch, während Alison und ich uns in die Korbsessel im Wintergarten setzten und über Literatur redeten. In ihrem Wohnzimmer stand jede Übersetzung meines Romans.

Ein Holzscheit birst, ein Funkenregen steigt auf.

»Ich weiß, dass alles … alles anders ist zwischen uns«, erkläre ich. »Aber, Flynn, ich möchte für dich da sein. Auch wenn wir unsere Ehe vermasselt haben, du bist trotzdem mein bester Freund. Daran hat sich nichts geändert.«

Er hält den Blick in die Flammen gerichtet, aber ich spüre, dass seine Schulter an meiner bebt. Ich nehme seine Hände und drücke sie.

Ich vermisse diese Hände. Am Daumen hat er eine Narbe, weil er mal mit der Kettensäge abgerutscht ist, als er für Alison einen Baum beschnitten hat. Ich spüre auch den Wulst, der sich über den zweiten und dritten Knöchel zieht, weil er mal bei einer leidenschaftlichen Diskussion in einer Clubtoilette gegen die Wand geboxt hat. Früher haben uns solche Diskussionen zusammengeschweißt. Ich erinnere mich auch noch, wie er sich mal mit einer Radspeiche ein Stück von der Fingerkuppe abgetrennt hat, weil ich mich partout nicht von meinem alten Fahrrad trennen wollte.

Wie oft haben sich diese Finger mit den meinen verschlungen, denke ich. Früher habe ich mir immer wieder vorgestellt, wie seine Hände auf meinem gewölbten Bauch liegen und die Tritte unseres Babys spüren. Ich habe mir vorgestellt, wie diese Hände seine Tochter zum Altar führen. Oder wie sie einen Sohn an sich drücken. Ich stellte mir vor, wie sie, mit der Zeit knorrig geworden, trotzdem noch die meinen halten.

Ich streiche über die leere Stelle, wo einst der Ehering saß. »Wo bewahrst du ihn auf?«

Er schenkt mir ein schiefes Grinsen. »Im Handschuhfach meines Lieferwagens.«

Ich ziehe eine Augenbraue hoch, dann muss ich lachen.

»Da ist er absolut sicher.«

»Zwischen all den Parkscheinen, Münzen, ungehörten CDs und Stadtplänen, die du unbedingt aufbewahren willst?«

»Ja, genau.« Er hebt meine linke Hand hoch und betrachtet den Ringfinger. »Und deiner?«

»In meiner Schmuckschatulle.«

»Steckst du ihn manchmal noch an?«

Ich schüttle den Kopf. »Und du?«

»Manchmal.«

Ich streiche über seinen Ringfinger. Das hat etwas unglaublich Rührendes und Trauriges. Ohne groß nachzudenken, hebe ich seine Hand an den Mund und lege die Lippen auf die leere Stelle, wo einst sein Ehering steckte.

Ich spüre seinen Blick auf mir ruhen.

Und dann verändert sich die Atmosphäre, als sei sie plötzlich elektrisch aufgeladen. Ich spüre, wie es unsere Körper zueinanderzieht, magnetisch und unwiderstehlich. Unsere Lippen suchen sich, sanft und gierig zugleich.

Ich hatte ganz vergessen, wie wunderbar es sich anfühlt, seine Lippen auf den meinen zu spüren, die kratzenden Bartstoppeln an meiner Wange, die großen Hände, die über meinen Hinterkopf streichen, über meinen Hals. Ich schmecke das Salz seiner Tränen.

Wir sinken uns in die Arme und verlieren uns an einem so wunderbar vertrauten Ort, dass ich keine Ahnung habe, wie wir ihn je verlassen konnten.

Ich wache früh auf, allein. Es ist die erste Nacht seit Wochen, in der ich durchgeschlafen habe.

Unten höre ich Flynn in der Küche herumhantieren. Eine Schranktür knarrt, ein Becher wird herausgenommen, Wasser läuft.

Ich liege still und lausche auf die Geräusche im Haus. Nach der monatelangen Arbeit, die ich in dieses Haus gesteckt habe, überrascht es mich immer noch, dass Flynn nie hier gelebt hat. Im Planungsstadium – als die Wörter »Trennung«, »Scheidung« und »unversöhnlich« noch ausschließlich auf andere Paare zutrafen, solche, die sich gestritten hatten oder sich nicht mehr liebten oder wegen irgendetwas verbittert waren – habe ich mir immer vorgestellt, wie Flynn und ich dieses Haus nutzen würden. Ich habe mir vorgestellt, wie wir barfuß die Felsentreppe hinunterstiegen, die Stufen im frühen Morgenlicht noch feucht vom Tau, um zusammen in der Bucht zu schwimmen. Ich habe mir vorgestellt, wie winzige Gummistiefel an der Tür herumliegen und sich eine gewundene Sandspur über die Holzdielen zieht. Ich dachte an ein Kinderzimmer mit farbenfrohen Decken und einen Einbauschrank unter der Treppe, der für einen Kinderwagen Platz bietet. Im Sommer würden wir grillen, im Winter gäbe es Sonntagsbraten. Freunde und Familie und Gelächter würden das Haus erfüllen. Und über allem thronte mein Schreibzimmer, ein ruhiger Rückzugsort.

Ich schlage die Decke zurück, steige aus dem Bett und schlüpfe in meinen Bademantel. Dann gehe ich nach unten.

In der Küchentür bleibe ich stehen und beobachte, wie Flynn, der mit dem Rücken zu mir dasteht, einen Schraubenzieher in ein Scharnier vom Küchenschrank drückt. Ich sehe die Adern an seinen Unterarmen, als er die Tür an die richtige Position hebt.

»Ich dachte, ich reparier das mal schnell«, sagt er, ohne sich umzudrehen.

Ich hatte das selbst machen wollen, mithilfe von YouTube und dem überdimensionierten Werkzeugset, das Fiona und Bill mir zum Geburtstag geschenkt haben. Aber ich bin dankbar, dass Flynn diese Kleinigkeit für mich erledigt.

Ich trete neben ihn. »Wie geht es dir?«

Er holt Luft, als wolle er etwas sagen, schweigt dann aber. Die Frage ist zu komplex, das ist mir schon klar.

Er testet die Tür, die sich sanft öffnen und schließen lässt. Dann schaut er mich an.

Instinktiv strecke ich die Arme aus und lege sie um ihn.

»Elle«, sagt er leise, seine Lippen in meinem Haar, »wir hätten das letzte Nacht nicht zulassen dürfen.«

Die Worte sind ein Schlag in die Magengrube. Ich weiche zurück und tue so, als würde ich das Scharnier begutachten. »Gut, okay.«

»Mein Kopf ist zu voll. Ich kann es mir nicht leisten, die Dinge zu verkomplizieren.«

»Natürlich nicht.«

Eine Weile sagt keiner von uns ein Wort. Ich beschäftige mich damit, frischen Kaffee zu kochen, Aufbackbrötchen aus dem Gefrierschrank zu holen und sie in den Ofen zu schieben.

Wir setzen uns an den Küchentresen und betrachten die Aussicht, während wir unseren Kaffee trinken.

»Das Haus ist toll«, sagt er zu meiner Überraschung. »Du hast Unglaubliches vollbracht.«

»Das ist ja nicht nur mein Verdienst …«, beginne ich, aber er geht sofort dazwischen.

»Doch. Du warst die treibende Kraft. Du hattest die Visionen. Ich konnte es mir einfach nicht vorstellen. Ich war mir nicht einmal sicher, ob ich es überhaupt will.«

Ob er mich überhaupt will.

»Aber egal, ich wollte nur sagen: Gut gemacht!«

»Danke.« Ich überlege einen Moment. »Es ist schon komisch. Man denkt, man möchte etwas, aber wenn man es dann hat, ist es ganz anders als das, was man sich gewünscht hat.«

Er schaut mich an, eine Augenbraue fragend hochgezogen.

»Ich habe meinen Roman immer noch nicht abgegeben. Eigentlich wollte ich ihn nächsten Monat fertig haben.«

»Du liegst nicht im Zeitplan?«

Ich schüttle den Kopf. »Vielleicht warst du meine Muse.«

Er lacht nicht. »Elle …«

»Mir geht es gut, wirklich. Es wird schon werden. Du hast jetzt wichtigere Dinge im Kopf.«

Er zieht Luft in die Lungen. »Ich sollte wohl mal zurückfahren und darüber nachdenken, wie man eine Beerdigung organisiert. Du kommst doch, oder?«

Ich begleite ihn zur Tür und sehe zu, wie er den Mantel anzieht, den ich ihm vor zwei Jahren zu Weihnachten geschenkt habe. Der Ärmel hat einen Riss, weil Flynn an einem kaputten Zaunpfahl hängen geblieben ist, den er für seine Mutter repariert hat. Ob er daran denkt, wenn er den Ärmel sieht? Wird das eines der tausend Dinge sein, die ihn an seine Mutter erinnern?

Er schaut mich an. »Danke, dass du da bist.«

Wir umarmen uns. Meine Finger klammern sich an den groben Mantelstoff. Auf meiner Brust lastet der Schmerz, ihn gehen lassen zu müssen.

»Du kannst jederzeit kommen.«

»Vielleicht gehst du ja nächstes Mal nicht mit einem Messer auf mich los.«

Ich lache. Sein Witz entspannt die Situation ein wenig. Wir lassen einander los.

»Eine komische Frage hätte ich noch, Flynn«, sage ich, weil ich es wissen will, bevor er aufbricht. »Hast du etwas an die Fensterscheibe im Treppenhaus geschrieben?«

»Etwas geschrieben?«

»Auf die beschlagene Scheibe.«

»Warum sollte ich das tun?«

»Da stand eine Botschaft. Ich habe es heute Nacht entdeckt, wegen der Lichtverhältnisse. Es könnte schon ewig dort stehen.«

»Wie lautete die Botschaft denn?«

Ich zögere. Irgendwie fühlt es sich lächerlich an, es laut auszusprechen. *»Ich bin in deinem Haus.«*

Flynn kneift die Augen zusammen. »An welchem Fenster denn? Zeig's mir.«

»Ich habe es abgewischt.«

»Vielleicht hat sich ein Gast einen Scherz erlaubt.«

Ich nicke, obwohl ich außer dem Buchclub keine Gäste hatte. Es sei denn, es steht bereits seit der Airbnb-Vermietung da.

Ein metallisches Geräusch erklingt hinter uns, dann fällt die Post durch den Briefschlitz. Flynn sammelt den Stapel vom Boden auf und reicht ihn mir. Danach öffnet er die Tür und tritt hinaus.

Die Sonne ist schon aufgegangen, und es verspricht ein schöner Tag zu werden. Das freut mich, da Flynn für die Rückfahrt gutes Wetter gebrauchen kann. Ich betrachte sein Gesicht, das von der Sonne beschienen wird. Die Spuren der Zeit zeigen sich in den Furchen an seiner Stirn und dem feinen Fältchenkranz an seinen Augenwinkeln.

Sein Blick senkt sich auf das Bündel Briefe in meiner Hand. Ich folge ihm und sehe, dass auf einen braunen Umschlag die Worte »Letzte Mahnung« gedruckt sind, in roten Großbuchstaben.

»Alles in Ordnung?«, fragt er.

Ich stecke die Post unter den Arm. »Alles bestens, klar.«

Er schaut mich mit seinem offenen Blick an, der besagt: *Elle Fielding, ich durchschaue dich.*

»Was ich übrigens immer schon fragen wollte …« Er zögert und sieht auf seine Schuhe hinab.

Ich spüre, wie sich mein Herzschlag beschleunigt, hege eine gewisse Hoffnung …

Er hebt den Kopf und blickt mir direkt in die Augen.

Ja?

»Bist du eigentlich vorsichtig mit diesen ganzen Sozialen Medien?«

Ich blinzle. »Den Sozialen Medien?«

»Ich habe mir deine Feeds angeschaut. Du teilst all diese

Details, was tu tust, und fotografierst jeden Winkel deines Hauses und all die Orte, an denen du dich aufhältst. Jeder Spaziergang wird dokumentiert. Du lädst Fremde in dein Leben ein. Es gibt eine große … Intimität zwischen dir und ihnen.«

Ich muss an den letzten Post von Booklover101 denken und spüre, dass mir ein Schauer über den Rücken läuft.

»Darum geht es ja auch in den Sozialen Medien«, sage ich zu meiner Verteidigung. »Die Menschen wollen einen Zipfel von meinem Leben erhaschen.«

»Und was ist, wenn sie mehr wollen? Du verkündest, dass du joggen gehst, und dann postest du ein Foto von dem Strand, an dem du läufst. Wenn jemand die Gegend kennt, gehört nicht viel dazu, deinen genauen Aufenthaltsort zu bestimmen. Dieser Jemand weiß auch, dass du allein bist. Und dass dein Haus leer steht.«

»Niemand weiß, wo ich wohne.«

»Nein? Du hast Dutzende von Fotos von deiner Aussicht geteilt. Jeder könnte die Bucht wiedererkennen und sich ausrechnen, dass dein Haus oben auf der Klippe steht.«

»Was soll das jetzt? Möchtest du mir Angst einjagen?«

Er wirkt verletzt. »Natürlich nicht. Ich möchte nur, dass dir nichts passiert. Alles, was du schreibst und teilst, ist für immer in der Welt. Es hinterlässt eine Spur.«

»Danke für die Sicherheitsberatung, Herr Wachtmeister.« Ich lächle, um die Stimmung etwas aufzuheitern. »Wieso schnüffelst du im Übrigen auf Facebook herum? Ich dachte, du hasst diese Dinge.«

»Was soll ich dazu sagen? Dass ich manchmal auf deine Seite gehe und schaue, was du so treibst?«

Mein Herz zieht sich zusammen, als ich mir vorstelle, dass er über einen Bildschirm Zugang zu meinem Leben sucht.

Er zögert und verlagert sein Gewicht auf den anderen Fuß.

»Es ist hart, wenn Freunde mehr über dein Leben wissen als ich. Was ich über dich weiß, haben mir alles Heather und Nick erzählt. Ständig haben sie berichtet, was du so treibst: dass du in Frankreich warst, dass du einem Buchclub beigetreten bist, dass du Livevideos ins Netz stellst und so weiter und so fort. Außerdem erwähnen sie immer, wie glücklich du aussiehst.«

»Das gehört einfach zur Selbstdarstellung dazu. Ich zeige den Menschen, was sie sehen wollen. Denkst du, ich hätte auch nur halb so viele Follower, wenn ich die banalen Details meines Lebens teilen würde? Wenn alles, was ich schreibe, der Wahrheit entspräche?«

Ein Schatten huscht über Flynns Gesicht.

Wahrheit. Das war das falsche Wort. Das Wort, das unsere Ehe gesprengt hat.

»Was ich nur sagen will: Niemand interessiert sich für Fotos, auf denen ich nach einer schlaflosen Nacht wie eine Vogelscheuche aussehe oder neben leeren Kaffeetassen hocke und an meinem Schreibpensum verzweifle. Mir ist klar, was für ein Unsinn das ist, dieses gefilterte Leben, aber das ist Teil meines Berufs. Ich muss da mitmachen.«

»Musst du?«

Diese zwei Wörter habe ich von Flynn schon oft gehört. Er zwingt mich dazu, innezuhalten und mich zu hinterfragen. In meiner Verwirrung antworte ich erst gar nicht.

»Wenn dein Verlag es nicht von dir verlangen würde, würdest du dann morgen aus den Sozialen Medien herausfallen?«

»Tut das etwas zur Sache?«

»Ich kritisiere ja nicht deine Entscheidungen. Ich frage mich nur, ob es gut für dich ist – für uns alle. Brauchen wir das wirklich?«

»Es verbindet die Menschen.«

»Das redet man uns ständig ein: Tretet mit der ganzen

Welt in Verbindung … Ich weiß nicht, Elle«, sagt er kopfschüttelnd. »Meinem Eindruck nach leben die Menschen mehr nebeneinanderher denn je. Geh doch mal in eine Bar oder ein Restaurant. Die Menschen sitzen sich direkt gegenüber, aber ihre Aufmerksamkeit gilt ihren Handys. Du siehst Menschen – nicht nur Teenager, sondern auch Erwachsene –, die sich über ihre Bildschirme beugen, wenn sie über die Straße gehen. Ist das noch normal?«

Ich antworte nicht, das erwartet er auch gar nicht.

»Wenn so etwas passiert – so etwas wie mit Mum, meine ich –, fühlt sich alles andere so unbedeutend an. So sinnlos.« Seine Augen glänzen. »Das Leben sollte nicht auf gefilterte Bilder und Kommentare reduziert werden, oder? Es geht um Geburt und Tod und die wunderschöne, grausame Zeit dazwischen.«

Vorher

Nun, da ich in deinem Haus bin, finde ich es interessant, mir die Fotos noch einmal anzuschauen, die du in den Sozialen Medien teilst. Du bevorzugst Detailaufnahmen: eine kunstvoll auf einem Bücherstapel platzierte Muschel; ein Krug Wasser und ein Glas auf deinem Schreibtisch; eine Blumenvase auf dem Bücherregal neben der Öllampe. Ich registriere, dass du die Bilder beschnitten hast, um unschöne Details zu eliminieren: einen Heizkörper oder einen Stecker oder einen Türpfosten.

Was für andere Details schneidest du bewusst aus deinem Leben heraus?

Ich habe eine interessante Studie darüber gelesen, wieso die Sozialen Medien die meisten Menschen unglücklich machen. Wissenschaftler berichten, dass einer von drei Menschen mit seinem Leben unzufrieden ist, wenn er auf Facebook war. Es beför-

dert suchendes Verhalten, indem es den Dopaminpegel und die Nervenbahnen schon nach wenigen Minuten stark beeinflusst. Das muss man sich mal vorstellen. Mark Zuckerberg hat etwas so Mächtiges geschaffen, dass es sogar die Chemie des Gehirns verändert.

Was mich beunruhigt, ist, dass das Selbstwertgefühl zunehmend mithilfe von Likes oder Followern oder kleinen Herzen, die auf dem Bildschirm aufpoppen, gemessen wird. Die Aufmerksamkeitsspanne sinkt. Werbemacher orientieren sich an »Reizen pro Minute«, um uns mit immer mehr Informationen zu überfluten.

Ich habe es im Gefühl, dass wir noch eine Zeit erleben werden, in der sich die Menschen gegen die Sozialen Medien zur Wehr setzen. Dann werden sie versuchen, das Netz von all den intimen Details zu reinigen, die sie einst geteilt haben. Ist ihnen denn nicht bewusst, dass diese Informationen immer irgendwo dort draußen verbleiben? Ich stelle mir Spinnen vor, die durchs Netz krabbeln und nach den Informationshülsen suchen, die wie tote Fliegen daliegen.

Immer wieder überrascht es mich, was die Menschen so alles teilen. Wie viel sie von sich preisgeben. Besonders du, Elle. Woran liegt das? Ich glaube, es hat damit zu tun, dass das Ego über den gesunden Menschenverstand siegt. Müssen wir von den kleinen Gewohnheiten und Ritualen deines Tages wissen? Die Antwort lautet vermutlich: Ja, denn warum sollten wir sie sonst wie gebannt verfolgen?

Für jeden, der die Neigung verspürt, durch deine Posts zu scrollen, hier noch einmal deine Bekenntnisse: Wir wissen, was für ein Auto du fährst. Wir wissen, dass du dir jeden Tag mit der Nespressomaschine in deiner Küche zwei Tassen Kaffee kochst. Wir wissen, dass du die Anrichte, in der deine Tassen hängen, selbst bemalt hast. Wir wissen, dass dein Schreibzimmer dein Zufluchtsort ist, dein kreatives Refugium.

Am liebsten würde ich deinen Followern sagen, dass sie mit ihrem eigenen Leben nicht so unzufrieden sein sollten. Die meisten von uns bemerken nämlich gar nicht, dass deine Posts wenig mehr sind als Szenen, die du künstlich geschaffen hast.

Die wahre Welt sind sie nicht, oder, Elle?

In Wahrheit sind sie deine größte Fiktion.

14 Elle

Ich spüre die Fliehkraft in der Kurve, die Bodenhaftung der Reifen auf dem Asphalt. Die Hecken schwirren vorbei wie dichte grüne Wände. Als ich mich Fionas Haus nähere, gehe ich in Gedanken ihren Wochenkalender durch. Bill wird fort sein, Drake in der Kita. Sie selbst wird zu Hause sein und arbeiten. Ich werde sie auch nicht lang stören. Ich muss nur von zu Hause weg, muss mit ihr über Flynn und seine Mutter reden.

Als ich in Fionas Straße einbiege, stelle ich mir vor, wie sie Wasser aufsetzt, während ich es mir auf dem alten, durchgesessenen Sofa gemütlich mache. Ich parke vor ihrem Haus und steige aus.

Als ich fast die Haustür erreicht habe, öffnet sie sich, und ein Mann tritt auf den Gehweg. Nicht Bill, sondern ein schlankerer, der gerade eine dunkle Jacke überwirft, den Kopf geneigt.

Fiona steht auf der Schwelle und sagt etwas zu ihm. Sie ist barfuß, ihr Gesicht gerötet.

Als der Mann sich umdreht, öffnen sich überrascht meine Lippen.

Auf Marks Gesicht breitet sich ein träges Lächeln aus. »Morgen«, sagt er mit einem leichten Nicken.

Ich schaue zu, wie er auf sein Motorrad steigt, den Helm aufsetzt und den Motor hochjagt, um dann über die Straße zu entschwinden.

Fiona steht mit verschränkten Armen da, das Kinn vorgereckt. »Mark hat mir nur bei etwas geholfen.«

»Bei was denn?«

»Meine Spülmaschine ist kaputt.«

Ich starre sie an, bis sie wegschaut. Diesen stählernen, entschiedenen Blick kenne ich, dieses leichte Flattern der Augenlider.

»Unsinn.« Ich trete durch die Tür und gehe an Fiona vorbei in die Küche.

Sie folgt mir.

»Bill ist weg, wenn ich es recht sehe?«

»Ja.«

»Und Drake ist in der Kita?«

»Ja.«

»Das nenne ich Maßarbeit.« Ich hatte immer die Vermutung, dass es neben Bill noch andere Männer gibt, aber einen Beweis dafür habe ich nie gesehen, wollte ich nicht sehen.

»Bevor du dich jetzt aufs hohe Ross setzt: Es geht nur um Sex.«

»Und wenn Bill so etwas sagen würde?«

Fiona winkt ab, als sei mein Kommentar lächerlich.

»Ich weiß, dass du Mark nicht leiden kannst. Falls es dich tröstet, ich hatte keine Vorstellung, dass er der Sohn deiner Nachbarn ist.«

»Seit wann läuft das schon?«

»Da läuft nichts. Es waren nur ein paarmal.«

»Wie oft?«

»Drei-, viermal. Keine Ahnung. Es ist vorbei. Es war nichts.«

»Wie hast du ihn denn kennengelernt?«

»Bei Yvonnes Geburtstag.«

Fiona hatte mich zu der Party mitnehmen wollen, aber die fand an dem Tag statt, an dem ich zu dem Schreibkurs nach Frankreich geflogen bin.

»Er ist bestimmt zehn Jahre jünger als du, oder?«

»Vielen Dank. Sieben sind es, wenn du es genau wissen willst.«

Ich verschränke die Arme. Mein Blick schweift von Fiona zu der Fotocollage am Kühlschrank und fällt auf das Foto von Drake, der unter einem goldenen Partyhütchen hervorgrinst.

»Mach nicht so ein Gesicht.«

»Was für ein Gesicht?«

»So ein Gesicht eben. Du schürzt die Lippen und zuckst mit den Schultern, selbstgerecht. Du denkst an Drake und Bill und missbilligst mein Verhalten.«

»Ich denke nur, dass du ein ganz schönes Risiko eingehst. Reicht dir das, was du hast, nicht?«

Fiona lacht. »Oh, Elle, du hast die Mutterschaft immer romantisiert. Drake ist zweifellos das Wichtigste in meinem Leben – ohne ihn wäre alles andere wertlos –, aber die Mutterschaft als solche ›reicht‹ nicht immer. Mutter zu sein ist ein wichtiger Teil meines Selbsts, aber ich brauche auch etwas Eigenes, etwas, das ich nur für mich tue. Aber das muss man sich hart erkämpfen. Bill ist mehr weg als zu Hause. Ich muss herausfinden, was für eine Person ich überhaupt sein kann in diesen winzigen Zeitfenstern, wenn Drake schläft oder morgens in der Kita ist. Die Vorstellung, die Mutterschaft ›reiche‹ doch, hat etwas sehr Bevormundendes, Elle. Sie lässt alle, die mehr wollen – die arbeiten oder Zeit für sich haben oder mit Freunden verreisen wollen –, so charakterlos dastehen. Ich möchte mich einfach nur vollständig fühlen. Möchte mich wie ich selbst fühlen.«

»Du musst mit Mark ficken, um dich wie du selbst zu fühlen?«

Eine Weile herrscht Stille. »Es war ein Fehler, und jetzt ist es vorbei. Das habe ich Mark auch gesagt.« Sie schüttelt den Kopf. »Ich liebe Bill, das weißt du.«

Die Spannung in der Küche legt sich ein wenig. Ich gehe zur Spüle, nehme ein Glas vom Abtropfgitter und lasse Wasser hineinlaufen. In meine Gedanken schleicht sich eine Frage, die mit dem Zeitpunkt zu tun hat. Wo hat Fiona wohl zum ersten Mal mit Mark geschlafen? Er wohnt im Haus seiner Eltern, und Bill wird bei Drake gewesen sein. Wo also? Bei der Party?

Dann macht es klick. Fiona hatte den Schlüssel zu meinem Haus, und die Mieter sind erst am nächsten Tag gekommen.

Ich fahre herum. »Du hast Mark mit zu mir genommen, nicht wahr?«

Fiona blinzelt. Über ihr Gesicht huscht ein Anflug von Panik. Sie öffnet den Mund, als wolle sie etwas sagen, schließt ihn dann aber wieder. Zu meiner Überraschung sehe ich, dass sich ihre Wangen rot färben.

»Du hattest meinen Haustürschlüssel. Du hast an jenem Abend das Kinderstühlchen vorbeigebracht, nicht wahr? Du hast mir selbst erzählt, dass du es einen Abend vor Eintreffen der Mieter dort abgestellt hast.«

Fiona hält meinem Blick stand. Dann senkt sie langsam den Kopf und nickt.

»Du hast ihn mit in mein Haus genommen. Du lässt einen verdammten Fremden in mein Haus, ohne mich zu fragen, und …«

»Elle …«

»O Gott! Daher weiß er also, wie es in meinem Schlafzimmer aussieht. Er weiß, dass auf meinem Nachtschränkchen eine cremefarbene Lampe steht, weil du ihn hereingelassen hast.«

»Nein, nein. Er war gar nicht oben. Wir waren nur im Wohnzimmer. Es war keine … ich hatte das nicht geplant. Ich hatte das Kinderstühlchen im Auto und sagte zu ihm, dass ich es noch abliefern müsse. Er ist mit reingekommen. Er sagte, das sei ja ein wunderschönes Haus. Ich wollte ihm die Aussicht zeigen, den Blick auf die Bucht. Und dann landeten wir …« Sie schaut auf ihre Füße.

»Wo?«

Fiona presst die Lippen zusammen.

»Wo hattet ihr Sex?«

»Willst du das wirklich wissen?«

»Ja.«

Sie seufzt. »Im Wohnzimmer.«

»Seid ihr in meinem Schlafzimmer gewesen?«

»Nein!«

»Hast du ihn allein gelassen, auch nur für einen kurzen Moment?«

»Nein. Wir sind nur rein und wieder raus«, sagt sie und verzieht selbst das Gesicht wegen ihrer Wortwahl. »Ich meine, ich … ich habe mich nur schnell im Bad frisch gemacht. Aber das hat nicht lang gedauert …«

»Mark war es. Das weiß ich.« Meine Hände verkrampfen sich ineinander. Ich sehe es förmlich vor mir, wie er durch meine Zimmer streift, die Treppe hochsteigt und innehält, um eine Botschaft an das Fenster zu schreiben. *Ich bin in deinem Haus.*

Während Fiona im Bad war, könnte er die Tür zu meinem Schlafzimmer geöffnet haben. Ich stelle mir vor, wie er die Hände über die Bettkante gleiten lässt. Hat er sich im Spiegel betrachtet? Hat er sich als Eindringling wahrgenommen? Oder gefiel es ihm, sich dort zu sehen, in meinem Schlafzimmer? Hat er sich vorgestellt, wo ich liege?

Vielleicht hat er das Ganze ja geplant: Fiona zu verführen und sie dazu zu bringen, ihn mit in mein Haus zu nehmen. Wenn Mark mich für den Schlaganfall seiner Mutter verantwortlich macht, könnte es sich um einen Einschüchterungsversuch handeln. Plötzlich fällt es mir wie Schuppen von den Augen: Er möchte mich aus dem Haus ekeln.

»Er war in meinem Schreibzimmer …«

»Jetzt werde mal nicht melodramatisch. Ich war nur eine Minute im Bad. Denkst du wirklich, Mark hatte genug Zeit, um in deinem Haus herumzuschnüffeln, dabei festzustellen, dass ein Zimmer abgeschlossen ist, und schnell dort einzubrechen? Was soll er denn dort getan haben? Einen Briefbeschwerer zerdeppern, ohne dass ich etwas mitbekomme?«

Mein Mund klappt auf.

»Ich weiß, dass es ein Fehler war, ihn mit zu dir zu nehmen – das tut mir wirklich furchtbar leid –, aber alles andere, Elle, spielt sich nur in deinem Kopf ab.«

Es spielt sich nur in deinem Kopf ab.

Die Worte sind ein Echo aus der Vergangenheit. Ich wehre mich gegen den Sog der Erinnerungen. Er ist zu gefährlich.

Ich hebe den Kopf. »Ich will meinen Schlüssel zurück.«

»Wie bitte?«

»Den Ersatzschlüssel, den ich dir gegeben habe.«

Fiona verzieht spöttisch das Gesicht. »Du vertraust mir nicht? Was denkst du denn? Dass ich in dein Haus eindringe und es als Stundenhotel benutze, wann immer du fort bist?«

»Möglich.«

Fiona verschränkt die Arme. »Von Flynn hast du den Schlüssel vermutlich auch schon zurückgefordert, oder?«

Ich erwidere nichts.

»Denkst du nicht, du solltest lieber ihn darum bitten? Er ist doch derjenige, der so verletzt und sauer ist, dass er die Scheidung eingereicht hat. Derjenige, der in einer beengten Bude hockt, während du in einer Villa mit Meerblick haust. Diese Person ist *er.*«

Sie hat recht. Flynn hat sich selbst hereingelassen, ist durch mein Haus gegangen und hat mein Schreibzimmer betreten – *um nach Fotos zu suchen*, angeblich.

»Das habe ich auch vor.«

»Aber egal, mich kannst du sowieso von deiner Kontrollliste streichen. Ich habe deinen Ersatzschlüssel gar nicht mehr. Ich habe ihn in die Schale auf deinem Sekretär gelegt, nachdem du dich ausgesperrt hast. Das habe ich dir auch gesagt.«

Ich erröte. Fiona hat recht. Sie hat es mir gesagt.

Ich habe es vergessen.

»Aber danke für dein Vertrauen.«

Schwungvoll fahre ich in die Einfahrt; unter meinen Reifen spritzt Kies auf. Ich reiße an der Handbremse, wütend auf mich selbst. Das Letzte, was ich jetzt gebrauchen kann, ist ein Zerwürfnis mit meiner Schwester.

Dieser verdammte Mark, schimpfe ich. Als Fiona ihn mit zu mir genommen hat, wusste er genau, wem das Haus gehört. Sicher hat es ihm ein diebisches Vergnügen bereitet, überall herumzuschnüffeln und in meinen Dingen zu kramen – nicht zuletzt in Erwartung des rechten Zeitpunkts, um eine entsprechende Andeutung fallen zu lassen.

Ich knalle die Wagentür zu, marschiere zu Franks und Enids Haus und klopfe energisch an die Tür.

Mark öffnet, ein leicht amüsiertes Lächeln auf den Lippen. »Stets ein Vergnügen.«

»Ich muss mit Ihnen sprechen.«

»Hier entlang.«

Ich durchquere das Wohnzimmer, wo ein Computerspiel angehalten wurde; auf dem Bildschirm sieht man muskelbepackte Männer mit Bürstenschnitt und Pistolen.

Er beugt sich nahe an mein Ohr. »Wir könnten zu zweit spielen.«

Ich ignoriere die Bemerkung und gehe in die Küche durch. Sie ist ordentlich und sauber, ein leichter Geruch von gerösteten Teebrötchen hängt in der Luft. Auf dem Tisch steht ein Krug mit gefiltertem Wasser und ein Teller mit Plätzchen. So einladend und bieder sieht das aus, dass ich für einen Moment zögere.

Als ich mich umdrehe und bemerke, dass Mark mich beobachtet, flammt die Wut wieder auf. »Ich weiß, dass Sie in meinem Haus waren. Fiona hat es mir erzählt.«

Er sagt nichts.

»Sie sollten wissen, dass das nicht funktioniert.«

»Was funktioniert?«

»Ihre erbärmlichen Versuche, mir Angst einzujagen. Zum Autorengespräch in der Bibliothek aufzukreuzen …«

»Das fanden Sie Angst einflößend?«

»Ich weiß, dass Sie meine Mülltonnen umgekippt haben und das Haus beobachten. Das ist verdammt unheimlich. Und befremdlich.«

»Wenn Sie meinen.«

Ich spüre, wie sich angesichts seiner schnodderigen Art die letzten Reste an Selbstbeherrschung in Luft auflösen.

»Und dann diese Nachricht am Fenster. Warum geben Sie sich solche Mühe?«

»Nachricht? Jetzt komme ich wirklich nicht mehr mit.«

»Ich bin in deinem Haus, haben Sie geschrieben.«

Er reißt die Augen auf. Dann bricht er in Lachen aus.

Meine Hände verkrampfen sich. In meinen Handflächen bleiben rote Mondsicheln zurück. »Ich weiß, dass Sie das waren!«

»Sie wissen gar nichts.«

»Lügen Sie mich nicht an!«, schreie ich.

Er hebt die Hände, als wolle er mich besänftigen. »Beruhigen Sie sich. Es scheint, als seien Sie ein wenig überspannt.«

»Wie können Sie es wagen …«

»Hören Sie, ich mag vielleicht Ihre Mülltonnen umgekippt haben. Ich war stinksauer und wollte, dass Sie das wissen. In der Bücherei war ich, weil ich neugierig war, was für ein Typ Sie sind. Die Sache haben Sie verpatzt, nebenbei bemerkt.«

Unter meinem Auge zuckt ein Nerv.

»Ich bin nicht gerade Ihr größter Fan, Frau Schriftstellerin. Mir ist schon klar, dass Sie zu diesen Leuten gehören, die beleidigt sind, wenn man sie nicht mag, aber das können Sie vielleicht verschmerzen. Sie sind eine hochnäsige Ziege, und das ist nicht jedermanns Sache. Sie kommen aus der Stadt, wedeln mit einem Bündel Geldscheine und schnappen sich das Haus am Rand der Klippen. Wissen Sie, was: Mum hat mich angerufen, um mir mitzuteilen, was für nette Nachbarn Sie haben – ein junges Paar, das die Hütte zu einem Heim für eine Familie umbauen möchte. Sie haben Mum erzählt, dass Sie das Alte teils bewahren wollen, und sie war absolut begeistert. Aber dann, Überraschung, reißen Sie das ganze Haus ein. Sie haben Mum und Dad in die Irre geführt, indem Sie versprachen, sich am Originalzustand zu orientieren. Aber was heißt das schon?«

Ich verharre reglos.

»Zugereisten wie Ihnen haben wir es zu verdanken, dass Cornwall ruiniert wird. Sie kaufen alle Anwesen auf, ziehen Ihre dreistöckigen Zweitdomizile hoch und verschwinden dann für ein halbes Jahr, sodass den kleinen Läden die Kunden fehlen. Und schon ist eine weitere Stadt den Bach runtergegangen.«

»Das Haus ist nicht mein Zweitdomizil.«

»Im Moment nicht. Aber ich bin gespannt, was Sie von Cornwall halten, wenn Sie erst einmal einen ganzen Winter hier verbracht haben.« Er schüttelt den Kopf. »Die Menschen, die hier aufgewachsen sind, müssen alle gehen. Wir können es uns nicht leisten, in der Nähe unserer Eltern zu leben und uns um sie zu kümmern, weil Leute wie Sie immer mehr bieten. Jetzt ist Mum krank, und ich muss meinen ganzen Jahresurlaub nehmen, um hier sein zu können. Was passiert denn, wenn sie mich noch einmal braucht – oder wenn Dad krank wird?«

Die Anspannung lässt das Blut aus seiner Stirn weichen, als seine Lippen die Worte hervorpressen. Ich habe ihn noch nie mehr als ein, zwei Sätze reden hören, aber jetzt scheint er gar nicht mehr aufhören zu können.

»Und klar, Sie haben recht mit Ihrem Vorwurf, dass ich Sie hier weghaben will. Ich will nicht, dass Leute wie Sie in der Nachbarschaft meiner Eltern leben.«

»Sie wissen doch gar nichts über mich.«

»Nein? Ich weiß, dass Mum einen Schlaganfall hatte und Sie noch kein einziges Mal hier waren, um sich zu erkundigen, wie es ihr geht. Oder um Dad etwas zu essen zu bringen oder zu fragen, ob die beiden etwas brauchen. So etwas tun Nachbarn in dieser Gegend nämlich. Sie wäre fast gestorben!« Aus seinen Mundwinkeln spritzt Speichel. »Ich hätte sie verlieren können!«

»Hast du aber nicht.«

Mein Blick zuckt zur Tür.

Enid steht dort und hält sich mit einer blassen Hand am Türrahmen fest. Sie wirkt winzig und zerbrechlich in ihrem weißen Baumwollnachthemd. Das feine graue Haar hängt herab wie ein zerfetztes Spinnennetz.

»Entschuldigung. Ich hatte keine Ahnung, dass du hier bist. Wir waren sicher zu laut.«

»Das haben Streitereien so an sich«, sagt sie langsam. Ihre Worte enden weich und tonlos.

Mark entspannt sich in der Gegenwart seiner Mutter. »Tut

mir leid, Mum«, sagt er und küsst sie auf den Kopf. »Wir wollten dich nicht stören.«

Plötzlich habe ich das Bild vor Augen, wie er als kleiner Junge war – wie er durch die Bucht unten lief und seiner Mutter die Muschel zeigte, die er in der geschlossenen Hand hatte. Ich sehe sein strahlendes Lächeln, als sie versprach, die Muschel in Ehren zu halten.

»Es tut mir furchtbar leid, dass du einen Schlaganfall hattest«, sage ich zu Enid. »Mark hat recht, ich hätte mal vorbeikommen sollen. Ich hätte dir Hilfe anbieten sollen. Wie geht es dir jetzt?«

»Ich bin froh, wieder zu Hause zu sein.« Dann sagt sie zu Mark: »Ich wollte fragen, ob ich etwas zu trinken bekomme.«

»Ja, natürlich. Wasser? Tee? Da keine Krankenschwester in der Nähe ist – vielleicht willst du ja lieber einen Sherry.«

Sie kichert liebevoll. »Für den Moment bleibe ich bei Wasser.«

Er füllt ein kleines Glas und hilft seiner Mutter, auf einem Stuhl Platz zu nehmen. Dann stellt er ihr das Glas hin und steckt einen Strohhalm hinein.

Enid trinkt in vorsichtigen Schlucken. »Setz dich«, sagt sie, als sie das Wasser ausgetrunken hat.

Folgsam ziehe ich einen Stuhl mit einem geblümten Kissen hervor. Als mein Blick aus dem Fenster fällt, registriere ich schuldbewusst, dass ein Teil der Aussicht vom obersten Stockwerk meines Hauses verdeckt ist.

»Verzeihung, aber ich habe euer Gespräch mitbekommen. Das mit den Mülltonnen tut mir sehr leid, Elle. Ich bin mir sicher, dass Mark sich längst entschuldigen wollte.«

Er schaut mich an. »Entschuldigung.«

»Was den Rest betrifft, Mark: Hast du irgendetwas damit zu tun?«

»Nein.«

Sie musterte ihren Sohn und nickt dann.

»Dann war es vielleicht dein Gast«, sagt Enid zu mir.

»Mein Gast?«

»Die Person, die in deiner Abwesenheit nach dem Haus geschaut hat.«

»Ach so, ja. Ich hatte es für zwei Wochen vermietet.« Da ich noch im Ohr habe, was Mark über Zweitdomizile gesagt hat, füge ich schnell hinzu: »Das mit der Vermietung war aber eine Ausnahme. Ich denke, es war eine nette Familie. Hoffentlich hattet ihr keinen Ärger mit ihnen.«

»Eine Familie? Das überrascht mich jetzt aber.«

Ich runzle die Stirn. »Wieso?«

»Das Haus wirkte fast verlassen. Wir haben nie jemanden an den Strand gehen sehen. Nicht einmal ein Wagen stand in der Einfahrt. Ich weiß nicht, wie man in dieser Gegend ohne Wagen auskommen kann.«

Das ergibt keinen Sinn. In Joannas E-Mail stand ausdrücklich, dass sie die ganze Strecke von Winchester mit dem Wagen anreisen würden, weshalb sie auch darum gebeten hatte, dass man den Schlüssel draußen deponieren möge.

»Ihr habt die Personen aber gesehen, oder?«

»Nur eine. Mark und ich waren zusammen am Strand, nicht wahr? Das war am Tag vor meinem … Schlaganfall. Du hattest erwähnt, dass du verreist, daher war ich überrascht, als ich jemanden am Fenster sah.«

Ich erstarre. »An welchem Fenster?«

»Ganz oben im Haus. In dem gläsernen Zimmer. Es sah aus, als stehe jemand an der Scheibe und presse die Hände dagegen, während er hinausschaute.«

Ich spüre das Pochen des Bluts in der Kehle. Jemand war in meinem Schreibzimmer.

Ich nehme die Treppe und spüre das Holz unter den nackten Füßen. Vorsichtig, ganz vorsichtig. Ein Fehltritt wäre verhängnisvoll. Keine Menschenseele weiß, dass ich hier bin. Wer würde es bemerken, wenn ich stürzte?

Du?

Nein, das darf nicht sein.

Im ersten Stock bleibe ich nicht stehen. Dort habe ich bereits sämtliche Räume erkundet. Stattdessen steige ich die Treppe bis nach ganz oben hinauf. Als ich auf den Treppenabsatz trete, sehe ich, dass es dort nur zwei Türen gibt.

Ich öffne die Erste, die zu einem Badezimmer führt. Ein rundes Waschbecken hängt an der Wand; der Bullaugenspiegel mit Messingrahmen wird von zwei Fischerlampen flankiert. Eine weiß lackierte Leiter dient als Handtuchhalter, an dem perfekt gefaltete Handtücher in geschmackvoll aufeinander abgestimmten Farben hängen. Auf einem Regalbrett steht ein kleiner Korb mit Kosmetikprodukten; ein leichter Vanillegeruch liegt in der Luft.

Dies ist nicht der Raum, der mich interessiert, daher schließe ich die Tür wieder und widme mich der zweiten. Dahinter befindet sich die Aussicht, um die herum du das Haus gebaut hast. Wie oft hast du sie auf Facebook geteilt und uns einen kleinen Einblick in deine Welt gewährt.

Diese Tür führt zu deinem Schreibzimmer.

Ich lege meine Finger auf die Klinke und verspüre eine glühende Vorfreude.

Ich drücke sie hinunter – aber die Tür gibt nicht nach.

Ich versuche es noch einmal.

Abgeschlossen.

Vor Ärger spannen sich meine Kiefermuskeln an.

Ich lege die Hände an die Tür und spüre den Widerstand des Holzes.

Jetzt hast du mich neugierig gemacht. Unwillkürlich frage ich mich, was sich hinter dieser Tür verbirgt, das niemand sehen darf?

15 Elle

Schreiben ist keine Flucht. Wenn man auf die leere Seite blickt, schaut man sich selbst in die Augen.

Die Schriftstellerin
Elle Fielding

Ich stehe am Rand meines Schreibzimmers, die Hände ans kühle Glas gelegt, und schaue auf die Bucht hinab. Es herrscht Ebbe. Das gerippte Watt liegt frei, durchbrochen von den Gruppen zerklüfteter schwarzer Felsen.

Daher war ich überrascht, als ich jemanden am Fenster sah.

An welchem Fenster?

Ganz oben im Haus. In dem gläsernen Zimmer. Es sah aus, als stehe jemand an der Scheibe und presse die Hände dagegen, während er hinaussah.

Als ich in Frankreich war, stand jemand genau an der Stelle, an der ich jetzt stehe.

Das Blut pocht wild in meiner Kehle, als habe mein Herz die Orientierung verloren.

Wie ist diese Person hier hereingekommen? Den Mietern hatte ich einen Schlüssel für das Haus überlassen, aber den einzigen Schlüssel zum Schreibzimmer habe ich mitgenommen.

Der Morgen meines Aufbruchs war turbulent. Ich habe länger gebraucht als gedacht, um die Betten zu beziehen, Platz in meinem Kleiderschrank zu schaffen und das Haus nach zerbrechlichen Gegenständen und Wertsachen abzusuchen. Dann fiel mir auf, dass ich keinerlei Instruktionen hinterlassen habe, also setzte ich mich hin und notierte, wie Spülmaschine, Herd und Zentralheizung funktionierten. Als ich nach oben eilte, um mein Schreibzimmer abzuschließen, war ich bereits eine halbe Stunde im Verzug. Möglicherweise habe ich mir in meiner Eile nur *eingebildet*, ich hätte die Tür abgesperrt.

Einen Moment spiele ich mit diesem Gedanken, dann verwerfe ich ihn wieder. Nein, ich habe das Zimmer abgeschlossen, das weiß ich genau. Das Geräusch, mit dem der Metallbolzen ins Schloss gleitet, höre ich noch, und ich spüre auch, wie meine Hand die schwere Zinnklinke nach unten drückt, um zu überprüfen, dass sich die Tür nicht öffnen lässt.

Was nur bedeuten kann, dass Joanna – oder wer auch immer mit ihr in meinem Haus war – in den Raum eingebrochen ist.

Ich erinnere mich noch an die Nachricht, die sie mir einen Tag vor der Ankunft geschickt hat. Angeblich hatten sich ihre Reisepläne geändert, sodass sie erst spätabends eintreffen konnten – *ob die Möglichkeit bestehe, den Schlüssel an einem sicheren Ort außerhalb des Hauses zu deponieren?* Damals habe ich das für eine harmlose Bitte gehalten.

Aber vielleicht steckte ja ein Plan dahinter.

Am Tag nach Joannas Ankunft ist Fiona hingefahren, um die Gäste persönlich zu begrüßen, hat das Haus aber leer vorgefunden.

Was, wenn doch jemand dort war? Was, wenn Joanna am Fenster an der Treppe gestanden und nur darauf gewartet hat, dass Fiona wieder geht? Was, wenn sie niemals die Absicht hatte, sich zu erkennen zu geben?

Ich denke an Joannas Profilbild: eine attraktive Frau mittleren Alters mit einem fransigen blonden Bob, der nach einem teuren Friseur aussah. Das Foto war so gewählt, dass es ein Gefühl von Sicherheit vermittelte: Dieser Person konnte man seine Wohnung guten Gewissens anvertrauen.

Jetzt habe ich plötzlich ein anderes Bild vor Augen: die Silhouette eines Fremden, der sich über einen Computer beugt und ein falsches Airbnb-Profil erstellt. Es ist nicht schwierig, einen falschen Namen in eine Internetmaske einzugeben und sich dann bei Google ein Bild von einer unbekannten Frau auszusuchen, um es als Profilfoto zu benutzen. War dieser Fremde so gewitzt, noch einen Mann und zwei Kinder hinzuzufügen, weil ihm klar war, dass die Mietabsichten dann glaubwürdiger klangen? Vielleicht fiel dem Fremden auf, dass die Daten außerhalb der Schulferien lagen, weshalb er das eine Kind im Wickel- und das andere noch im Vorschulalter sein ließ. War er stolz auf sich selbst, dass er daran gedacht hat?

Mein Herzschlag beschleunigt sich, als ich mir vorstelle, wie der Fremde zum letzten Teil des Formulars kam, wo danach gefragt wird, ob er noch spezielle Wünsche an den Besitzer habe. Vielleicht bereitete ihm die Sache mittlerweile Vergnügen, und seine Finger schwebten über die Tastatur, während er sich fragte, was Joanna wohl für Wünsche haben könne. Schließlich formulierte er eine schlichte, leicht zu beantwortende Frage: *Haben Sie ein Kinderstühlchen, oder sollen wir selbst eins mitbringen?*

Ich schaue durch die gläserne Wand aufs Meer hinaus. Unter der silbrigen Haut sind gewaltige Energien am Werk; schwellende Konturen rollen ans Ufer, schäumend, tosend.

Das Meer blickt mit seinem wachsamen grauen Auge zurück.

Was hast du gesehen?

Während ich so dastehe, wird mir bewusst, dass Joanna vielleicht gar nicht existiert – dass jemand anders in meinem Haus gewesen sein könnte.

Flynns Worte gehen mir durch den Kopf. Er hat mich gebeten, etwas vorsichtiger zu sein mit dem, was ich in den Sozialen Medien teile. *Alles, was du schreibst und teilst, ist für immer in der Welt. Es hinterlässt eine Spur.* Unvermittelt kommen mir meine Fotos und Kommentare auf Facebook wie Brotkrumen im Märchen vor. Hatte ich unwissentlich eine Fährte gelegt, die bis zu meiner Haustür führt?

Ich hole mein Handy heraus und gehe auf meine Facebook-Seite. Nachdem ich durch Dutzende von alten Posts gescrollt habe, finde ich den, den ich suche.

Da. Der Handzettel für den Schreibkurs in Frankreich.

Hat jemand Lust, eine Woche lang mit mir Käse und Wein zu genießen? Und zu schreiben? Natürlich auch, um zu schreiben.

Der Handzettel nennt Datum und Ort des Kurses. Jedermann konnte wissen, wann ich abwesend sein würde. Mein Mund wird trocken.

Ich scrolle weiter und suche nach etwas anderem.

Da ist es. Ich lese den Kommentar zweimal, diese Worte, die ich einfach so getippt habe, ohne mir etwas dabei zu denken.

Den ganzen Morgen habe ich damit verbracht, mein Haus für Airbnb zu fotografieren. Jetzt habe ich mir definitiv ein Glas Wein verdient.

Ich kneife die Augen zu. *Du Idiotin.* Alle meine Follower konnten die Daten meines Schreibkurses sehen, erfuhren, in welcher Gegend ich lebe und dass ich mein Haus über Airbnb vermieten wollte. Ich habe mehr als fünfzigtausend Follower. Es muss nur ein schwarzes Schaf darunter sein.

Wenn ich recht habe und irgendjemand ein falsches Airbnb-Profil angelegt hat, wenn also Joanna und ihre Familie gar nicht existieren, dann stellt sich die Frage, wer in meinem Haus gewohnt hat.

In der Glaswand sehe ich das Spiegelbild meines Schreibzimmers: meinen Schreibtisch, den Ohrensessel, das Bücherregal, die Eichentruhe. Da. Das ist die Stelle, an der mein Blick hängen bleibt.

Reglos stehe ich da und frage mich: *Was weiß diese Person?*

Ich eile zu meinem Schreibtisch und klappe den Laptop auf. Mein Gedanken rasen. Ich muss etwas unternehmen. Nachdem ich die Airbnb-Seite aufgerufen habe, gehe ich auf *Kontakt.* Natürlich ist keine Telefonnummer angegeben. Stattdessen werde ich zu *Hilfe* weitergeleitet, wo in der Dropdown-Liste aber nicht das Problem verzeichnet ist, für das ich eine Lösung suche.

Meine Finger hämmern auf die Tasten ein, als ich meine Frage in das Kästchen tippe. *Wie kann ich Kontakt zu jemandem aufnehmen, der mein Haus gemietet, sein Airbnb-Konto aber mittlerweile gelöscht hat?*

Ich drücke auf *Senden,* dann schiebe ich meinen Stuhl zurück und stehe auf. Niemand wird mir antworten. Am liebsten würde ich schreien angesichts der Unmöglichkeit persönlicher Kommunikation. Warum kann man nicht einfach zum Telefon greifen und um Hilfe bitten? Warum kann man nicht einfach mit menschlichen Wesen reden? Ist das zu viel verlangt?

Die Menschen leben nebeneinanderher. Das waren Flynns Worte, und er hat recht. Die Menschen auf der ganzen verdammten Welt leben einfach nebeneinanderher.

Airbnb wird mir kaum helfen, die Person aufzuspüren, die mein Haus gemietet hat. Wenn ich Joannas wahre Identität herausfinden möchte, muss ich es selbst tun.

»Wer bist du?«, frage ich in den leeren Raum und drehe mich schnell um die eigene Achse, als könne ich so einen Blick auf die Person erhaschen.

Dann schreite ich durch den Raum und murmle: »Warum? Warum warst du hier?«

Als ich mit polternden Schritten kehrtmache, fällt mein Blick auf das Tischbein und bleibt an dem grob hineingekratzten Wort hängen: *LÜGNERIN*.

Erinnerungen schießen mir durch den Kopf. Ich versuche, sie zu vertreiben und unter Verschluss zu halten, aber sie drängen mit aller Macht an die Oberfläche …

Ein Stapel Post auf der Fußmatte in meinem Studentenwohnheim. Ein Stück cremefarbenes Papier. Das Wort LÜGNERIN, mit rotem Lippenstift geschrieben.

Ich verdränge die Erinnerung und reiße die Schreibtischschublade auf. Zwischen Stiften, Klebstoff und Klebezetteln krame ich herum, bis ich die Schere finde.

Ich gehe in die Hocke, lege eine Klinge an das Tischbein und kratze und schabe daran herum. Kleine Holzlocken fallen zu Boden, als ich das Eingeritzte vernichte. Immer tiefer und tiefer drücke ich die Klinge ins Holz, die Zähne aufeinandergepresst.

Mein Atem geht hektisch, rau. Wie eine Verrückte lasse ich Metall in Holz eindringen.

Ich rieche die frischen Sägespäne. Die Venen an meinen Handrücken treten hervor.

LÜGNERIN. Bin ich das?

Das ist es, was man mir vorgeworfen hat.

Das ist es, was ich geworden bin.

Ich arbeite schneller. Das hier muss verschwinden.

Fertig.

Ich habe es geschafft.

Ich lege die Schere zur Seite und lasse mich zu Boden sinken. Mein Brustkorb hebt und senkt sich schwer. Ich starre auf die blasse Wunde im Tischbein und warte, dass ich etwas spüre, Erleichterung. Aber da ist nichts.

Es macht keinen Unterschied, dass das Wort von meinem Tischbein verschwunden ist. Es befindet sich in meinem Kopf.

Ich stehe auf und weiß, dass ich schreiben muss. Ich muss meine Gedanken formulieren, muss sie abschütteln, bevor sie sich tiefer in mich hineinbohren und von der Fäulnis zehren können.

Ich lasse mich auf den Stuhl sinken und öffne das Manuskript.

Ich muss dorthin zurück.

2003

Elle war es, die das Treffen vorschlug, um ihren Essay zu diskutieren. Als der Termin abgemacht war, verspürte sie eine gewisse Begeisterung.

Die Tür zu Luke Lindens Büro stand offen. Sie klopfte trotzdem an.

»Kommen Sie herein.«

»Soll ich die Tür offen lassen oder schließen?«

»Wie Sie möchten.«

Sie zuckte mit den Schultern. Schloss die Tür. Setzte sich.

Sie roch ihr Parfum und darunter den süßlichen Geruch von Sonnencreme. Am Nachmittag war sie mit ihren Mitbewohnerinnen im Park gewesen. Sie hatten darüber gelacht, dass man Louise wegen Trunkenheit aus dem Studentenclub rausgeworfen hatte – das sollte schon etwas heißen.

Als sie aufschaute, sah sie, dass Luke Linden sie beobachtete. »Sie haben Sonne getankt.«

Sie betrachtete ihre nackten Arme.

»An den Wangen.«

Sie legte die Fingerspitzen an die Wagen. »Oh.«

Als sie sich zurücklehnte, warf sie ihr offenes Haar über die Schulter. Dann schlug sie langsam ein Bein über das andere, wohl wissend, wie glatt ihre nackten braunen Knie waren.

Sie redeten über ihren Essay *Die Rolle von Frauen in Shakespeares Tragödien*. Linden erklärte, ihr Entwurf sei vielversprechend, aber sie müsse ihre Position deutlicher herausarbeiten und überzeugender argumentieren, gestützt auf die einschlägigen Theorien.

Sie behielt ihn im Blick, während er sprach, und bewunderte das Selbstbewusstsein, mit dem er längere Pausen einlegte. Er war beherrscht und wählte seine Worte mit Bedacht; keine Spur mehr von dem theatralischen Auftreten im Hörsaal. Als er sich vorbeugte – nahe genug, dass sie seinen Zigarettenatem riechen konnte – und konzentriert weitersprach, vermittelte er das Gefühl, als seien die Inhalte ihres Gesprächs von größtem Interesse für ihn.

Er war eine Spur zu blass, dachte sie. Und im Vergleich zu den sportlichen Jungen, mit denen sie ihre Freizeit verbrachte, waren seine Schultern zu mager. Aber seine Augen hatten etwas – diese Art und Weise, nie den Blickkontakt abbrechen zu lassen.

Er schob den Essay über den Tisch. »Lassen Sie uns noch einen Termin vereinbaren, um zu sehen, wie Sie mit Ihrem nächsten Entwurf zurechtkommen. In drei Wochen. Freitagmorgens um neun habe ich immer Zeit.«

»Wunderbar.«

Der Termin landete nie in seinem Kalender. Es gab keinen offiziellen Nachweis dafür.

Aber es gab ihn, diesen Termin, der ihr Leben in ein Vorher und ein Nachher teilen würde.

16 Elle

In der atemlosen Dunkelheit der dritten nächtlichen Stunde schleicht sich ein Kratzgeräusch in meine Träume. Ich eile irgendwohin, meine Füße laufen über Asphalt. Es ist früh, und das Licht im Traum ist hell und lebendig. Als ich hinabschaue, erblicke ich den Saum eines dunkelblauen Kleids, das meine Oberschenkel umschmeichelt. Meine Beine werden schwer, die Schuhsohlen schlurfen über den Boden. Ein Park. Ich bin in einem Park. Ich kenne diesen Park.

Im Traum schaue ich über die Schulter und erblicke einen Gärtner, der mit einer Schaufel dunkle Erde aushebt. Ein metallisches Kratzen ist zu hören, als die Schaufel auf einen Stein stößt …

Ich sitze senkrecht im Bett, den Mund aufgerissen, keuchend.

Ein Traum, ein böser Traum, denke ich und sage mir, dass ich zu Hause bin, in meinem Bett. Mir kann nichts passieren.

Mein Schlafanzug klebt an der Haut. Ich spüre, dass sich in meinen Kniekehlen Schweiß ansammelt.

Ich schiebe die Bettdecke zur Seite, um Luft an meine Haut zu lassen.

Dann schaue ich auf die Uhr.

Drei Uhr. Tiefe Nacht. Noch Stunden bis Tagesanbruch.

Dann höre ich das Geräusch wieder, ein leises Kratzen. Nicht im Traum. In meinem Haus.

Sämtliche Hautzellen spannen sich an.

Steif sitze ich da und lausche. Ich vernehme meinen Atem und das ferne Rauschen des Meeres, als ich darauf warte, das Geräusch noch einmal zu hören.

Allein in der Dunkelheit hält mich die Angst in ihren Klauen und drängt meine Gedanken in die finstersten Winkel meines Bewusstseins.

Da. Ein Kratzen. Wie von Fingernägeln auf Holz.

Im nächsten Moment bin ich auf den Beinen, greife nach meinem Handy, gehe zur Schlafzimmertür. Der Teppich ist weich unter meinen Füßen, aber ich bewege mich langsam, angespannt, warte darauf, dass mir ein scharfer Schmerz durch den Körper fährt, ein durch eine Glasscherbe verursachter Schmerz.

Nun bin ich an der Tür, lege eine Hand ans Holz, lausche mit angehaltenem Atem.

Bevor ich ins Bett gegangen bin, habe ich meine abendliche Kontrollrunde absolviert. Ich weiß, dass die Außentüren abgeschlossen sind und die Fenster verriegelt und verrammelt. Ich habe hinter den Sofas nachgesehen und die Hände über die Vorhänge gleiten lassen, habe die Speisekammer observiert und einen Blick in die Schränke geworfen.

Überall habe ich nachgeschaut. Doppelt. Außer mir ist niemand in diesem Haus.

Es ist nur der Stachel des Albtraums, der sich in meine wachen Gedanken bohrt.

Wieder dieses Geräusch, dieses Kratzen. Oder Rascheln. Unter mir. Ganz unten in den Fundamenten, als wäre jemand unter oder in den Mauern.

Dann geht mir ein Licht auf: der Weinkeller. Von dort muss das Geräusch kommen.

Ich habe geprüft, ob die Tür abgeschlossen ist, wie immer. Aber es ist schon Wochen her, dass ich dort war. Meinen Wein bewahre ich lieber im Küchenschrank auf, damit ich nicht in die fensterlosen Tiefen hinabsteigen muss. Dort ist es zu kalt und zu eng. Es ist ein Ort, wo Motten leben und sich vermehren, weil sie die feuchte Dunkelheit mögen. Es war ein Fehler, den Keller überhaupt bauen zu lassen. Der Architekt hat mich dazu überredet, weil ein Neubau von diesen Ausmaßen angeblich einen Weinkeller haben muss – das steigere den Verkaufswert.

Mir ist klar, dass ich dort nachschauen muss, wenn ich schlafen möchte. Ich muss diese Tür öffnen. Muss einen Blick hineinwerfen.

Nachdem ich noch einmal tief Luft geholt habe, lege ich die Hand auf die Klinke und drücke sie leise nach unten. Die ganze Zeit über rede ich mir ein, dass da nichts ist, niemand. Trotzdem schlägt mein Herz wie wild, als versuche es, aus meinem Brustkorb zu entfliehen.

Im Dunkeln gehe ich über den Treppenabsatz, dann steige ich langsam die Treppe hinunter. Mir ist durchaus bewusst, wie gefährlich es wäre, jetzt auszurutschen, ganz allein. Das dumpfe Geräusch, wie ein Kopf auf Holz knallt. Schwindel packt mich, und ich klammere mich ans Geländer, bis ich das Gleichgewicht wiedererlange und mein Atem sich beruhigt.

Irgendwie schaffe ich es sicher ans Fußende der Treppe. Licht möchte ich immer noch nicht anschalten, dann stünde ich zu sehr im Visier.

Auf Zehenspitzen schleiche ich in die Küche. Dort herrscht Stille. Nichts. Kein Geräusch, kein Licht aus dem Keller.

Als ich vor der Tür stehe, tippe ich 999 in mein Handy und gebe acht, nicht aus Versehen auf *Anrufen* zu geraten. Dann drücke ich die Klinke der Kellertür nach unten. Denke an die Motten. An ihre staubigen, geflügelten Körper, die in der Dunkelheit eingeschlossen sind.

Ich zwinge mich dazu, mich noch einmal umzudrehen. Dann verpasse ich der Tür einen schnellen, harten Stoß.

Sie öffnet sich mit einem lauten, metallischen Klang. Licht flammt auf – es funktioniert mit einem Sensor –, und ich bin für einen Moment geblendet. Nach wenigen Sekunden haben sich meine Augen an das Licht gewöhnt, und ich schaue die Betontreppe hinab in den düsteren Schlund. Kalte Luft schlägt mir aus den Tiefen entgegen.

Ich muss hinunter, muss einen Blick in dieses Loch werfen, muss auf Nummer sicher gehen.

Unter den Fußsohlen spüre ich den kalten Beton; mein Herzschlag holpert und setzt aus. Das Handy immer noch umklammert, steige ich drei Stufen hinab und neige den Kopf, um in das Loch zu schauen.

Nichts zu sehen.

In der Ecke erblicke ich einen Haufen Ratten- und Mäusekot und eine zerfledderte Zeitung. Möglicherweise ist es das, was ich von oben gehört habe: Nagetiere, die zwischen den Wänden herumklettern, winzige Füßchen, die über Rohre und Bauholz trippeln.

Hier ist nichts. Nur Dunkelheit und der schwere, feuchte Geruch, der unter der Erde herrscht. Am liebsten würde ich lachen, würde sagen: *Siehst du, Elle, da ist nichts!* Aber die Angst legt sich nicht. Sie hat mich in ihren Klauen.

Ich drehe mich um und will die Stufen wieder hinaufgehen. In diesem Moment sehe ich sie auf einer der Betonstufen liegen: eine Mentholzigarette, ungeraucht. Die Marke, die er mochte. Heutzutage findet man sie kaum noch im Handel.

Der Geruch von Zigarettenqualm, vermischt mit dem von Minze, steigt mir in die Nase.

Ich schließe die Augen und höre das Blut in meinen Ohren rauschen. Panik durchströmt meinen Körper, und ich habe das Gefühl, darin zu versinken.

Ich weiß – ICH WEISS –, dass er es nicht sein kann. Nicht hier in meinem Haus. Unmöglich.

Tief durchatmen.

Die Zigarette kann schon ewig im Keller liegen. Vermutlich hat sie einer der Bauarbeiter fallen lassen. Das weiß ich alles, wirklich. Und doch fühlt es sich wie eine Drohung an …

Ich kann sie nicht einmal aufheben und wegwerfen.

Ich möchte sie nicht berühren. Eine Zigarette. Eine beschissene Zigarette!

Wegen *ihm.*

Ich muss aus diesem Haus raus.

Ich muss aus meinem verdammten Kopf raus!

Ich ziehe die Tür hinter mir zu und schließe ab.

Schlüssel, Mantel, Tasche. Nachdem ich sie mir geschnappt habe, reiße ich die Tür auf und renne durch die Dunkelheit zu meinem Wagen.

Ich knalle die Wagentür zu und aktiviere die Zentralverriegelung.

Als ich den Motor anlasse, fällt das Scheinwerferlicht wie ein Suchscheinwerfer auf mein Haus. Mit rasendem Herzen fahre ich aus der Einfahrt, ohne auch nur die geringste Vorstellung zu haben, wohin ich will.

Gott sei Dank gibt es Supermärkte, die rund um die Uhr geöffnet haben.

Ich schreite durch die Gänge und lege Dinge, die ich nicht brauche, in meinen Einkaufswagen. Das taghelle Oberlicht, die ordentlich bestückten Regale und die glänzend verpackten Produkte, die ich mit munteren Chefköchen und lächelnden Models verbinde, haben etwas unglaublich Beruhigendes.

Mein knielanger Mantel ist bis zum Hals zugeknöpft, aber unten schaut meine Schlafanzughose heraus; die weiche rosafarbene Baumwolle bildet einen eigentümlichen Kontrast zu den steifen Lederstiefeln.

Eine Frau geht an mir vorbei. Zur blauen Uniform trägt sie weiße Turnschuhe. Eine Krankenschwester, denke ich. Sie schenkt mir ein schüchternes Lächeln, fast komplizenhaft, weil wir uns beide zu dieser Nachtstunde in einem Supermarkt herumtreiben.

Als ich meinen Aufenthalt dort nicht länger ausdehnen kann, schiebe ich den Einkaufswagen zur Kasse.

»Spätschicht? Oder fangen Sie gleich erst an?«, erkundigt sich die junge Frau an der Kasse, als sie meine Sachen einscannt. Meinen Schlafanzug hat sie nicht bemerkt. Für sie bin ich einfach einer der Menschen, die berechtigterweise spät einkaufen, weil sie zu ungewöhnlichen Stunden arbeiten – nicht, wie ich erleichtert feststelle, einer der Menschen, die das Geschäft mit den hell erleuchteten Gängen und der zentral regulierten Temperatur als Zufluchtsort missbrauchen. Als rettenden Hafen.

»Spätschicht«, antworte ich mit einem Lächeln.

»Dann wünsche ich Ihnen eine angenehme Nachtruhe.«

Ich packe meine Einkäufe auf den Beifahrersitz, dann steige ich ein und verriegle die Türen.

Nun, da sich meine Angst verflüchtigt hat, spüre ich, wie die Müdigkeit von mir Besitz ergreift, dicht und schwer wie eine Welle. Ich hole das Baguette aus einer meiner Einkaufstüten, breche das knusprige Ende ab und kaue es in meinem trockenen Mund. Dann öffne ich eine Milchflasche und trinke einen Schluck, um das Brot einzuweichen.

In den Mantel gehüllt, sitze ich auf dem hell erleuchteten Parkplatz und lasse den Kopf zurücksinken. Die Augen fallen mir zu.

Die Müdigkeit pulsiert unter meinen Lidern, das schläfrige Gefühl übermannt mich. Hier, auf einem Supermarktparkplatz, eingeschlossen in meinen Wagen, kann ich endlich schlafen.

Das Gesicht eines Mannes drückt sich an die Scheibe, nur wenige Zentimeter von meinem entfernt. Ich höre, wie er am Türgriff rüttelt.

Entsetzt schreie ich auf und will zurückweichen. Aber ich bin an meinen Platz gefesselt, kann mich nicht rühren.

In meiner Orientierungslosigkeit dauert es einen Moment, bis mir wieder einfällt, dass ich in meinem Wagen sitze. Angeschnallt.

Der Mann gestikuliert, sagt etwas.

Ich blinzle und komme langsam wieder zu mir. Dann bemerke ich, dass der Mann Bill ist. Er redet durch die Scheibe auf mich ein.

In meiner Trägheit habe ich Mühe, die Zentralverriegelung auszuschalten und meinen Sicherheitsgurt zu lösen, aber schließlich schaffe ich es, die Tür zu öffnen und ins Tageslicht zu treten. Ich ringe mir ein Lächeln ab und gebe mir Mühe, mir nichts anmerken zu lassen.

»Ich habe deinen Wagen gesehen«, erklärt Bill. Er trägt einen schicken dunkelblauen Anzug und ist rasiert und frisch geduscht. Offenbar ist er auf dem Weg zur Arbeit. »Alles in Ordnung? Hast du etwa geschlafen?«

»Ich musste mich nur einen Moment entspannen«, sage ich und spüre, dass meine Wangen heiß werden. Als ich an mir hinabschaue, sehe ich die Brotkrümel auf meinem Mantel. Ich wische sie ab.

Bill mustert mich eine Weile. »Im … Schlafanzug?« Er lächelt verhalten, leicht verwirrt.

»Ich bin sofort heute Morgen losgesaust und hatte keine Lust, mich umzuziehen.«

»Dann wollen wir hoffen, dass die Paparazzi des Literaturbetriebs dich nicht entdecken. Die würden die wildesten Vermutungen zu deinen Schreibgewohnheiten anstellen.«

Ich zwinge mich zu lächeln.

Nicht sehr erfolgreich offenbar, denn Bill schaut mich noch eindringlicher an. »Ist wirklich alles in Ordnung?«

Ich nicke vehement. »Ja.«

»Na dann«, sagt er unsicher. Als er mir einen guten Tag wünscht, nimmt er mich plötzlich in die Arme. Er hält mich so fest, dass er mir die Luft aus den Lungen presst.

Wieder zu Hause, stelle ich die Einkaufstüten auf den Küchentresen.

Dann schließe ich die Tür zum Weinkeller auf. Der Rhythmus meines Herzschlags ändert sich kaum. Ich gehe einfach hinein und steige in die Kälte hinab. Der Keller hat nichts von einem Grab, nichts Erschreckendes. Es handelt sich einfach um einen Weinkeller.

Um es mir selbst zu beweisen, hebe ich die Zigarette auf, breche sie durch und werfe sie direkt in den Mülleimer. Geschafft. Keine große Sache.

Bei Tageslicht wirken meine nächtlichen Aktionen einfach nur lächerlich, übertrieben.

Nachts hingegen scheint dies ein anderes Haus zu sein.

Scheine ich eine andere Person zu sein.

Mein Handy piept, um mich daran zu erinnern, dass ich in einer Viertelstunde meinen nächsten Live-Auftritt auf Facebook habe.

Ich trinke schwarzen Kaffee, während ich mich schminke, das Make-up dick wie eine Maske.

Dann sitze ich bei laufender Kamera vor meinem Computer, lächle, rede.

»Ich bin die Schriftstellerin Elle Fielding und berichte live aus meinem Schreibzimmer. Heute werde ich von unerwarteten Wendungen beim Schreiben erzählen.«

Während ich rede, betrachte ich mein eigenes Gesicht auf dem Bildschirm. Meine Lippen bewegen sich, meine Augen leuchten lebendig. Es ist, als gäbe es zwei Versionen von mir: Die Schriftstellerin, die ich bei ihren Ausführungen beobachte, eine natürlich wirkende und selbstbewusste Person. Und dann das andere Ich, das in der Nacht wach liegt und auf einem Supermarktparkplatz einschläft und das auch jetzt noch, unter dem Schreibtisch, wo es nicht im Bild ist, die Schlafanzughose trägt. Das Ich, das langsam auseinanderfällt.

Vorher

Gibt man ein: »Wie Schloss knacken«, erhält man nach 0,59 Sekunden einhundertneun Millionen offenbar brauchbare Suchergebnisse. Ich habe einfach auf den ersten Eintrag geklickt und gelangte zu einer Website, wo ich genau erfuhr, wie man ein Schloss aufbricht und was für Werkzeug man dazu benötigt.

Da bin ich also nun, in deinem Schreibzimmer.

Überall Licht und Meer und Himmel, die in den Raum fluten. Allein hier zu stehen, mit den Füßen auf dem Holzboden, verleiht einem bereits eine große Leichtigkeit. In dieser Umgebung kann man etwas erschaffen. Weißt du eigentlich – hast du auch nur die geringste Ahnung –, wie glücklich du bist?

Ich gehe zu deinem Schreibtisch. Dies ist der Ort, an dem alles geschieht. Ich ziehe den schlichten Stuhl mit den Armlehnen hervor, lasse mich darauf nieder und stelle meine Beine unter deinen Schreibtisch. Ich hebe den Blick – schaue aufs Meer.

Diese Aussicht.

Mein Finger streicht über die abgerundete Schreibtischkante. Einen Laptop sehe ich nicht – den wirst du natürlich mitgenommen haben –, aber ich kann erkennen, wo er normalerweise auf dem Schreibtisch steht, weil das Holz vom Hin- und Herschieben leicht abgenutzt ist.

Unter dem Tisch liegt ein altes Wörterbuch, das du offenbar als Fußstütze benutzt. Dann steht hier ein wunderschöner Wasserkrug, samtig-cremefarben und mit einem schlichten Farnmuster glasiert. Deine Keramikobjekte haben ein paar Risse und viel Patina. Allmählich verstehe ich mehr von deinem Stil, der die unterschiedlichsten Dinge zusammenbringt. Du schätzt einen modernen Minimalismus, den du mit gedämpften Pastellfarben und alten Naturmaterialien kombinierst. Das tut dem Auge gut. Beruhigt es.

Eigenartige Vorstellung, dass du früher fast nichts hattest – und jetzt so viel besitzt.

Ich lege die Hand auf den Schreibtisch und nehme mir einen Moment Zeit, einfach dazusitzen und mir vorzustellen, wie es ist, du zu sein.

17 Elle

Schreib. Selbst wenn es sich so anfühlt, als seist du vollkommen hohl: schreib. Du musst weitermachen. Treib dich – und deine Geschichte – an die Grenzen. Das ist der Moment, wenn deine Erzählung aus der Seite steigt, lebendig.

Die Schriftstellerin
Elle Fielding

Die Zeit scheint sich zu dehnen und wieder zusammenzuziehen. Die Wochen vergehen in einem Rausch des Schreibens und der Schlaflosigkeit. Die Grenzen zwischen Tag und Nacht verschwimmen, fließen ineinander, werden ununterscheidbar.

Meine Finger schweben über der Tastatur und warten. Ich kneife die Augen zu und blende den Bildschirm aus, den silbernen Schimmer des Meeres dahinter. Die Wörter sind da, am Rand meiner Gedanken. Einen Moment zuvor hatte ich sie noch.

Wie lauteten sie nur?

Ich öffne meine Augen einen Spalt, lese den halben Satz auf dem Bildschirm und wünsche sie mir mit aller Kraft zurück. Sie sind jedoch verschwunden, haben sich in Luft aufgelöst.

Stuhlbeine kratzen über Holz, als ich aufstehe.

Ich lege den Kopf in den Nacken, und aus meiner Kehle dringt ein tiefer, grollender Laut. Ich war den ganzen Tag hier, aber es fließt nicht, will sich nicht fügen. Es ist, als müsse jedes Wort und jeder Satz auf die Seite gelockt werden, mit Scherzen und Schmeicheleien.

Ich stecke fünfzigtausend Wörter tief in der Geschichte – das ist erst der halbe Weg. Der Abgabetermin nähert sich, als würde ich im Wasser stehen, das bereits meine Taille erreicht hat und immer höher steigt, bis ich schließlich keine Luft mehr bekommen werde.

Ich trete an die Glaswand, öffne das Fenster und lasse die Kälte und die salzige Luft in mein Schreibzimmer wehen. An meinen Armen bildet sich eine Gänsehaut, aber die frische Seeluft kann den Nebel in meinem Kopf auch nicht vertreiben.

Ich weiß, was für Verwüstungen die Schlaflosigkeit im menschlichen Gehirn anrichtet, weil ich in verzweifelten Nächten deprimierende Artikel darüber gelesen habe. Ich weiß, dass man gut schlafen muss, um Erinnerungen zu strukturieren, und dass man ohne Strukturierung keinen Zugriff darauf hat. Ich weiß, dass meine Reaktionszeiten nachlassen und meine Körperfunktionen eingeschränkt sind. Ich weiß, dass die Angst wächst und zu Depressionen führen kann. Ich weiß das alles, aber was soll ich tun?

Ich möchte ja schlafen. Ich möchte verzweifelt gerne schlafen.

Ich muss schlafen, um schreiben zu können. Um dieses Buch fertigstellen zu können.

Vielleicht ist es auch nur ein weiterer Vorwand, den ich meiner Liste hinzufügen könnte. *Der Umbau des Hauses. Die Lesereisen. Die Scheidung. Die Schlaflosigkeit.*

Vielleicht hat es mit keiner dieser Rechtfertigungen zu tun.

Vielleicht liegt es an *mir.*

Als ich meinen ersten Roman schrieb, habe ich mir die Zeit zusammengestohlen: von meinen Mittagspausen, in denen ich im Auto saß, den Laptop auf dem Lenkrad balancierend; von ruhigen Schichten, wenn ich mich innerlich in den Gesprächen zweier Romanfiguren verlor; von meiner Nachtruhe, wenn mir beim Lärm, der von der Straße heraufdrang, tausend Ideen kamen. Damals gab es keinen Buchvertrag, keinen Abgabetermin, keine Erwartungen und keinen Erfolg, den es zu wiederholen galt. Ich habe für mich selbst geschrieben, und deshalb war ich vollkommen unbekümmert.

Bei diesem Buch ist alles anders.

Essen, denke ich. Ich muss etwas essen. *Wer den Körper nährt, nährt den Geist*, wie meine Mutter immer sagte.

Unten krame ich im Gefrierschrank, hole einen Beutel Meeresfrüchte heraus und beäuge ihn halbherzig. Jetzt, da ich nur noch für mich selbst koche, gebe ich mir keine große Mühe mehr. Mir ist aufgefallen, dass meine Wangen hohl aussehen und meine Schlüsselbeine sich allzu deutlich abzeichnen.

Obwohl ich keinen Appetit habe, brate ich Knoblauch und Schalotten an, gebe die Meeresfrüchte hinein und füge einen großzügigen Schluck Wein und einen Löffel Sahne hinzu. Mit Flynn zu kochen war immer ein großer Spaß. In der winzigen Küche unserer Mietwohnung mussten wir umeinander herumtänzeln. Da es keine Dunstabzugshaube gab, beschlugen die Fenster schnell, was Flynn zum Anlass nahm, beim Kochen seine Hose auszuziehen.

Bei der Erinnerung muss ich lächeln.

Ich hole mein Handy heraus und rufe ihn an. Seit dem Tod seiner Mutter haben wir zweimal miteinander telefoniert, aber die Gespräche waren kurz und oberflächlich. Telefonieren war nie unsere große Stärke. Flynn kann wortkarg sein, und mir ist es lieber, wenn ich beim Reden die Mimik meines Gesprächspartners sehe, um die Untertöne und Nuancen erfassen zu können. Am Telefon bleiben zu viele sinnliche Eigenschaften verborgen.

Bei Flynns Telefon schaltet sich sofort die Mailbox ein. Ich hinterlasse eine kurze Nachricht, dass ich an ihn denke und zur Beerdigung am nächsten Morgen früher eintreffen werde, falls er mich vielleicht braucht. Dabei verdränge ich den Anflug von Panik, der mich bei der Vorstellung packt, noch einen Tag fern von meinem Schreibtisch zu verbringen.

Ich rühre die Meeresfrüchte in dem Wein-Schalotten-Sud noch einmal um, dann reduziere ich die Hitze und setze mich auf den Küchenhocker.

Fiona schickt mir eine SMS, um sich zu erkundigen, wie ich mit dem Buch vorankomme. Ich frage mich, ob Bill erwähnte, dass er mich letzte Woche schlafend in meinem Wagen ertappt hat. Nachdem ich eine kurze Antwort getippt habe, scrolle ich durch meinen Facebook-Feed und lese den Post, den ich heute Morgen hochgeladen habe: mein Notizbuch am Strand, im Hintergrund das sonnenbeschienene Meer. Über zweitausend *Likes* hat er bekommen, außerdem dreiundsechzig Kommentare.

SJBurns81: Wow! Wunderschöner Strand.

DonnaG: Kann das neue Buch kaum erwarten.

Booklover101: Meine Lieblingsschriftstellerin an meinem Lieblingsstrand.

Ich halte inne. Lese den Kommentar noch einmal.

Meine Lieblingsschriftstellerin an meinem Lieblingsstrand.

Unbehagen befällt mich.

Ich schaue aus dem Küchenfenster. Die Abenddämmerung raubt dem Tag das Licht.

Booklover101 kennt den Strand.

Ich habe unzählige Fotos von der Aussicht aus meinem

Haus gepostet. Wenn Booklover101 diese Bucht kennt, dann folgt daraus, dass er oder sie genau weiß, wo ich wohne.

Ich reibe mit dem Fingerknöchel über meine Lippen und begreife allmählich, wie unsagbar dämlich ich war.

In meiner Unruhe stochere ich nur in den Meeresfrüchten herum, während ich den Nachrichten im Radio lausche.

Ein paar Bissen bekomme ich hinunter, den Rest kratze ich in den Mülleimer. Als ich die Küche verlassen will, vernehme ich die Kommentare einer Gruppe Studenten, die zum geplanten Anstieg der Studiengebühren befragt werden. Sie sollen sich dazu äußern, ob die Universitätsausbildung ihrer Meinung nach die Investition wert ist. Ihre Stimmen klingen munter und lebhaft, erfüllt von dem Überschwang der Jugend.

»Man muss einfach abwägen und sich überlegen, was für einen das Richtige ist. Aber klar, ich liebe die Uni. Der Abschluss ist nur ein Teil davon.«

Ich stelle mir vor, wie ich in dem Alter war: Haare bis zur Taille, volle Lippen, glatte, faltenfreie Haut. Was hätte ich gesagt, als das Leben noch aufregend und unschuldig war?

Die Frage gräbt sich in meine Gedanken ein und begleitet mich, als ich mich wieder in mein Schreibzimmer begebe.

Auf dem Treppenabsatz bleibe ich stehen, weil meine Aufmerksamkeit von einer Bewegung am Rand meines Blickfelds angezogen wird. Ich bleibe stehen und warte, bis sich meine Augen an die Dunkelheit draußen gewöhnt haben. Ein Fuchs vielleicht oder eine Möwe.

Als ich mich schon abwenden will, nehme ich einen Schatten in der Einfahrt wahr, als hocke jemand auf dem Boden.

Ich verharre reglos und bemerke, wie sich mein Atem beschleunigt.

Da. Eine Person. Jetzt steht sie auf und rennt am Rand der

Einfahrt entlang. Groß, breite Schultern. Ein Mann, mit ziemlicher Sicherheit.

In meinen Ohren rauscht das Blut. Ich muss an die Gestalt denken, die ich vor ein paar Wochen am Strand gesehen habe, das Fernglas auf mein Haus gerichtet.

Werde ich beobachtet?

Meine Lieblingsschriftstellerin an meinem Lieblingsstrand.

Ich bleibe wie angewurzelt stehen, halte den Atem an und konzentriere mich ganz auf die rennende Gestalt.

Sie trägt einen Wintermantel und hat die Kapuze aufgesetzt; am Kragen ist ein Reflektorstreifen angebracht. Während sie noch rennt, springt der Bewegungsmelder an.

Die Gestalt erstarrt und schaut für einen kurzen Moment zum Haus zurück, scheint mich direkt anzublicken. In diesem Augenblick, kurz bevor sie über die Straße davonläuft, erhasche ich einen Blick auf ihr Profil.

Vor Überraschung stockt mir der Atem.

Sicher bin ich mir nicht, aber ich hatte den Eindruck, Bill zu erkennen.

Meine Haut ist heiß und kribbelt. Was sollte Bill vor meinem Haus tun? Er würde doch an die Tür kommen, oder?

Ich kneife mich in die Augenbrauen und versuche, Klarheit in meine Gedanken zu bringen. In letzter Zeit habe ich mich zu oft geirrt, das weiß ich selbst. Bill, um Himmels willen! Es gibt keinen Grund, warum er vor meinem Haus herumlungern sollte.

Aber irgendetwas tickt, kaum vernehmlich, in meinem Hinterkopf. Bill war es, der vorgeschlagen hatte, mein Haus bei Airbnb anzubieten.

Aber was heißt das schon?

Gar nichts.

Wenn du noch einmal vermietest, lass es mich wissen. Ich

hätte nichts dagegen, für ein paar Tage diesem Chaos hier zu entfliehen …

Ein Witz, das war alles.

Und doch hole ich unwillkürlich das Handy aus der Tasche und rufe Fiona an. Um diese Zeit geht Drake ins Bett, daher ist Bill vermutlich im Bad oder liest ihm eine Gutenachtgeschichte vor. Nur ein kurzer Anruf, um meine Nerven zu beruhigen.

Es klingelt, endlos.

Schließlich meldet sich Fiona und lässt sofort einen Wortschwall los: »Ich kann jetzt nicht! Hier herrscht das reinste Chaos. Drake hat gerade in die Wanne gekackt, und ich versuche, das Zeug mit einem Plastikboot herauszufischen.«

Wider Willen muss ich lachen. Ich hatte schon ganz vergessen, wie gut das tut.

»Freut mich, dass du das witzig findest. Ich bin mir nicht sicher, ob ich je wieder ein Schaumbad genießen kann.«

»Wo ist das kleine Kackamonster denn jetzt? Liest Bill ihm eine Gutenachtgeschichte vor?« Meine Frage kommt so leichthin heraus, als hätte ich sie gar nicht gestellt.

»Sollte er eigentlich. Aber er war heute Nachmittag derart mies gelaunt, dass ich ihn losgeschickt habe, um eine Flasche Wein zu kaufen. Offenbar ist er nach Frankreich gefahren, um die Trauben höchstpersönlich zu ernten. Die einzige Zeit des Tages, in der er mal wirklich …« Im Hintergrund ertönt ein Knall, gefolgt von einem entzückten Freudenschrei. »Ich muss«, erklärt Fiona seufzend.

Lärm und Lebendigkeit ihres Haushalts verstummen, als die Verbindung abbricht.

Schweigend stehe ich da und schaue auf die leere, dunkle Straße hinab.

Nachdem ich an den Schreibtisch zurückgekehrt bin, kreisen meine Gedanken um Bill.

War er es, den ich gesehen habe?

Ich versuche mich auf mein Manuskript zu konzentrieren und tiefer in die Geschichte einzudringen, bekomme sie aber nicht zu fassen.

Ich drücke den Rücken durch und recke mich, um die Anspannung zu lösen. Im linken Handgelenk spüre ich einen pochenden Schmerz, ein alter Begleiter durch zu viel Arbeit am Computer. Mein Kopf ist heiß, mein Magen ein einziger Klumpen. Ich fühle mich schlapp.

Als ich einen Schluck Wasser trinke, krampft sich mein Unterleib zusammen. Ich beuge mich nach vorn und schlinge die Arme um meine Mitte. Nach wenigen Minuten vergeht der Anfall wieder, aber das brodelnde Gefühl im Magen bleibt. Das muss die Angst sein, denke ich und atme ein paarmal tief durch. Diese allgemeine Anspannung ist dem Schreiben sicher nicht dienlich.

Ich gehe auf die Songliste, die ich für meine Protagonistin zusammengestellt habe. Die Musik hilft mir, ihre Stimmung nachzuempfinden, mir ihre Körperhaltung vorzustellen, ihren Tonfall zu hören. Während die Musik den Raum erfüllt, lasse ich mit geschlossenen Augen den Charakter vor mir erstehen: eine junge Frau, die ein lockeres Baumwollkleid trägt.

Unwillkürlich stehe ich auf und schreite durch den Raum, wenn meine Protagonistin es tut: der lange Rücken, ihre Schritte, die halb zusammengekniffenen Augen. Ich muss sie *fühlen*, um sie auf die Seite bannen zu können.

Dann kehre ich zu meinem Laptop zurück und beuge mich vor, um die Worte auf dem Bildschirm zu lesen.

»Das glaube ich nicht«, sage ich in den Raum, um die Stimme meiner Figur auszuprobieren. Ich schließe die Augen, wiederhole die Wörter noch einmal und warte, was sie als

Nächstes sagen wird. Während ich noch lausche und Wörter aus meinem Mund fließen fühle, wird mein Magen erneut von einem Krampf gepackt. Ich greife nach der Stuhllehne, um mich auf den Beinen zu halten. Eine Welle der Übelkeit überrascht mich, und ich presse die Hand auf den Mund.

O Gott, ich muss mich übergeben. Im nächsten Moment habe ich mich schon zur Tür umgedreht und renne ins Bad.

Meine Finger klammern sich an das alte Keramikwaschbecken, und meine Fingerknöchel treten weiß hervor, als ich würge, der Mageninhalt hochkommt und ich mich tatsächlich übergebe.

Instinktiv ist mir klar, dass die Meeresfrüchte daran schuld sind. Ich kann mich nicht erinnern, wie lange sie schon im Gefrierschrank liegen. Vielleicht habe ich diesen auch nicht ordnungsgemäß abgetaut …

Die nächste Welle von Krämpfen vernebelt mir die Gedanken.

Jetzt gibt es nur noch meine Hände, die sich an das Waschbecken klammern, die Krümmung meines Rückens, die Abwehrreaktion meiner Bauchmuskeln.

Hinterher hänge ich am Waschbecken, ausgelaugt, keuchend. An einer losen Haarsträhne klebt Erbrochenes. Ich betrachte mich im Spiegel: Meine Haut ist weiß, meine Augen blutunterlaufen, meine Lippen fleckig. Auf meiner Stirn steht glänzender Schweiß.

Ich drehe den Kaltwasserhahn auf und trinke einen Schluck des kalten Wassers. Sofort zieht sich mein Magen zusammen, und ich muss mich erneut übergeben. Die Sehnen an meinem Hals treten vor Anstrengung hervor.

Er lässt gar nicht mehr nach, dieser unwiderstehliche, krampfartige Drang, den gesamten Mageninhalt loszuwerden. In meinem Kopf ist kein Platz mehr für Abgabetermine – oder sonst irgendetwas. Ich konzentriere mich nur noch auf meine Atmung und darauf, möglichst ruhig zu bleiben, um die wütende Faust in meiner Körpermitte nicht noch mehr zu reizen.

Ich sinke zu Boden. Die Fliesen sind eiskalt. Ich greife nach der Badematte, drehe mich auf die Seite, lasse den Kopf sinken und ziehe die Knie an die Brust. Ich bin allein. Allein. Ich nicke immer wieder ein und schrecke dann hoch. Träume und wache Gedanken verschwimmen ineinander, und ein Strom beunruhigender Bilder sickert in meinen Geist ein. Ich fühle die warme Hand meiner Mutter an der Wange, aber als ich zu ihr aufschaue, sehe ich, dass in ihrer Brusttasche ein roter Stift ausgelaufen ist, als würde ihr Herz bluten. Flynn taucht in einem schwarzen Anzug auf, die Augen erloschen, aber er kann mich nicht hören, selbst dann nicht, als ich seinen Namen schreie. Ich sehe, dass aus meinem Notizbuch die leeren Seiten herausgerissen sind; wie wogende Wellen verteilen sie sich um meine Füße herum. Einer meiner Fans presst das Gesicht ans Fenster meines Hauses, die Hände gewölbt; im Käfig seiner Finger flattert eine Motte.

Mein Atem geht flach und abgehackt, als ich zitternd in der lastenden Dunkelheit erwache. Ich strecke den Arm aus und taste nach dem Fuß des Handtuchständers. Meine Finger gleiten daran empor, bis sie auf den weichen Stoff eines Badehandtuchs stoßen. Ich ziehe es zu mir herab und decke mich damit zu.

Vage ist mir bewusst, dass sich unten im Haus eine Tür öffnet. Vielleicht höre ich auch Schritte. Oder ist es nur der Wind? Ich versuche, das Geräusch zuzuordnen, deutlicher zu hören, aber mir fallen die Augen zu. Der Gedanke löst sich in Luft auf, als ich mich vom Schlaf überwältigen lasse.

Den Großteil zweier ganzer Tage verbringe ich im Schreibzimmer. Es zieht mich fast magisch an; irgendetwas an der Atmosphäre dort ist berauschend.

Manchmal, wie jetzt zum Beispiel, stehe ich an der Glaswand und schaue auf die Bucht hinab. Allmählich kenne ich die Gezeitenfolge und erwarte die Flut für den späten Nachmittag, kurz bevor das Licht schwindet. Die Namen der Küstenvögel, die sich hier tummeln, sind mir nicht vertraut – nur die mit den langen orangefarbenen Schnäbeln und dem auffallenden schwarz-weißen Gefieder sind mit Sicherheit Austernfischer –, aber wenn ich hier leben würde, wäre es mir ein Anliegen, sie zu lernen.

Mir ist klar, dass die Schaffung dieses Schreibzimmers seinen Preis hatte, denn ich kann mich noch erinnern, was hier früher mal stand: eine malerische Fischerhütte mit einem alten Schornstein, der Wölkchen in den Himmel blies. Du hast viele Versprechungen abgegeben, dass du das ursprüngliche Cottage erhalten und es nur behutsam renovieren würdest. Aber sobald es auf deinen Namen überschrieben war, haben die Bulldozer es dem Erdboden gleichgemacht, um Platz für etwas Moderneres, Eleganteres zu schaffen.

Jetzt sehe ich auch, warum.

Ein Paar läuft über den Strand, der Mann hat sich bei der Frau untergehakt. Als sie näher kommen, erkenne ich an der Körperhaltung, dass der Mann wesentlich jünger ist als die Frau. Sie geht langsam, unsicher, mit hängenden Schultern. Jetzt schaut sie in meine Richtung. Ich frage mich, ob sie mich hier hinter der Glaswand stehen sieht. Das wäre mir nur recht, wird mir bewusst. Am liebsten würde ich ans Fenster klopfen und rufen: »Schau mich an! Schau doch, wo ich bin!«

Ich wende mich ab und ziehe mich in den hinteren Teil des Raums zurück. In der Ecke, mit Blick aufs Meer, steht ein Ohrensessel. Den geschwungenen Beinen und den wunderschönen Schnitzereien nach zu urteilen, ist er schon alt, aber er wurde mit einem hochwertigen taubenblauen Stoff neu bezogen. Ich setze mich nicht hinein. Stattdessen knie ich daneben nieder, direkt vor der alten Holztruhe.

Das Holz weist an mehreren Stellen Sprünge auf, die Scharniere sind verrostet. In der Rückwand steckt ein rötlicher Nagel, verbogen und rostig. Als ich den Deckel anhebe, schlägt mir der Geruch von Staub und altem Papier entgegen.

Das ist deine Schatztruhe. Es ist, als würde ich dir die Haut abziehen und direkt in dein Inneres schauen, denn in dieser Truhe befindet sich alles: eine Pappschachtel mit etlichen Notizen und Tagebüchern, ein mit einem Gummiband zusammengehaltenes Bündel Karten und Briefe, eine Dose mit Perlen und Knöpfen, eine Tüte mit getrockneten Blütenblättern und einem Zettel mit der Aufschrift: »Von meinem Hochzeitsstrauß«, dann diverse Kassetten mit selbst zusammengestellten Liedern, die mit einer kindlichen Handschrift auf den Hüllen aufgeführt sind.

Ich könnte den Deckel schließen und gehen.

Das tu ich aber nicht. Ich bin neugierig.

Nach und nach nehme ich alles heraus und merke mir sorgfältig, wo es sich befand, damit ich es ordnungsgemäß wieder zurücklegen kann. Als würde ich ein Puzzle auseinandernehmen.

Deine Handschrift ist ordentlich und schnörkellos wie kurz geschnittene Grashalme. Schnell erkenne ich, dass du im Alter von zwölf bis achtzehn Jahren Tagebuch geführt hast. Dann gibt es eine Lücke von fünf Jahren, bis du ungefähr mit Mitte zwanzig wieder angefangen hast.

Nicht ein Wort über deine Zeit an der Uni.

Das finde ich höchst interessant.

Als ich den Deckel schon wieder schließen will, zieht ein weißer Umschlag meine Aufmerksamkeit auf sich. Vorn drauf steht in deiner Handschrift ein Datum, sonst nichts. Neugierig drehe ich den Umschlag um und öffne die nicht zugeklebte Klappe.

Das Fotopapier ist weich und dünn und zittert leicht, als ich es in der Hand halte und den Kopf des Fötus betrachte, die winzige Biegung seiner Nase, die gestaltlosen Beinchen, die sich an der Brust krümmen. Der Computeraufdruck besagt: 16 Wochen, 3 Tage.

Ich drehe den Umschlag um. Schaue noch einmal auf das Datum.

Vorsichtig schiebe ich das Bild wieder in den Umschlag, kehre zur Holztruhe zurück und klappe den Deckel zu.

18 Elle

Für Schriftsteller gibt es keine schlimmen Situationen – nur Material. Die Schriftstellerin Elle Fielding

Als ich wieder aufwache, strömt Tageslicht über den Boden des Badezimmers. Mein Mund fühlt sich trocken an, meine Zunge geschwollen. Als ich den Kopf hebe, spüre ich ein pochendes Gefühl in den Schläfen.

Wasser. Ich brauche Wasser. Ich quäle mich hoch, schwach und wackelig auf den Beinen. Als der Wasserhahn läuft, zwinge ich mich, nur kleine Schlucke zu trinken. Mein Magen ist empfindlich, aber glücklicherweise behält er die Flüssigkeit bei sich.

Sobald ich mich sicherer auf den Beinen fühle, spritze ich mir Wasser ins Gesicht. Die Eiseskälte empfinde ich als erfrischend. Ich trockne mir das Gesicht ab und schaue auf meine Armbanduhr. Drei Uhr. Ich blinzle verwirrt. Drei? Ich muss den gesamten Vormittag verschlafen haben.

Für meine Verhältnisse ist das praktisch … unerhört.

Als ich das Handtuch vom Boden aufhebe, zusammenfalte und an den Handtuchständer hänge, schleicht sich etwas in meine Gedanken.

Die Beerdigung!

Heute ist die Beerdigung von Flynns Mutter. Der Trauergottesdienst war um zwei Uhr.

Wieder schaue ich auf die Uhr, obwohl ich weiß, wie spät es ist, obwohl mir klar ist, dass ich ihn verpasst habe.

Meine Finger fahren in meine Haare und krallen sich fest. Wie kann ich etwas derart Wichtiges versäumen?

Vielleicht erwische ich Flynn noch beim Beerdigungskaffee. Bis zum Pub, in dem die Trauergäste sich treffen werden, fährt man eine Dreiviertelstunde. Wenn ich sofort aufbreche, könnte ich es gerade noch schaffen.

Zum Duschen bleibt keine Zeit. Ich putze mir die Zähne, schlüpfe in ein schwarzes Kleid und fahre los.

Ich jage den Wagen über die enge Straße. Er holpert und rumpelt durch die Schlaglöcher; das Fahrgestell beschwert sich, als es über einen Kieshaufen schrammt. An der Hauptstraße angekommen, trete ich aufs Gaspedal und versuche den pochenden Schmerz in meinen Schläfen zu ignorieren.

Vierzig Minuten später fahre ich vor dem Pub vor. Einen Moment lang bleibe ich wie in Trance sitzen. An die zweite Hälfte der Fahrt habe ich keinerlei Erinnerungen mehr. Ich bin auf Autopilot gefahren, wie mir entsetzt klar wird.

Mein Hals fühlt sich trocken und rau an. Ich suche im Fußraum nach einer Flasche Wasser, aber da ist keine. Nachdem ich den Wagen abgeschlossen habe, betrete ich den Pub und gehe direkt in den Gesellschaftsraum. Die einzigen Anzeichen für einen Beerdigungsempfang sind ein Stapel benutzter Teller und zwei Platten mit schlaffen Sandwiches, deren Kruste in der Heizungswärme bereits hart wird.

Ich durchquere den Schankraum und betrete einen mit Steinplatten ausgelegten Flur, in dem goldgerahmte Drucke von Jagdhunden mit Schiebermützen hängen. Die Kopfschmerzen sind von meinen Schläfen in den Hinterkopf gewandert, und ich gehe ganz vorsichtig, um mit meinen Schritten keine Erschütterungen auszulösen.

In der Ecke steige ich in ein Hinterzimmer hinab – und da ist er dann.

Flynn trägt den anthrazitfarbenen Anzug, den ich zuletzt bei der Beerdigung meiner Mutter an ihm gesehen habe. Der oberste Knopf seines Hemds steht offen, und seine Krawatte ist gelockert. Eine ältere Frau, die ich nicht kenne, hat sein Gesicht zwischen die Hände genommen, als wolle sie ihm etwas von äußerster Wichtigkeit mitteilen. Schließlich drückt sie ihm einen Kuss auf die Stirn, lässt ihn los und schlurft aus dem Raum.

Flynn schaut auf und entdeckt mich. Seine Miene ist ausdruckslos.

Als er auf mich zukommt, registriere ich die leicht gebeugte Haltung und die hängenden Mundwinkel und merke sofort, dass er betrunken ist.

»Flynn.«

»Aha«, sagt er, »da bist du ja.«

Seine Schwester Rea und ihr Ehemann Iain stehen auf und kommen auf mich zu. Rea küsst mich auf die Wange.

»Schön, dich zu sehen«, sagt sie und drückt mir die Hände. Das letzte Mal waren wir an einem Neujahrstag zusammen, vor zwei Jahren, als Flynn und ich noch verheiratet waren. Damals haben Rea und ich uns hoffnungslos mit White Russian betrunken.

»Wir gehen eine rauchen«, sagt Rea. »Sehen wir uns später?«

»Ja«, sage ich, »sehr gerne.«

Sie schaut von mir zu Flynn, presst die Lippen zusammen und nickt kurz.

Als wir allein in dem Hinterzimmer zurückbleiben, lässt Flynn sich auf einen Holzstuhl sinken und schwenkt ein Glas Whiskey. Ich ziehe mir einen Stuhl heran und setze mich so, dass meine Knie fast die seinen berühren. Mein Entsetzen angesichts seiner eingesunkenen Augen und seines bleichen Gesichts versuche ich zu verbergen.

Ich kann mir kaum vorstellen, dass ich frischer aussehe.

»Es tut mir so leid, dass ich den Gottesdienst verpasst habe, Flynn. Ich wäre so gerne dabei gewesen. Aber ich hatte eine Lebensmittelvergiftung und kam gar nicht mehr aus dem Bad heraus.«

»Aus deinem Schreibzimmer, meinst du?«

Ich zucke zusammen. Dass er mich so direkt angreift, erwischt mich kalt. »Das ist nicht fair.«

Flynn trinkt seinen Whiskey aus und stellt das Glas unsanft ab. Er ist kein angenehmer Gesellschafter, wenn er betrunken ist. Der Alkohol überdeckt das Beste an ihm.

»Fiona und Bill lassen dich herzlich grüßen. Bill sagt, wenn er demnächst mal in Bristol ist, lädt er dich zu einem Bier ein.«

Über Flynns Gesicht huscht ein Lächeln. »Er schuldet mir mehr als eins, da sich seine Squash-Schulden über die Jahre hinweg angehäuft haben.«

Ich verspüre einen Anflug von Erleichterung. Das ist der Flynn, den ich kenne.

Er schaut mich an. »Wie geht es Drake?«

»Gut. Er ist jetzt in der Kita. Er redet immer noch davon, wie du mal mit dem Bodyboard mit ihm in die Welle gepaddelt bist.«

»Es wäre schön, ihn mal wiederzusehen – alle drei.«

»Ich weiß.«

Er holt tief Luft. »Wir haben damit angefangen, Mums Dinge zu sichten. Wir dachten, wir sollten es tun, solange Rea noch da ist.«

Darum beneide ich die beiden nicht. Ich weiß noch, wie schmerzhaft es war, nach dem Tod meiner Mutter ihre Sachen auszuräumen. Fiona hat die zersetzende Tiefe ihrer

Trauer mit munterer Zielstrebigkeit kaschiert und sich mit Pappkartons, Tüten und einer Plastikmappe mit Stiften und Etiketten bewaffnet. Für die größeren Gegenstände wurde ein Lieferwagen gemietet, alles andere kam in die Kisten.

Ich hingegen war wie betäubt. Alles, was ich wollte, war, dort zu sein, in Erinnerungen zu schwelgen und jeden Moment in meinem Kopf einzufrieren, um das Eigentum meiner Mutter zu konservieren. Alle ihre Dinge – eine Halskette, ein Paar Wanderstiefel, ein Krug mit einer selbst gemalten Feder – waren Relikte unseres Familienlebens. An allem wollte ich festhalten und die Geschichte noch einmal durchleben. Fiona fehlte die Geduld für so etwas. Wir haben uns sogar gestritten. Ich warf ihr vor, gefühllos zu sein, was grausam und falsch war. Später begriff ich, dass Fiona es einfach nicht aushielt, ohne unsere Mutter in der Wohnung zu sein.

Während der Räumung lud ich so viele Kisten in meinen Wagen, wie hineinpassten. Flynn sagte nichts, als sich der einzige Schrank in unserer Wohnung mit den Sachen meiner Mutter füllte.

»Gestern haben wir Mums Arbeitszimmer in Angriff genommen«, sagt Flynn. »Weißt du, wie viele Exemplare deines Buchs wir gefunden haben? Elf.«

Ich lächle. »Sie hat vorgeschlagen, es mit ihrem Buchclub zu lesen. Offenbar hat sie für jeden ein Buch angeschafft.«

»Immer wenn sie in einen Buchladen ging«, sagt Flynn, »hat sie die Auslage umgeräumt, damit dein Buch vorn steht.«

Mein Lächeln wird breiter.

»Sie war so stolz auf dich.« Er senkt den Blick, und seine Mundwinkel ziehen sich nach unten. »Ich kann es immer noch nicht glauben, dass sie nicht mehr da ist.«

Ich greife nach seiner Hand, aber Flynn zieht sie weg und klammert sich an die Armlehnen.

»Wie war der Gottesdienst?«

Seine Stimme bekommt einen harten, abgehackten Klang, als er antwortet: »Hymnen. Lesungen. Weihrauchschwaden um den Sarg herum. Dann hat man sie mitgenommen. In die Erde hinabgelassen. Ein Metallgefäß mit Erde über dem Sarg ausgeschüttet.« Seine Miene ist gefasst.

»Bestimmt waren viele Menschen da. Deine Mum war sehr beliebt.«

Er schaut auf und blickt mir direkt in die Augen. Irgendetwas an seiner Miene hat sich verändert.

»Keine Enkel jedenfalls, die sich von ihr verabschiedet hätten, nicht wahr?« Seine Augen glänzen.

Ich zucke zusammen, als hätte er mich geschlagen.

»Das war alles, was sie wollte. Großmutter werden.«

»Bitte nicht«, warne ich ihn. »Bitte. Nicht hier. Nicht heute.«

Andererseits ist es natürlich genau der richtige Moment. Der Alkohol, die tiefe Düsternis seiner Trauer, die Tatsache, dass ich es nicht einmal zur Beerdigung geschafft habe – alles bricht über Flynn herein, das perfekte Gedankengewitter.

Ein Muskel an seinem Kiefer zieht sich zusammen und entspannt sich wieder. »Du solltest allerdings wissen«, sagt er und beugt sich vor, und ich nehme die Schärfe in seinem Tonfall wahr, »dass ich es meiner Mutter nie erzählt habe.«

Wochenlang, ja sogar monatelang, nachdem Flynn es herausgefunden hatte, habe ich ihn dazu ermuntert, darüber zu reden. Aber es war, als habe er das Wissen in einem Raum abgelegt und die Tür zugezogen, damit niemand hineingelangt. Jetzt spüre ich, dass er die Tür aufreißen möchte, bin mir aber nicht sicher, ob ich einzutreten bereit bin.

»Ich wollte nicht, dass ihre gute Meinung von dir Kratzer bekommt. Den Schuh wollte ich mir lieber selbst anziehen.«

Ich bemühe mich um einen ruhigen Tonfall. »Mir ist bewusst, dass heute ein schrecklicher Tag ist und du jemanden brauchst, an dem du dich abreagieren kannst. Aber, bitte, Flynn, lass uns nicht gerade jetzt darüber reden.«

»Möchtest du noch einmal sieben Jahre warten? Soll ich wieder warten, bis ich neben dir in einer Praxis sitze, damit der Arzt das Thema ansprechen kann – das war nämlich ein großer Spaß, Elle. Ein gewaltiges Vergnügen, wirklich.«

Mir läuft es eiskalt den Rücken hinunter.

Ich erinnere mich noch daran, wie der Arzt seine Brille zurechtgerückt hat, als er seine Notizen studierte. »Wir haben eine Verdickung der Gebärmutter durch Narbengewebe gefunden. Das dürfte es erschweren, ein Ei einzusetzen.« Dann sah er auf und fragte mich: »Haben Sie mal einen Schwangerschaftsabbruch gehabt?«

Ich hörte das Kratzen von Flynns Stuhl, als er zurückrutschte und mich anschaute. Mein Zögern war ihm nicht entgangen. »Elle?«

Ich sah ihn nicht an. Ich konnte nicht.

»Ja«, antwortete ich, »mit vierundzwanzig.«

Ich starrte auf meine Hände, die sich in meinem Schoß zu Fäusten ballten. *Es war dein Baby, Flynn. Unser Baby.*

Flynn sprang auf. »Ich … ich muss …« Er stand an der Tür und rüttelte an der Klinke. Fluchte.

»Drücken«, sagte der Arzt.

Flynn zog die Tür energisch auf.

Ich saß still da und lauschte auf das Poltern, mit dem seine Schritte über den Krankenhausflur entschwanden.

Jetzt ist sein Blick auf mich gerichtet. »Warum hast du nicht mit mir darüber geredet?«

»Wir waren erst sechs Monate zusammen. Du warst zu deiner Weltreise aufgebrochen. Mir war nicht einmal klar, ob du zu mir zurückkehren würdest.«

»Bin ich aber. Drei Monate später – weil ich dich liebte. Ich wollte die Welt nicht ohne dich sehen. Aber du hast nichts gesagt. Obwohl, nein, das stimmt gar nicht. In der Kirche hast du Schwüre abgelegt über Vertrauen und Liebe. Wir haben über eine Zukunft mit Kindern geredet. Wir haben alles versucht, um es Wirklichkeit werden zu lassen – und die ganze Zeit über hast du es mir verheimlicht?« Seine Stimme wird lauter. »Wir hatten einen Eisprungkalender, wir haben auf Alkohol verzichtet, wir hatten jeden Monat zu konkreten Terminen Sex, hinterher hast du Kopfstand gemacht – und bei all diesen Vorkehrungen bist du nicht ein einziges Mal auf die Idee gekommen, es zu erwähnen?«

»Ich wollte dir nicht wehtun.«

»Du hast *unser* Baby abgetrieben!« Jetzt schreit er. »Es war achtzehn Wochen alt. Ich habe mich erkundigt, habe ich dir das eigentlich erzählt? In dem Alter dürfte es sich schon bewegt haben – winzige tanzartige Bewegungen in deiner Gebärmutter. Hast du seine Tritte gespürt?«

»Bitte …«

»Ich habe gelesen, dass es bereits die Größe eines Apfels hatte. Damals entwickelten sich auch seine Gesichtszüge – perfekt geformte kleine Ohren, Lippen, Augen. Augenbrauen wird es auch schon gehabt haben. Kannst du dir das vorstellen? Unser Baby hatte bereits Augenbrauen?«

»Flynn …«

»Ich habe einen Bericht über eine Spätabtreibung gelesen. Das Baby war nur wenige Wochen älter als unseres. Als es herausgeholt wurde, hörte die Mutter einen Laut. Ihr Baby lebte. Der Laut rührte daher, dass die noch nicht voll ausgebildeten Lungen nach Luft schnappten. Dreißig Minuten hat es gedauert, bis es …«

»Hör auf!« Ich springe auf, die Zähne gebleckt. »Kein einziges beschissenes Wort mehr!« Meine Fäuste packen die Aufschläge seiner Anzugjacke und stoßen ihn gegen die Rückenlehne seines Stuhls, der nach hinten kippt.

»Es war *meine* Entscheidung! Meine! Ich bin es, die damit leben muss. Kannst du dir nicht vorstellen, dass ich es bereue? Hast du dich je gefragt, wie es für mich war, meine Hand auf Fionas Bauch zu legen und Drakes Tritte zu spüren? Oder ihn nach der Geburt in den Armen zu halten? Tausende von Frauen treiben ab, aber nur wenige Schwangerschaftsabbrüche richten das an, was mit meiner Gebärmutter passiert ist. Und weißt du auch, was ich darüber denke? Ich denke, dass ich es verdient habe. Ich habe es verdient, mit Kinderlosigkeit gestraft zu sein, weil ich mich gegen das erste Kind entschieden habe. Das einzige Kind.«

Ich lasse ihn los und taumle aus dem Raum. Heiße Tränen strömen über mein Gesicht.

Dies ist, erinnere ich mich, der Grund für das Ende unserer Beziehung.

2004

»Viel Spaß bei der Arbeit!«, rief ihr eine Mitbewohnerin aus dem Wohnzimmer zu, als Elle die Haustür öffnete und in die Nacht hinaustrat.

Sie schob die Arme in den viel zu dünnen Mantel und machte sich auf in Richtung Stadt. Ihre Turnschuhe erzeugten einen regelmäßigen Rhythmus auf dem Pflaster.

Ihr fiel ein, dass sie ihr Buch vergessen hatte. Das einzig Erfreuliche an ihrem Job in der Garderobe war die tote Stunde zwischen Mitternacht und ein Uhr, wenn kaum Leute kamen und noch weniger gingen. Wenn keine Mäntel abgegeben wurden, konnte sie in ihren Roman eintauchen, während in ihrer Brust die hämmernden Bässe widerhallten. Das ging ihr gerade durch den Kopf, als sie die Schritte hörte.

Langsam, zielstrebig. Ledersohlen auf Asphalt, ein ganzes Stück hinter ihr.

Den Weg in die Stadt hat sie nie gemocht. Er war schlecht beleuchtet, die Straße verwahrlost; die Geschäfte in den Ladenreihen standen fast alle leer oder wurden von Take-away-Buden genutzt.

Am Ende der Straße bog sie rechts ab.

Die Schritte folgten ihr wie ein Echo.

Dieser Abschnitt der Straße führte hinter den Universitätsgebäuden entlang, die nachts wie ausgestorben dalagen. Elle ließ den Blick durch die dunkle Straße schweifen und sah, dass sie allein war.

Die Schritte kamen nun ein wenig näher. Schwere Schritte. Männerschritte.

Ihre Finger suchten nach dem Handy in ihrer Manteltasche, spürten das schwere Rechteck und die Wölbungen der Tasten.

Am liebsten wäre sie stehen geblieben, hätte sich umgedreht und die Person, wer auch immer es war, zur Rede gestellt. Aber sie hatte Angst, dass sie dann erst recht etwas in Gang setzen würde.

Ihr Herz schlug schneller, und sie beschleunigte die Schritte. Das Blut pochte ihr in den Ohren, als sich die Schritte hinter ihr ebenfalls beschleunigten.

In der Dunkelheit ging die Fantasie mit ihr durch. Hatte ihr jemand vor ihrem Haus aufgelauert? Folgte er ihr?

Bald würde sie zu einer breiteren Straße gelangen, gut beleuchtet und mit Häusern auf beiden Seiten. Dort könnte sie einfach irgendwo klingeln. Rufen.

Ihr Herz raste, als sie weiterging und sich ermahnte, nicht zu rennen. Alles war gut. Sie war stark. Es konnte ihr nichts passieren.

Als sie in die nächste Straße einbog, sah sie erleichtert, dass ein Paar mittleren Alters auf sie zukam, Arm in Arm. Plötzlich verspürte sie den Mut, sich umzudrehen und nachzuschauen, wer sie verfolgte.

Etliche Schritte hinter ihr war ein Mann, der sie gar nicht beachtete, sondern sein Handy ans Ohr hielt. Sie starrte in die Dunkelheit, um seine Gesichtszüge auszumachen.

Einen Moment lang hatte sie den Eindruck, Luke Linden zu erkennen. Aber dann bog der Mann scharf ab und verschwand in einem schmalen Durchgang zwischen zwei Häusern, und sie war sich nicht mehr sicher.

19 Elle

Im Kern einer jeden guten Geschichte stehen Charaktere. Deine Leser müssen sie nicht mögen oder ihnen gar vertrauen, aber sie müssen mit ihnen mitfiebern.

Die Schriftstellerin Elle Fielding

Ich stehe vor Fionas Haus und schaue auf die Uhr. Es ist nach acht. Drake wird im Bett sein. Ich klopfe leise an.

Bill öffnet. Ich hatte gedacht, dass er auswärts arbeitet.

»Entschuldigung. Ich wusste gar nicht, dass du zu Hause bist.«

»Elle«, sagt er und zieht die Augenbrauen hoch, »ist alles in Ordnung?«

»Ja, ich bin nur … zufällig vorbeigekommen.«

Er mustert mich einen Moment. »Dann komm herein, meine Liebe. Trink ein Glas Wein mit uns.«

Beim Eintreten verspüre ich ein merkwürdiges Unbehagen, weil ich an die Gestalt denken muss, die sich im Dunkeln vor meinem Haus herumgetrieben hat.

»Wo ist Fiona?« Die Frage kommt scharf heraus.

»Die ist oben und arbeitet.«

»Ich dachte, der Prospekt ist fertig.«

Er zuckt mit den Schultern. »Vermutlich ein neues Projekt.«

Ich knöpfe meinen Mantel auf und lege ihn über den Stuhl. Als ich mich umdrehe, schaut Bill mich an.

Ich muss ihm die Frage stellen, solange wir noch allein sind. »Bill, warst du zufällig gestern Abend an meinem Haus?«

»An deinem Haus? Nein. Wieso das denn?«

»Einfach so. Ich dachte, ich hätte jemanden gesehen, der genauso aussah wie du. Das ist alles.«

»War er denn wahnsinnig attraktiv und gut gekleidet?«

Der Kommentar entlockt mir ein Lächeln, und ich spüre, wie sich die Spannung löst.

»Wieso trägst du eigentlich ein schwarzes Kleid?«

»Ich war auf Alisons Beerdigung.«

»Ach ja, das war ja heute, das hatte ich ganz vergessen!« Er tritt auf mich zu und legt mir seine warmen Hände auf die Schultern. »Und wie geht es dir jetzt?« Seine Augen – ein unbestimmtes Braun mit kurzen, borstigen Wimpern – ruhen tröstlich auf mir.

Wie hatte ich Bill nur verdächtigen können? Mittlerweile scheine ich meinen Gedanken nicht mehr trauen zu können. Ich streite mich mit Flynn, zweifle an Bill und ängstige mich vor Leserkommentaren. Die Dinge gleiten mir aus den Händen. Als ich um eine Antwort ringe, treten mir Tränen in die Augen.

»Ein schwieriger Tag«, sagt er sanft, erspart mir die Antwort.

Hinter mir knarrt die Treppe, als Fiona herunterkommt. Das Haar meiner Schwester ist offen und an einer Stelle platt gedrückt, als habe sie gerade ein Haarband herausgenommen. Sie hat die Brille bis zur Nasenwurzel hochgeschoben und trägt einen Schlafanzug. Im ersten Moment erinnert sie mich derart an unsere Mutter, dass ich sie nur anstarren kann; ich betrachte ihre gerade Nase und die bereits ein wenig schlaffe Haut unter den Augen.

»Dachte ich mir doch, dass ich deine Stimme gehört habe.«

»Tut mir leid, dass ich einfach so hier aufkreuze.«

Fiona wischte die Entschuldigung mit einem Finger beiseite. »Die Beerdigung, wie war sie?« Sie küsst mich auf die Wange.

»Den Gottesdienst habe ich leider verpasst.«

»Was?«

»Eine Lebensmittelvergiftung vermutlich. Meeresfrüchte. Ich lag auf dem Badezimmerboden und habe geschlafen.«

»Oh, Elle. Du hättest uns anrufen sollen!«

»Ich hätte es nicht einmal zum Telefon geschafft.«

»Möchtest du etwas essen?«, fragt Bill. »Ich könnte dir einen Toast machen.«

»Danke, aber ich werde mir auf dem Heimweg etwas holen.«

Bill wirkt unschlüssig, drängt mich aber nicht. Dann schaut er auf die Uhr und erklärt: »Gut, ich werde euch Mädels jetzt mal euch selbst überlassen. Ich muss noch Hemden bügeln für die Woche.«

»Rück mich nicht in ein schlechtes Licht«, sagt Fiona.

»Ich denke, deine Schwester weiß, dass ich dich nicht wegen deiner hausfraulichen Begabungen geheiratet habe.« Bill küsst mich auf die Wange und sagt: »Pass auf dich auf.«

Wir lauschen auf seine Schritte, als er die Treppe hinaufgeht, und hören das Knarren, mit dem sich die Schlafzimmertür schließt. Dann lasse ich mich aufs Sofa sinken und ziehe die Beine hoch.

»Du siehst zum Fürchten aus«, sagt Fiona.

»Nimm kein Blatt vor den Mund.«

»Bill hat mir von deiner Hauptrolle in ›Schlaf im Supermarkt‹ berichtet.«

»Klatsch und Tratsch. Ich war müde. Ich musste nur vor der Rückfahrt kurz die Augen schließen.«

»Ist es denn nicht gefährlich, wenn du in einem Zustand der Erschöpfung fährst?«

»Es geht mir gut«, sage ich bestimmt.

Fiona mustert mich einen Moment, dann setzt sie sich ans andere Sofaende und wechselt das Thema. »Wie geht es Flynn?«

»Ich bin vier Whiskeys zu spät im Pub eingetroffen.«

»Übel.«

»Er hat von der Abtreibung angefangen.«

»O Gott. Seit zwei Jahren drängst du ihn, mit dir darüber zu reden – und er hält ausgerechnet die Beerdigung für den angemessenen Zeitpunkt?«

»Tja.«

»Wenn ich es recht verstehe, hat sich seine Haltung dazu nicht geändert.«

Ich schüttle den Kopf. »Im Prinzip kann ich ihn auch gut verstehen. Er ist ja nicht generell gegen Abtreibung … Es gefällt ihm nur nicht …«

»Wenn man lügt?«

Ich nicke.

»Wenn die Abtreibung nicht wäre, denkst du, dass ihr dann noch zusammen wärt?«

Typisch Fiona – schießt die Kugel mitten ins Herz des Themas. Mir ist bewusst, dass Ehen selten wegen eines einzigen Vorfalls zu Bruch gehen. Aber vielleicht kann ein Vorfall reichen, um Licht auf die Risse zu werfen, die man zuvor ignoriert hat.

»Ja«, sage ich schließlich.

»Bereust du es?«

Ich reiße die Augen auf. »Du willst wissen, ob ich die Abtreibung bereue?«

»Ja.«

»Seit ich die Schwelle zur dreißig überschritten habe, habe

ich alles dafür getan, schwanger zu werden. Das geht aber nicht, weil ich zehn Jahre zuvor eine Entscheidung getroffen habe. Meine Ehe ist zerbrochen, ich bin allein und kinderlos. Natürlich bereue ich es!« Ich schüttle den Kopf. »Ich bin gekommen, weil ich dachte, du kannst mich etwas aufmuntern.«

»Das ist nicht meine große Stärke.«

»Offenbar meinst du das ernst.«

»Wenn ich es recht sehe, hast du Flynn nicht gesagt, dass du den Haustürschlüssel zurückhaben willst, oder?«

»Das war wohl kaum der rechte Moment.«

»Vermutlich nicht.« Fiona steht auf, um eine Kerze auf dem Kaminsims zurechtzurücken, und drückt mit dem Finger in das weiche Wachs am Rand. Dann wirft sie mir einen Seitenblick zu. Ich erkenne, dass sie noch etwas sagen will.

Ich warte.

»Manchmal muss ich an die Abtreibung denken. Damals hast du mich gefragt, was du tun sollst, nicht wahr?«

Ich nicke. Ich bin nach London gefahren, um Fiona zu treffen. Während ich darauf gewartet habe, dass sie von der Arbeit zurückkam, saß ich auf ihrer Türschwelle, beobachtete den verstopften Verkehr mit all den Bussen und sah Menschen in Läden springen, um Zigaretten oder Zeitungen zu kaufen. Ich hatte Fiona erst einmal in Südostlondon besucht. Ihre Wohnung, die sie sich mit zwei Journalisten teilte, wirkte leicht verwahrlost, als würde die Bedeutsamkeit der darin verrichteten Arbeit noch einmal dadurch betont, dass keine Zeit für den Haushalt blieb. Fionas Zimmer war allerdings bei Weitem das unordentlichste.

Als ich auf der Betonschwelle saß und eine Frau vor dem Geschäft gegenüber fegen sah, versuchte ich, mir Flynn irgendwo im Pazifik vorzustellen. Er hatte keine Ahnung, dass in den warmen Falten meines Körpers ein Zellklumpen mit seiner DNA wuchs.

Schwanger zu werden, das war so weit weg von all meinen Plänen, dass ich nur langsam eine Verbindung zwischen meiner Müdigkeit, meiner Gewichtszunahme und meiner ausbleibenden Periode hergestellt hatte. An jenem Tag hatte ich mich endlich zu einem Test durchgerungen und hielt das über meine Zukunft entscheidende Röhrchen umklammert, während eine Mitbewohnerin die Treppe heraufgepoltert kam und rief: »Wo ist mein verdammtes Handy?« Als sich das blaue Kreuz abzeichnete, wurde ich von Schwindel überwältigt, sank auf Hände und Knie und presste den Kopf gegen das aufgequollene Linoleum.

Ich hatte keine Ahnung, dass ich mich Jahre später auf einem anderen Badezimmerboden wiederfinden würde, andere Schwangerschaftstest umklammert, bei denen das blassblaue Kreuz auffällig fehlte. Zum zwölften Mal, zum dreizehnten, zum vierzehnten …

Ich hatte keine Ahnung, dass die Sehnsucht, ein Baby in mir wachsen zu fühlen und diese geheimnisvollen, schmetterlingsgleichen Tritte in meiner Gebärmutter zu spüren, so übermächtig werden würde, dass ich zu verhungern schien.

Ich hatte keine Ahnung, dass mich diese Sehnsucht fast täglich befallen sollte – wenn ich im Café am Nebentisch eine hochschwangere Frau sitzen sah oder wenn ich beobachtete, wie eine Mutter ihrem Kleinkind das Mäntelchen zuknöpfte, oder wenn ich eine Freundin beglückwünschte, die ihr zweites Kind erwartete, dann ihr drittes.

Von alledem hatte ich keine Ahnung, als ich vor Fionas Wohnung auf sie wartete, auf die Person, die mir einen Ratschlag erteilen sollte und die, obwohl sie nie heiraten und Kinder bekommen wollte, eines Tages doch eine eigene Familie haben würde.

Irgendwann kam Fiona, den schwarzen Militärmantel bis zum Kragen zugeknöpft. Sie zog mich durch den Flur direkt in ihr Zimmer, das mit Büchern und bergeweise vollgekritzeltem Papier zugemüllt war. Wo auch immer Fiona lebte, ihr Schreibtisch war stets mit Papier, Büchern und Klebezetteln übersät.

»Ich weiß nicht, was ich tun soll«, sagte ich, den Kopf in die Hände gestützt.

»Du hast keinen Freund. Keinen Job. Keine Qualifikationen.« Fiona hatte damals einen stumpf abgeschnittenen Pony, der einen Zentimeter über den Augenbrauen endete, was ihrem Gesicht noch mehr Strenge verlieh. »Kannst du dir vorstellen, mit einem Baby im Wohnheim zu leben?«

Konnte ich nicht. Es war so schon sehr beengt, fünf Leute in drei Zimmern und nur ein Bad. Etwas Besseres konnte ich mir von meinem Barkeepergehalt aber nicht leisten.

»Was würdest du denn tun?«

»Wenn ich es wäre … mein Körper« – Fiona breitete die Arme aus – »ich würde die Schwangerschaft beenden.«

Beenden. Abtreiben. Das waren brutale, radikale Worte. Schlusspunkte.

Ich versuchte mir Flynn mit seiner braun gebrannten Haut vorzustellen, wie er über Korallenriffe schnorchelte. Er schien so unvorstellbar weit weg zu sein – als würde er in einem anderen Universum leben. Warum sollte jemand das alles hinter sich lassen, nur um zu mir zurückzukommen?

Mit Anfang zwanzig – vor Flynn – hatte ich lange Phasen, in denen mein Inneres aufgewühlt und von schwerer Düsternis befallen war. Das Gewicht der Erinnerung lastete auf meinem Brustkorb. Ich tat alles Mögliche, um das Gefühl loszuwerden: die Nacht durchtrinken; über Kopfhörer laute Musik hören, um die Gedanken auszulöschen; durch die Straßen von Bristol laufen, bis ich Blasen an den Füßen hatte und mein Geist leer war. Aber dann traf ich Flynn. Er hatte etwas – Offenheit, Güte, eine absolute Redlichkeit –, das mir half, das

Gleichgewicht wiederzufinden. Ich hätte es nicht ertragen, ihn zu verlieren und wieder die Person zu werden, die ich war.

Fiona machte den Termin für mich. Sie hielt ein ziegelsteinartiges Mobiltelefon ans Ohr und sprach ruhig und knapp. »Es geht um meine Schwester«, sagte sie. Später saß sie neben mir in der U-Bahn, als wir durch den Untergrund brausten und mein Blick immer wieder zu der schwangeren Frau hinüberglitt, die mit geschlossenen Augen dasaß, die Hände unter dem Babybauch gefaltet.

Fiona sorgte dafür, dass ich durch die automatischen Türen schritt, die ungeduldig auf- und zuglitten, weil ich unschlüssig davor stehen blieb. »Ich weiß nicht … ich weiß einfach nicht …«, sagte ich, aber Fionas praktische, zielstrebige und selbstsichere Art verliehen ihr eine Energie, der ich mich nicht widersetzen konnte.

Jetzt schaut Fiona mich an und sagt: »Gibst du mir die Schuld?«

Das habe ich mich auch oft gefragt. Wenn meine Mutter nicht im Ausland gewesen wäre, um eine Tante zu besuchen, wenn ich also in das Haus meiner Kindheit hätte fahren können, um mir, auf dem Sofa liegend, Becher voll mit dampfend heißer Schokolade servieren zu lassen, und wenn ich weniger über Optionen als über Gefühle gesprochen hätte, wäre die Sache dann anders ausgegangen?

»Du hast Einfluss auf meine Entscheidung genommen«, erwidere ich schlicht, weil es stimmt. »Aber ich gebe dir nicht die Schuld. Ich habe dich nach deiner Meinung gefragt, und du hast sie mir gesagt.«

Fiona nickt mit ernster Miene. »Aber jetzt habe ich Drake, und du hast …«

»Niemanden.« Ich schaue weg. »Ich weiß.«

Fiona geht in die Küche, um zwei Weingläser zu holen. Ich ziehe mein Handy aus der Tasche und hoffe, dass Flynn mir vielleicht geschrieben hat.

Keine Nachricht, nur eine SMS von Jane. Normalerweise schreibt sie mir E-Mails oder ruft mich an, und das auch nur selten außerhalb ihrer Arbeitszeit. Ich öffne die Nachricht.

Nur ein Gedanke zu deinem letzten Post auf Facebook – vielleicht wäre es eine gute Idee, etwas mehr Wirbel um dein neues Buch zu machen. Wir wollen ja nicht, dass deine Leser kalte Füße bekommen! Gruß, Jane

Ich weiß, dass Jane den Auftritt ihrer Autoren in den Sozialen Medien verfolgt. Geschickt teilt sie Posts auf der Verlags-Website oder lässt sie ihren Mitarbeitern zukommen, aber noch nie hat sie einen Inhalt negativ kommentiert. Was für ein merkwürdiger Satz: *Wir wollen ja nicht, dass deine Leser kalte Füße bekommen!*

Ich gehe auf meine Facebook-Seite, um meinem Gedächtnis auf die Sprünge zu helfen. Als ich meinen letzten Post lese, bekomme ich große Augen.

Kann man sich noch Schriftstellerin nennen, wenn man keinen verdammten Satz auf die Reihe bringt?

Ich starre auf den Bildschirm und spüre, dass Panik in mir aufwallt. Es ist mir nicht bewusst, dass ich diesen Satz gepostet habe.

Ich lese ihn noch einmal, und dieses Mal kommen mir die Worte plötzlich bekannt vor.

»Fiona«, rufe ich. Meine Wangen sind überhitzt.

Sie kommt in den Raum, die Augenbrauen gerunzelt. »Was ist denn?«

Ich springe auf und halte ihr das Display hin. »Habe ich dir das geschrieben?«

Sie schiebt die Brille hoch und liest den Kommentar.

»Nein, aber ich habe auch schon ein paar Stunden nicht mehr auf mein Handy geschaut.«

»Nicht heute. Ich müsste es gestern geschrieben haben. Du hast mir eine Nachricht geschickt, und ich habe geantwortet.«

»Gestern Nachmittag? Als ich mich erkundigt habe, wie es mit dem Buch läuft?«

Ich nicke.

»Darauf hast du nicht geantwortet.«

»Doch. Dachte ich wenigstens. Aber …« Heiße Scham überkommt mich, als mir klar wird, was ich getan habe. Ich hatte den ganzen Nachmittag geschrieben. Ich war erschöpft und nervös, immerzu in Eile, immerzu mit dem Tippen von SMS und Facebook-Kommentaren beschäftigt. »Ich muss es versehentlich auf Facebook gepostet haben.«

»Lösch es doch. Die Leute werden es einfach vergessen.«

»Nur, dass Tausende von Leuten es bereits gelesen haben.« Ich scrolle zu den Kommentaren.

MattH: Wir haben alle mal einen schlechten Tag, du schaffst das schon.

ChrissieEdge: Ich nenne mich immer noch einen Schriftsteller, obwohl schon fünf Manuskripte von mir zurückgewiesen wurden.

SueRTerm: Du machst das schon!! Ich habe dein erstes Buch geliebt.

Booklover101: Schimpfen passt nicht zu dir, Elle.

Meine Kehle ist rau vor Wut. Klar, Booklover101 hat natürlich eine Meinung dazu. Und dann dieser Tonfall – als sei ich ein Kind, das von seinen Eltern ermahnt werden muss. Booklover101 hat nicht die geringste Ahnung, wer ich bin! Keiner von denen hat das. Am liebsten würde ich das Display anschreien, würde Booklover101 – und all den anderen – mitteilen, dass mein letzter Post der einzig wahre Satz ist, den ich seit Wochen geschrieben habe!

Fiona starrt mich an.

Mir wird bewusst, dass das Blut aus meinen Fingerkuppen gewichen ist, weil ich mich an mein Handy kralle.

Ich bemühe mich um eine entspannte Miene und lege das Handy weg. »Tut mir leid … Ich kann es einfach nicht fassen, dass ich das getan habe. Meine Lektorin hat es gelesen. Sie hat mir soeben geschrieben und mich gebeten, mehr Wirbel um das neue Buch zu machen.«

»Du bist erschöpft, Elle, da macht man Fehler. In den ersten drei Wochen nach Drakes Geburt kannte ich kaum noch meinen eigenen Namen. Mach dir nicht zu viele Sorgen. Das Problem lässt sich doch leicht lösen: Lösch den Post, entschuldige dich bei deiner Lektorin, und schreib etwas Geistreiches über dein neues Buch.«

Kluger, vernünftiger Rat. Ich hole tief Luft. Dann tu ich, was Fiona gesagt hat.

Als ich fertig bin, stellt mir Fiona ein Glas Wein hin.

»Morgen wirst du schon darüber lachen.«

Ich lege meine Handtasche ab und ziehe meine Stiefel aus. Mein Magen ist immer noch gereizt wegen der Lebensmittelvergiftung, und ich bin vollkommen erschöpft. Ich hätte nach der Beerdigung direkt nach Hause fahren sollen. Mein Besuch bei Fiona hat mich nur vom Schreibtisch ferngehalten.

Dass mein Puls verrücktspielt, versuche ich zu ignorieren, als ich meine abendliche Kontrollrunde durch das Haus drehe. Ich beginne in der Küche, überprüfe Hintertür und Fenster und lasse die Rollos herunter, bis kein Fleckchen Glas mehr zu sehen ist. Nachdem ich das Radio eingeschaltet habe, begleitet mich die tröstliche Stimme eines munter plaudernden Moderators. Nun gehe ich zum Weinkeller und öffne die Tür. Die Schwelle überschreite ich nicht. Kalte, erdige Luft steigt mir in die Nase. Schnell schließe ich wieder ab und gehe durch den Flur ins Wohnzimmer, auf dem Weg sämtliche Lichter anschaltend.

Mir wird bewusst, dass mein Kontrollgang immer länger wird, immer ausgetüftelter. Ich blicke hinter das Sofa, hinter die Sessel, ziehe die Vorhänge zur Seite, schaue hinter der Tür nach. Ich sollte damit aufhören, das ist mir klar. Das ist nicht gut für mich. Die nervöse, ängstliche Person, die ich geworden bin, erkenne ich kaum wieder.

Nein, das stimmt nicht. Diese Person kenne ich nur zu gut. Ich habe die junge Frau von Anfang zwanzig über mein Leben bestimmen lassen, habe mir von ihr einreden lassen, ich sei schwach, verletzlich, ängstlich. Diese merkwürdig verqueren Jahre scheinen mich jetzt einzuholen. Ich fühle mich zunehmend verfolgt wie von einem Stalker.

Nachdem ich das Erdgeschoss überprüft habe, steige ich die Treppe hinauf. Meine Füße treten in etwas Nasses. Als ich nach unten schaue, entdecke ich eine kleine Pfütze auf der Holzstufe. Ich habe nichts verschüttet.

Als ich mich frage, wo es herkommen könnte, spüre ich, dass etwas sanft auf meinem Kopf landet. Ich taste mit dem Finger danach. Wasser.

Ich schaue hoch. Es tropft von der Decke herab.

Mein Herz schlägt schneller, als ich weitergehe. Woher mag das Wasser kommen?

Meine Füße treten in die nächste Pfütze, dann in noch eine. Nun sehe ich, dass Wasser die Treppe herunterfließt und sich auf dem versiegelten Holz ausbreitet.

In meiner Ratlosigkeit strecke ich die Hand aus, fasse an die Wand und stelle fest, dass sie ebenfalls nass ist.

»Was zum …«

Irgendwo oben höre ich Wasser rauschen. Ich zwinge mich, die gefährlich glatte Treppe weiter hinaufzusteigen. Oben angekommen, schalte ich das Licht an und beleuchte die Szenerie. Die Tür zum Bad steht weit offen, und der Wasserhahn ist bis zum Anschlag aufgedreht. Der Überlauf kann die Wassermassen nicht bewältigen, sodass sie über den Beckenrand strömen und das Bad überschwemmen.

Ich wate durch das eisige, knöcheltiefe Wasser und drehe den Hahn zu.

»Um Gottes willen.« Ich schlage die Hand auf den Mund, als ich die Verwüstung betrachte. Das gesamte Badezimmer ist überschwemmt, und das Wasser ist auf den Treppenabsatz weitergeflossen. Ich wate hindurch und öffne die Tür zu meinem Schreibzimmer. An der Tür steht eine große Pfütze, aber der Rest des Raums ist Gott sei Dank trocken.

Ich drehe mich wieder zur Treppe um und frage mich, ob das Wasser bereits durch die Decke in die unteren Räume gedrungen ist.

Vorsichtig steige ich die überflutete Treppe zum Absatz im ersten Stock hinab. Zuerst gehe ich in mein Schlafzimmer. Als ich das Licht anschalte, erstarre ich. Wasser dringt durch die Decke. Dunkle Streifen ziehen sich über mein Oberbett wie verspritztes Blut. Ich spüre, dass ich zurückweiche und nur noch kehrtmachen und weglaufen will.

Aber ich kann nicht.

Ich hole tief Luft und ermahne mich, die Nerven zu behalten. Ich muss nachdenken, ganz ruhig. Muss versuchen, den Schaden zu begrenzen.

Schließlich werde ich aktiv.

Ich schnappe mir Wischlappen, Eimer und einen Arm voller Handtücher und beginne im Badezimmer im Obergeschoss. Systematisch arbeite ich mich von Raum zu Raum vor. Das Ausmaß des Schadens ist immens: Das Wasser steht auf Teppichen und Möbeln, ist in Wände eingedrungen und in Lichtschalter und Steckdosen.

Als mir die trockenen Handtücher ausgehen, muss ich sie

auswringen. Meine Armmuskeln brennen von der Anstrengung. Da ich nicht weiß, wo ich all die nassen Handtücher und Bettlaken hinbringen soll, öffne ich die Balkontür in meinem Schlafzimmer und hänge sie über das Geländer in die Dunkelheit.

Der Mond steht hoch am Himmel und legt seinen silbernen Schein auf die Wellenkämme. Ich nehme mir einen Moment Zeit, gönne mir eine Pause. Als ich zum Strand hinabblicke, beschleicht mich das ungute Gefühl, dass jemand dort steht und zurückblickt.

Um drei Uhr nachts krieche ich schließlich in mein Gästebett. Das Bettzeug ist steif und unnachgiebig, als ich mich hin und her werfe, um eine bequeme Position zu finden. Der unangenehme Geruch von feuchter Wolle liegt in der Luft.

Irgendwo in meinem Haus höre ich das stete Tropfen von Wasser. Der Klang dringt in meine Gedanken ein, bis ich mich auf nichts anderes mehr konzentrieren kann als auf dieses langsame, penetrante, heimtückische Geräusch.

Wie konnte ich nur so dumm sein? Solche Fehler kann ich mir nicht leisten. Meine Gedanken geraten in einen panischen Wirbel, als ich an den Schaden denke. Die Teppiche müssen herausgerissen werden, der Holzboden wird ruiniert sein, die Malerarbeiten wird man wiederholen müssen …

Ich fasse es nicht, dass so etwas passieren konnte. Ich erinnere mich daran, wie ich auf dem Badezimmerboden aufgewacht bin, das Gesicht auf der Badematte. Orientierungslos und vollkommen erschöpft habe ich mich auf die Beine gequält und mich am Waschbecken festgehalten. Ich weiß noch, dass ich mir Wasser ins Gesicht gespritzt habe, und erinnere mich noch an den Kälteschock an meiner geröteten Haut. Dann habe ich mir die Zähne geputzt. Habe ich danach den Wasserhahn nicht zugedreht? Möglich. Ich war vollkommen außer mir und bin wie eine Verrückte zur Beerdigung gerast.

Und doch plagen mich Zweifel. Wenn ich mir die Zähne geputzt habe, warum steckte dann der Stöpsel im Abfluss? Ich benutze ihn fast nie. Ich versuche mir den Moment zu vergegenwärtigen, in dem ich den Wasserhahn aufgedreht habe. Habe ich zuerst nach dem Stöpsel gegriffen und ihn in den Abfluss gesteckt? Das glaube ich nicht.

Aber kann ich mir da sicher sein? In letzter Zeit habe ich so viele Fehler gemacht, habe mit meinem Urteil so oft danebengelegen.

Ich richte mich im Bett auf und presse die Fingerspitzen auf die Augenbrauen. In der Ferne jenseits der Hauswände höre ich die Wellen heranrollen, höre, wie sie sich am dunklen Ufer brechen.

Wenn ich mir selbst trauen kann und ganz sicher davon ausgehe, dass ich nicht den Stöpsel in den Ausguss gesteckt und auch nicht das Wasser laufen lassen habe, dann gibt es nur eine Erklärung: Jemand anders hat es getan.

20 Elle

Am nächsten Morgen nehme ich die noch warmen Seiten meines Manuskripts aus dem Drucker und halte sie an mein Gesicht. Tinte, Toner, frisches Papier. Darauf sollten sich meine Gedanken konzentrieren. Ich darf nicht an den feuchten Geruch denken, der mein ganzes Haus durchdringt, oder an den Wasserschaden. Das muss warten.

Mein Handy ist auf stumm gestellt, die Internetverbindung getrennt. Es gibt keinerlei Ablenkung. In diesem Raum gibt es nur meine Geschichte.

Ich klopfe die Seiten zu einem ordentlichen Stapel zurecht und hefte sie mit einer Klammer zusammen. Dann setze ich mich in meinen Lesestuhl, eine dampfende Kaffeetasse neben mir.

Buch 2 von Elle Fielding, lautet der Titel. Nur noch zwei Wochen bis zum Abgabetermin, und ich weiß immer noch nicht, wie mein Roman enden soll. Meine Aufgabe als Schriftstellerin ist es, die Fäden zusammenzuziehen, sie festzuschnüren und den Leser zum Höhepunkt zu führen, zum Moment der großen Enthüllung.

Mein Brustkorb hebt sich, und ich spüre das Zittern an meinen Rippen, als ich tief Luft hole.

Offenbar graut mir davor, meine eigene Geschichte zu lesen.

Die Seiten fest in den Händen, bleibe ich sitzen, um den Entwurf ohne Unterbrechung zu lesen und die Geschichte mit frischem Blick zu beurteilen. Das Ende wird sich schon zeigen, da bin ich mir sicher.

Aber was, wenn es mir nicht gefällt?

Ich muss zum Schluss kommen. Wenn nicht, verliere ich dieses Haus. Dieses Leben.

Alles, was ich getan habe – jedes Opfer, das ich gebracht habe –, wäre umsonst gewesen.

Mit glasigen Augen schaue ich zum Horizont. Meer und Himmel verschwimmen zu einem silbergrauen Streifen.

Ich war mir sicher, dass sich das Ende zeigen würde, so wie sich bei einer Blume der Blütenkelch öffnet, um den mit Pollen benetzten Stempel zu enthüllen.

Aber es zeigt sich nichts. Es gibt nicht den geringsten Hinweis darauf, wo es hingehen und wie ich alle Fäden zu einem bedeutsamen Ende zusammenziehen soll.

Du bist nutzlos.

Eine Betrügerin.

Ich packe meine leere Kaffeetasse und knalle sie auf den Holzboden. Das Bersten des Porzellans zerreißt die Stille, Scherben wirbeln durch den Raum.

Ich krümme mich vor und umklammere meinen Kopf mit den Armen, die Augen zugekniffen. Nach all dieser Zeit ist das alles, was ich habe. Es reicht nicht.

Schreib die Wahrheit, habe ich auf Facebook live erklärt.

Kann ich das?

Will ich das?

Ich sammle die Scherben ein und spüre ihre scharfen Kanten. Meine Gedanken schweifen zu meiner Protagonistin, zu der glatten, jugendlichen Haut ihre Hände. Diese Hände stelle ich mir vor, als ich jetzt die Faust balle – und das Porzellan in meine Haut eindringen fühle.

Ich betätige den Hebel des Treteimers unter meinem

Schreibtisch, und die Scherben landen klirrend im Plastikbehälter. Als ich in meine leere Hand schaue und das blasse Herz der Handfläche betrachte, beginnt sich die Idee zu formen. Fast spüre ich schon ihr Gewicht. Ich klappe den Laptop auf und tippe: »Das Zerbrechen des Porzellans zerreißt die Stille ...«

Später höre ich ein lautes Klopfen. Ich reiße den Blick vom Bildschirm los und stelle überrascht fest, dass der Raum im Dunkeln liegt.

Ich schaue auf die Uhr: bereits sieben Uhr abends. Ich erwarte niemanden.

Ein unbehagliches Kribbeln breitet sich auf meiner Haut aus.

Mein Blick richtet sich wieder auf den Laptop. Ich möchte jetzt nicht in meinem Schreibfluss unterbrochen werden, möchte die Seiten nicht verlassen. Wer auch immer an der Tür sein mag, ich ignoriere ihn und schreibe weiter.

Meine Finger legen sich wieder auf die Tastatur, finden die richtigen Tasten, während meine Augen am Bildschirm kleben. Ich versuche, wieder in die Geschichte einzutauchen, in die Welt auf der Seite.

Es klopft erneut.

Genervt krümmen sich meine Finger zusammen.

Mir wird klar, dass die Person an der Tür meinen Wagen in der Einfahrt bemerkt hat und das Licht im Haus sieht. Sie weiß, dass ich da bin.

Widerstrebend schiebe ich den Stuhl zurück und gehe durch den Raum. Auf dem Treppenabsatz trete ich ans Fenster und schaue auf die hell erleuchtete Einfahrt hinab. Seltsamerweise steht dort außer meinem Wagen kein anderes Auto. Ist der Besucher zu Fuß gekommen?

Ich verrenke mir den Hals, um vielleicht einen Blick auf

ihn zu erhaschen, aber die Türschwelle wird von einem auskragenden Bauteil verdeckt.

Da ich derart in meine Geschichte eingetaucht bin und mit ihr lebe und atme, fühlt es sich fast an, als sei eine der Figuren aus der Seite herausgetreten, um nun unten an der Tür auf mich zu warten. Ich denke an die Kälte in ihren Augen, an die schmalen Lippen, hinter denen lange Schneidezähne zum Vorschein kommen.

Als es wieder klopft, laut und hartnäckig, zucke ich zusammen.

Mein Herz schlägt heftig. Ich gehe ganz langsam die Treppe hinunter, da das Holz immer noch feucht ist. Ich stecke die Hand in die Tasche, taste nach meinem Handy und hole es heraus. Nun bin ich bereit.

Als ich die Haustür erreiche und die Hand an den Riegel lege, zittern meine Finger.

Ich möchte keine Person sein, die sich hinter ihrer eigenen Tür versteckt. Dieses Mädchen bin ich nicht mehr.

Auf keinen Fall.

Ich reiße die Tür auf.

»Mark.«

Er hat die Hände in den Taschen seiner Lederjacke vergraben, die Schultern bis zu den Ohren hochgezogen, als müsse er sich vor der Kälte schützen. »Ich wollte Mums Fleecejacke holen.«

Ich brauche einen Moment, um zu begreifen, wovon er spricht. Die violette Fleecejacke. Ich hatte sie mir geliehen, als ich mich ausgesperrt habe.

»Die habe ich doch schon vor einer Weile zurückgebracht.« Habe ich das? Ich weiß jedenfalls, dass ich es vorhatte.

»Mum hat sie vorhin gesucht.«

»Wirklich? Ich schaue nachher noch mal nach, ob ich sie nicht doch noch habe.«

»Es macht mir nichts aus, zu warten.« Er tritt einen Schritt vor, sodass sein Fuß auf der Türschwelle steht, und starrt mich an. Der finstere Blick macht mich nervös. Noch ein Schritt, und er ist im Haus.

Die Anspannung rauscht durch meine Adern. Er soll einfach nur gehen. Ich möchte zurück zu meinem Roman, weil ich es mir nicht leisten kann, aus meinen Gedanken gerissen zu werden. Kalte Luft dringt zur Tür herein. Ich trage nur eine Jeans und einen dünnen Pullover und spüre, dass ich eine Gänsehaut bekomme.

»Ich stecke gerade mitten in einer wichtigen Sache. Falls es für Ihre Mutter kein großes Problem ist, würde ich später nachschauen.«

Das ist eine klare Verabschiedung. Mark macht aber keinerlei Anstalten zu gehen. Er nimmt die Hände aus den Taschen und faltet sie vor der Brust. Dann blickt er an mir vorbei ins Haus.

»Haben Sie je etwas über den geheimnisvollen Besuch herausgefunden?«

»Was?« Meine Reaktion klingt angespannt, defensiv.

»Sie wissen schon, diese ›Familie‹ ohne Wagen und Kinder, die Ihr Haus gemietet hat. Die Person, die eine Botschaft an Ihrer Fensterscheibe hinterlassen hat.«

Mir fällt wieder ein, dass ich ihm dafür die Schuld gegeben habe. »Das war ein Fehlalarm.«

Er schaut mich an und verkneift sich ein Lächeln. »So wirkte es aber nicht, als ich Sie das letzte Mal gesehen habe.«

»Müssen Sie eigentlich bald wieder nach London zurück?«

»Ein bisschen Zeit habe ich noch.«

Meine Finger klammern sich fester an den Türriegel. Mir ist vollkommen klar, was für ein Typ er ist: ein unsicherer Mann, der den ultimativen Kick daraus bezieht, andere Menschen einzuschüchtern.

»Ich muss zurück an meinen Schreibtisch.«

»Klar. Geschichten müssen gewoben und Leben zurechtfantasiert werden.«

»So in der Art.«

»Wissen Sie, was?« Er beugt sich vor und senkt die Stimme, »Ihre Schwester ist von einem ganz anderen Schlag als Sie.«

»Wie bitte? Weil sie verheiratet ist und ein Kind hat?«

Er lacht. »Das war doch nur ein kleiner Zeitvertreib, Elle. Sie können sich beruhigen, ich betätige mich nicht als Frauenräuber. Die Sache ist vorbei.« Er hält inne und mustert mich eindringlich. »Ich wollte nur sagen, dass Sie beide sehr verschieden sind. Ihre Schwester ist direkt, willensstark und ziemlich zielstrebig. Während Sie« – sein Blick bekommt etwas Nachdenkliches – »Sie haben etwas Geheimnisvolles.«

Flirtet er etwa mit mir? Ist er deswegen hier?

»Ich versuche immer noch, Ihr Wesen zu ergründen. Die international anerkannte Schriftstellerin mit dem protzigen Designerhaus – die bei der Veranstaltung einer Provinzbücherei versagt. Nichts für ungut«, fügt er hinzu. »Sie verstecken sich in einem Palast oben auf den Klippen und wirken doch wie jemand, der sich in Gesellschaft am wohlsten fühlt. All diese Facetten Ihres Lebens teilen Sie in den Sozialen Medien, aber ich habe fast den Verdacht, als sei das gar nicht Ihre Stimme. Als entspreche nichts davon wirklich Ihnen selbst.«

Ich atme flach und spüre, wie meine Haut am Halsausschnitt meines Pullovers sich rötet.

»Interessant, Ihre Küchenpsychologie«, sage ich so unbeschwert wie möglich. »Aber wie ich schon sagte, ich muss an den Schreibtisch zurück. Gute Nacht.«

Als ich die Tür zuschieben will, höre ich Reifen auf dem Kies knirschen. Scheinwerfer leuchten in die Einfahrt.

»Sie sind gefragt heute Abend.«

Ich blinzle ins blendende Scheinwerferlicht und versuche den Wagen zu erkennen. Der Motor verstummt. Als sich die Wagentür öffnet, haben sich meine Augen an die Dunkelheit gewöhnt. Bill läuft über die Einfahrt auf mich zu.

Ich zerbreche mir den Kopf. Waren wir verabredet? Habe ich etwas vergessen? Nein, ich glaube nicht.

»Guten Abend«, sagt er, als er näher kommt. »Fiona hat mir von der Überschwemmung erzählt, und da dachte ich, ich komme und biete meine Hilfe an.«

»Bill. Hallo.«

Seine Aufmerksamkeit richtet sich nun auf Mark. Er mustert die Lederjacke, die eng zusammenstehenden Augen, die Hände in den Jackentaschen.

»Das ist mein Nachbar. Mark.«

Bill nickt. Er streckt ihm nicht die Hand hin und strahlt auch sonst nichts von seiner üblichen Herzlichkeit aus.

»Ich geh dann mal besser«, sagt Mark, senkt den Blick und verlässt mit schnellen Schritten die Einfahrt.

Ich sehe ihm nach, bis er seine Haustür erreicht hat.

Als ich Bill wieder anschaue, bemerke ich, dass er mich beobachtet. »Alles in Ordnung?«

»Ja«, sage ich munter, »komm herein, Bill. Schön, dass du da bist.«

»Fiona sagt, du müsstest dein Bett von dem nassen Teppich herunterschieben, und da dachte ich, du könntest ein Muskelpaket vielleicht gebrauchen.«

»Wen hast du denn mitgebracht?«

Er grinst und folgt mir dann nach oben.

»Den Geruch nach nassem Hund bitte ich zu entschuldigen«, sage ich, als ich die Schlafzimmertür öffne und auf den durchnässten Teppich trete.

Er verzieht das Gesicht. »Es riecht eher nach einem ganzen Rudel nasser Hunde, die in einem morastigen Fluss gebadet haben und nun bei geschlossenen Fenstern hechelnd auf der Rückbank sitzen.«

»So schlimm?«

»Morgen scheint die Sonne. Jag die Heizung hoch, reiß die Fenster auf und lass die Feuchtigkeit verdunsten.« Er nickt zum Bett hinüber und sagt: »Okay, was tun wir nun damit?«

»Ich möchte es einfach an die Stelle rücken, wo der Teppich trocken ist, damit ein bisschen Luft an diese Seite kommt.«

Er nickt und macht sich startklar. »Bei drei also?«

Mein Rücken ist nicht begeistert, als wir das schwere Eichenbett hochhieven und daran zerren, bis wir es schließlich ans andere Zimmerende befördert haben.

Neben der Fußleiste liegt eines meiner Spitzenhöschen; es muss hinter das Bett gefallen sein. Ich hebe es schnell auf und stopfe es in die Tasche. Als ich aufblicke, bemerke ich, dass Bill es gesehen hat. Ich rechne mit einer ironischen Bemerkung, stattdessen errötet er und schaut weg.

Nachdem ich einen Schwung Handtücher geholt habe, mache ich mich daran, sie auf dem nassen Teppich zu verteilen. Bill hilft mir, einen Großteil der Feuchtigkeit aufzusaugen, indem wir über die Handtücher laufen und unsere Fersen hineindrücken.

»Vielleicht sollte ich öfter kommen«, sagt er.

Ich lächle.

Er weist zu dem Buch auf meinem Nachtschränkchen hinüber, dem Roman eines Nobelpreisträgers. Zweimal habe ich es schon entnervt weggelegt, aber ich bin wild entschlossen, es bis zum Ende durchzulesen.

»Aller guten Dinge sind drei, was?«

»Woher weißt du das?«

»Du musst es wohl gepostet haben. In letzter Zeit kann ich

mich oft gar nicht mehr erinnern, was du mir erzählt hast oder was ich über dich gelesen habe.«

»Ich wusste gar nicht, dass du einer meiner Follower bist.«

»Man sollte doch einen Fuß in der literarischen Welt haben.«

Ich grinse.

»Zeit für einen schnellen Drink, bevor ich wieder verschwinde? Das würde mir auch das Theater im Badezimmer ersparen.«

Eigentlich möchte ich nur zu meinem Manuskript zurück, andererseits war Bill mir eine große Hilfe. Außerdem ist es eine angenehme Vorstellung, nach einem weiteren Tag in meinem leeren Haus, in dem nur die Stille mich umfängt, Gesellschaft zu haben.

»Klar.«

Bill steht mit einem Glas Whiskey am Wohnzimmerfenster und blickt auf das dunkle Wasser. Es hat zu regnen begonnen.

Irgendetwas an ihm ist anders, aber ich könnte nicht sagen, was: eine gewisse Anspannung oder Besorgnis in seinem Verhalten. Vielleicht hat es zu Hause Streit gegeben.

»Sogar am Abend ist die Aussicht noch unglaublich«, sagt er. »Vermutlich liegt das an diesem Raumgefühl – diesem Gefühl, dass du hinausschaust und deine Aufmerksamkeit von nichts abgelenkt wird.« Er hält inne. Nur das Rauschen der Wellen und des Regens ist zu hören. »Das Meer gibt mir immer das Gefühl, winzig klein zu sein. Es ist einfach da, diese gewaltige Wassermasse. Man hört oft, das Meer sei schön, aber das kann ich nicht erkennen. Es ist heimtückisch.« Bill wendet sich um und sieht mich an. »Ich kann nicht schwimmen, wusstest du das?«

»Nein«, antworte ich überrascht.

»Als Kind habe ich es nie gelernt. Und als Erwachsener

habe ich nie die Notwendigkeit verspürt, es zu lernen. Ich habe ja immer in der Stadt gelebt.«

»Und warum dann Cornwall?«

Er schaut mich an, als sei die Antwort klar. »Wegen deiner Schwester.«

Fiona hat behauptet, es sei Bills Idee gewesen. Er habe unbedingt aus der Stadt herausgewollt, und Drake sollte am Meer aufwachsen.

Draußen wird mit einem lauten Dröhnen ein Motorrad hochgejagt. Bill sieht in die Richtung des Geräuschs, die Augenbrauen gerunzelt, die Lippen schmal. Dann hebt er sein Glas und stürzt den Whiskey hinunter.

»Könnte ich noch einen bekommen?«

»Klar.« Ich hole die Flasche und reiche sie ihm.

Der Flaschenhals schlägt ans Glas, als er sich großzügig nachschenkt. Ich beobachte ihn besorgt, weil er ja noch fahren muss. Soweit ich mich erinnern kann, ist Bill noch nie ohne Fiona oder Drake hier gewesen. Mich beschleicht der Verdacht, dass Fiona nichts von seinem Besuch weiß.

Er schwenkt den Whiskey im Glas. »Aha«, sagt er langsam, ohne mich anzuschauen. »Er fährt also Motorrad.«

»Wie bitte?«

»Dein Nachbar. Mark.« Er schaut auf. »Der Mann, mit dem Fiona gevögelt hat.«

Der Schock steht mir ins Gesicht geschrieben.

»Ich sehe dir an, dass du es weißt.«

»Ich … na ja … ich habe es … zufällig herausgefunden. Und woher weißt du …«

»Drake ist an ihr Handy herangekommen und hat irgendwie ihre Nachrichten geöffnet.«

Mein Magen zieht sich zusammen, als ich mir das vorstelle: der entsetzliche Schock und Bills krampfhaftes Bemühen, vor Drake die Fassung zu wahren.

»Hast du mit Fiona gesprochen?«

Er schüttelt den Kopf.

»Du und Drake, ihr seid ihre ganze Welt. Es war nur eine flüchtige Liebschaft. Nicht einmal das. Es ist vorbei. Fiona hat es mir selbst gesagt. Der Mann hat ihr nie etwas bedeutet.« Meine Worte fühlen sich falsch an. Das sind alles nur Klischees.

Bill trinkt seinen Whiskey aus und stellt das Glas vorsichtig ab.

»Was soll man nur tun, Elle, wenn einen die Person, die man liebt, in eine totale Verwirrung stürzt? Wenn sie etwas Zerstörerisches an sich hat?« Er wirft mir einen eindringlichen Blick zu.

Darauf weiß ich keine Antwort.

»Der Umzug nach Cornwall hat mir Sorgen bereitet«, sagt Bill. »Ich dachte, Fiona könne es nach dem Leben in der Stadt hier zu einsam finden. Sie liebt diese Gegend natürlich. Sie geht gerne am Strand spazieren und ist glücklich, dass Drake so viel Raum hat, um die Welt zu erkunden. Aber sie vermisst ihre Arbeit, das weiß ich. Es gibt bestimmte Dinge, die Fiona einfach braucht – wir alle tun das –, um sich wohlzufühlen. Ich würde mir nur wünschen, dass das nicht Sex mit jungen Männern beinhaltet.« Sein Lachen klingt bitter.

»Es war ein Fehler. Ein einmaliger Fehltritt.«

»Du glaubst wirklich, das war das letzte Mal?« Er schaut mich an. Sein Gesicht hat sich verändert, ist verzerrt. Es wirkt wie das eines Fremden. Unwillkürlich muss ich wieder an die Person denken, die vor ein paar Tagen vor meinem Haus herumgelungert hat. »Die Menschen verändern sich nicht, Elle.«

»Sie liebt dich, Bill. Bitte rede mit ihr.«

»Wenn wir darüber reden, platzt das Spiel.«

»Und dann?«

»Dann vögle ich vielleicht auch mit einer anderen.« Seine Stimme klingt düster, wütend. »Das wäre nur gerecht.«

Unbehagen befällt mich. Irgendetwas an diesem Moment hallt wie ein Echo aus meiner Vergangenheit wider. Ich verspüre eine sonderbare Irritation, weil sich irgendetwas verändert zu haben scheint. Vielleicht habe ich etwas unterschätzt oder falsch beurteilt.

Es gibt Momente im Leben, in denen eine Situation oder eine Person, die man immer zu verstehen geglaubt hat, sich so komplett verwandelt, dass es einem den Atem verschlägt. Solche Momente verändern einen, weil man an sich selbst zweifelt, an seiner Urteilskraft, seiner Sicherheit.

Einen solchen Moment fühle ich jetzt nahen – als stünde ich in flachem Wasser und sähe eine Monsterwelle auf mich zurollen. Ich habe das Gefühl, aus der Gegenwart gerissen und in die Vergangenheit zurückgeworfen zu werden, in ein kleines Büro mit einem Holztisch und einem metallenen Aktenschrank.

Ich weiß, wie es ist, wenn man vor Angst erstarrt und seine ganze Verletzlichkeit spürt. Dabei hatte ich immer gedacht, dass ich mich in einer gefährlichen Situation mit Zähnen und Klauen verteidigen würde.

Aber ich tat es nicht.

Als Bill nun auf mich zutritt – als ich den ersten Hautkontakt spüre und seine Finger unaufgefordert über meinen Hals streichen –, ergreift etwas Urtümliches von mir Besitz. Wut jagt durch meine Adern, und ich reagiere instinktiv, mit aller Macht. Meine Muskeln feuern, und ich stoße ihn hart gegen die Brust.

Ein Zurücktaumeln, ein dumpfer Schlag, eine Explosion von Glas.

Dann Stille.

Blinzelnd starre ich auf die Stelle, wo zuvor der Couchtisch gestanden hat. Man kann sich kaum noch vorstellen, dass es mal ein fester Gegenstand war, weil jetzt nur noch der Holzsockel geblieben ist. Die Glasplatte ist in Tausende von glänzenden Teilchen zersprungen, die sich auf dem Wohnzimmerboden verteilt haben.

Und mittendrin: er.

Bill.

Kein Fremder.

Bill, mein Schwager.

Als er sich bewegt und die Scherben von ihm abfallen, habe ich das Gefühl aufzuwachen. Meine Fingerspitzen kribbeln. Der Boden fühlt sich an, als sei er flüssig, eine bewegte Masse.

Ich sehe, dass Bills Mund Wörter formt, aber in meinen Ohren rauscht es zu laut, um ihn verstehen zu können.

Dann erhebt er sich, in einem Schauer aus Splittern, die von seinen Schultern herabregnen. Er funkelt mich an. Sein Gesicht ist kreidebleich.

Mein Gehör kehrt zurück, als würden wir aus einem Tunnel herausfahren und der Druck auf meine Ohren nachlassen.

»Was, zum Teufel, sollte das denn?«, wettert er.

»Ich … ich dachte … du wolltest mich …« Ich verstumme.

»Was?«

»Ich weiß nicht.«

»Du hast geweint, Elle. Ich wollte dich in den Arm nehmen.«

Meine Finger schießen hoch, streichen über meine Wangen – und werden nass. Verwirrt schüttle ich den Kopf. »Ich habe gar nicht bemerkt, dass …«

Er klopft seine Hose ab und schüttelt seine Schuhe aus. Dann dreht er sich um und geht zur Tür.

»Bill, warte!«

Er bleibt stehen. Fährt herum. »Du dachtest, ich wollte mich an dich ranmachen, was? Durch den halben Raum hast du mich gestoßen. Mir war gar nicht bewusst, wie widerwärtig ich bin.«

»Bill, ich …«

Er hebt eine Hand und schneidet mir das Wort ab. Dann dreht er sich um und verschwindet.

Ich höre seine Schritte zur Haustür gehen. Höre, wie der Wind hereinfegt, als er sie öffnet, höre sie schließlich zuknallen.

Ich lausche. In der Ferne ertönt das zweimalige Piepen der Alarmanlage, dann das Geräusch, mit dem eine Tür geöffnet und wieder zugeknallt wird. Den Motor höre ich nicht, nur das Knirschen von Reifen auf dem Kies und ein hässliches Kratzen, als der Unterboden am Schlagloch am Ende der Einfahrt über den Boden schrammt.

Dann ist er fort.

Ich kneife die Augen zusammen. Die Erinnerung ist frisch wie Blut, das noch nicht geronnen ist.

Ein Stück Glas, das sich in meinem Pullover verfangen hat, fällt mit einem leisen Klirren zu Boden. Ich bücke mich, um es aufzuheben und zwischen meinen Fingern zu betrachten. Ein eigenartiges Gefühl, dass es Teil meines Couchtischs gewesen sein soll. Seine Form ist verwandelt, unwiederbringlich.

Es war Bill und doch nicht Bill.

Ich und doch nicht ich.

Ich verlasse das Wohnzimmer und gehe durch den Vorraum. Als ich an dem Spiegel mit dem Goldrahmen vorbeikomme, schaue ich nicht hinein. Meinen blutleeren Teint und die finsteren Pupillen möchte ich gar nicht sehen.

Merkwürdigerweise ist mein Geist mit der Frage beschäftigt, wie ich das alles schildern könnte: diese Kraft in meinen Händen, in meinen Handgelenken und Schultern, als ich zugestoßen habe.

Ich steige die Treppe zu meinem Schreibzimmer hinauf.

Elle leerte das Schnapsglas auf ex und ließ die brennende rote Flüssigkeit die Kehle hinabrinnen. Sie grinste Louise an, als sie das Glas auf den Tresen knallte, und trat dann mit ihr auf die hell erleuchtete Terrasse des Nachtclubs. Die frische Luft des Frühlingsabends war angenehm kühl auf ihrer erhitzten Haut.

In der Nähe des Ausgangs stand Luke Linden und rauchte.

Elle verspürte ein aufgeregtes Kribbeln; die Nacht hielt gewisse Überraschungen bereit.

»Es gibt nichts Schöneres«, sagte er und unterbrach sich, um einen tiefen Zug aus seiner Zigarette zu nehmen, »als eine anonyme Nacht in der Großstadt. Leider sind Sie jetzt für alle Ewigkeit Zeuginnen meiner Schwäche für schäbige Bars und walisische Reggaesänger.«

Louises Stimme klang aufgeregt, als sie von der Gruppe schwärmte und erklärte, wie sehr sie Reggae *liebe* und dass er sich unbedingt mal diese andere Gruppe anhören müsse, die sie vor ein paar Monaten entdeckt habe …

Elle hörte gar nicht zu. Sie konzentrierte sich ausschließlich auf das angenehme Gefühl, mit dem ihre Handflächen über den Saum ihres kurzen dunkelblauen Kleids strichen. Ihr warmer Körper schien knochenlos wie immer, wenn sie getrunken hatte und sich ganz leicht und schwebend fühlte.

Als Louise sich umdrehte und auf die Gruppe zeigte, wanderte Luke Lindens Blick zum Saum von Elles Kleid. Seine Augen verharrten dort einen Moment, dann richteten sie sich auf ihr Gesicht.

Ihr gefiel es, wie er sie ansah, nicht nervös wie die Jungen ihren Alters, sondern ruhig und ohne jede Verlegenheit.

Unwillkürlich teilten sich ihre Lippen, und ihr Mund verzog sich zu einem Lächeln, das sie von sich gar nicht kannte, ein Lächeln mit geschürzten Lippen.

Luke Linden machte eine leichte Kopfbewegung, ein Nicken, als hätten sie sich über irgendetwas verständigt. Ihr Körper wurde von einem Schauer gepackt.

Louise drehte sich wieder zu ihnen um. »Wollen wir der Gruppe zuhören?«

»Ich habe morgen früh eine Besprechung«, sagte Luke Linden. »Da muss ich ausgeruht sein.« Er trat seine Zigarette aus und wünschte ihnen eine gute Nacht.

Vielleicht war es der Lärm auf der Terrasse oder der Alkohol, der durch ihren Körper rauschte, aber er war Elle entgangen – dieser deutliche Hinweis.

Da ihre Stimmung nach Luke Lindens Abschied gedämpft war, kehrte Elle an die Bar zurück und bestellte noch eine Runde für sich und Louise. Sie tranken und tanzten, mit schweißnassen Körpern und brennenden Füßen. Zur Sperrstunde taumelten sie auf die Straße, die Frühlingsluft kühl auf ihrer Haut.

Als sie träge und trunken nach Hause schlenderten, kamen sie an Häusern in einer Straße vorbei, die vorwiegend von Studenten bewohnt wurde. Aus einem der Häuser drang blinkendes Licht. Die Haustür stand offen, und eine Gruppe Studenten quoll heraus. Elle nahm Louises Hand und folgte dem Rhythmus der Musik.

Im Innern drehte sich eine Discokugel über einer Masse verrenkter Körper. Zwei Mädchen tanzten auf dem Sofa, die hochgereckten Hände an der Zimmerdecke entlangstreifend. Es stank nach verschüttetem Bier und Schweiß, und durch die dünnen Wände dröhnten die Bässe.

Elle quetschte sich in den Vorraum und spürte, dass sich der Rhythmus der Musik veränderte, als sie die Treppe hinaufging. Er wurde weicher, sinnlicher. Sie wiegte sich in den Hüften und zwängte sich an einem zierlichen Mädchen mit hellblondem Haar und knallpinkfarbenem Lippenstift vorbei.

Im Obergeschoss drang aus einem Lautsprecher eine bluesartige Stimme. Der Geruch von Gras hing schwer in der Luft, und durch das Licht der Lavalampen trieben hypnotische Schwaden purpurroten Rauchs. Hinter einer weiteren Tür hatte sich ein Grüppchen Studenten um einen Schreibtisch herum versammelt, vor einer Linie Koks, die von einer Schreibtischlampe beleuchtet wurde.

»Elle, hallo! Ich wusste gar nicht, dass du hier bist! Cool!« Zusammen mit Carl besuchte sie ein paar Kurse, unter anderem »Die Literatur des Indischen Subkontinents«. Er hat Arundhati Roys *Der Gott der kleinen Dinge* gelesen und erklärt: »Fesselnde Lektüre ist das nicht gerade.«

Nun nahm er ihre Hand und sagte: »Diese Linie ist für dich.«

Sie schaute in die Gruppe, die um sie herumstand, und zuckte mit den Schultern. Dann beugte sie sich über den Schreibtisch, drückte einen Finger an den Nasenflügel und spürte, wie das Koks durch ihren Organismus brauste. Ihre Augen blinzelten und weiteten sich schließlich, als in ihrem Brustkorb ein goldener Strahl aufglänzte.

Später kamen die harten Getränke – Absinth, Tequila und eine eklige rote Flüssigkeit, die nach Zimt und Karamell schmeckte – und noch später dieses elfengleiche Mädchen mit den pinkfarbenen Lippen, die nach Kirschen und Zigaretten schmeckten, als sie sich unter johlendem Jubel küssten.

Und dann war plötzlich die Sonne aufgegangen. Im Tageslicht sah Elle die Sprungfedern des Sofas, auf dem sie lag, die fadenscheinigen Stellen im Teppich, ihren abgeblätterten Nagellack.

Sie stolperte in den Morgen hinaus, weil sie nur noch nach

Hause wollte, in ein Bett mit sauberen Laken, wo sie ein großes Glas Wasser trinken und Schmerzmittel gegen den Kater einwerfen würde, den sie mehr als verdiente.

Als sie mit klappernden Absätzen durch den Bute Park ging, beäugt von Hundebesitzern und Joggern, weil sie noch das Kleid vom Vorabend trug, schaute sie auf die Uhr. Kurz vor neun. Eine vage Erinnerung stieg in ihr auf, dass sie einen Termin hatte. Irgendetwas, das sie tun sollte. Nein, keinen Termin, eine Verabredung.

Mit Luke Linden.

21 Elle

Scheue nicht davor zurück, Gebrauch von deinen persönlichen Erfahrungen zu machen – das ist die ergiebigste Quelle, die dir zur Verfügung steht.

Die Schriftstellerin
Elle Fielding

In meinem Schreibzimmer angelangt, gehe ich bis zur Glaswand durch, mache auf dem Absatz kehrt und marschiere wieder zurück. Immer hin und her. Meine Füße stampfen über den Boden, und in meinem Kopf herrscht ein gefährliches Gedankengewitter: Bills Gesicht ganz nahe an meinem, so nahe, dass ich die großen Poren an seiner Nase und die kleinen schwarzen Mitesser darin sehe; Glas, das mit einem hellen Klirren in tausend Teile zerspringt; Bills verzerrter Mund, als er flucht; das Klopfen an der Tür, nur kurze Zeit später …

Nein, warte! Ich halte inne, die Hände ausgestreckt, als würde ich etwas wegschieben wollen. Das stimmt nicht. Das war vorher. Das war ein anderer Raum, ein anderer Mann.

Die Bilder sind verzerrt, verschwimmen. In der Hitze der Empfindungen verschmelzen sie miteinander. Bills Züge verwandeln sich in ein schmaleres Gesicht mit dunklen Augen. Augen, in denen ich nicht lesen kann.

Ich marschiere wieder los, mit polternden Schritten.

Die Geschichte ist nicht klar umrissen. Es sind Fragezeichen zu erkennen, Stellen, die darauf hindeuten, dass es zwei Versionen gibt: seine und meine.

Wieder halte ich inne, stütze meine Hände in die Hüften, atme heftig aus. Ich kann es nicht auflösen.

Unvermittelt habe ich eine Idee, die mich an den Schreibtisch treibt. Im Stehen öffne ich ein Word-Dokument und tippe etwas.

Nein. Falsch.

Ich lösche es wieder. Tippe einen anderen Satz, dann noch einen.

Während ich schreibe, lasse ich mich auf dem Stuhl nieder und schiebe die Beine unter den Schreibtisch.

Meine Finger rasen über die Tastatur, ein Tanz, mit dem ich mich in die Geschichte hineinfinde, die Augen beharrlich auf den Bildschirm gerichtet.

Mitternacht ist bereits vorbei, als ich mich zurücklehne und die Finger von der Tastatur löse.

Stundenlang habe ich am Schreibtisch gesessen und es nicht gewagt, den Schreibfluss zu unterbrechen, nicht einmal, um mir etwas zu trinken zu holen.

Der Raum liegt im Dunklen, nur mein Bildschirm leuchtet. Ich schalte die Schreibtischlampe an und blinzle ins grelle Licht. Falls jemand unten in der Bucht stehen und hochschauen würde, könnte er mich hier im Scheinwerferlicht sehen. Allein.

Meine Gedanken wandern zu Bills Besuch zurück und bleiben daran haften, in einem schwindelerregenden Strudel.

Die Menschen verändern sich nicht, hatte er gesagt.

Ich bin mir nicht ganz sicher, ob das stimmt. Natürlich verändern wir uns. Ich habe mich verändert. Ich bin nicht länger die sorglose Studentin, die mit ihren unerschöpflichen Energien die Oberfläche der Welt durchdringen und alles erkunden wollte. Und auch nicht mehr das Mädchen aus den Jahren danach, das verloren ging und auf der Suche nach irgendetwas durch die Straßen irrte, ohne zu essen oder zu schlafen. Ich bin mir nicht einmal sicher, ob ich noch die Frau bin, die sich allmählich aus diesem Mädchen entwickelt hat – und die mir die liebste ist –, diese Frau, die einen netten Mann geheiratet hat und mit ihm am warmen Meer lag, die Haare fächerartig um sich ausgebreitet, schwerelos, staunend: *Das Leben ist so wunderschön.*

Nein, mittlerweile bin ich eine ganz andere Frau.

Ich richte meine Aufmerksamkeit wieder auf den Bildschirm und mache mich daran, meine Arbeit abzuspeichern. Als ich den Laptop zugeklappt habe, stehe ich auf und spüre, dass meine Beine steif geworden sind. Die Heizung muss sich vor ein, zwei Stunden abgeschaltet haben, und ich bin vollkommen durchgefroren. Hinter meiner Stirn bahnt sich ein Spannungskopfschmerz an. Ich sollte es mir angewöhnen, immer einen Krug Wasser mit an den Schreibtisch zu nehmen.

Seit der Lebensmittelvergiftung habe ich kaum etwas gegessen. Meine Hose rutscht auf die Hüften, als ich durch den Raum gehe. Ich muss unbedingt etwas essen, muss bei Kräften bleiben.

Meine Finger legen sich um das kalte Zinn der Türklinke. Ich drücke sie nach unten, aber der Mechanismus reagiert nicht. Ich versuche es noch einmal, da ich davon ausgehe, dass ich einfach nicht fest genug gedrückt habe. Wieder keine Reaktion. Kein Klicken. Kein Nachgeben. Die Tür bleibt geschlossen.

Mein Dekolleté fängt an zu kribbeln, als sei ein Insekt in den Ausschnitt meines Pullovers gefallen. Die Tür ist fest verrammelt.

Ich versuche es ein drittes Mal, diesmal mit beiden Händen.

Die Tür bewegt sich nicht. Sie gibt kein bisschen nach.

Ich schalte das große Licht ein und hocke mich hin, um den Mechanismus der Klinke zu ergründen. Ich blinzle. Unmöglich – aber ich sehe es mit eigenen Augen.

Ein rechteckiger Metallriegel zieht sich durch den Spalt zwischen Tür und Rahmen. Sie ist abgeschlossen.

Meine Hände legen sich auf die Tür. Ich verhalte mich ganz still, lausche.

Alles, was ich hören kann, ist mein eigener Atem, schnell und flach.

Mein Verstand rast. Der Schlüssel zu meinem Schreibzimmer liegt unten im Sekretär. Die Tür lässt sich nur von außen abschließen. Ich könnte mich gar nicht selbst einschließen, sogar dann nicht, wenn ich es wollte.

Hat mich jemand eingeschlossen?

Galle steigt mir in die Kehle.

Ich verwerfe die Idee und denke darüber nach, ob die Spindel zerbrochen sein oder der Riegel sich gelockert haben könnte.

Nachdem ich wieder aufgesprungen bin, laufe ich schnell durch den Raum. Meine Schritte hallen durch die Stille. Mein Handy liegt in der Küche. Der Wi-Fi-Router, der unten steht, ist ausgeschaltet. Es gibt keine Möglichkeit, Kontakt aufzunehmen.

Was soll ich tun?

Ich werde mich gewaltsam befreien müssen. Beim Blick auf die Tür sehe ich nur solide Eiche ohne jede Schwachstelle. Die Tür mit der Schulter aufzurammen wäre aussichtslos. Selbst wenn ich meinen Schreibtischstuhl als Rammbock benutzte, würde eher der Stuhl zersplittern als die Tür nachgeben.

Der Riegel, darauf muss ich mich konzentrieren.

Ich reiße die Schreibtischschublade auf und suche nach möglichen Werkzeugen. Stifte, eine Schere, Büroklammern, ein Metalllineal. Mit Letzterem eile ich zur Tür zurück, gehe davor in die Hocke und versuche das Lineal zwischen Türrahmen und Tür zu schieben.

Zu dick! Aber selbst wenn genug Platz wäre, um es in den Spalt zu stecken, hätte ich keine Ahnung, wie ich einen Metallriegel zur Seite schieben könnte.

Ich lasse das Lineal fallen und lege meine Hände flach auf die Tür. Dann lasse ich sie über die geschliffene Fläche gleiten, als könne ich eine göttliche Antwort erspüren.

Mein Mund ist trocken, meine Zunge klebt am Gaumen. Der Wunsch nach einem großen Glas Wasser wird übermächtig. Der Durst lässt Panik aufwallen: Was, wenn ich hier nicht mehr herauskomme?

Tage könnten vergehen, bis jemand mich vermisst.

Ich packe die Klinke, rüttle und zerre daran.

Keine verdammte Reaktion!

Ich ramme meine Schulter gegen die Tür; ein scharfer Schmerz schießt meinen Arm hinab. Ich trete zurück und werfe mich noch einmal dagegen.

Wieder und wieder tue ich es, bis sich Knochen, Muskeln und Haut meiner Schulter heiß und wund anfühlen.

Zitternd hocke ich vor der Tür, die Arme um den Leib geschlungen. Der Wind fegt an die Glasscheibe, kalte Luft dringt in den Raum. Es muss gegen ein Uhr nachts sein. Vor sechs Uhr wird die Heizung nicht anspringen.

Während ich mir noch die Arme reibe, um mich warm zu halten, ist von unten ein Geräusch zu vernehmen. Ein vereinzelter Knall, als würde ein Buch zu Boden fallen oder ein Bilderrahmen umkippen. Irgendetwas Schweres jedenfalls.

Panik übermannt mich. Mein Atem gleicht einem Hecheln.

Ich warte, lausche. Wieder fegt eine Windböe an die Glaswand. Ganz weit unten ist jetzt ein anderes Geräusch zu hören, als würde Holz unter Füßen knarren.

Ich verhalte mich totenstill und lausche.

Nichts mehr.

Nach etwa einer Minute, als ich mich gerade rühren will, vernehme ich ein leises metallisches Quietschen, als würde sich das Scharnier einer Schrank- oder Zimmertür bewegen.

Unten ist jemand.

Meine Gedanken überschlagen sich.

Wer?

Flynn hat noch den Schlüssel … und er ist schon einmal einfach hereingekommen.

Oder hat Mark das Haus beobachtet und eine Möglichkeit gefunden, sich Zutritt zu verschaffen?

Was ist mit Bill? Er hätte auf dem Weg zur Haustür den Ersatzschlüssel aus dem Sekretär nehmen können.

Ich kneife die Augen zu. In meinem Kopf herrscht ein gefährliches Chaos. Ich denke an ihn. Luke Linden. Ich sage mir selbst, dass das unmöglich ist. Es kann nicht sein.

Unwillkürlich denke ich an die heimtückische Botschaft an meinem Fenster. *Ich bin in deinem Haus.*

Plötzlich dämmert es mir, ein finsterer, niederschmetternder Gedanke. Wer auch immer das Haus gemietet hat, er hatte einen Schlüssel. Was, wenn er sich einen hat nachmachen lassen? Wenn er zurückgekommen ist?

Ich packe die klobigen Armlehnen meines Lesesessels und zerre und schleife ihn zur Tür. Die stabilen Beine hinterlassen Kratzer auf den Holzdielen. Mit einem letzten Ruck schiebe ich ihn an die Tür, sodass sich die Rückenlehne direkt unter der Klinke befindet und den Zugang verbarrikadiert.

Die Hände in die Hüften gestützt, der Atem abgehackt, stehe ich da. Und nun?

Heftig zitternd laufe ich zur Glaswand. Nachdem ich meinen Laptop zur Seite geschoben habe, klettere ich auf den Schreibtisch und reiße das Fenster weit auf. Peitschender Regen dringt in den Raum. Im Regal flattern die Seiten meiner Bücher.

Auf die Zehenspitzen erhoben, stecke ich den Kopf aus dem Fenster. Der Regen prasselt auf meinen Kopf, das Rauschen des Windes füllt meine Ohren. Es wäre sinnlos, um Hilfe zu rufen; zu dieser nächtlichen Stunde ist niemand in der Bucht, und meine Stimme würde ohnehin nicht gegen das Tosen ankommen. Ich schiebe die Schultern durch den Fensterrahmen, worauf mir sofort der Regen in den Halsausschnitt fließt. Ich passe knapp durch die Öffnung.

Im zweiten Stock zieht sich ein Balkon um das Haus herum, auf den Licht aus meinem Schlafzimmer fällt. Es ist deutlich zu erkennen, wie tief ich springen würde. Knapp vier Meter vielleicht? Wenn ich nicht richtig auftreffe, könnte ich mir das Bein brechen – oder Schlimmeres. Ich bin mir nicht einmal sicher, ob ich überhaupt auf dem Balkon landen würde.

Wenn nicht, würde ich auf den Felsen aufprallen.

Der Regen läuft mir in Strömen über die Stirn. Ich zittere heftig, und der Fensterrahmen drückt sich unangenehm in meinen Rücken. Ich packe fester zu, obwohl meine Finger schon taub sind vor Kälte, und zwänge mich in eine andere Position, um die Lage besser einschätzen zu können. Vielleicht entdecke ich ja Vorsprünge oder sonstige Haltegriffe. Aber es gibt keine. Hier gelange ich nicht hinaus.

Meine Aufmerksamkeit wird von einer Bewegung unter mir angezogen. Der Regen lässt meine Sicht verschwimmen, aber ich bin mir fast sicher, dass ich etwas schwingen sehe –

einen Mantelsaum vielleicht –, als eine Gestalt durch mein Schlafzimmer geht und verschwindet.

Vorher

Es ist mein vorletzter Tag im Haus. Ich bin bereit für den Aufbruch.

Bestimmte Dinge werde ich vermissen. Auf die Aussicht verzichten zu müssen, das wird am schwierigsten sein. Die meiste Zeit über habe ich die Fenster gekippt – frische Seeluft durchs Haus wehen zu lassen hat nichts von seinem Reiz verloren. Auch die Espressomaschine werde ich vermissen, obwohl die Kaffeekapseln natürlich ein teures Hobby sind.

Weißt du, was ich nicht vermissen werde? All diesen Raum. Die Zimmer sind so leer, dass es hallt. Deine eigene Stimme und deine eigenen Schritte folgen dir, wohin auch immer du gehst. Ich weiß nicht, wie du das erträgst.

Ich schaue auf die drei sorgsam ausgewählten Dinge in meinen Händen.

Erst gehe ich ins Wohnzimmer und schiebe die Plastikgiraffe unter dein Sofa, sodass nur noch ein Huf herausschaut. Dann steige ich zu deinem Schlafzimmer hinauf und lege ein kleines Töpfchen mit Männer-Haarwachs ganz hinten in die Schublade deines Nachtschränkchens. Schließlich betrete ich den kleinsten Raum – das potenzielle Kinderzimmer – und hinterlasse unter dem Bullaugenfenster die Baby-Wundcreme.

Erledigt.

Zufrieden mit meinen wohlüberlegten Inszenierungen gehe ich in dein Schreibzimmer hoch. Ich drücke die Klinke nach unten und frage mich, ob ich versuchen soll, die Tür vor meinem Aufbruch wieder abzuschließen.

Ich entscheide mich dagegen. Die Menschen sehen, was sie

sehen wollen. Wenn du den Schlüssel zum Schreibzimmer in diese Tür steckst, wirst du davon ausgehen, dass sie immer verschlossen war, so wie du sie hinterlassen hast.

Ich gehe durch den Raum zur Eichentruhe. Der Deckel ist noch zurückgeklappt, weil ich am frühen Morgen schon einmal hier war. Da ich mich heute in einer merkwürdig melancholischen Stimmung befinde, möchte ich noch einen letzten Blick auf die Fotos werfen.

Als ich in den Alben blättere, die ich alle schon einmal durchgesehen habe, fällt mein Blick auf ein weiteres Fotoalbum ganz unten in der Truhe. Nicht versteckt, aber doch schwer zugänglich. Offenkundig hast du es schon lang nicht mehr in den Händen gehabt.

Ich ziehe es heraus. Es ist in weiches, abgenutztes hellbraunes Leder eingebunden. Als ich es aufschlage, bemerke ich sofort meinen Irrtum. Dies ist gar kein Fotoalbum.

Finsternis umfängt mich, die Dielen werden zu Eis, und dennoch rühre ich mich nicht vom Fleck. Ich bleibe in der dunklen Stille stehen, eingehüllt in dieses neue Wissen.

Ich kann es kaum glauben.

Aber es ergibt schon Sinn, absolut.

Meine Knie sind steif, als ich aufstehe. Die Beine sind mir eingeschlafen und prickeln unangenehm.

Dies ändert alles. Ich fühle mich ausgelaugt, töricht.

Ich hätte es wissen müssen!

Als ich zu deinem Schreibtisch gehe, erfüllt Ärger meinen Brustkorb, überträgt sich auf meine Arme und fährt mir in die Fingerspitzen. Meine Finger verkrampfen sich.

Direkt vor meiner Nase liegt ein Briefbeschwerer, massiv, glänzend, ein glitzerndes Juwel in deinem Büro. Ich greife danach.

LÜGNERIN. LÜGNERIN. LÜGNERIN.

Ich schleudere ihn zu Boden. Der dumpfe Knall von massivem Glas auf Holz, nicht das erwünschte Scheppern oder Klirren. Er ist nur angeschlagen; ein kleines Stück ist abgesprungen.

22 Elle

Der Fensterrahmen schrammt an meinem Hüftknochen entlang, als ich mich wieder zurückziehe. Ich knalle das Fenster zu und steige vom Schreibtisch herab.

Ich krame in meiner Schreibtischschublade, bis meine Finger auf die harten Metallklingen meiner Schere stoßen. Damit gehe ich durch den Raum und suche nach anderen Dingen, mit denen ich mich verteidigen kann.

Das Blut rauscht durch meine Adern. Mein Körper vibriert vor Energie.

Ich beuge mich zu der alten Truhe hinab, in der ich auch Elektrozubehör aufbewahre, und öffne sie. Mein Blick fällt auf ein altes, dickes Stromkabel, einen Meter lang. Ich ziehe es heraus und wickle das eine Ende um meine Hand. Ja, das könnte mir dienlich sein. Ich stelle mir vor, wie es sich um eine Kehle schnürt und Adern hervorquellen lässt.

Ich werde tun, was auch immer nötig ist.

Dann entdecke ich etwas: einen alten Router, ausgedient und staubig. Er ist wegen einer lockeren Steckverbindung hier gelandet. Stunden meines Lebens habe ich damit verbracht, am Kabel zu wackeln und zu rütteln, wenn die Verbindung mal wieder unterbrochen war. Es besteht eine gewisse Chance, ihn erneut in Betrieb zu nehmen. Ich rücke den Schreibtisch von der Wand weg, um Zugang zur Telefonbuchse zu bekommen. Meine Hände zittern derartig, dass ich drei Versuche brauche, den Stecker in die Buchse zu stöpseln. Ich stelle den Router auf den Schreibtisch und warte, bis das grüne Licht aufblinkt, das Signal für eine Internetverbindung.

Nichts geschieht.

Den Router habe ich aus Bristol mitgebracht, er muss also schon sechs, sieben Jahr alt sein. Ich wackle leicht am Kabel, um die Verbindung herzustellen. Früher hatte ich mal eine Technik, bei der ich das Kabel um den Router gewickelt habe. Ich versuche es damit, mit unsicheren Händen. Mein Atem geht schwer.

Ein einzelnes grünes Licht beginnt zu flackern und zu blinken.

»Ja!«, zische ich.

Mit einem Blick über die Schulter vergewissere ich mich, dass die Tür noch gesichert ist, dann klappe ich den Laptop auf. Meine Finger sind klamm, und ich wische die Hände an den Oberschenkeln ab, bevor ich auf die Wi-Fi-Verbindung gehe. Ich muss die Schreibtischlampe an den Router heranschieben, um den winzigen Code lesen zu können. Atemlos tippe ich ihn in den Laptop und drücke die Eingabetaste.

Dann bleibe ich reglos sitzen.

Von unten dringt kein Geräusch herauf.

Bitte, bitte.

Das Wi-Fi-Symbol erscheint auf der Symbolleiste. Ich bin verbunden!

Rasend schnell sausen meine Finger über die Tastatur, öffnen Skype, wählen die 999.

Auf meinem Bildschirm erscheint ein Hinweis, dass dieser Anbieter keine Notrufe übermitteln darf.

Nein!

Da ich Skype nur sehr selten benutze, habe ich dort keine Kontakte gespeichert. Ich kneife die Augen zusammen und denke nach.

Fiona. Fionas Handynummer kenne ich auswendig. Ich tippe sie in den Laptop und lausche auf den Wählton von Skype.

Geh ran, ja? Geh ran!

»Elle?« Ihre Stimme klingt gedämpft.

»Ich bin in mein Schreibzimmer eingeschlossen. Jemand ist im Haus. Bitte ruf die Polizei an.«

»Was?«

»Ruf die Polizei, Fiona. Ich bin in meinem Haus. Jemand hat mich in mein Schreibzimmer eingesperrt. Unten ist jemand.«

»Ich werde sofort die Polizei verständigen, dann komme ich.«

»Ist Bill da?«

»Bill? Natürlich. Er schläft hier, direkt neben mir. Er wird bei Drake bleiben.«

Der Anruf wird beendet. Ich sitze still an meinem Schreibtisch und stelle mir vor, wie Fiona die Polizei anruft und die Polizisten in ihren Wagen springen und das Blaulicht einschalten.

Was, wenn mir vor ihrem Eintreffen etwas zustößt?

Die Angst hüllt mich ein und droht mich aufzufressen.

Ich denke an den Schreibtipp, den ich vor ein paar Tagen in meinem Facebook-Livevideo gegeben habe: *Für Schriftsteller gibt es keine schlimmen Situationen – nur Material.*

Ich betrachte mich in der dunklen Glaswand. Ich bin eine Romanfigur. Dies ist eine fiktive Situation. Die Handlung entfaltet sich, das ist alles. Ich bin hier, und ich bin nicht hier.

Mein Blick senkt sich auf den offenen Laptop. Ich gehe mit dem Mauszeiger auf die nächste Reihe, lege die Finger auf die Tastatur und beginne zu schreiben.

In der Ferne höre ich das Heulen einer Sirene. Der Klang schwillt an und ab, wird vom Wind verweht.

Gott sei Dank, sie sind bald da.

Die Sirenen werden lauter, dann brechen sie ab. Das Sträßchen, denke ich, sie müssen auf der Küstenstraße sein. Dort brauchen sie keine Sirene.

Da. Das Knirschen von Kies in der Einfahrt. Autotüren schlagen zu, Schritte nähern sich. Gedämpfte Stimmen. Ich atme erleichtert auf.

Unvermittelt ertönt ein lauter Knall. Ich spüre, wie das Haus zittert. Ein zweiter Knall.

Die Tür, wird mir klar. Sie brechen meine Tür auf.

Beim dritten Knall scheint die Tür aufzuschwingen, da ich höre, wie sie gegen die Eichenbank kracht.

»Mrs Fielding?«, ruft ein Polizist von unten.

Dann höre ich Fionas Stimme. »Elle?«

»Hier oben!«, rufe ich und ziehe den Sessel von der Tür weg, als Schritte durchs Haus hallen.

»Ich bin eingesperrt!«, rufe ich. »Der Schlüssel ist unten im Sekretär …«

Die Tür öffnet sich weit.

Ein Polizist mit einer braunen Mähne tritt in mein Schreibzimmer und lässt den Blick durch den Raum schweifen. »Ist alles in Ordnung, Mrs Fielding?«

Ich starre die offene Tür an, den Blick aufs Schloss gerichtet. Ein Schlüssel steckt nicht drin. »Wie haben Sie das denn geschafft?«

Der Polizist schaut mich an. »Die Tür war nicht abgeschlossen.«

Ich eile hin. »Natürlich war sie das! Ich bin schon viele Stunden hier eingesperrt! Ich wollte unbedingt raus und habe alles versucht … sie war verriegelt.«

Fiona tritt vor. »Geht es dir gut?«

Statt zu antworten, verlasse ich das Zimmer und ziehe die Tür hinter mir zu. Ich muss es selbst ausprobieren, muss der Polizei beweisen, dass die Tür abgeschlossen war. Aber als ich die Klinke hinunterdrücke, öffnet sich die Tür problemlos.

Alle Blicke richten sich auf mich.

»Sie war aber abgeschlossen«, flüstere ich.

Der Polizist stellt sich als PC Steven Cart vor. »Wäre es denkbar, dass Sie sich irren?«

»Nein. Jemand hat mich hier eingeschlossen!« Ich halte seinem Blick stand, die Zähne zusammengebissen. »Haben Sie den Schlüssel zum Schreibzimmer in meinem Sekretär gefunden? Jemand muss ihn benutzt haben, das weiß ich.«

Ich dränge mich an den Anwesenden vorbei und eile nach unten zu meinem Sekretär. Nachdem ich ihn aufgeklappt habe, greife ich in den Tonkrug – der Schlüssel zum Schreibzimmer ist genau dort, wo ich ihn hinterlassen habe.

Ich fahre mir mit den Fingern durchs Haar. Man wird mir nicht glauben, aber es war so. Jemand hat mich eingesperrt. Ich habe den Riegel im Schloss gesehen und den Widerstand der Klinke gespürt.

Im Spiegel im Vorraum erblicke ich mein Spiegelbild. Meine Augen sind tief in die Höhlen eingesunken; dunkle Schatten liegen unter meinen Augen. Ich presse die Hände auf die Wangen. Mein Gesicht fühlt sich ausgemergelt an, als habe mir der Schlafmangel das Fleisch von den Knochen gefressen.

Ich streiche mir das Haar hinter die Ohren und ziehe meinen Pullover glatt. Wenn ich wieder oben bin, werde ich der Polizei das alles klarmachen.

Auf der Treppe höre ich die Stimme meiner Schwester, leise und vertraulich.

»Sie müssen wissen, Steven, dass Elle in letzter Zeit ziemlich viel Stress hatte. Sie leidet unter Schlafstörungen und lebt in Scheidung. Außerdem steht sie mit ihrer Arbeit unter Druck.«

Es fallen weitere Worte, die ich nicht richtig verstehe, also schleiche ich die Treppe hinauf, mit den Fingern an der kalten Wand entlangstreifend.

»Ist so etwas schon mal passiert?«

Eine Pause entsteht. Dann höre ich Fionas Stimme, leise und eindringlich, aber ich kann immer noch nicht verstehen, was sie sagt.

Ich bin mucksmäuschenstill und halte die Luft an.

Die Gelegenheit ist verstrichen, als die Polizistin die Treppe herunterkommt und im Vorbeigehen sagt: »Ich werde Ihr Haus nach Spuren für ein gewaltsames Eindringen absuchen.«

Als ich wieder oben bin, gebe ich mir Mühe, gelassen zu wirken. Fiona schenkt mir ein Lächeln und drückt mir schnell die Hand.

PC Steven Cart sagt: »Wenn Sie mir bitte genau berichten würden, was passiert ist.« Er holt ein Notizbuch aus der Tasche. »Wie lange waren Sie in diesem Raum?«

Ich registriere, dass er auf das Wort »eingeschlossen« verzichtet.

»Genau weiß ich das nicht. Ich bin am späten Nachmittag hier hochgekommen. Es war noch hell. Vier Uhr vielleicht. Irgendwann bin ich wieder hinuntergegangen, weil es an der Tür geklingelt hat. Es war mein Nachbar, Mark, der kurz mit mir sprechen wollte. Dann kam noch mein Schwager Bill. Vermutlich war es acht Uhr abends, als ich wieder in mein Schreibzimmer zurückgekehrt bin.«

»Wie kamen Sie auf die Idee, dass jemand im Haus sein könnte?«

»Ich arbeite immer mit Kopfhörer. Erst viel später, als ich fertig war – als ich das Schreibzimmer verlassen wollte und feststellen musste, dass es nicht geht –, habe ich etwas gehört.«

»Was gehört?«

»Es klang so, als habe jemand etwas fallen lassen, ein Buch vielleicht. Und ich bin mir sicher, dass ich auch gehört habe, wie eine Tür zugezogen wird.«

Seine Miene bleibt ausdruckslos, aber ich erkenne trotzdem, dass er nicht überzeugt ist.

»Außerdem habe ich jemanden gesehen, eine Bewegung, durch das Fenster. Jemand war in meinem Schlafzimmer.«

»Durch das Fenster da?« PC Steven Cart geht zu der Glaswand.

»Ja.«

Er mustert es, als würde es ihm die Identität des Eindringlings verraten. »Sie haben von hier aus in Ihr Schlafzimmer geschaut?«

»Ich habe mich hinausgebeugt.«

Er quält sich mit knackenden Knien auf den Schreibtisch und steht dann mit seinem vollen Gewicht darauf. Als er das Fenster öffnet, fegen Regen und Wind herein.

»Achtung, mein Laptop«, sage ich, aber er steckt den Kopf aus dem Fenster und schaut in die Nacht.

Nach wenigen Sekunden zieht er den Kopf wieder zurück und schließt das Fenster.

»Mein Schlafzimmer liegt genau unter diesem Raum, an dem Balkon. Ich habe jemanden durch den Raum gehen sehen. Im Licht der Schlafzimmerlampe konnte man die Silhouette erkennen.«

Er schaut mich an. »Da brennt aber kein Licht.«

Ich zögere. »Es brannte aber. Das Licht in meinem Schlafzimmer war definitiv an. Vielleicht … vielleicht hat Ihre Kollegin es ausgeschaltet? Oder der Eindringling? Keine Ahnung.«

PC Steven Cart steigt vorsichtig vom Schreibtisch herab. Er bleibt davor stehen und betrachtet meinen Laptop.

Als er sich wieder zu mir umdreht, ist seine Miene verändert. »Haben Sie das geschrieben?«

»Oh … na ja … Ich bin Schriftstellerin«, sage ich, als sei das eine hinreichende Erklärung.

Er betrachtet mich mit halb zusammengekniffenen Augen.

Die Polizistin kehrt zurück und sagt zu ihm: »Es gibt da etwas, das du dir anschauen solltest.«

Ich verspüre eine gewisse Genugtuung. Es gibt Beweise, irgendetwas, das die Leute dazu bringen wird, mich ernst zu nehmen.

Die Polizistin geht voran. Als wir im ersten Stock den Treppenansatz überqueren, umfängt uns der scheußliche Geruch des feuchten Teppichs, um sich dann auf dem Weg ins Erdgeschoss wieder zu verflüchtigen. Am Fuß der Treppe wenden wir uns nach links, dann drückt die Polizistin die Tür zum Wohnzimmer auf.

Unter den Strahlen der Deckenbeleuchtung glitzern tausendfach die Bruchstücke des zersplitterten Glases. Der Holzrahmen des Tischs ragt nackt in den Raum, als würde er darauf warten, mit Gewicht beladen zu werden. Der Rest des Zimmers ist makellos sauber.

PC Steven Cart fragt: »Was ist denn hier passiert?«

Ich zögere, als meine Gedanken zu Bill schweifen. Dann werfe ich meiner Schwester einen Blick zu. Ihre Miene verrät nichts. Hat Bill ihr erzählt, was passiert ist?

Ich wende mich wieder an PC Steven Cart und betrachte seine blasse, aufgedunsene Haut und die roten Äderchen an seiner Nase. Über zehn Jahre ist es her, dass ich mit einem Polizisten geredet habe. Im Neonlicht saß ich auf dem Plastikstuhl im Vernehmungsraum, der nach dem abgestandenen Schweiß fremder Menschen stank.

Genau wie der Kollege damals wird auch dieser Mann mich einzuschätzen versuchen, wird sich fragen, ob ich zuverlässig bin und ob man meinen Worten trauen kann. Ich frage mich, was er sieht, wenn er mich anschaut.

Wenn ich bei der Wahrheit bleibe, wird er mir dann glauben?

Ich blicke auf den zersplitterten Tisch. »Keine Ahnung, was hier passiert ist.«

PC Steven Cart schreitet vorsichtig durch den Raum und schaut sich um.

Seine Kollegin sagt: »Es gibt keinerlei Anzeichen für einen gewaltsamen Einbruch. Alles ist gut gesichert.«

»Hat außer Ihnen noch jemand einen Schlüssel?«

»Nein«, sage ich laut und deutlich.

»Sie haben in letzter Zeit niemandem einen Schlüssel gegeben? Einem Nachbarn oder einem Freund? Oder einen Ersatzschlüssel unter einem Blumenkübel deponiert oder so?«

»Letzten Monat habe ich das Haus über Airbnb vermietet, zum ersten Mal. Es ist denkbar, dass die Mieter sich einen Ersatzschlüssel haben anfertigen lassen und hier eingedrungen sind.«

»Wer hatte das Haus denn gemietet?«, erkundigt sich PC Steven Cart.

»Eine Frau namens Joanna Elmer. Ich habe schon versucht, Kontakt zu ihr aufzunehmen, aber das Airbnb-Konto wurde gelöscht.«

Er nickt. »Haben Sie denn Gründe zu der Annahme, dass sie sich Zutritt zu diesem Haus verschaffen wollte?«

»Nein, eigentlich nicht.«

Von hinten höre ich Fionas Stimme. »Was ist mit Flynn? Er hat doch auch einen Schlüssel, oder?«

»Flynn?«, wiederholt PC Steven Cart.

»Mein Ehemann. Mein Exmann, vielmehr. Wir leben getrennt. Ja, den hatte ich ganz vergessen. Er hat einen Schlüssel.«

Er hebt eine Augenbraue, als hätte ich zum ersten Mal etwas Interessantes gesagt. »Verläuft die Scheidung denn einvernehmlich?«

Ich spüre Fionas Blick auf mir. »Na ja, einvernehmlich nicht gerade. Aber er würde nicht in mein Haus eindringen.«

»Hat er sich nicht vor vierzehn Tagen einfach Zutritt verschafft?«, fragt Fiona.

Ich werfe ihr einen wütenden Blick zu. »Seine Mutter war gerade gestorben«, erkläre ich den Polizisten. »Das war eine Ausnahmesituation. Er hat sich hereingelassen, kurz bevor ich selbst zurückgekehrt bin.«

»Könnten Sie mir bitte seine Kontaktdaten geben, damit ich das überprüfen kann?«

»Nein, ich möchte nicht, dass Sie ihn anrufen. Flynn würde niemals in mein Haus einbrechen, das weiß ich.«

Es war ein Fehler gewesen, wegen des Tischs zu lügen. Jetzt möchte ich die Polizisten einfach nur noch loswerden.

»Danke, dass Sie gekommen sind, aber ich würde mich jetzt gerne ein wenig ausruhen.«

Ich spüre, dass Fiona mich beobachtet.

PC Steven Cart wirft seiner Kollegin einen Blick zu und sagt dann: »Der Riegel an Ihrer Haustür ist zerbrochen, weil wir uns Zutritt verschaffen mussten. Vielleicht sollten Sie jemanden bitten, heute Nacht bei Ihnen zu bleiben, dann können Sie sich morgen mit einem Schlosser in Verbindung setzen.«

»Du musst nicht bleiben«, sage ich zu Fiona, die Arme um den Leib geschlungen. Ich habe einen dicken Pullover angezogen und die Heizung aufgedreht, aber mir ist immer noch kalt.

»Natürlich bleibe ich.« Fiona holt eine Flasche Gin und zwei Gläser, geht durch meine Küche, gießt Gin in die Gläser und holt Eiswürfel aus der Schublade im Gefrierschrank.

Dann nimmt sie ein Messer aus dem Messerblock, schneidet zwei dünne Scheiben Gurke ab und wirft sie in die Drinks. Das Tonicwater sprudelt auf. Sie schiebt mir ein Glas hin.

Das ist das Letzte, wonach mir der Sinn steht, aber ich nehme einen Schluck. Die bittere Flüssigkeit kratzt in der Kehle. Ich stelle das Glas wieder ab.

Fiona lehnt am Küchentresen und betrachtet mich. Ihr eindringlicher Blick macht mich nervös. Sie fischt die Gurkenscheibe aus ihrem Glas, steckt sie in den Mund und kaut.

»Eine Frage, Elle. Mich würde schon interessieren, warum du die Polizei angelogen hast.«

»Wie bitte?«

»Dein Couchtisch wurde nicht von dem Eindringling zertrümmert.« Ihr Blick ist klar und direkt. »Wenn der eigene Ehemann nach Hause kommt und Glasscherben in seinem Pullover hängen, neigt man dazu, sich nach dem Grund zu erkundigen.«

Da ist es wieder, das Gespür der Journalistin für Geschichten.

Fiona nimmt das Messer vom Schneidebrett und dreht den Griff in den Händen herum.

»Diese Messer haben wir euch geschenkt, Bill und ich. Zur Hochzeit. Bill hat Ewigkeiten gesucht, bis er die richtigen gefunden hat, die allerbesten. Die mit den härtesten Klingen. Sie sind aus Keramik, damit sie nicht mit den Lebensmitteln reagieren.«

Kühles Schweigen breitet sich aus wie knackendes Eis.

Fiona tritt einen Schritt auf mich zu. Ich spüre, dass ich erstarre. Aber sie geht an mir vorbei zur Spüle, dreht den Wasserhahn auf und hält das Messer unter den Strahl. Dann nimmt sie ein Geschirrtuch und trocknet die Klinge sorgfältig ab, bevor sie es wieder in den Messerblock steckt. Mit verschränkten Armen bleibt sie an der Spüle stehen.

»Warum hast du die Polizei belogen?«

»Ich wollte, dass sie mir glauben, dass jemand hier war.«

»War denn jemand hier?«

»Du glaubst mir nicht?«

»Sollte ich? Du rufst mich an und behauptest, du seist in deinem Schreibzimmer eingesperrt – und dann kann man die Tür einfach öffnen. Dann lässt du die Polizei in dem Glauben, der geheimnisvolle Eindringling habe deinen Couchtisch zertrümmert, obwohl du meinen Ehemann dagegengestoßen hast.«

Ich schlucke schwer, als ich an die Explosion von Glas und Bills kreidebleiches Gesicht denke.

»Alles okay mit Bill?«

Fiona mustert mich. »Du dachtest, er will sich an dich heranmachen.«

»Ich …«

»Nicht alle sind dir hoffnungslos erlegen, Elle.«

Ich zucke zusammen, verletzt. »Es war ein Fehler. Ich habe einfach nur reagiert.«

»Überreagiert.« Eine Pause tritt ein. »Das alles – diese Vorstellung, dass du in deinem Schreibzimmer eingeschlossen bist und Bill nicht trauen kannst, und diese Fixierung auf zerbrochene Briefbeschwerer und fehlende Broschen – spielt sich nur in deinem Kopf ab.«

Sie wirft mir einen langen Blick zu. Ich weiß nicht, was sie sieht, weil sich die Härte ihrer Miene abmildert und durch etwas anderes ersetzt wird. Etwas Schlimmeres.

Mitleid.

Als sie zu mir kommt, mir die Hände drückt und mir versichert, dass die Dinge mit der Zeit leichter werden, höre ich nur diese Worte in meinem Geist widerhallen: *Das alles spielt sich nur in deinem Kopf ab.* In kleinen Wellen ziehen sie sich zurück, streichen über eine Erinnerung hinweg und spülen den Sand von ihr fort, sodass ich, wenn ich ins Becken meiner Vergangenheit schaue, die Erinnerung in aller Härte und Klarheit dort erkenne.

2004

Als Elle die Tür zu ihrem Studentenwohnheim öffnete, musste sie den Berg Post dahinter wegschieben. Stundenlang war sie unterwegs gewesen, war aus der Stadt hinaus zu den Hafenanlagen gelaufen, war über den Asphalt gestapft. Irgendwann hatte es zu regnen begonnen. Sie hatte das Haus ohne Mantel verlassen, und jetzt tropften ihre Haare, und ihre Turnschuhe waren vollkommen durchnässt.

Im Vorraum quetschte sie sich an Louises Fahrrad vorbei und ging ins Wohnzimmer. Abgestandener Essensgeruch hing in der Luft. Aus der Küche hörte man das Brodeln eines Wasserkessels und die Stimmen ihrer Mitbewohnerinnen. Sie rief ihnen einen Gruß zu, blieb am Heizkörper stehen und schob ein Handtuch zur Seite, um Platz für ihre Socken zu schaffen. Als sie sie von den Füßen zog, vernahm sie Louises Stimme. Sie klang gedämpft, was darauf hindeutete, dass die Worte nicht für Elles Ohren bestimmt waren.

»Seine Frau ist im achten Monat schwanger. Könnt ihr euch vorstellen, was das für sie bedeutet?«

»Schrecklich. Für wie lange wird er wohl suspendiert?« Die Frage kam von Claire, einem ruhigen Mädchen aus Northumberland, dem Elle bei schrecklichen Heimwehattacken zur Seite gestanden hatte.

»Bis die Sache geklärt ist, vermutlich.«

Eine Pause entstand. Dann fragte Claire: »Hast du es ihnen erzählt? Was sie dir erzählt hat?«

Elle verharrte vollkommen reglos. Sie hörte, wie ein Schrank geöffnet, zwei Tassen herausgestellt und die Besteckschublade aufgezogen wurden.

Louise muss genickt haben, denn nun redete wieder Claire. Ihre Stimme klang sanft und einfühlsam. »Mach dir keine Gedanken deswegen. Du musstest es tun.«

»Ich weiß. Immerhin war es die Polizei.«

»Glaubst du ihr?«, fragte Claire.

Ein langes Schweigen entstand. Elle spürte das Herzflirren bis in die Kehle, als sie auf die Antwort wartete.

Schließlich sagte Louise: »Es spielt sich alles nur in ihrem Kopf ab.«

23 Elle

In der blutergussblauen Dunkelheit der fünften nächtlichen Stunde bilden sich Schweißperlen zwischen meinen Brüsten. Ich werfe das Oberbett ab, setze mich auf und streiche das Haar aus dem Gesicht. Mein Atem geht flach, als hätte ich soeben ein Wettrennen absolviert.

Ich wünschte, ich hätte Fiona nicht heimgeschickt. Ihr Angebot, bei mir zu bleiben, hätte ich niemals ausschlagen dürfen.

Ich gehe zur Schlafzimmertür und drücke die Klinke nach unten. Die Tür öffnet sich problemlos. Ich musste mich einfach vergewissern.

War ich in meinem Schreibzimmer eingesperrt?

Seit der Airbnb-Vermietung ist irgendetwas anders in diesem Haus, das weiß ich, obwohl ich es nicht klar benennen kann. Es ist bis tief in die Knochen durchgefroren. Die Atmosphäre hat sich … verändert. Genauer kann ich es nicht beschreiben. Es ist, als würde mir das Haus etwas mitteilen wollen.

Wer auch immer hier gewohnt hat, ist durch meine Zimmer gegangen und hat meine Schubladen geöffnet; er hat aus meinen Tassen getrunken und in meinem Bett geschlafen.

In diesem Bett.

Was hat er noch getan, von dem ich nur noch nichts weiß?

Jeder Fingerabdruck erinnert mich daran, dass ein Fremder hier war.

Immer noch hier ist.

Ich bin in deinem Haus.

Die Erschöpfung brennt wie ein grelles Licht hinter meinen Augenlidern. Ich bin mir nicht sicher, ob ich überhaupt fahren darf, aber ich tu es trotzdem. Ich muss aus diesem Haus raus. Die Wagenfenster lasse ich herab, damit mir die feuchte Morgenluft ins Gesicht weht. Das Radio dröhnt, und ich klammere mich ans Lenkrad.

Der Schlosser war bereits da und hat die Schlösser an Haustür und Seiteneingang ausgewechselt, woraufhin ich ihm einen Scheck ausgestellt habe, von dem ich nicht weiß, ob er überhaupt gedeckt ist.

Ich bin froh, dass ich PC Steven Cart nicht Flynns Kontaktdaten gegeben habe. Das Letzte, was Flynn jetzt gebrauchen kann, sind Belästigungen durch die Polizei. Ich wähle Flynns Nummer in der Freisprechanlage und lausche auf die verhallenden Klingeltöne. Dann vernehme ich das Klicken, mit dem die Mailbox anspringt, und die Ansage von Flynns tiefer Stimme, mit der er den Anrufer bittet, eine Nachricht zu hinterlassen.

»Flynn, ich bin's. Schon wieder. Ich muss wissen, ob es dir gut geht. Ob es *uns* gut geht. Bitte ruf mich an …«

Ich parke vor der Apotheke. Im Rückspiegel sehe ich mein Gesicht – sehe die tiefen Schatten unter meinen Augen, meine blutleere Haut. Schnell betätige ich die Abblendfunktion.

Der Geruch nach Desinfektionsmitteln vermengt sich mit dem duftender Seifen, als ich die Apotheke betrete. Ich brauche Schlaftabletten, ich kann es nicht länger vor mir herschieben. Jetzt muss die Chemie mit ihren vielfältigen Mitteln helfen.

Ich wähle eine Packung aus und trage sie zusammen mit ein paar Toilettenartikeln zur Kasse. Die Kassiererin, eine

Dame von gut sechzig Jahren mit schwarzem, flaumigem Haar, schenkt mir ein Lächeln.

»Elle Fielding, nicht wahr? Die Schriftstellerin.«

Ich blinzle nervös. Diese Rolle ist im Moment in weite Ferne gerückt.

»Ja«, sage ich, um ein Lächeln bemüht.

»Meine Tochter hat mir im Sommer ihr Exemplar von *Wilde Angst* geliehen«, sagt sie, während sie meine Waren in die Kasse eintippt. »Ich war absolut begeistert und konnte es gar nicht mehr weglegen. Für Weihnachten habe ich ein Dutzend Bücher bestellt, um alle meine Freundinnen damit zu beglücken.«

»Das ist ganz reizend von Ihnen, danke. Wenn ich das nächste Mal vorbeikomme, signiere ich sie, wenn Sie möchten.«

»Wirklich? Das wäre unglaublich nett.«

Ich reiche ihr meine Kreditkarte.

Sekunden später schaut sie verlegen auf. »Tut mir leid, aber das Gerät sagt, dass es Ihre Karte nicht annimmt.«

»Was?« Hitze steigt mir ins Gesicht. Ich krame in meiner Handtasche. »Dann zahle ich bar.« Als ich mein Portemonnaie herausziehe und die Münzen zähle, muss ich feststellen, dass ich nicht genug Geld dabeihabe. »Dann lasse ich das hier«, sage ich und schiebe das Shampoo und den Haarfestiger zur Seite.

Ich will der Frau für die Schlaftabletten eine Handvoll Münzen reichen, lasse sie aber in meiner Hektik fallen.

»O Gott, tut mir leid!« Meine Wangen werden noch heißer, als ich nach den wirbelnden Münzen greife.

Nachdem ich die Sache überstanden habe, atme ich erleichtert auf. Beim Aufbruch höre ich Schritte hinter mir.

»Tante Elle!«

Drake rennt durch den Laden, mit schwingenden Armen

und strahlender Miene. Ich gehe in die Hocke und umarme ihn. Sein süßer, keksartiger Duft steigt mir in die Nase. Die plötzliche körperliche Nähe löst meine Anspannung, und mir steigen Tränen in die Augen. Um nicht zu weinen, fixiere ich etwas hinter Drakes Rücken.

»Tante Elle ist hier!«, ruft Drake begeistert, als Fiona und Bill sich nähern.

»In der Tat«, sagt Fiona.

»Ich bin auf dem Weg in die Bücherei. Heute wollte ich dort arbeiten.«

Fiona zieht eine Augenbraue hoch. »Wegen der Sache gestern?«

»Nur ein kleiner Ortswechsel.« Ich meide ihren Blick. Fiona gegenüber kann ich nicht zugeben, dass ich jetzt nicht zu Hause sein möchte. Dass ich den Gedanken nicht ertrage, auch nur einen einzigen Tag oder eine einzige Stunde lang allein zu sein. Ich muss unter Menschen, muss mich konzentrieren. Ich …

Fiona hat mir die Hand auf den Arm gelegt. »Alles in Ordnung?«

Ich bemerke, dass ich hektisch keuche, als sei nicht genug Luft im Raum. Ich konzentriere mich darauf, tief und langsam einzuatmen.

»Ja«, bringe ich schließlich heraus.

Sie schaut auf die Schlaftabletten, die ich immer noch in der Hand habe, sagt aber nichts.

Die schrecklichen Spannungen zwischen uns – oder zwischen Bill und mir – kann ich nicht ertragen. Die beiden sind viel zu wichtig für mich.

»Danke, dass du gestern Abend vorbeigekommen bist. Tut mir leid, dass ich in letzter Zeit etwas von der Rolle bin. Sobald das Manuskript abgegeben ist, bin ich wieder ganz normal, das verspreche ich euch.«

Fionas Miene wird sanfter. »Wir wollten soeben in der Pizzeria ein frühes Mittagessen einnehmen. Hast du Lust mitzukommen?«

Ich hätte größte Lust. Wie gerne würde ich Drakes Geplapper über Bagger lauschen und zusehen, wie er seine Pizza zerrupft und sorgsam jeden Krümel Oregano herauspflückt, da es ja Gemüse sein könnte.

»Furchtbar gerne, aber …«

»Das Buch.«

»Tut mir leid.«

Drake zieht an Fionas Hand und sagt: »Komm mal mit, Mummy, guck mal. Das Medikament da kenne ich!«

Die beiden verschwinden und lassen Bill und mich allein zurück.

Bill tut so, als würde er sich brennend für die Ware im Regal neben sich interessieren – unterschiedliche Inkontinenzeinlagen.

»Hör mal, Bill. Wegen gestern … das war …«, beginne ich, nicht ganz sicher, wie ich es am besten erklären soll, »vollkommen verrückt.«

»Du musst dich nicht entschuldigen.«

»Doch, das möchte ich aber. Es tut mir leid, Bill. Ich bin vollkommen neben der Spur. Es ist … keine Ahnung, als wäre ich manchmal in meinem Kopf eingeschlossen und …«

»Ist schon okay.«

»Nein, ist es nicht. Ich bin ausgerastet, und du hast es abbekommen. Das war nicht fair.«

»Wenn wir schon dabei sind, reinen Tisch zu machen«, sagt er und schaut über die Schulter zum anderen Ende des Ladens hinüber, wo Fiona gerade zu Drakes Ausführungen nickt, »dann solltest du auch wissen, dass tatsächlich ich es war, den du vor ein paar Abenden vor deinem Haus gesehen hast.«

Ich blinzle.

»Ich habe auf Mark gewartet. Eigentlich wollte ich ihn zur Rede stellen, aber dann habe ich gesehen, dass seine Mutter zu Hause ist. Da erschien mir das nicht mehr angemessen.« Er zuckt mit den Schultern. »Vermutlich ist es besser so. Ich habe entschieden, Fiona nicht zu erzählen, dass ich das mit Mark weiß.«

»Wirklich?«

Er nickt.

»Wenn du das für richtig hältst.«

»Tu ich.« Seine Miene hellt sich auf, als sei er erleichtert, die Sache vom Tisch zu haben. »Sind wir wieder Freunde?«

»Klar.«

Bill tritt einen Schritt vor und breitet die Arme aus. »Ich würde dich gerne umarmen. Aber nicht schubsen, ja?«

Das soll ein Witz sein. Die Sache ist aber noch zu frisch, und so versetzen mir die Worte einen Stich.

In der stehenden Luft der Bücherei sammelt sich der muffige Geruch von Taschenbüchern. Laura und Maeve sitzen beide an der Haupttheke. Als Laura aufschaut und mich sieht, winkt sie. Ich winke zurück. Beim Weitergehen registriere ich, dass sie einen Blick wechseln. Auf Maeves Gesicht zeichnet sich Erstaunen ab.

Einen Moment lang frage ich mich nach den Gründen. Vielleicht wundern sie sich, dass ich hier arbeiten will.

An der Wand am anderen Ende des Raums ist ein Tisch frei. Ich möchte unter Leuten sein, möchte aber nicht gestört werden.

Mit dem Handy mache ich ein Foto von der Bücherei und lade es bei Facebook hoch. *Heute arbeite ich in der Bücherei, weil man manchmal einen Tapetenwechsel braucht.*

Als ich *Post* anklicken will, zögere ich plötzlich. Flynns Worte hallen in meinem Kopf wider.

Alles, was du schreibst und teilst, hinterlässt eine Spur.

Wenn ich das hier abschicke, lasse ich die Welt nicht nur wissen, dass ich in der Bücherei arbeite. Ich lasse sie auch wissen, dass ich nicht zu Hause bin.

Blitzschnell wie ein Fisch schießt mir eine Idee in den Kopf. Ein Experiment. Ich speichere den Post, da ich weiß, dass ich ihn vor morgen nicht hochladen muss.

Dann öffne ich meinen Laptop und setze den Kopfhörer auf.

Noch eine Woche.

Ein Gefühl von Panik setzt sich in den Knorpeln zwischen meinen Rippen fest, schwillt an, engt mich ein.

Ich muss Ruhe bewahren, muss mich konzentrieren.

Nachdem ich die Songliste für meinen Roman gewählt habe, dringt mir ein ätherisches modernes Stück an die Ohren. Ich lege die Hände auf den Tisch. Meine Augen brennen, als hätte ich Sand darin. Blinzelnd schaue ich auf den Bildschirm.

Irgendetwas an der Kombination von wirbelnden Klängen, Büchereiatmosphäre und Abwesenheit von zu Hause fügt sich perfekt, sodass ich einfach anfange zu schreiben und tief in meine Geschichte hineingerate.

Ich bin mir nicht sicher, wie lange ich schon arbeite, als ich unbewusst leise Schritte hinter mir wahrnehme. Da ich mit Kopfhörer arbeite, bekomme ich oft nicht viel von meiner Umgebung mit. Erst als sich im Bildschirm meines Laptops eine Person spiegelt, halte ich inne und drehe mich um.

Maeve steht ein paar Schritte hinter mir, den Blick auf den Bildschirm gerichtet.

Ich nehme den Kopfhörer ab. »Maeve?«

»Ich wollte nicht stören, da du so konzentriert wirkst. Wird das zweite Buch auch ein Psychothriller?«

Ich nicke und klappe den Bildschirm ein Stück herunter.

»Es muss schwierig sein, unentwegt diesen Zustand erhöhter Anspannung aufrechtzuerhalten.«

Eigenartiger Kommentar, denke ich. »Die Anspannung fließt vor allem in die Seiten.«

Irgendetwas daran, wie sie so dasteht und mich anschaut, kommt mir bekannt vor, ohne dass ich sagen könnte, wieso. Es fällt mir schwer, einen klaren Gedanken zu fassen, infolge einer weiteren schlaflosen Nacht, in der ich eine Stunde lang in der bläulichen Finsternis des Gästezimmers auf und ab marschiert bin oder mich in den verhedderten Laken hin und her gewälzt habe.

»Wie geht es dir?«, erkundigt sich Maeve. »Nach letzter Nacht?«

»Was?«

»Steven hat den Notruf erwähnt.«

Steven?

Ich will gerade sagen, dass ich keine Ahnung habe, wovon sie redet, als der Groschen fällt. Maeve ist mit einem Polizisten verheiratet. Steven. PC Steven Cart.

Bestimmt verstößt es gegen irgendein Dienstgeheimnis, wenn man nach Hause geht und seiner Frau Details von Noteinsätzen erzählt. Was hat er wohl gesagt? Dass ich eine hysterische Schriftstellerin bin, die sich einbildet, man habe sie in ihrem Schreibzimmer eingeschlossen?

»Alles in Ordnung. War nur ein Missverständnis.« Ich lächle, frage mich aber innerlich, wem Maeve etwas weitererzählen könnte. Laura? Den anderen Buchclub-Mitgliedern? Munter füge ich hinzu: »Bei Tageslicht stellen sich die Dinge immer anders dar.«

»Das stimmt wohl«, sagt sie in einem derart bedeutungsschwangeren Tonfall, dass ich mich unwillkürlich frage, was sie im Sinn hat.

24 Elle

Vertrau deinen Lesern und flüstere ihnen nur ein paar Hinweise ins Ohr. Die Schriftstellerin Elle Fielding

In der grabesähnlichen Dunkelheit der dritten nächtlichen Stunde lausche ich auf meinen wummernden Herzschlag. Er ist zu schnell, als hätte ich ein Wettrennen absolviert. Ich bekomme nicht genug Luft.

Mich beschleicht das deutliche Gefühl, dass irgendetwas aus dem Lot ist.

Um diese Uhrzeit quält mich eine ganze Reihe von Dingen: der Abgabetermin für mein Buch, die Hypothekenraten, die ich nicht mehr zahle, die immer größer werdende Wahrscheinlichkeit, dass ich dieses Haus verliere.

Aber was mich wirklich umtreibt und mir den Schlaf raubt, sodass sich schon Schweiß in meinen Kniekehlen bildet, geht noch viel tiefer

Ich habe das Gefühl, dass mich meine Vergangenheit einholt.

Wie eine Strömung fließt sie durch meine finstersten Kanäle, tiefe Sorge und gespannte Erwartung zugleich.

Das Gefühl, einen Preis zahlen zu müssen.

Sonnenlicht durchflutet das Haus, sämtliche Räume, und lässt alles luftig und hell erscheinen. Aber ich stehe im Schatten des Vorraums und schaue auf die geschlossene Haustür.

Sie ist abgeschlossen, ich habe es zweimal überprüft. Die Küchentür ebenfalls. Die Fenster. Den Weinkeller. Alle Türen habe ich doppelt geprüft und gesichert.

Hier kommt niemand herein.

Mein Wagen parkt in einer Seitenstraße, eine halbe Meile vom Haus entfernt. Ich habe ihn heute Morgen dort stehen lassen, um von der Bucht aus nach Hause zu joggen.

Kein Auto steht in der Einfahrt.

Also los.

Ich hole mein Handy aus der Tasche, öffne meine Facebook-Seite und scrolle zu dem Entwurf, den ich gestern verfasst habe. Nach einigen Änderungen drücke ich auf *Post.*

Ich werde den ganzen Tag in der Stadtbücherei arbeiten, bewaffnet nur mit meinem Laptop, einem Kopfhörer und einer Flasche Wasser. Dann regiert Strenge. Ich darf diesen Tisch nicht verlassen oder auf mein Handy schauen oder einen Kaffee trinken gehen, bis ich nicht dreitausend Wörter geschrieben habe. Wünscht mir viel Glück!

Wenn jemand meine Bewegungen anhand meiner Posts in den Sozialen Medien verfolgt, dann habe ich ihm soeben eine offene Einladung geschickt.

Den Morgen verbringe ich damit, in das Leben meiner Charaktere einzutauchen, aber jedes Geräusch, das dieses Haus von sich gibt – das Seufzen, mit dem sich die Heizung abschaltet, das Knarren einer Diele, das Klirren der Fensterscheiben, wenn ein Flugzeug über das Haus hinwegfliegt –, hat zur Folge, dass ich erstarre und mein Kopf sich in die entsprechende Richtung dreht.

Vielleicht war es albern von mir, meinen Wagen so weit

weg zu parken und vorzugaukeln, in der Bücherei zu arbeiten. Jetzt muss ich ihn später am Tag holen.

Wenn ich wenigstens eine einzige Nacht durchschlafen könnte, wenigstens vier, fünf Stunden am Stück, würde ich mich deutlich frischer fühlen. Letzte Nacht habe ich eine Schlaftablette genommen, aber das hat wenig gebracht. Nach dem Aufwachen war ich eher benommen als erholt.

Ich trommele mit dem Finger auf die Tischkante, dann stehe ich auf. Ich brauche eine Pause. Ich muss mich bewegen. Muss aus meinem Kopf heraus.

Die Holzstufen sind immer noch feucht und fleckig, als ich die Treppe hinabsteige. Der muffige Geruch der Teppiche wird immer schlimmer. Mir ist klar, dass ich sie herausnehmen muss, damit der Boden darunter atmen kann, aber bei dem bloßen Gedanken fühle ich mich überfordert. Mit allem fühle ich mich überfordert.

In der Küche fülle ich den Wasserkocher. Während ich darauf warte, dass das Wasser sprudelt, schaue ich aufs Meer. Die anschwellenden Wellen rollen aufs Ufer zu; die in Neopren gekleideten Körper der Surfer sprenkeln diese Formationen. Am Wasser geht jemand mit entspannten Schritten spazieren.

Das erinnert mich daran, dass ich schon lang nicht mehr schwimmen war. Alles entgleitet mir. Ich vernachlässige die Dinge, die mich glücklich machen und erden. Mein Umfeld schrumpft immer weiter zusammen und schnürt mich immer mehr ein. Mittlerweile ist es so, als gäbe es nur noch dieses Haus und in diesem Haus mein Buch, meine Charaktere. Mich.

Als das Wasser kocht, gieße ich mir einen Tee auf. Mein Blick kehrt zu der Gestalt am Wasser zurück. Mit trägem Interesse beobachte ich, wie sie den Rand der Bucht erreicht, unterhalb meines Hauses. Statt sich umzudrehen und den Weg zurückzugehen, nähert sie sich der Klippe und betrachtet das kleine Holzschild an der Felsentreppe mit der Aufschrift: *Privatweg. Durchgang verboten.*

Vielleicht ist es Mark. Ich habe zuvor sein Motorrad gesehen, also ist er noch nicht nach London zurückgekehrt.

Mit kräftigen, zielstrebigen Schritten und gesenktem Blick steigt die Person die Stufen hoch. Erst als sie oben auf der Klippe ankommt und den Blick hebt, erkenne ich das Gesicht, die dunklen Bartstoppeln am Kinn, den Bogen der Augenbrauen: Flynn.

In einem ersten Impuls will ich die Hand heben und ihm durchs Fenster zuwinken. Flynn ist hier!

Aber irgendetwas hält mich zurück. Ich ertappe mich selbst dabei, dass ich mich frage, warum er so weit weg vom Haus geparkt hat oder warum er über die Felsentreppe kommt oder warum er sich nicht vorher gemeldet hat.

Als er an der Hausseite entlanggeht, ducke ich mich unwillkürlich hinter den Küchentisch, den Blick aufs Fenster gerichtet.

Ich höre seine Schritte auf dem Weg, dann bleiben sie an der Küchentür stehen. Schemenhaft sehe ich sein Gesicht, das sich an die Scheibe drückt, einen Kondenswasserfleck hinterlassend.

Ich verharre ganz still. Der Atem bleibt mir in der Kehle stecken. Noch hat er mich nicht gesehen.

Hat außer Ihnen noch jemand einen Schlüssel?, hatte PC Steven Cart gefragt.

Mir fällt der Abend wieder ein, als ich nach Hause kam und Flynn bereits im Haus gewesen war. Ich habe ihn oben in meinem Schreibzimmer herumlaufen hören. Wie hat er sich gerechtfertigt? Dass er nach Fotos von seiner Mutter gesucht habe – aber er hatte keine Fotos in der Hand.

Das Wort *LÜGNERIN* kommt mir in den Sinn, das jemand in den Schreibtisch geschnitzt hat. Flynn hat viele Stunden damit zugebracht, den Schreibtisch zu restaurieren, um mir zu zeigen, wie fest er an mich glaubt. Vielleicht habe ich ihn derart verletzt, dass er seine Botschaft durch eine neue ersetzen wollte.

Die Erinnerungen stürzen auf mich ein. *»Du hast mich belogen, Elle«*, hat Flynn gesagt, nach vorn gebeugt, den Brustkorb an den Tisch gepresst. Den Vorschlag, in ein Restaurant zu gehen, um die Sache zu bereden, hatte ich gemacht. Damals schien es mir eine gute Idee zu sein, weil das Gespräch in der Öffentlichkeit nicht außer Kontrolle geraten würde, während wir in der Vertrautheit der Wohnung leicht auf gefährliches Terrain geraten konnten.

Flynn war direkt von der Arbeit gekommen und trug noch seine Stiefel mit den Stahlkappen und ein am Halsausschnitt eingerissenes T-Shirt. Natürlich hätte er Zeit gehabt, in unserer Wohnung vorbeizufahren, zu duschen und frische Sachen anzuziehen, aber mir war klar, dass er ein Zeichen setzen wollte. Er wollte mir demonstrieren, dass nicht er es war, der sich verändert hat.

Ich war fünf Tage zu einer Lesereise in New York gewesen und hatte in hell erleuchteten Geschäften Hunderte von Exemplaren meines Romans signiert, während zu Hause meine Ehe bröckelte. Auf dem Rückflug schrieb ich eine Liste von Dingen, die ich meinem Mann erzählen wollte. Ich würde berichten, dass ich einen Donutladen entdeckt hatte, der für jeden Bundesstaat einen besonderen Donut anbot. Und dass meine amerikanische Verlegerin ebenfalls mit einem Baumchirurgen verheiratet war – einem gewissen Woody, das müsse man sich mal vorstellen. Außerdem würde ich ihm mitteilen, dass die Bauarbeiter angekündigt hatten, ihr Werkzeug bis zum Ende des Monats abzuholen. Ich würde mich vorsichtig erkundigen, ob er die Möglichkeit sehe, sich eine Arbeit in der Nähe von Cornwall zu suchen.

Als ich an diesem Teil des Gesprächs angelangt war, schob Flynn seinen Teller zur Seite, schaute auf seine gefalteten Hände hinab und sagte: »Ich weiß nicht.«

»Was weißt du nicht?«

»Ich glaube nicht, dass ich das möchte. Cornwall.«

»Wie bitte?«

Mein Tonfall war falsch. Die Frage klang hochmütig wie von einer Lehrerin, die ihren Schüler belehrt. Ich registrierte die Veränderung seiner Miene. Sein Kopf fuhr hoch, und sein Blick verfinsterte sich.

»Eigentlich hatte ich mir das alles anders vorgestellt«, erwiderte er. »So ein riesiges Haus. So eine schicke Küche. Dann dieses dämliche Kingsizebett. Wann hatten wir so etwas je gebraucht?«

Ich blinzelte, verwirrt durch seinen unerwarteten Ausbruch. Pausenlos hatte ich mich mit diesem Haus beschäftigt, hatte meinen Roman vernachlässigt, um Entscheidungen zu treffen: zur Beleuchtung, zu Fliesen, zu Heizsystemen.

»Dann hättest du etwas sagen sollen.«

»Wann denn? Ich sehe dich doch kaum noch. Gerade warst du in New York. Davor warst du in Frankfurt. Dann die ständigen Reisen nach Cornwall …«

»… um mich um das Haus zu kümmern. Ich mache das doch für *uns.*« Der Jetlag in Verbindung mit dem Wein verlieh dem Gespräch etwas Surreales, als würde ich es aus der Ferne betrachten.

»Fünf Schlafzimmer, Elle.« Er schaute zu mir auf; seine Pupillen waren dunkel, eng.

Dass wir uns in einem Restaurant befanden, machte keinen Unterschied. Ich wusste, worauf es hinauslief: auf dasselbe Thema, das jedes unserer Gespräche prägte.

»Ich dachte, wir ziehen in ein kleines, chaotisches Haus voller Kinder«, sagte Flynn.

Ich schlug mit der Hand auf den Tisch. »Ich habe einen Fehler gemacht.«

»Mir geht es nicht um die Abtreibung, darum ist es nie gegangen. Das Problem ist, dass du mich belogen hast … mit einer unglaublichen Nonchalance.« Er beugte sich vor und brachte den Tisch zum Wackeln. »Du hast gelogen, Elle. Immer und immer wieder.«

Jetzt höre ich Flynns Stiefel über den Steinweg klappern.

Nimmt er mir das alles so übel, dass er mir mein Leben hier versauen will? Will er mich vertreiben? Bei der Scheidung würde er natürlich davon profitieren, wenn ich das Haus verkaufte. Geht es letzten Endes schlicht um Geld?

An der Haustür ist ein lautes Klopfen zu hören. Drei Schläge mit dem Türklopfer: einmal langsam, zweimal schnell. Flynns Klopfen.

Ich verharre reglos.

Flynn weiß nicht, dass ich die Schlösser kürzlich habe austauschen lassen. Ich warte auf das Geräusch seines Schlüssels, das Kratzen von Metall.

Nach einer Minute klopft er erneut.

Als ich nicht reagiere, höre ich seine Schritte auf dem Pfad an der Seite des Hauses. Dieses Mal bleibt er nicht an der Küchentür stehen. Er geht einfach denselben Weg zurück, den er gekommen ist, und steigt die Felsentreppe zur Bucht hinab. Er verschwindet.

Ich krieche hinter dem Küchentisch hervor und trete ans Fenster. Soeben erreicht Flynn den Strand, die Hände tief in den Taschen vergraben, die Schultern wegen der Kälte hochgezogen.

Es war einfach Flynn. Mein Flynn. Er ist gekommen, um mich zu besuchen, und ich habe mich vor ihm versteckt.

Im Eiltempo steige ich die Felsentreppe hinab. »Flynn! Warte!«, rufe ich, als ich den Strand erreiche.

Er dreht sich um. Sein Gesicht strahlt vor Überraschung. »Elle! Du bist ja doch da. Ich habe geklopft, aber ...«

»Wo ist dein Auto?«

»Ich habe am anderen Ende der Bucht geparkt, weil ich frische Luft schnappen wollte. Ich brauchte einen klaren Kopf, um mir Worte zurechtzulegen, mit denen ich dir erklären kann, wieso ich mich bei Mums Beerdigung wie ein Vollidiot aufgeführt habe.« Er grinst verlegen.

»Und ist es dir gelungen?«

»Nicht wirklich. Aber wie wäre es, wenn wir ein bisschen spazieren gehen, während ich noch darüber nachdenke?«

In der Nacht hat es heftig geregnet, aber an diesem Morgen wirkt die Landschaft wie frisch gewaschen. Der Himmel ist von einem hellen, jungen Blau. Alles ist feucht. Aus dem glänzenden Sand steigt Dampf auf und erhebt sich über die Dünen, wo sich die langen Finger der Gräser ins goldene Winterlicht recken. Die Temperaturen sind gefallen, und die Luft ist glasklar. Der Salzgeruch der Felsen steigt mir in die Nase, der prickelnde Ozongeruch der Gischt, der Kalkgeruch des feuchten Sands.

Ich vergrabe meine Hände tiefer in den Taschen und verfalle in einen mühelosen Gleichschritt mit Flynn.

»Wie geht es dir? Rea ist sicher wieder fort, oder?«

»Sie ist vor ein paar Tagen geflogen. Die Sache mit dem Haus haben wir aber noch während ihres Aufenthalts regeln können. Nächste Woche kommt es auf den Markt.«

»Jetzt schon?«, erwidere ich überrascht. »War es schwer, die Sachen deiner Mutter zu sichten?«

Er schaut aufs Wasser. »Das Schlimmste war es, das Haus zu betreten und zu wissen, dass sie nicht da ist. Nie wieder da sein wird.«

Ich nicke.

»Wir haben eine Menge Zeug in ein Lager gebracht«, sagt Flynn. »Ich musste daran denken, wie wir all die Kisten mit den Sachen deiner Mutter in unsere Wohnung hochgeschleppt haben.«

»Flynn«, sage ich und schaue ihn an, »du weißt hoffentlich, wie leid es mir tut, dass ich bei der Beerdigung deiner Mutter nicht ...«

»Hör auf. Bitte. Das macht es nur noch schlimmer. Ich bin es, der sich entschuldigen muss. Was ich gesagt habe« – er nimmt seine Mütze ab, fährt sich mit den Fingern durchs Haar und setzt sie dann wieder auf – »lässt sich nicht entschuldigen.«

Eine Weile gehen wir schweigend nebeneinanderher. Eine Stelle aus meinem Roman kommt mir in den Sinn, ein ganzer Absatz, und ich würde ihn am liebsten festhalten und darüber nachdenken. Gleichzeitig möchte ich ihn verdrängen, um mich ganz diesem Moment zu überlassen.

Flynn schert aus und bückt sich, um etwas im Sand zu betrachten. Ich sehe eine verknotete Angelleine, die hellen Pünktchen einer Glitterfliege und einen verrosteten Haken. Er hebt das verworrene Gebilde auf und steckt es in die Tasche, um es später zu entsorgen.

In dieser wortlosen Geste – die ich schon Hunderte von Malen bezeugt habe, wenn er an irgendwelchen Stränden Flaschen, Plastiktüten und Lebensmittelbehälter aufgesammelt hat – erkenne ich den Mann, der er ist.

Sanfte Wellen rollen an den Strand. Alles um uns herum erhält scharfe Konturen und eine tiefere Bedeutung. Ich höre Flynns Ärmel, die am Stoff reiben, das Knirschen des Sands unter meinen Stiefeln, das Rauschen der ablaufenden Wellen und das Rollen der Kiesel und Muscheln, die das Wasser mit sich nimmt, das Zischen der weißen Schaumkronen.

Angesichts dieser so überwältigenden Schönheit wird mir schmerzlich bewusst, dass irgendetwas gründlich schiefgelaufen ist. Mein Leben hätte erfüllt sein sollen von dem, was mich in diesem Moment umgibt: Flynn, das Meer, die Schriftstellerei. So wie jetzt hätte es nicht sein sollen. Überhaupt nicht. Die Nadel ist von der Platte gehüpft und spielt das falsche Lied, und niemandem im Raum ist es aufgefallen. Alle tanzen weiter, und ich stehe mittendrin und warte, dass jemand – die anderen – bemerkt, dass mein Lächeln gekünstelt ist.

»Elle?« Er hat sich umgedreht und schaut mich an, den Kopf zur Seite geneigt.

Tränen rinnen über mein Gesicht.

»Was ist, Elle?«

Vor uns hüpft eine Krähe über den feuchten Sand; der schwarze Schnabel ruckt nach vorn, wenn sie krächzt. Am Rande meines Sichtfelds erblicke ich mein Haus. Plötzlich erscheint es mir unglaublich groß und geräumig. Fast unanständig unschuldig wirkt es auf der wilden, zerklüfteten Klippe. Es trägt den Stempel von Wohlstand, Begehrlichkeit, Besitzanspruch. Mit einem Mal scheine ich die Welt mit einer anderen Brille zu sehen. Alles steht mir schärfer vor Augen. Das Haus ist nicht geräumig, sondern leer. All die unbenutzten Räume für Menschen, die es in meinem Leben gar nicht gibt.

»Ich bin mir nicht sicher, dass ich dort bin, wo ich hinwollte.«

Er schaut mich lang an. »Weißt du, was ich an dir immer bewundert habe, Elle? Die Art und Weise, wie du all diese miesen Teilzeitjobs erledigt hast, die wir früher annehmen mussten.«

Ich lache über die Wende, die unser Gespräch nimmt, dieses beiläufige Kompliment. »Was meinst du damit?«

»Du hast dich nie beklagt, wenn du als Zimmermädchen oder Kassiererin oder Rezeptionistin oder Barkeeperin arbeiten musstest, obwohl das nicht gerade dein Traum war. Als du diesen Kurs zum kreativen Schreiben begonnen hast, wurde das anders. Eines Abends bist du mit einem Notizbuch nach Hause gekommen und hast erklärt, du wolltest keinen Film sehen, sondern lieber schreiben. Als sei in dir ein Feuer entflammt. Du hattest deine Bestimmung gefunden.«

Flynn hat mich immer ermutigt, hat immer an mich geglaubt. *Sprich nicht von einem Traum, sprich von einem Plan,* hat er immer gesagt.

»Ich wusste, dass du einen Verlag finden würdest, daran hatte ich nicht den geringsten Zweifel. Du wolltest es unbedingt. Du warst hoch motiviert. Du hattest Talent.« Er macht eine Pause und holt tief Luft. »Aber als es dann so weit war, kam es ganz anders als erwartet. Vermutlich hatte ich die Vorstellung, dass Schriftsteller einzig von der Leidenschaft für ihre Tätigkeit getrieben sind. Ein Problem habe ich darin nicht gesehen. Wir würden reisen, könnten überall auf der Welt arbeiten, und wenn du gerade mitten im Schreiben eines Romans steckst, würde ich für uns aufkommen. Aber dann … dann hast du diesen Buchvertrag abgeschlossen, der all diese Verträge mit den ausländischen Verlagen nach sich zog. Und dann, lieber Himmel, Elle – all dieses Geld! Total verrückt. Das hätte sich keiner von uns träumen lassen. Schließlich folgten die Lesereisen, die Pressekonferenzen, die Fototermine. Ein Teil von mir platzte vor Stolz, und ich hätte am liebsten überall herumerzählt: *Schaut euch meine Elle an!* Aber gleichzeitig habe ich gespürt, dass wir uns entfremdet haben.«

Ich habe es auch so empfunden. Die plötzliche Leere hatte ich selbst zu verantworten.

Wegen dem, was ich getan habe.

»Und dann … dann habe ich die Sache mit der Abtreibung erfahren.« Er schüttelt den Kopf, und ich spüre, wie sich alles in mir zusammenkrampft. »Als mir bewusst wurde, dass wir eine Familie sein könnten – ohne dass ich das je erfahren hätte –, dachte ich, dass du meine Vorstellungen vom Leben vielleicht gar nicht teilst. Dass du dir vielleicht immer dieses neue Leben gewünscht hast, mit einem großen Haus auf der Klippe und einem Schreibzimmer mit herrlicher Aussicht. Vermutlich war mir nicht klar, wie ich überhaupt noch in dieses Leben hineinpasse.« Er schluckt. »Ich habe dir die Schuld daran gegeben, habe dich dafür verantwortlich gemacht. Weil ich ohnmächtig mit ansehen musste, wie sich die alte Elle verändert.«

Er schaut hoch, den Blick auf den Rand der Klippe gerichtet. »Vielleicht ist das ja wirklich das Leben, das dir bestimmt ist. Nur, dass ich nicht die Person bin, die es mit dir teilen soll.«

Vorher

Ich schließe den Reißverschluss meiner Reisetasche und hieve sie über die Schulter. Die Zeit ist vorbei.

Nachdem ich die Haustür geöffnet habe, bleibe ich einen Moment auf der Schwelle stehen.

Du wirst bald nach England zurückkehren, nach Cornwall, in dieses Haus.

Ich frage mich, ob es beim Eintreten für einen kurzen Moment so sein wird, als würdest du dich wie ein Eindringling fühlen.

Du wirst allein in diesem Haus sein, nur du und die Stille. Du und das Wissen, was du getan hast. Lastet es in den finsteren Nachtstunden auf dir und beschwert deine Brust, bis du ge-

zwungen bist, die Decke zurückzuschlagen und im Raum auf und ab zu marschieren?

Vielleicht werde ich mich heute Abend oder an einem anderen Abend, wenn das Licht trüber wird und deine Sinne schärfer, in deine Gedanken einschleichen.

Ich ziehe die Tür hinter mir zu und werfe den Schlüssel durch den Briefschlitz; man hört Metall auf dem Holzboden aufschlagen.

Dein Haus habe ich verlassen. Jetzt ist es an der Zeit, in deinen Kopf einzudringen.

25 Elle

In der trostlosen Dunkelheit der zweiten nächtlichen Stunde liege ich immer noch wach.

Drei Uhr nachts. Wach.

Meine Gedanken drehen sich unentwegt um Flynn. Flynn. Flynn.

Es gibt so vieles, das ich ihm erzählen will.

So vieles, das ich ihm nicht erzählen kann.

Gefangen in meinem Geheimnis.

Fünf Uhr morgens. Wach.

Immer tiefer und tiefer gerate ich in den Abgrund der Schlaflosigkeit.

Sechs Uhr morgens. Sieben.

Wach.

Ich schlafe einfach nicht ein.

Ins Bett zu gehen, aber nicht aufzuwachen, weil es keinen Schlaf gibt, aus dem man aufwachen könnte, ist so verstörend, dass der Boden unter meinen Füßen ins Wanken gerät. Die Wände sind zu nahe herangerückt, und ich habe ein Engegefühl in der Brust.

Koffein, duschen, frische Luft – mein verlässliches Rezept gegen Erschöpfung – helfen auch nicht. Und so sitze ich nun wieder in der Bücherei, vor meinem Laptop, und starre auf den Bildschirm.

Es dauert eine Stunde, vielleicht sogar zwei, bis ich in

meine Geschichte hineinfinde. Aus meinem Kopfhörer dringt klassische Musik, und meine Finger schwimmen über die Tastatur. Ich wage es nicht, den Blick vom Bildschirm abzuwenden. Die Bücherei um mich herum löst sich auf. Die Bücherregale, das schwache Piepen des Kopierers, die leisen Schritte auf dem Teppich und die Blicke, die über mich hinweggleiten, über meinen Laptop, bemerke ich schon gar nicht mehr.

Alles, was ich tun kann, ist schreiben.

Meinen Abgabetermin einzuhalten ist alles, was mich noch interessiert. Es ist meine Rettung.

Sobald ich die Geschichte niedergeschrieben habe, wird sie aus meinem Kopf verschwinden.

Ich muss die Dinge klarkriegen.

Fast sehe ich das Ende meines Romans am Rande meines Gesichtsfelds – aber wenn ich genauer hinschaue, lösen sich die Ideen in Luft auf. Ich muss warten. Ich weiß, dass ich an diesem Punkt nicht jede Wendung und jeden Winkelzug der Handlung vorgeben kann. Ich muss meinen Charakteren vertrauen, muss mich von ihnen leiten lassen.

Ich nehme meinen Schal ab, weil mir warm geworden ist. An diesem Vormittag habe ich dreitausend Wörter geschrieben. Wie, weiß ich selbst nicht. Wenn ich konzentriert arbeite und dieses Tempo beibehalte … dann könnte es möglich sein, irgendwie möglich, dass ich den Abgabetermin einhalte.

Ich stehe auf, recke mich und spüre die Anspannung zwischen den Schulterblättern.

Ich gehe ein paar Schritte, um den Kreislauf in Gang zu bringen.

Am anderen Ende des Raums steht Laura am Tresen und bedient Kunden, während Maeve Bücher auf einen Wagen stapelt. Es tut mir leid, dass ich die beiden bei meiner Ankunft nicht begrüßt habe. Wenn der Besucherandrang nachlässt, werde ich hingehen und mich erkundigen, wie es ihnen geht.

Als ich in der Belletristikabteilung durch einen Gang schlendere, denke ich, dass Büchereien etwas überaus Beruhigendes haben. Vielleicht ist es der warme Geruch, mit dem ich nostalgische Erinnerungen verknüpfe: wie ich mit Fiona vor unserer Mutter her über den Gehweg rannte, um als Erste in der Bücherei zu sein. An Winterwochenenden war sie ein willkommenes Ziel für uns. Wir liehen uns Bücher aus und gingen dann ins Café gegenüber, wo die heiße Schokolade in riesigen schüsselartigen Tassen mit schneeverwehungsgleichen Sahnehauben serviert wurde, mit winzigen Marshmallows obendrauf. Zurück in unserer Wohnung, bauten Fiona und ich uns eine Lesehöhle, ein aufwendiges Gebilde aus Laken, Kissen und dicken Decken, die bald schon mit Kekskrümeln übersät waren.

Meine Finger gleiten über die Buchrücken, bis ich »Fielding, Elle« erreiche. Zwei Exemplare von *Wilde Angst* gibt es, eines ziehe ich heraus. Das Cover habe ich nie gemocht; die Frau auf dem Titel hat keinerlei Ähnlichkeit mit der Figur, die ich beschreibe. Die Schrifttype ist ebenfalls viel zu laut und aufdringlich für den subtilen Text. Damals habe ich mich aber nicht dagegen gewehrt, da mich der ganze Prozess so überwältigt hat, dass ich kaum Besitzansprüche zu erheben wagte. Stattdessen trieb ich auf einer Welle von Entscheidungen, die angeblich, wie mir andere versicherten, den Anforderungen des Marktes Rechnung trugen. Wie sich herausstellte, hatten sie recht gehabt.

Ich klappe das Buch auf, um nachzuschauen, wie oft es in letzter Zeit ausgeliehen worden war. Etwas Rotes zieht sich über die Titelseite. Ein handschriftliches Wort, direkt neben meinem gedruckten Namen.

Das Buch gleitet mir aus den Fingern und landet mit den

offenen Seiten auf dem Boden. Ein älterer Herr in Tweedweste dreht sich um.

Mit pochendem Herzen hebe ich das Buch wieder auf und öffne es. Das Wort ist noch da und starrt mich anklagend an.

Lügnerin.

Die trockenen Seitenränder gleiten knisternd an meinem Daumen entlang, als ich den Rest des Buchs durchblättere und nach weiteren roten Stellen suche. Nichts zu entdecken.

Ich nehme das zweite Exemplar. Mein Puls pocht schwirrend in meiner Kehle, als habe sich dort etwas verfangen, das unter meiner Haut hervorflattern will. Da, an der gleichen Stelle auf der Titelseite, steht dasselbe verheerende Wort: *Lügnerin.*

Grauen packt mich und lässt mich auf der Stelle erstarren.

Ich klappe das Buch zu.

Irgendjemand weiß Bescheid.

Mir wird bewusst, dass ich beobachtet werde. Mir stehen die Nackenhaare zu Berge. Ich drehe mich um. Der Mann mit der Weste am Ende des Gangs ist verschwunden.

Hinter dem Regal im nächsten Gang huscht ein Schatten davon, nicht mehr als der bloße Wechsel von Dunkel zu Hell. Ich trete zur Seite und versuche zu erkennen, wer das ist, aber die Regale sind zu dicht bepackt. Als ich zum Ende des Gangs eile und in den nächsten schaue, ist er, von einem Bücherwagen abgesehen, leer.

Meine Haut fühlt sich klamm an, heiß. Unfassbar, jemand war da und hat mich beobachtet. Ich gehe am nächsten Gang vorbei, dann am übernächsten; mit schnellen Schritten eile ich durch die gedämpfte Stille des Raums.

Mehrere Leute stöbern nach Büchern: eine Frau mittleren Alters in Strumpfhose und kirschroten Stiefeln; ein hagerer junger Mann in einem ausgebeulten Pullover und einer ausgewaschenen, unmodisch geschnittenen Jeans. Niemand beachtet mich, und doch bin ich mir sicher, dass wenige Momente zuvor jemand auf der anderen Regalseite gestanden und mich beobachtet hat.

Unweigerlich kommt *er* mir in den Sinn, wie immer. Luke Linden. Die Büchereiatmosphäre. Der Pfefferminzgeruch, der mir in die Nase steigt. Er scheint so gegenwärtig, so real, dass ich seinen Atem im Nacken zu spüren glaube.

Aber das ist nicht möglich. Natürlich nicht.

Als ich das Buch in meiner Hand betrachte, wird mir bewusst, dass jeder, der es ausleiht, das Wort Lügnerin auf der Titelseite entdecken wird, direkt neben meinem Namen.

Ich könnte Maeve oder Laura bitten, im System nachzuschauen, wer es als Letztes ausgeliehen hat. Nein, das ist keine gute Idee. Es wird nur die Aufmerksamkeit auf die Sache lenken und Spekulationen anheizen.

Die Bücher müssen weg, dafür muss ich selbst sorgen. Ich klemme sie unter den Arm, eile zu meinem Tisch und stopfe sie in meine Handtasche. Dann klappe ich den Laptop zu.

»Elle?«

Ich fahre herum und sehe Mark hinter mir stehen. »Was machen Sie denn hier?«

Er hält ein paar Bücher hoch. »Ich bringe Bücher zurück, die Mum sich ausgeliehen hat, falls Sie nichts dagegen haben.«

»Entschuldigung«, murmle ich, da ich an nichts anderes denken kann als an die verunstalteten Bücher. Hat Mark mich gesehen? War er es, der mich durch das Regal hindurch beobachtet hat?

»Ich fahre morgen nach London zurück«, sagt er. »Ich würde Sie ja bitten, sich ein wenig um meine Eltern zu kümmern, aber …«

»Natürlich tu ich das.«

Er mustert mich. »Aha, gut. Das wäre toll.« Dann zuckt er

mit den Schultern. »Bis zum nächsten Mal also – falls Ihr Haus dann nicht verriegelt und verrammelt ist.«

»Wie bitte?«

»Februar – das ist der Monat, den die Menschen am meisten fürchten. Wir werden ja sehen, ob Sie es packen.« Er lächelt.

Dann läuft er durch den Raum und legt die Bücher seiner Mutter in die Rückgabekiste. Ich warte eine geschlagene Minute, bevor ich meinen Laptop und meine Sachen zusammenpacke und mich mit gesenktem Kopf zum Ausgang begebe.

Als ich durch die Tür trete, ertönt der penetrante Piepton einer Alarmanlage. Ich fahre zusammen. Eine automatische Ansage fordert mich auf: *Bitte wenden Sie sich an einen Mitarbeiter.*

Ich erstarre, meine Haut wird heiß.

»Elle! Hallo!« Laura kommt auf mich zu. »Unser Sicherheitssystem scheint ja zu funktionieren. Wir gestatten es Schriftstellern nicht, das Haus zu verlassen, ohne Hallo zu sagen.«

Es dauert einen Moment, bis ich begreife, dass das ein Scherz sein soll. Ich ringe mir ein Lächeln ab.

»Oh, tut mir leid!«

»Ich habe dich vorhin schon gesehen, aber ich wollte deinen Gedankenfluss nicht stören. Du scheinst ja fieberhaft zu arbeiten. Bald ist es so weit, nicht wahr?«

Ich blinzle.

»Der Abgabetermin. Die Bücherei folgt dir natürlich auf Facebook. Nächste Woche musst du es abgeben, oder?«

»Ach so. Klar. Ja.«

»Viel Glück jedenfalls! Wir freuen uns alle riesig auf das zweite Buch.« Sie holt Luft. »Aber jetzt sollte ich dich besser gehen lassen. Tut mir leid mit der Alarmanlage. Offenbar hat sie etwas gegen dich. Manchmal spinnt sie, nicht wahr?«, sagt sie zu Maeve, die zu uns tritt.

»Schön, dich wiederzusehen, Elle. Ja, tut mir leid, die Anlage reagiert manchmal zu empfindlich. Versuch es noch einmal.«

Der Mann mit der Weste lungert in unserer Nähe herum und tut so, als würde er nach Büchern stöbern. Ich spüre, wie sich unter meinem Pullover die Hitze staut, als ich mich der Eingangssperre nähere. Sobald ich hindurchtrete, schrillt der Alarm los.

»Oh«, sagt Laura verblüfft, »das verstehe ich wirklich nicht. Du hast nicht zufällig Bücher in deine Tasche geschmuggelt?«

Ich ermahne mich zu einem Lächeln. »Nein. Ich war nur zum Arbeiten hier.«

»Ich habe Sie beobachtet.«

Mein Kopf fährt herum.

Der Mann mit der Weste zeigt auf mich. »Sie haben zwei Bücher in die Tasche gesteckt.«

Meine Wangen glühen.

»Könntest du den Herrn vielleicht bedienen, Laura?«, sagt Maeve zu Laura. An den Mann gerichtet, fügt sie hinzu: »Ich nehme an, dass Sie die Bücher ausleihen wollen, die Sie in der Hand haben?«

Wie ein abgemahnter Schüler folgt er Laura zum Ausleihtresen.

»Es ist mir furchtbar peinlich«, flüstere ich Maeve zu, als wir allein sind, »aber der Mann hat recht. Ich habe zwei Exemplare meines Romans in der Tasche.«

Sollte Maeve erstaunt sein, lässt sie es sich nicht anmerken.

»Sie wurden verunstaltet. Es war mir zu peinlich, damit an den Schalter zu kommen, daher wollte ich sie … Nun ja, ich wollte sie mit nach Hause nehmen.«

»Verunstaltet?«

Ich spüre, wie sich meine Finger um die Bücher legen. Sie soll nicht sehen, was dort steht. Niemand soll das Wort lesen.

»Darf ich?«, fragt sie und streckt die Hand aus.

Da ich keine andere Wahl habe, reiche ich sie ihr. »Vorn drin.«

Ich beobachte ihre Miene, als sie die Titelseite aufschlägt und das Wort »Lügnerin« neben meinem Namen entdeckt.

Als sie das zweite Buch aufschlagen will, sage ich: »Da steht das Gleiche. Man hat es in beide Bücher geschrieben.«

Ihr Blick huscht zu mir herüber. Sie scheint etwas sagen zu wollen, besinnt sich dann aber anders und schaut weg.

»So etwas ist noch nie passiert. Ich werde der Sache auf den Grund gehen.«

»Nein, bitte. Mach dir deswegen keine Sorgen. Das ist ja nicht weiter schlimm. Ich möchte keinen Wirbel veranstalten.«

»Wir werden neue Exemplare bestellen. Es tut mir furchtbar leid, dass so etwas möglich war. Hoffentlich kommst du trotzdem weiterhin hierher.«

Ich verlasse die Bücherei, dankbar dafür, draußen zu sein und die frische Luft auf der Haut zu spüren.

Im Gehen bilde ich mir ein, Maeve flüstern zu hören: *Lügnerin.*

Aber als ich mich umdrehe, hat Maeve mir bereits den Rücken zugekehrt und beugt konzentriert den Kopf über meine Bücher.

2004

Elle hörte die Tür knallen, als die Letzte ihrer Mitbewohnerinnen das Haus verließ, um zu ihrem Seminar zu gehen. Niemand rief, ob sie mitkomme. Niemand sah nach, ob es ihr gut ging. Es war, als existiere sie nicht mehr – als sei die Elle, mit der man getrunken, gelacht und studiert hatte, einfach verschwunden.

Vollständig angekleidet stieg sie aus dem Bett. Sie hatte sich schon seit Tagen nicht mehr umgezogen. Ihre Haare hingen matt und strähnig herab, ihre Haut fühlte sich aufgedunsen an. Es bestand keinerlei Gefahr, dass sie sich zufällig im Spiegel erblickte, weil sie einen Schal darübergelegt hatte.

Sie öffnete ihre Tür einen Spaltbreit und sah auf den schmalen Treppenabsatz hinaus. Alle waren fort, das Haus war wie ausgestorben. Sie brauchte ein Glas Wasser, aber selbst das schien ein viel zu mühseliges Unterfangen zu sein.

Unten an der Treppe ergoss sich die Post über die Fußmatte. Elles Blick wurde von einem großen cremefarbenen Umschlag angezogen, der unter den glänzenden Werbebroschüren für Hausratversicherungen und den Treuegutscheinen von Pizzalieferanten hervorstach.

Sie drehte ihn um. Ihr Herz hämmerte gegen ihre Rippen, als sie ihren Namen auf der Vorderseite entdeckte, handschriftlich notiert. Zögernd steckte sie den Finger unter die Lasche, riss den Umschlag auf und zog ein dickes Blatt Papier im DIN-A5-Format heraus.

Mit rotem Lippenstift stand dort – seitenfüllend – geschrieben: *LÜGNERIN*.

Das Blut wich ihr aus dem Gesicht.

Mit zitternden Fingern zerriss sie das Blatt und zerfetzte es in immer kleinere Stücke, bis sie in einem Meer von cremefarbenem Konfetti stand. An ihren Fingerspitzen klebten die schmierigen Reste des Lippenstifts.

26 Elle

In der teerschwarzen Dunkelheit der zweiten nächtlichen Stunde liege ich mit geschlossenen Augen da und lausche wachsam auf die changierenden Geräusche des Meers. Wenn ich meine Aufmerksamkeit doch nur auf das Wasser und den wechselnden Rhythmus der Wellen konzentrieren könnte, dann wäre vielleicht alles in Ordnung. Vielleicht könnte ich dann sogar einschlafen.

Stattdessen schwimmen meine Gedanken ans Ufer, schleppen sich über den dunklen Strand und die zerklüftete Felsentreppe hinauf, um dann das Gesicht an mein Schlafzimmerfenster zu pressen und nach mir Ausschau zu halten.

Sie stellen Fragen, die ich nicht beantworten möchte.

Warum hast du gelogen, Elle?

Ist dies das Leben, das du dir wünschst?

Sogar wenn ich es erkläre, hören sie nicht zu.

Stattdessen rotten sie sich zusammen, bis ich die Gesichter am Fenster erkenne: Flynn, meine Mutter, Fiona. Sie schauen mich an, als liege nicht ich in diesem Bett, sondern eine Fremde, jemand, den sie nicht kennen.

Noch fünf Tage bis zum Abgabetermin. Die Zeit ist eine Schlinge, die sich um meinen Hals zusammenzieht. Ich muss mich konzentrieren und die Ruhe bewahren.

Als ich mitten in der Formulierung eines Satzes stecke, ertönt der Türklopfer, und ich schrecke hoch. Die Worte, die mir noch fehlten, bleiben jetzt irgendwo jenseits meines Zugriffs hängen. Ich kneife die Augen zusammen, die Hand immer noch über der Tastatur, und flehe meine Hirnzellen an, den Satz festzuhalten, bevor er sich völlig in Luft auflöst.

Es klopft ein zweites Mal – und schon ist er wie Rauch vergangen.

Ich lege meine Hände auf den Schreibtisch und stöhne. Nun kann ich genauso gut aufmachen.

Ich eile die Treppe hinunter, öffne die Haustür und blinzle in den sonnenglänzenden Dezemberhimmel.

Auf der Schwelle steht eine lächelnde Laura, das Gesicht gerötet, die Haare vom Wind zerzaust. Sie hält etwas hoch, ein Stück Stoff mit Efeuranken und Schnörkeln.

»Dein Schal«, erklärt sie strahlend. »Du hast ihn in der Bücherei vergessen. Ich habe ihn unter deinem Stuhl gefunden.«

»Oh, stimmt.« Ich nehme ihn entgegen. »Danke.«

Direkt hinter Laura entdecke ich ein mintgrünes Fahrrad. Der Ständer ist ausgeklappt, und im Korb steht ein Schulranzen.

»Bist du etwa mit dem Fahrrad gekommen?«

»An meinen freien Tagen versuche ich immer, mich ein bisschen zu bewegen.«

»Nett von dir, dass du mir den Schal gebracht hast, aber du hättest dir nicht so viele Umstände machen dürfen.«

»Kein Problem«, sagt sie munter. »Die frische Luft kann mir nur guttun.« Laura lächelt und macht keinerlei Anstalten zu gehen.

»Ich würde dich ja hereinbitten, aber ich muss schreiben. Der Abgabetermin rückt näher.«

»Natürlich! Ich würde nicht im Traum daran denken, dich von der Arbeit abzuhalten. Obwohl ich dich vielleicht um einen klitzekleinen Gefallen bitten würde. Heute Nachmittag besuche ich meine Schwester, sie hat gerade ein Kind bekommen. Der Junge ist drei Tage alt. Alfie. Ich würde ihr gerne etwas schenken. Man macht immer einen solchen Bohei um das Baby, dabei hat doch eigentlich *sie* etwas verdient, ganz für sich allein. Immerhin hat sie eine schwere Zeit hinter sich … Ich habe mich gefragt, worüber sie sich wohl freuen würde, und kam schließlich auf ein Buch. Dann hat sie etwas zu tun, wenn sie das Kind nachts stillen muss. Natürlich dachte ich an deinen Roman! Helen wird begeistert sein. Kannst du dir vorstellen, dass ich dir ein Exemplar abkaufe und du es signierst? Auf dem Weg hierher war ich in einem Buchladen, aber dort hatten sie gerade das letzte Exemplar verkauft, wie sollte es anders sein! Falls du ein Buch übrig hast, wäre ich dir furchtbar dankbar. Helen wird aus dem Häuschen sein.«

Nach der Einsamkeit meines Schreibzimmers wirkt Lauras Wortschwall fast betäubend. Ich reiße die Augen auf und versuche, mich auf ihre Bitte zu konzentrieren.

»Falls das für dich in Ordnung ist«, fügt sie leicht verunsichert hinzu.

Es handelt sich um eine so bescheidene Bitte – ein signiertes Exemplar –, und Laura ist den ganzen Weg hierher geradelt.

»Ja, natürlich.«

Ich bitte Laura in den Vorraum. »Warte hier im Warmen. Ich hole das Buch nur schnell aus meinem Büro.«

»Aus dem Zimmer im Obergeschoss? Ich war noch nie im Schreibzimmer eines Schriftstellers. Hast du etwas dagegen, wenn ich schnell mit hochflitze?«

Ich zögere. »Natürlich nicht.«

Laura bückt sich, um ihre Turnschuhe auszuziehen. »Danach bin ich sofort wieder verschwunden, keine Sorge.«

Sie scheint meine Zurückhaltung nicht zu bemerken, denn

sie zieht auch noch die Jacke aus und hängt sie an einen Haken über der Eichenbank. Die Selbstverständlichkeit, mit der sie das tut, irritiert mich. Als sie die Hand sinken lässt, streift sie meinen Wintermantel. Unwillkürlich muss ich an die fehlende Brosche denken.

Alles ist zu aufgeladen, zu überspitzt. Den geschärften Rändern meines Verstands traue ich nicht mehr. Trotzdem, als ich die Treppe hinaufgehe, beschleicht mich ein ungutes Gefühl: Je weiter ich Laura in mein Haus hereinlasse, desto schwieriger wird es, sie wieder loszuwerden, als fresse sie sich wie ein Wurm hinein.

Als ich aber die kindliche Begeisterung sehe, mit der Laura mein Schreibzimmer betritt, bereue ich meine kleinlichen Befürchtungen. Sie klatscht in die Hände.

»Dies ist buchstäblich der schönste Raum, den ich je gesehen habe. Und da, dein Schreibtisch! Er scheint in der Luft zu schweben. O Gott, Maeve hat recht.«

»Maeve?«

Laura wirkt irritiert über meinen barschen Tonfall. »Wir sehen doch deine Livevideos auf Facebook, du weißt schon, die mit den Schreibtipps. Maeve sagt, das wunderbar entschlackte Ambiente diesen Raums bietet sicher eine große Ruhe zum Schreiben.«

Sie schauen mir zusammen zu?

Ich gehe zum Regal und hole ein Exemplar von *Wilde Angst* heraus.

»Der Name deiner Schwester war … Helen, nicht wahr?«, sage ich, als ich einen schwarzen Textmarker aus der Schublade nehme.

»Ja. Sie wird absolut aus dem Häuschen sein.«

Ich kritzele eine kurze Botschaft, mit der ich Helen alles Gute für ihr Baby wünsche.

»Hier.« Ich reiche Laura das Buch.

»Wie viel bekommst du dafür?«

»Geht aufs Haus. Ein kleines Dankeschön, weil du mir meinen Schal gebracht hast.«

»Wirklich? Das ist aber nett. Danke. Ich weiß gar nicht, was ich sagen soll. Helen wird begeistert sein. Wir haben schon immer die gleichen Bücher gemocht. Das ist das Lustige bei Schwestern: Die eine erwähnt ein Buch, und in der Hälfte der Fälle liest die andere es dann auch. Eine große Überraschung ist das allerdings nicht – wir sind beide wirkliche Büchernarren.«

Wir sind beide wirkliche Büchernarren. Die Worte gehen mir immer wieder durch den Kopf.

Mein Gehirn sucht nach einer Verbindung.

Ich konzentriere mich auf den Kommentar – und schließlich fällt es mir ein. Booklover101. Ich denke an das Profilbild, ein Fahrrad mit einem Weidenkorb.

Laura?

Die bewundert nun die Aussicht. »Absolut zauberhaft. Es muss wunderbar sein, eine solche Aussicht zu haben. Ich kann gut verstehen, warum du das Büro im Obergeschoss eingerichtet hast. Es muss sich so anfühlen, als sei man Millionen Meilen vom wirklichen Leben entfernt.«

Sie steht sehr nahe an meinem Schreibtisch mit dem aufgeklappten Laptop. Ein Teil des Manuskripts ist auf dem Bildschirm zu lesen.

»Andererseits«, fährt Laura fort, »muss es nachts ein wenig unheimlich sein, so ohne Vorhänge. All das dunkle Wasser da unten.« Sie schüttelt sich. »Das mit deinen Büchern bei uns in der Bücherei ist schon komisch, oder? *Lügnerin*«, flüstert sie das Wort. »Ich wünschte, ich hätte es früher entdeckt, um dir das zu ersparen. Was habe ich mir schon den Kopf zerbrochen. Es ist so hart, so direkt. Und dann gleich in beiden Exemplaren. Gelegentlich bekommen wir es mit kleineren

Fällen von Vandalismus zu tun – aber so etwas? Es wirkt so gezielt. So persönlich. Warum sollte jemand so etwas schreiben?« Sie schaut mich an, als suche sie in meiner Miene die Erklärung.

»Keine Ahnung.« Ich räuspere mich und sage dann: »Es tut mir leid, aber ich muss jetzt an die Arbeit zurück, Laura. Ich bring dich zur Tür.«

Sie folgt mir nach unten.

Als ich die Haustür öffne, betrachte ich noch einmal ihr Fahrrad.

»Laura«, sage ich und drehe mich zu ihr um, »was für einen Profilnamen benutzt du eigentlich auf Facebook?«

Eine Pause entsteht. »Laura Allan, natürlich. Warum?«

Ich schüttle den Kopf und sage: »Nur so.«

Sie mustert mich mit unergründlicher Miene und zuckt dann mit den Schultern.

Als sie die Steinstufen hinabsteigt, ruft sie noch: »Wir sehen uns ja am Donnerstag.«

Ich wirke vermutlich ratlos, denn sie fügt hinzu: »Der Buchclub. Diesmal treffen wir uns bei Maeve.«

»Ach so. Bis dann.«

Erleichtert schließe ich die Tür. Dann nehme ich den Schal, den Laura mir zurückgebracht hat, schlinge ihn locker um den Hals und betrete die Treppe, um zu meinem Schreibzimmer hochzusteigen.

Die Hand auf dem Geländer, bleibe ich noch einmal stehen, senke das Kinn auf den Schal und atme ein. Ein Hauch von Lauras Parfum haftet an dem Gewebe.

Als ich wieder am Schreibtisch sitze, versuche ich, mich zu konzentrieren, aber Lauras Besuch hat mich aufgewühlt. Ich lese die letzte Szene noch einmal, um mich wieder in die Geschichte einzufinden.

Zu meiner Erleichterung stelle ich fest, dass die Sprache frisch wirkt und das Tempo straff ist. Die Protagonistin steigt munter und lebendig aus den Seiten. Ich habe ihre Stimme im Kopf und sehe ihre Bewegungen vor mir, vom Schürzen ihrer Lippen bis hin zur Anspannung ihrer Schultern.

Als ich ans Ende der Szene gelange, weiche ich plötzlich zurück und presse die Hand auf den Mund.

Ich kann mich nicht erinnern, so etwas getan zu haben. Mitten im Roman steht anstelle des Namens meiner Protagonistin mein eigener, schwarz auf weiß.

2004

Sie spürte die Blicke, die über sie hinweghuschten, als sie ihre letzten Sachen zusammensammelte – die DVDs im Wohnzimmer, den Kerzenhalter von der Fensterbank, das Geschirr hinten in ihrem Schrank –, während sich ihre Mitbewohnerinnen unter fadenscheinigen Vorwänden in ihre Zimmer zurückzogen.

Als sie die Rückbank des Wagens ihrer Mutter belud, war ihr nur zu bewusst, dass es erst wenige Monate her war, dass sie die Reise in die entgegengesetzte Richtung angetreten hatte. Der Stimme ihrer Mutter war die Verwirrung anzuhören, als sie fragte: »Bist du dir auch wirklich sicher?«

Elle nickte und versuchte, sich ein Lächeln abzuringen.

»Mir gefällt das Fach nicht«, hatte sie am Telefon als Erklärung dafür genannt, warum sie ihr Studium abbrechen wolle.

Als die letzte Kiste verstaut war, stieg Elle ein.

Ihre Mutter schaute sie erstaunt an. »Willst du dich nicht von deinen Mitbewohnerinnen verabschieden?«

Sie schluckte. »Doch, klar.«

Im Haus lief sie zum letzten Mal die Treppe hinauf. Die

Tür zu Louises Zimmer stand offen. Elle sah sie im Schneidersitz auf dem Bett sitzen, gegenüber von Claire.

Als sie in der Tür erschien, drehten die beiden sich um.

Elle räusperte sich. »Ich wollte mich nur verabschieden.«

»Na dann, tschüss«, sagte Claire.

Louise sagte gar nichts.

Elle zuckte mit den Schultern und wollte schon gehen, als Louises Haltung sich plötzlich veränderte. Ihre Schultern strafften sich, und sie verschränkte die Arme, die Lippen geschürzt. Elle kannte diese Miene. Sie wusste, dass sich Louise innerlich auf etwas vorbereitete.

»Da wir uns sowieso nicht wiedersehen«, begann Louise, »kann ich es genauso gut sagen: Was du getan hast, war echt mies.«

Elle stand reglos da und spürte, dass sich ihr Herzschlag beschleunigte.

»Solche sind die Schlimmsten.«

Sie wartete.

»Falsche Anschuldigungen zu erheben.«

Ihre Wangen brannten vor Scham. Eine Erinnerung schoss ihr in den Kopf: Wie sie langsam die Beine übereinanderschlug und ihn mit funkelnden Augen anlächelte.

»Du hättest die Behauptung zurückziehen können, aber du musstest ja unbedingt sein Leben ruinieren. Irgendetwas bleibt immer hängen.«

Elle wandte sich ab.

Sie war bereits auf dem Treppenabsatz, als sie hörte, wie Louise ihr nachrief: »An dir auch.«

27 Elle

Die Inspiration ist der Startschuss, aber um die Ziellinie zu erreichen, braucht man Zähigkeit, Entschlossenheit und Biss.
Die Schriftstellerin Elle Fielding

Maeves Haus hat eine glänzend rote Tür mit einem schlichten Messingklopfer. Es ist ein Reihenhaus inmitten anderer schmaler, für Cornwall typischer Häuser. Vor der Kieselrauputzfassade hängt stolz ein Blumenkasten mit immer noch blühenden Blumen.

Als ich zum Türklopfer greife, halte ich inne. Im Innern sind keine Stimmen zu hören, und ich frage mich, ob ich überhaupt am richtigen Abend gekommen bin.

Dann fluche ich innerlich, weil ich den Wein vergessen habe. In meinem Kühlschrank steht eine Flasche Sancerre, die ich eigentlich mitbringen wollte. Ich kann doch nicht mit leeren Händen aufkreuzen. Das deute ich als Zeichen dafür, dass ich einfach nach Hause gehen sollte. Ich bin todmüde und mache mir Sorgen wegen des Abgabetermins. Der einzige Ort, an dem ich jetzt sein sollte, ist mein Schreibtisch.

Auf dem Rückweg zum Wagen lege ich mir die Nachricht zurecht, die ich Maeve schicken werde. Ich werde mich entschuldigen und auf den Abgabetermin verweisen. Niemand wird es mir übel nehmen.

Als ich die Hand nach dem Türgriff ausstrecke, höre ich schnelle Schritte hinter mir. Im nächsten Moment packt mich jemand an der Taille.

»Nein, das wirst du nicht tun.«

Überrascht fahre ich herum.

Auf dem dunklen Gehweg brauche ich ein paar Sekunden, bis ich das Gesicht erkenne, das mich aus der pelzbesetzten Kapuze eines Dufflecoats anstrahlt.

»Ich hoffe, du hattest nicht vor, das Weite zu suchen«, sagt Laura.

»Nein … na ja, es ist nur … ich habe den Wein zu Hause vergessen.«

»Dann ist es ja gut, dass ich zwei Flaschen dabeihabe.« Sie greift in den Stoffbeutel, den sie sich umgehängt hat, und holt eine Flasche heraus. »Die war sowieso für dich.«

Ich mache vermutlich einen verwirrten Eindruck, denn Laura fügt hinzu: »Ein kleiner Dank für das Buch, das du für meine Schwester signiert hast. Sie hat sich so gefreut. Sogar geweint hat sie – was vielleicht aber auch an den Hormonen lag.«

»Das wäre aber nicht nötig gewesen«, sage ich, da mich das Geschenk in Verlegenheit bringt. Als ich die Flasche entgegennehme, schaue ich auf das Etikett: ein Sancerre.

»Dein Lieblingswein.«

»Woher weißt du …«

Laura setzt eine wissende Miene auf, hakt sich bei mir unter und führt mich siegesgewiss zu Maeves Haustür.

»Herzlich willkommen.« Maeve winkt uns in einen kleinen Vorraum, in dem Schwarz-Weiß-Drucke von Fünfzigerjahre-Ikonen hängen: von einer Jukebox, einer Schreibmaschine und einem Paar Plateauschuhe.

Maeve hängt unsere Mäntel an einen Garderobenständer

und führt uns ins Wohnzimmer, wo ein Kirschholztisch an die Wand gerückt wurde, um Platz zu schaffen.

Fiona ist noch nicht da, aber die meisten Buchclubmitglieder haben bereits Platz genommen. Im Raum ist es heiß und stickig. Die Wärme strahlt von einem kleinen elektrischen Kamin ab.

»Wenn man vom Teufel spricht«, sagt Ana, die auf einem blassblauen Ercol-Sofa sitzt, schick und lässig zugleich in ihrer Hose mit hoher Taille. »Soeben haben wir von dir gesprochen.«

»Aha?«, sage ich und setze mich zu ihr.

»Ich war mir nicht sicher, ob du es heute Abend überhaupt schaffst. Wie ich mich zu erinnern glaube, stand auf deiner Facebook-Seite, dass der Abgabetermin immer näher rückt.«

»Noch achtundvierzig Stunden.«

»Wow. Liegst du im Zeitplan?«

»Nichts ist der Konzentration so förderlich wie ein bisschen Druck.«

Maeve schenkt Wein ein und reicht mir mein Glas mit den Worten: »Solltest du je Testleser brauchen – hier stünde dir ein ganzes Team zur Verfügung.«

»Das dürfte ihr sicher klar sein«, stimmt Laura zu.

Wieder klopft es, und Maeve verlässt den Raum. Im Vorraum höre ich Fionas Stimme.

»Bin ich die Letzte? Hoffentlich habe ich nichts verpasst. Diese verdammte Lasagne. Es dauert immer drei Mal länger, als man denkt.«

Sie kommt in den Raum marschiert. Ich lächle, weil ich mich freue, sie zu sehen. Vielleicht liegt es an der Beleuchtung, aber sie sieht müde aus. Zwischen ihren Brauen haben sich neue Falten eingegraben, und ihr Gesicht wirkt angespannt.

»Hast du es schon gelesen?«, erkundigt sich Laura bei ihr.

»Elles neues Buch, meine ich. Wir hatten uns gerade als Testleser angeboten.«

Fiona schnaubt. »Machst du Witze? Die hier …« Sie knufft mich in die Rippen und quetscht sich dann neben mich aufs Sofa, »ist eine unverbesserliche Geheimniskrämerin. Ich weiß nicht einmal, worum es geht.«

»Ich möchte nichts vorwegnehmen«, sage ich mit einem Lächeln, um dann nachzuhaken: »Und du hast wirklich Lasagne gemacht?«

»Tu nicht so überrascht. Gelegentlich schaffe ich es tatsächlich, meine Familie zu ernähren.«

»Wo ist Steven eigentlich?«, erkundigt sich Ana bei Maeve.

»Spätschicht. Und Phoebe ist oben und tut so, als würde sie Hausarbeiten machen.«

Mir ist es mehr als recht, dass er nicht da ist. Ich wäre nicht erpicht darauf, ihm nach der beschämenden Geschichte mit dem Notruf unter die Augen zu treten.

Als ich einen Schluck nehmen will, stelle ich überrascht fest, dass ich meinen Wein schon ausgetrunken habe. Ich beuge mich vor, greife zur Flasche und frage, ob ich noch jemandem nachschenken soll, aber die Gläser sind noch alle voll. Also fülle ich nur mein eigenes und beschließe, den Wagen stehen zu lassen und mit Fiona zu fahren.

»Ich habe nur ein Viertel des Buches geschafft«, verkündet Katherine, die stellvertretende Schulleiterin. »An der Schule war der Teufel los. Letzte Woche war die Schulaufsicht da. Immer wenn ich das Buch aufgeklappt habe, bin ich eingeschlafen.«

Schlafen. Wäre das nicht etwas Wunderbares? In der Hitze des Wohnzimmers, wo sich unter dem Einfluss des Weins meine Rückenmuskulatur entspannt, verspüre ich eine bleierne Müdigkeit. Es wäre verlockend, einfach die Augen zu schließen, hier auf der Stelle.

Ich blinzle, um wach zu bleiben. Wenn es nach mir ginge, könnte man gern ein Fenster öffnen. Vor den Erkerfenstern sind allerdings die Rollos heruntergelassen. Auf dem Sims darunter reihen sich jede Menge Tontöpfe mit Sukkulenten aneinander. Dazwischen steht ein gerahmtes Foto von zwei Frauen, die unter einem blühenden Baum sitzen, auf einem Teppich aus Blütenblättern. Die jüngere Frau sieht wie Maeve aus; sie hat der anderen Frau – vermutlich ihre Mutter – den Arm um die Schultern gelegt. Im Hintergrund ist ein helles, stattliches Gebäude mit einer mächtigen Säulenvorhalle zu sehen. Es dauert einen Moment, bis ich es erkenne: Es ist das Bute Building der Universität Cardiff. Ich habe noch gut in Erinnerung, wie ich an einem Frühlingsmorgen durch den Park dahinter geirrt bin, brennende Tränen in den Augen. Hitze wallt in mir auf, als Luke Linden so unvermittelt in meine Gedanken eindringt, als hätte mir jemand eine Faust in den Magen gejagt.

Plötzlich bemerke ich, dass Maeve mich eindringlich mustert.

»Das Bute Building«, sage ich und nicke zu dem Foto hinüber. »Kennst du Cardiff gut?«

»Ich habe mal dort gelebt.«

»Wirklich? Wo denn?«

»Am Stadtrand, in der Nähe des Hafens.«

»Hast du nicht in der Unibibliothek gearbeitet?«, fragt Laura.

»Ja, eine Weile. Bevor ich Phoebe bekam.«

Vielleicht sind wir uns in dem Jahr, in dem ich dort studiert habe, über den Weg gelaufen. Ich frage mich, ob Maeve womöglich von den Gerüchten über mich gehört hat. Damals haben sie sich wie ein Lauffeuer durch die Flure und Hörsäle der Uni verbreitet.

Ana rutscht auf die Sofakante vor. »Wo wir schon bei Fotos

sind: Ist irgendjemand von euch auf Facebook mit meinem Exmann befreundet? Habt ihr seine Bilder von Goa gesehen?«

»Wenn ich es recht verstehe, ist er mit *ihr* dort?«, fragt Maeve.

»Klar. Ich nehme an, sie haben sich durch einen operativen Eingriff miteinander verbinden lassen. Jetzt können sie sich gar nicht mehr trennen, ohne dass die Organe versagen. Nachdem er sich immer über die öffentliche Zurschaustellung von Zärtlichkeiten aufgeregt hat, hat er jetzt ein Selfie ins Netz gestellt, wie er mit ihr herumknutscht. Gut, dass wir keine Kinder haben, die sich in Grund und Boden schämen müssten.«

»Pete? Ich fasse es nicht«, sagt Fiona.

Ana holt ihr Handy heraus. »Ich muss dich aber vorwarnen. Es könnte dir den Geschmack an deinem Wein verderben.«

»Da kennst du mich aber schlecht.«

Ana findet das Bild und hält ihr Handy hoch.

»Er trägt eine bunte Perlenkette, um Gottes willen. Mit zweiundvierzig!«

Dann dreht sie das Display wieder um und scrollt weiter. Nach einer Weile runzelt sie die Augenbrauen und wirft mir einen Seitenblick zu.

»Das ist ja sonderbar.«

»Was denn?«

»Mein Newsfeed teilt mir mit, dass du in diesem Moment live auf Facebook bist.«

»Muss wohl ein alter Post sein.«

Ana schüttelt den Kopf. »Nein. Da steht, dass du heute Abend um fünf nach acht auf Sendung gegangen bist. Das wäre … vor ungefähr einer Viertelstunde?«

»Vielleicht hast du aus Versehen in deiner Tasche draufgedrückt«, sagt Laura. »Oh, vielleicht sind wir jetzt alle live im Netz!«

»Nein. Ich sehe es ja am Feed«, sagt Ana, deren Stimme jetzt leise und ernst geworden ist, sodass der Raum in Schweigen verfällt. »Es ist ein Livebeitrag aus deinem Haus, Elle. Aus deinem Schreibzimmer.«

28 Elle

Mir ist bewusst, dass mein Herz schneller schlägt. Hitze wallt in meinem Hals auf.

Ich starre auf Anas Handy und versuche zu begreifen, was ich da sehe.

Mein Schreibzimmer wird von der Schreibtischlampe erhellt, der Lichtkegel fällt auf die Rückwand. Der Raum wirkt genau so, wie ich ihn hinterlassen habe. Mein Stuhl ist leer. Mein Notizbuch liegt geöffnet auf dem Schreibtisch, mit einem Bleistift im Falz.

Neben mir stellt jemand eine Frage, aber die Wörter verhallen. Die Welt scheint sich immer langsamer zu drehen und allmählich zum Stillstand zu kommen. Meine Aufmerksamkeit wird vollkommen von dem rechteckigen Display in meinen Händen absorbiert.

Fast ist es, als würde ich nicht auf einen Livefeed, sondern auf ein Foto schauen, da keine Bewegung zu erkennen ist. Bei genauerem Hinsehen bemerke ich noch etwas anderes: meine Eichentruhe in der Ecke des Raums. Da stimmt etwas nicht. Der Holzdeckel ist aufgeklappt, ganz weit, wie ein schreiender Mund.

Ich habe die Truhe nicht aufgemacht. Ich habe schon seit Tagen nicht mehr hineingeschaut.

Oder?

Ich schlucke und fahre mit der Zunge über die Innenseite meiner Wangen, um die Speichelbildung anzuregen.

Dutzende von Kommentaren erscheinen an der Bildseite.

Hallo! Hallo! Jemand da?

Offenbar gibt es ein technisches Problem. Wir können dich nicht sehen!

Tolles Zimmer. Aber wo bist du?

Alles in Ordnung?

Aus Versehen auf Sendung? Kicher, könnte mir auch passieren.

Der Wein rauscht dunkel durch meinen Kopf. Ich presse die Fingerspitzen auf die Lippen, meine Gedanken verschwimmen. Vage ist mir bewusst, dass mir jemand das Handy aus der Hand nimmt.

Die Truhe ist offen, denke ich. *Warum?*

Fiona betrachtet das Display. »Hast du aus Versehen auf den Live-Button gedrückt, bevor du gegangen bist?«

Ich schüttle den Kopf. »Nein, ganz bestimmt nicht.« Ich gebe mir alle Mühe, mir meine Panik nicht anmerken zu lassen, registriere aber, dass die anderen Frauen Blicke wechseln.

»Hast du deinen Computer ausgeschaltet?«

»Er war im Ruhemodus.«

Von der anderen Raumseite sagt Maeve: »Vielleicht ist es eine Art Panne: Der Computer hat sich von selbst wieder hochgefahren und in den Live-Modus eingeloggt.«

Ich würde gerne glauben, dass so etwas möglich ist, aber von einem solchen Vorfall habe ich noch nie gehört. Computer erwachen nicht einfach zum Leben und erzeugen Live-Videos.

»Kannst du dich über dein Handy einloggen und ihn wieder ausschalten?«, fragt Ana.

Ich stelle meine Handtasche auf meine Knie, hole mit zitternden Händen mein Handy heraus und öffne die Facebook-Seite. Als ich mich einlogge, wird mir mitgeteilt, dass mein Konto aktiv ist. Es gibt die Möglichkeit, darauf zuzugreifen und die Livesitzung zu beenden. Ich klicke.

Im nächsten Moment verschwindet die Livemaske. Schweigend sitze ich da und blinzle auf das leere Display.

»Vermutlich eines dieser verrückten, unerklärlichen Computerprobleme«, vermutet jemand.

»Ja«, sage ich und kratze mich am Hals, der knallrot geworden ist. »Ich hole mir nur schnell ein Glas Wasser.« Mit diesen Worten verlasse ich den Raum, wohl wissend, dass die Blicke der anderen mir folgen.

Durch den Flur gelange ich in die hell erleuchtete Pantryküche.

Fiona ist ein paar Schritte hinter mir. »Alles in Ordnung?«

Ich drehe mich um. »Nein, nichts ist in Ordnung. Du hast es doch selbst gesehen, oder? Eine Liveschaltung aus meinem Haus, wenn ich nicht daheim bin? Was soll das, zum Teufel? Die Truhe in meinem Schreibzimmer war geöffnet. So habe ich sie nicht hinterlassen. Da ist jemand. Jemand hat in meinen Sachen herumgewühlt. Ich …«

Fiona tritt näher und legt mir die Hände auf die Schultern. »Tief durchatmen.«

Ich hole Luft und lege beim Ausatmen den Kopf in den Nacken. Zwischen zwei Atemzügen sage ich: »Erst der gesprungene Briefbeschwerer, dann der aufgedrehte Wasserhahn, dann die Sache neulich, als ich in meinem Schreibzimmer eingeschlossen war … Es ist, als würde sich ein verdammter Poltergeist in meinem Haus herumtreiben.«

»Hast du gerade das Wort ›Poltergeist‹ benutzt?«

»Wie würdest du es denn erklären?«

»Keine Ahnung, aber vielleicht hat Maeve ja recht: Es könnte einfach eine technische Panne gewesen sein.«

Ich antworte nicht.

»Um mal etwas Positives zu sagen: Immerhin war dein

Schreibzimmer aufgeräumt. Wenn sich von meinem Schreibtisch aus eine Liveschaltung einstellen würde, hätten die Leute eine halbe Stunde lang Gelegenheit, den Schimmel zu bewundern, der aus meinen Kaffeetassen wuchert.«

Ich schaffe es nicht, mir ein Lächeln abzuringen.

»Hör zu, solche sonderbaren Dinge passieren eben. Tatsache. Lass nicht zu, dass dein Hirn deswegen verrücktspielt, ja? Das Wort ›Poltergeist‹ möchte ich nie wieder hören. Und wenn du dir jetzt einredest, dass dein Airbnb-Mieter durch die Wände geht, um einen Livefeed abzusetzen, dann ziehe ich höchstpersönlich los und besorge dir einen Hund.« Fiona lächelt. »Wie wär's, wenn wir dir ein großes Glas Wein einschenken und dann wieder hineingehen. Vielleicht können wir ja so tun, als würden wir uns wenigstens ansatzweise für das Buch interessieren, das heute diskutiert wird?«

Ich bin dankbar für Fionas Bemühungen. Mir ist schon klar, dass sie ihr Bestes tut, um mir meine Ängste zu nehmen. Aber es ist vergeblich. In meinem Kopf wimmelt es von all den Dingen, von denen ich nie jemandem erzählt habe. Ich habe das Gefühl, unter diesem Druck zusammenzubrechen.

»Es steckt noch mehr dahinter«, flüstere ich.

Sie schaut mich direkt an.

»Ich glaube, jemand … arrangiert das alles. Um mir eine Botschaft zu vermitteln.«

»Bitte sag, dass dir klar ist, wie paranoid das klingt.«

Ich schaue auf meine Hände. »Es gibt Dinge, von denen ich dir nie etwas erzählt habe, Fiona.«

Als ich aufsehe, merke ich, dass sie mich mit Blicken durchbohrt.

Die Luft im Raum zieht sich zusammen, das Atmen wird schwerer.

Dann sind Schritte zu hören. »Alles in Ordnung?«, fragt Laura munter.

Ich schaue zur Seite und nicke.

Der Moment ist vorbei.

Auf der Suche nach dem Badezimmer steige ich Maeves schmale Treppe hinauf. Ich muss mir unbedingt Wasser ins Gesicht spritzen. Ich atme tief durch und versuche meinen Herzschlag zu beruhigen.

Auf dem Treppenabsatz angekommen, öffne ich die Tür, die zum Bad führen muss. Erschrocken weiche ich zurück.

»Entschuldigung!«, sage ich zu dem jugendlichen Mädchen, das im Schneidersitz auf einem schmalen Bett hockt, ein Handy in der Hand. »Ich wollte eigentlich ins Bad.«

»Eine Tür weiter.« Das Mädchen schaut mich an. »Sind Sie die Schriftstellerin?«

»Ja.«

»Cool«, sagt sie und lächelt ein wenig.

»Und du bist Phoebe, nicht wahr?«

»Ja.«

Ihr Zimmer hebt sich vom Rest des Hauses ab, eine Teenagerhöhle mit Körben voller Nagellack und Wattebäuschen. Auf einem Ankleidetisch sammeln sich Parfumflakons und Körperlotionen in fantasievollen Verpackungen, am Spiegel hängen bunte Perlenketten. Irgendwie hat es etwas Beruhigendes, hier zu sein – als wäre die Welt wieder normal.

»Ich hoffe, unser Buchclub wirbelt nicht deinen ganzen Abend durcheinander.«

Sie zuckt mit den Schultern. »Ich habe Ihr Buch gelesen. War super.«

»Oh, danke«, sage ich verdutzt. Phoebe kann kaum älter als dreizehn, vierzehn Jahre sein.

»Da steht es.« Sie zeigt auf das oberste Brett eines Bücherregals, über dem eine Lichterkette mit winzigen sternförmigen Lämpchen hängt.

»Du liest ja viel«, sage ich und lasse den Blick über die Titel gleiten. »*The Girls.* Das Buch habe ich geliebt. Und *Eleanor & Park* hast du auch!«

»Das ist eines meiner Lieblingsbücher«, sagt sie mit glänzenden Augen.

»Hast du auch *Solange wir lügen* von E. Lockhart gelesen? Das ist ein wunderbares Buch. Hat mich ein bisschen an *The Girls* erinnert.«

Phoebe geht zum Bücherregal und holt es heraus.

»Du hast einen ausgezeichneten Buchgeschmack! Vielleicht solltest du uns einen Titel für das nächste Treffen empfehlen«, sage ich, und Phoebe grinst.

Als sie das Buch zurückstellt, wird mein Blick von einem Foto in einem Silberrahmen angezogen. Unwillkürlich starre ich dieses Gesicht an, das ich schon vierzehn Jahre nicht mehr gesehen habe, dieses Gesicht, das mich in meinen finsteren, verworrenen Träumen heimsucht und dafür sorgt, dass mein Magen revoltiert und mein Atem stockt.

Luke Linden.

Auf dem Foto trägt er ein braunes Cordjackett, dasselbe, das er auch im Hörsaal immer getragen hat, wenn er locker auf und ab marschiert ist, die Sohlen der eleganten Schuhe auf dem gebohnerten Boden quietschend.

Auf dem Foto hält er ein Baby im Arm, ein Mädchen mit einem runden Gesicht und einem dichten Schopf feinen schwarzen Haars. Das Köpfchen ruht in seiner Armbeuge, den Blick auf ihn gerichtet.

Auf dem Foto lächelt er. Seine Augenwinkel kräuseln sich, als er zufrieden in die Kamera grinst.

»Wer?«, ist alles, was ich herausbringe.

»Mein Dad und ich«, antwortet Phoebe. »Er ist gestorben, als ich vier war.«

Ich sage nicht, dass ich das weiß. Dass ich weiß, dass er in einem ungewöhnlich warmen Oktober auf der Halbinsel Gower ertrunken ist. Dass ich es aus der Zeitung erfahren habe.

Ich saß mit Flynn im Zug nach Bristol, als ich es herausfand. Wir sprachen über unsere Pläne für Weihnachten. Um dem Trubel zu entgehen, wollten wir uns in einem Bed & Breakfast im Lake District einigeln.

Ich schaute aus dem Fenster und stellte mir schon vor, wie ich über einen im Frost funkelnden Hügel wanderte oder in einem Pub mit Reetdach zu Mittag aß. Im Zugfenster spiegelte sich die Zeitung, die ein Passant liegen gelassen hatte; aus dem dunklen Glas lächelte mir ein Gesicht entgegen.

Flynn sah mich überrascht an, als ich mir die Zeitung schnappte.

Da war er. Ein Schwarz-Weiß-Foto, auf dem er hinter einem Schreibtisch sitzt und mit dunklen Augen unter seinem dichten Haarschopf herausschaut, die Beine übereinandergeschlagen. Ich hatte sein Gesicht viele Jahre nicht gesehen.

Am frühen Sonntagmorgen wurde am Llangennith Beach die Leiche eines Mannes angeschwemmt. Sie wurde als Luke Linden identifiziert, Dozent an der University of Wales in Cardiff.

Den Rest des Artikels überflog ich nur. Jedes Wort war so scharf und gefährlich wie zerbrochenes Glas: *durch unglückliche Umstände ertrunken … gefährliche Strömungen … hinterlässt eine Frau und ein Kind.*

Ich fange an zu zittern. Das kam zu unerwartet. Ich hatte mir solche Mühe gegeben, ihn aus meinen Gedanken zu verbannen.

Flynn rief hinter mir her, als ich vom Tisch aufsprang, durch den Wagen rannte und mit der flachen Hand gegen die leuchtende Sensortaste für den Türöffner schlug. *Ich muss hier raus!*

Die Tür blieb verschlossen. Der Zug fuhr los, holperte über die Schienen und verließ den Bahnhof.

»Das tut mir sehr leid«, sage ich jetzt zu Phoebe – um dann rückwärts zurückzuweichen, die Hände nach der Tür tastend. Mein Blick bleibt an dem Foto kleben, bis ich den Treppenabsatz erreicht habe und die Tür hinter mir schließen kann.

Das Blut rauscht mir in den Ohren, als ich begreife: Luke Linden war Maeves erster Ehemann.

Meine Füße scheinen nicht mehr zu meinem Körper zu gehören, als ich mit wackeligen Beinen die Treppe hinuntersteige. Eine Stimme in meinem Innern gibt mir präzise Anweisungen. Mantel. Schlüssel. Aufbruch.

Am Fuß der Treppe höre ich das Stimmengewirr im Wohnzimmer, das laute Lachen meiner Schwester, das Klirren, mit dem eine Flasche an den Rand eines Glases schlägt. Ich nehme meinen Mantel vom Garderobenständer, ziehe ihn an und krame in den Taschen nach meinem Autoschlüssel.

Eigentlich sollte ich mich bei Maeve abmelden, weil ich sonst nur Anlass zu Spekulationen biete. Ich hole tief Luft, setze ein breites Lächeln auf und stecke den Kopf ins Zimmer.

»Tut mir leid, alle miteinander, aber ich muss heute früher los. Der Abgabetermin!«

Ein allgemeines Murmeln erklingt. *Wirklich? Aber du bist doch gerade erst gekommen.*

»Ich begleite dich«, erklärt Fiona.

Aber ich schüttle den Kopf und hebe die Hand. »Nein, es geht schon.«

Im nächsten Moment habe ich das Wohnzimmer verlassen, bin zur Haustür hinaus und trete in die Nacht.

Ich fühle das Straßenpflaster unter den Füßen und die kalte Luft in der Lunge.

Bei meinem Wagen bleibe ich stehen. Mein Herz pocht wild. Ich lege die Hände an die kalte Karosserie und atme langsam ein. Wind kommt auf und bläht meinen offenen Mantel.

Es fühlt sich an, als würde sich der Boden unter meinen Füßen drehen. Ich senke den Kopf und konzentriere mich ganz auf meinen Atem.

»Elle.«

Ich erstarre, als sei mein Name aus Maeves Mund ein Schlag mit dem Knüppel.

Langsam drehe ich mich um.

Maeve steht hinter mir, den Kopf zur Seite geneigt. »Alles in Ordnung?«

»Ja. Tut mir leid, dass ich so überstürzt aufgebrochen bin. Ich muss nur einfach diesen Roman fertig bekommen.«

Sie mustert mich mit reglosem Blick, ihre Miene wirkt irgendwie wissend. »Mir schien, als hätte ich dich mit Phoebe reden hören.«

Ich schlucke. »Ich hatte mich im Raum geirrt.«

Maeve wirft mir einen langen Blick zu, dann nickt sie. »Gute Heimfahrt also.«

Ich drehe mich um, fummle mit dem Schlüssel herum und löse versehentlich die Alarmanlage aus. Orangefarbene Blitze erhellen den Gehweg, abgehackte Signaltöne erfüllen die Nacht. Leise fluchend drücke ich noch einmal auf den Knopf und bringe sie zum Schweigen.

Ich steige ein und knalle die Tür hinter mir zu.

Als ich den Schlüssel ins Zündschloss stecke, sehe ich Maeves kühle Miene vor mir. Eines scheint klar: *Maeve weiß genau, wer ich bin.*

29 Elle

Das Ende zu finden ist eine der größten Herausforderungen für Schriftsteller. Aber denk dran: Die Hinweise aufs Ende sind immer schon da; sie stecken zwischen den Zeilen deines ersten Entwurfs. Du musst sie nur suchen.

Die Schriftstellerin
Elle Fielding

Ich fahre in die Einfahrt und parke mit der Schnauze zum Haus. Bei tickendem Motor bleibe ich sitzen, die Scheinwerfer ausgeschaltet; der Schlüssel steckt noch im Zündschloss.

Das Haus am Rand der Klippen steht einsam und majestätisch da. Der Bewegungsmelder lässt die Lorbeerbäume, die in ihren Kübeln die Haustür flankieren, knorrige Schatten werfen, sodass der landestypische Eingang gotische Wucht bekommt.

Wenn ich hochschaue, sehe ich das Licht oben im Haus. Ich denke an mein leeres Schreibzimmer auf Facebook, den weit aufgerissenen Deckel meiner Eichentruhe im Hintergrund.

Ich möchte nicht aussteigen und hineingehen.

Alles fließt ineinander: das Haus … mein Buch … Maeve … Linden.

Er hätte mein Dozent sein sollen und ich seine Studentin. Nichts anderes.

Doppelzüngig. Falsche Anschuldigungen. Lügnerin.

In den Eingeweiden einer Polizeiwache in Cardiff trat ich um die Ecke und sah Luke Linden und seine Frau auf mich zukommen. Ich hatte gewusst, dass er verheiratet war – dass es in einem unbestimmten, gesichtslosen Sinn eine »Ehefrau« gab. Mir war zu Ohren gekommen, dass sie älter war als er, zierlich, attraktiv. Nun sah ich ihre roten Wildlederstiefeletten, den originell platzierten Reißverschluss, die flachen Absätze. Das Haar hat sie damals anders getragen: rabenschwarz gefärbt und kurz. Als sie näher kam, bemerkte ich den dicken Babybauch. Eine Hand hatte sie daruntergelegt, als würde sie versuchen, den Bauch ein wenig zu stützen. Sie redete mit ihrem Ehemann, aber eine atmosphärische Veränderung ließ sie meine Anwesenheit offenbar spüren; unvermittelt zuckte ihr Blick in meine Richtung und ließ mich zu einem Eisklotz erstarren.

Es war ein ganz neues Gefühl, von einer anderen Frau gehasst zu werden. Ihr Blick ist mir lang in Erinnerung geblieben. Was musste Luke Lindens Frau über die schmalhüftige Studentin mit den schwarz umrandeten Rehaugen denken?

Was musste sie über das Mädchen denken, das vier Wochen vor dem Geburtstermin in ihr Leben rauschte und eine erschütternde Behauptung über den Mann in die Welt setzte, mit dem sie soeben eine Familie gründen wollte?

Was dachte Luke Lindens Frau?

Wozu wäre sie bereit, um Gerechtigkeit walten zu lassen?

Ich beuge mich vor und schaue in den Rückspiegel. Ein Wagen nähert sich. Das Scheinwerferlicht hüpft auf und nieder, als er durch die Schlaglöcher in dem finsteren Sträßchen holpert. Ich sehe ihn an der Einfahrt zu Franks und Enids Grundstück vorbeifahren. Der Wagen kommt zu mir.

Direkt hinter meinem Wagen bleibt er stehen und versperrt die Zufahrt.

Mein Herzschlag beschleunigt sich.

Die Scheinwerfer hinter mir erlöschen. Die Fahrertür öffnet sich und wird vom Wind weit aufgerissen. Das Innenlicht springt an und beleuchtet den Fahrer, der jetzt aussteigt.

Maeve.

Kalte Panik macht sich in meiner Magengrube breit.

Das leise Knirschen von Kies ist zu vernehmen. Ich bleibe wie erstarrt sitzen.

Die Schritte gehen allerdings weiter, an meinem Wagen vorbei.

Maeve hat mich nicht gesehen. Sie geht zum Haus. Der Saum ihres Mantels wird vom Wind hochgeweht. Auf der hell erleuchteten Schwelle bliebt sie stehen und betätigt den Türklopfer.

Maeve war es, denke ich. Maeve hat in die Exemplare meines Romans das Wort »Lügnerin« neben meinen Namen geschrieben. Und es muss auch Maeve gewesen sein, die am Tag des Büchereigesprächs die beiden Wörter in meinem Exemplar markiert hat, unauffällig, aber unübersehbar: *Du Lügnerin*.

Als ich sie nun auf der Türschwelle stehen sehe, das Kinn vorgereckt, denke ich an die einsame Figur, die Enid in meinem Schreibzimmer erblickt hat. In meinem Gedächtnis regt sich etwas, ein Gesprächsfetzen … Maeve hatte erwähnt, dass sie von einem einwöchigen Besinnungsurlaub zurückgekommen sei. Ende Oktober war das – dieselbe Zeit, in der ich in Frankreich war.

Was, wenn es gar keinen Besinnungsurlaub gab? Was, wenn sie entdeckt hatte, dass man mein Haus über Airbnb mieten konnte? Was, wenn sie ein falsches Profil angelegt und sich Joanna genannt hat?

In der dunklen Kiste meines Wagens gefangen, pulsiert dickflüssiges Blut in meinen Adern, als ich es plötzlich klar vor mir sehe.

Ich habe den Schlüssel deponiert. Ich habe ihr Blumen hingestellt und eine Nachricht hinterlassen. Ich habe sie in mein Haus gelassen.

Maeve hebt die Fäuste und klopft. Dann steckt sie eine Hand in die Tasche und kramt nach etwas.

Einem Schlüssel?

Ich wage kaum zu atmen und drücke mich tief in den Sitz.

Mein Handy blinkt auf und rutscht lautstark vibrierend über das Armaturenbrett. Das Licht spiegelt sich in der Windschutzscheibe. Ich greife danach, um es zum Schweigen zu bringen – und erkenne den Namen des Anrufers.

Maeve.

Langsam hebe ich den Blick.

Maeve hat sich auf der Schwelle umgedreht. Ihr Gesicht liegt im Schatten, aber ich weiß, dass ihre Augen auf mich gerichtet sind.

»Ja?«, flüstere ich in mein Handy.

Ich höre das Knirschen von Schritten, als Maeve auf meinen Wagen zukommt. Ihre Stimme klingt merkwürdig gedehnt, als sie sagt: »Ach, da bist du.«

Ich könnte die Zentralverriegelung aktivieren, könnte das Gespräch beenden und 999 wählen.

Aber ich tu es nicht.

In meiner Brust verhärtet sich etwas.

Meine Fingerspitzen berühren den Türgriff.

Mit wild klopfendem Herzen trete ich in die bitterkalte

Finsternis hinaus. Der Wind peitscht mir die Haare ins Gesicht.

Wir schauen uns an. Maeve schürzt die Lippen. In ihrer Miene liegt nicht die Andeutung eines Lächelns.

»Du warst in Phoebes Zimmer.«

»Ja.«

Ihr Tonfall ist stählern. »Du hast das Foto gesehen.«

»Luke Linden.« Ich habe den Namen schon seit Ewigkeiten nicht mehr laut ausgesprochen.

Maeve muss sofort, als ich in die Stadt gezogen bin, gewusst haben, wer ich bin. Gesagt hat sie nichts. Sie hat mich beobachtet. Hat gewartet.

Worauf?, frage ich mich. In meiner Brust steigt Panik auf.

Die Ereignisse der Vergangenheit sind mittlerweile derart verzerrt, dass ich nichts mehr sicher weiß. Die Wahrheit ist etwas Trübes, Wandelbares, ein gewundener Fluss, der niemals zur Ruhe kommt.

Habe ich gelogen?

Hat er es getan?

Der Bewegungsmelder erlischt, und die Einfahrt versinkt in tiefer Finsternis. Hinter mir rollt und rauscht das Meer. Tosend brechen sich die mächtigen Wellen am Strand. Wenn ich mich umdrehen würde, würde ich die grau-schwarze Fläche mit den weißen Schaumkronen sehen. Im salzigen Wind liegt die Ahnung eines Sturms.

Dann fühle ich, wie ein Lederhandschuh die nackte Haut meines Handgelenks packt. »Ich kenne die Wahrheit.«

Die Worte hauen mich um und lassen mich zurücktaumeln, viele Jahre zurück, in eine Zeit, in der ich ein anderes Mädchen war und in einer anderen Stadt gelebt habe. Damals dachte ich, die Wahrheit sei etwas klar Umrissenes: eine einzelne Zeile, schwarz oder weiß, ohne Zwischentöne.

Warum sollte jemand vormittags einen Termin mit einer Studentin ansetzen?, hatte sich Elle träge gefragt, als sie durch das geisteswissenschaftliche Gebäude schlenderte, in ihrer Tasche nach einer Rolle Kaugummi suchend. Frischer Mintgeschmack füllte ihren Mund. Sie warf das Haar zurück, als sie die Treppe zu Luke Lindens Büro hinaufging und sich Mühe gab, nüchtern zu wirken.

Sie klopfte einmal an und trat dann ein, immer noch hochgestimmt von der Partynacht und den Drogen, die durch ihre Adern rauschten.

Sie schloss die Tür hinter sich.

Luke Linden trug ein frisches Hemd. Seine Haare waren gewaschen, und er roch nach Aftershave und Zigaretten. Er wirkte kaum älter als die Jungen, die sie bei der Hausparty zurückgelassen hatte.

Er saß hinter seinem Schreibtisch und musterte sie. Vermutlich registrierte er, dass sie noch das Kleid von letzter Nacht trug, dass die Wimperntusche unter ihren Augen verschmiert war und dass sie immer noch ein wenig nach Parfum roch.

»Schöne Nacht gehabt, wenn ich es recht sehe?« In seiner Stimme lag ein Lächeln.

»Absolut.« Sie bewegte die Lippen bei jeder Silbe. »Waliser Reggae war nur der Anfang.«

Sie ließ sich auf den Plastikstuhl sinken, als sei sie mit einer Freundin im Café: vertraut und entspannt. Der Wechsel der Umgebung war ein Misston. Eine Stunde zuvor hatte sie noch unter dem blinkenden Licht des Stroboskops auf dem Sofa gelegen, inmitten von Menschen, die in den Morgen hineintanzten, und nun war sie plötzlich in die förmliche Umgebung des Büros ihres Englischdozenten geraten.

Ihr war bewusst, dass sein Blick auf ihr ruhte.

Sie schaute zu ihm auf.

»Warum lächeln Sie vor sich hin?«

Sie legte den Finger an den Mund. Linden musterte sie eindringlich, mit geöffneten Lippen und wachsamen Augen. Nun erkannte sie, was sie zuvor nur geahnt hatte: Luke Linden fühlte sich zu ihr hingezogen. Die Gewissheit hatte etwas merkwürdig Ernüchterndes, als würde man auf einem Jahrmarkt um einen Preis spielen, der jeden Reiz verlor, sobald man ihn in den Händen hielt.

Langsam verzog sich sein Mund zu einem Lächeln und entblößte die langen Schneidezähne. Das Bild eines Wolfs kam ihr in den Sinn.

Ihr Kopf hatte zu pochen begonnen. Sie wünschte, sie hätte den Termin geschwänzt und wäre direkt nach Hause gegangen. Eigentlich wollte sie nur noch etwas essen, eine Dusche nehmen und ins Bett gehen.

Ihr schwirrte der Kopf in dem luftleeren Raum. Sie stand auf und ging zu der Wand auf der anderen Raumseite, wo Schwarz-Weiß-Drucke von Shakespeare-Zitaten hingen. Das Zitat in ihrer Nähe lautete:

Auch wenn sie klein sein mag, so ist sie doch stark.

»Sind Sie das?«, fragte er.

Sie hatte gar nicht mitbekommen, dass er ebenfalls aufgestanden und hinter seinem Schreibtisch hervorgetreten war. Er stand direkt hinter ihr, den Mund dicht an ihrem Ohr.

Unbehagen befiel sie: seine Nähe, die geschlossene Tür, der anzügliche Unterton. Sie wollte zurückweichen, aber rechts von ihr befand sich ein Aktenschrank, links von ihr die Wand und hinter ihr stand er.

Sie spürte seinen Atem im Nacken.

Plötzlich ging ihr auf, wie sonderbar es war, dass er sie vor ein paar Wochen mit dem Auto aufgegabelt und nach Hause gebracht hatte. Dass sie an einem anderen Abend einen Verfolger hinter sich gespürt und Luke Linden entdeckt zu haben glaubte. Dass eine schattenhafte Gestalt an den Zuggleisen gestanden und sie beobachtet hatte. Ihr Magen krampfte sich zusammen, als sie plötzlich begriff.

»Ich muss …«

Der Satz brach ab, als er ihre Haare packte und um seine Faust wickelte.

Ihr Kopf wurde nach hinten gezogen, ihre Kopfhaut schien zu brennen. Finger kratzten über ihren Oberschenkel, während die andere Hand den Saum ihres Kleids anhob und ihr die Unterhose vom Leib riss.

Ihre Kehle war so überdehnt, dass ihr »Nein!« wie ein Flüstern herauskam. Sie fühlte die scharfe Metallkante des Aktenschranks und roch den Pfefferminzgeruch des Mundwassers, überlagert von Zigarettenqualm. Dann Schmerz, weißglühend.

Ihre Gedanken schienen sich von ihrem Körper zu trennen und an die Decke zu steigen. Ihre Augen fixierten eine Stelle an der Neonröhre, wo eine Motte in der Plastikabdeckung gefangen war. Sie flatterte wild und versuchte unermüdlich, zu entkommen, mit den weichen Fasern ihres Leibs gegen das unnachgiebige Plastik ankämpfend. Elle wünschte ihr aus ganzem Herzen, dass sie das Loch, durch das sie hineingelangt war, finden möge, aber vergeblich. Sie stellte sich vor, wie die Motte mit ihren leichten, klebrigen Beinen auf ihrer Brust landen und die staubigen, dunklen Flügel stumm um ihr Herz legen würde. Dort würde sie sterben, dass wusste Elle.

Ein Stöhnen erklang, ein Seufzer, direkt an ihrem Ohr.

Im nächsten Moment löste sich die Faust aus ihrem Haar. Er trat zurück. Sie hörte das Geräusch eines Reißverschlusses. Einer Schnalle. Das Knarren von Leder, als er sich wieder hinter seinen Schreibtisch setzte.

Es klopfte. Luke Linden warf ihr lächelnd einen Blick zu, dann legte er den Finger auf die Lippen.

»Pscht.«

Er faltete die Hände über einem Stapel Papier und rief: »Ja bitte?«

Eine Sekretärin übermittelte eine Nachricht von der Mutter eines Studenten. Sie kam nicht ins Büro, andernfalls hätte sie gesehen, dass sich Elle immer noch an den Aktenschrank presste, das Gesicht bleich, das Kleid von der Schulter gerutscht.

»Danke, Lynn«, sagte er liebenswürdig. »Lassen Sie die Tür doch bitte offen.«

Nachdem die Sekretärin wieder verschwunden war, zeigte Luke Linden zu ihrem Erstaunen auf den Stuhl vor dem Schreibtisch und sagte: »Also, zu Ihrem Essay …«

Sie irrte durch den Bute Park. Alle Laute waren erschreckend durchdringend: Die raue Stimme eines Passanten, der in sein Handy sprach, das Geräusch eines Spatens, der in die dunkle Erde eines Blumenbeets eindrang.

Im Wohnheim angelangt, ging sie direkt in ihr Zimmer und schloss ab. Als sie einen Zug hinter ihrem Haus entlangrattern hörte, zog sie die Jalousie herunter. Sie hängte einen Schal über ihren Spiegel, bis er vollständig abgedeckt war. Als sie sich auszog, zitterte sie am ganzen Leib. Alles, was sie getragen hatte, steckte sie in einen Müllbeutel: Kleid, Unterwäsche, Schuhe. Dann verknotete sie ihn dreifach.

In der Dusche seifte sie jeden Millimeter ihres Körpers ein, während Claire von draußen an die Tür klopfte und rief: »Beeil dich doch mal, verdammt.«

Elle drehte das Wasser heißer, bis es sie fast verbrühte. Dann reckte sie das Gesicht in den Strahl und ließ das Wasser in Nasenlöcher, Mund und Augen strömen.

Hinterher trocknete sie sich sorgfältig ab. Und dann … dann hatte sie keinen Plan mehr. Wusste nicht, was sie noch tun sollte. Sie nahm ein Buch und versuchte zu lesen, vergeblich. Schließlich setzte sie sich ins Wohnzimmer und sah im Fernsehen Shows an, während ihre Mitbewohnerinnen zu ihren Veranstaltungen gingen und zurückkamen, in die Küche traten, sie wieder verließen, sich Käsesandwiches zubereiteten und Unmengen von Tee kochten. Wenn jemand nachfragte, schob sie einen Kater vor, dann lachte man und kommentierte es nicht weiter.

In jener Nacht schlief sie nicht. Der Fernseher blieb angeschaltet und schickte Wiederholungen von *Friends* in die Dunkelheit. Das Lachen aus der Konserve drang wie ein Bohrer in ihren Kopf.

Am nächsten Morgen blieb sie in ihrem Zimmer, bis alle anderen zu ihren Veranstaltungen aufgebrochen waren. Dann zog sie ihre Turnschuhe an und marschierte los.

Sie hatte kein Ziel, keinen Plan, keine Richtung. Es gab nur ihre Füße auf dem Asphalt, die Wege zurücklegten, im Schatten von Gebäuden gingen, eine Brücke überquerten, am Kai vorbeikamen, über einen Betonplatz schritten, eine Geschäftszeile passierten.

Schließlich riss das Geräusch ihrer Schritte ab. Sie hatte Blasen an den Fersen, und ihre Waden waren steinhart. Ihr Blick hatte sich zu dem Gebäude gehoben, graue Betonbausteine, verwittert und stumpf. Auf dem Flachdach flatterte eine Flagge in der Brise. Auf einem Schild stand:

POLIZEI
HEDDLU

Sie stieg die Betontreppe hinauf und öffnete die Tür. Desinfektionsmittel, alter Schweiß, aufgewärmtes Essen. Ein Empfangstresen. Plastikstühle. Ein Snackautomat.

Und später dann ein fensterloser Raum. Zwei Polizisten, ein Mann und eine Frau. Der männliche Polizist lehnte sich in seinem Stuhl zurück und strich sein schütteres kastanienbraunes Haar nach hinten. Sein Blick war wachsam.

»Das ist eine sehr ernste Behauptung.«

Dieser eine Satz hat, wie ihr später klar wurde, schon alles gesagt: eine Behauptung. Nicht die Wahrheit. Keine Lüge. Schlicht eine Behauptung.

30 Elle

Maeve betrachtet mich in der dunklen Einfahrt, die Finger um mein Handgelenk gelegt. »Du hast gelogen.«

Ich höre das Meer hinter mir, spüre, dass mein Puls unter ihrem Griff klopft.

»Das dachte ich damals … dass du es dir ausgedacht hast, um Aufmerksamkeit zu erzwingen.« Ihre Hand sinkt herab. »Aber ich lag falsch, nicht wahr?«

Ich blinzle. Ihre Frage klingt distanziert.

»Als ich Luke fragte, was passiert sei, hat er mir in die Augen geschaut und unmissverständlich erklärt, er habe dich niemals berührt.« Sie schluckt. »Ich habe ihm geglaubt. Er war mein Ehemann. Sein Baby wuchs in meinem Bauch. Unsere Zukunft als Familie stand auf dem Spiel. Ich musste ihm glauben.«

Ich verhalte mich absolut still und sage kein Wort.

»Und dann hast du ein paar Tage später die Klage zurückgenommen und seine Veranstaltung verlassen. Die Uni.«

Ich erinnere mich noch an die Seitenblicke meiner Kommilitonen, das gedämpfte Geflüster im Wohnheim.

»Niemand hat mir geglaubt«, sage ich schließlich. Meine Stimme klingt dünn, ein Schatten ihrer selbst.

Maeve schaut mich an.

»Ich habe der Polizei gesagt, dass ich der Meinung sei, er habe mich verfolgt. Er habe vor meinem Wohnheim herumgelungert. Ich habe ihnen erzählt, dass er mich mal mit seinem Auto abgefangen und mitgenommen hat, aber er hat es geleugnet. Er hatte ein Alibi.«

»Von mir.«

Ich nicke. »Du hast für ihn gelogen.«

»Ich habe in der geisteswissenschaftlichen Bibliothek gearbeitet. All die jungen Studentinnen haben mit ihm geflirtet und versucht, ihm zu imponieren. Das Getuschel hinter den Bücherregalen ist mir nicht entgangen.« Sie hielt inne, den Blick auf mich gerichtet. »Weißt du, dass ich dich einmal belauscht habe? Bei einem Gespräch mit einem anderen Mädchen. Ich stand in der Nähe und habe Bücher auf einen Bücherwagen gepackt. Das Mädchen, mit dem du zusammen warst, hat dich gefragt, ob du dir vorstellen könntest, mit ihm zu vögeln.«

Ich zucke zusammen. An den Tag kann ich mich noch gut erinnern. Ich weiß auch noch, dass die Bibliothekarin in der Nähe stand, den Rücken uns zugewandt. Meine Antwort habe ich noch gut im Ohr.

»Für mich warst du einfach ein Mädchen, mit dem die Fantasie durchgegangen ist. Ich habe so fest an meinen Ehemann geglaubt, dass ich den anderen unbedingt die Augen öffnen wollte.«

Ich blinzle. »Was meinst du damit?«

»Ich habe mir Mühe gegeben, so laut mit meinen Kolleginnen über den Fall zu reden, dass die Studenten es mitbekommen. Mir lag alles daran, dass sich der Wind dreht und die Leute *dir* misstrauen. An *deiner* Aussage zweifeln.«

Ich bewege meinen Kopf hin und her, als ich allmählich begreife. »*Du* hast den Umschlag durch unseren Briefschlitz geworfen, nicht wahr?«

Maeve schaut mich an und nickt. Und spricht das Wort aus, das mit rotem Lippenstift auf das Blatt Papier geschrieben war. »Lügnerin.«

Ich spüre, wie mir Tränen in die Augenwinkel treten. »Und wie hast du die Wahrheit herausgefunden?«

Sie rührt sich. Unter ihren Füßen knirscht der Kies. »Vier Jahre später war das. Ein Mädchen kam in die Bibliothek. Offenbar hatte sie herausgefunden, dass ich Lukes Frau bin, und sagte zu mir: ›Erklären Sie Ihrem Ehemann, dass er mich in Ruhe lassen soll.‹ Angeblich haben sie ein paarmal miteinander gevögelt, aber dann wirkte er plötzlich wie besessen und hat sie auf dem Heimweg von der Arbeit verfolgt. Er hat sie sogar gegen eine Wand gedrängt.«

Galle steigt mir in die Kehle.

»Da war mir klar, dass er mich damals belogen hat.«

Ich presse die Hand auf den Mund und atme die warme, feuchte Luft ein. Der Boden scheint zu schwanken.

»Ich dachte schon«, flüstere ich, »dass *ich* mich geirrt hätte. Dass mich meine Erinnerung … im Stich lässt. Niemand hat mir geglaubt. Die Polizei nicht. Meine Freundinnen nicht. Und meiner Familie habe ich es erst gar nicht erzählt, weil ich Angst hatte, dass sie mir auch nicht glauben.«

Als ich bei der Polizei war, hatte ich das Gefühl, dass man an meinem Wort zweifelte. Man hat sich auf den Alkohol und die Drogen konzentriert. Auf das Kleid, das ich trug. Auf den flirtenden Unterton bestimmter Sätze, die ich in der Woche zuvor gesagt hatte. Was in diesem Raum geschehen ist und dass ich »Nein« gesagt habe, kam nicht zur Sprache. Das hat mich so tief verunsichert, hat einen so düsteren Schatten auf die Sache geworfen, dass ich bereits an mir selbst zweifelte, an meiner Fähigkeit, mich an die Details des Vorfalls zu erinnern, an meiner Unschuld.

Hätte ich die Wahrheit verfälscht – hätte ich nicht erzählt: Ja, es gab einen Moment, in dem ich mich zu ihm hingezogen fühlte; ja, ich habe wenige Stunden zuvor Koks geschnieft; ja, ich habe in der vorangegangenen Nacht in einer

Bar mit ihm geflirtet; ja, ich habe in einem überfüllten Hörsaal einen Knicks vor ihm gemacht –, um eine eindeutige Geschichte zu erhalten, die man direkter mit so etwas wie der »Wahrheit« verknüpfen kann, dann hätte man mir vielleicht geglaubt.

In den Jahren, die seither vergangen sind, habe ich lernen müssen, dass die Wahrheit etwas Wechselhaftes, Gallertartiges ist und Lügen manchmal helfen, im komplizierten Graubereich Nuancen zu erhellen. Dieses Wissen hat mich verändert und dazu geführt, dass ich Situationen manchmal falsch einschätze und schlechte Entscheidungen treffe, weil ich Tatsachen so lange verbiege, bis sie ihre ehemalige Gestalt nicht mehr zurückerlangen können. Schwarz und Weiß sind Grautöne geworden.

»Ich habe daran gedacht, dich ausfindig zu machen und dir zu sagen, dass ich dir glaube«, erklärt Maeve. »Aber ich habe es mir anders überlegt, aus Angst, alles wieder aufzuwühlen. Wegen Phoebe. Und dann entdeckte ich all die Jahre später dein Foto hinten auf einem Buch, das ich gerade auspackte. Ich konnte es kaum glauben, dass du das warst – eine international anerkannte Bestsellerautorin.« Sie hält inne und schüttelt den Kopf. »Du hast das Ruder noch einmal herumgerissen. Das hat er dir nicht nehmen können.«

Ich beiße mir auf die Unterlippe.

Maeve hat keine Vorstellung, wie sich mein Leben tatsächlich verändert hat.

»Ich wollte dir mitteilen«, sagt Maeve, »dass ich ihn noch am selben Tag, an dem dieses zweite Mädchen in die Bibliothek kam, verlassen habe. Ich habe unsere Sachen zusammengepackt, Phoebe aus dem Kindergarten abgeholt und mich direkt nach Cornwall zu meiner Mutter begeben. Luke habe ich einen Zettel hinterlassen, dass ich, wenn er uns nachreisen würde, höchstpersönlich zur Polizei gehe.«

»Hat er es getan?«

Sie schüttelt den Kopf. »Wir haben ihn nie wiedergesehen.«

»Er ist ertrunken.«

Maeve vergräbt die Hände in den tiefen Taschen ihres Mantels. »Es war Selbstmord.«

Ich reiße die Augen auf.

»Am Tag, als seine Leiche gefunden wurde, bekam ich einen Brief von ihm. Er schrieb, dass er die beiden Männer, die in seinem Körper steckten, nicht miteinander versöhnen könne: den Vater und den ›anderen‹, wie er ihn nannte. Der Polizei habe ich nichts von dem Brief erzählt. Niemandem habe ich davon erzählt, meiner Mutter nicht, Steven nicht und meiner Tochter erst recht nicht.«

Sie zögert und schaut mir in die Augen. »Ich möchte nicht, dass Phoebe herausfindet, wer Luke Linden wirklich war. Niemals. Für sie ist er der liebende Vater, der auf tragische Weise ums Leben kam. So lautet die offizielle Version.« Sie holt tief Luft. »Ich weiß, dass du mir nichts schuldig bist, aber ich bitte dich trotzdem – ich flehe dich an –, es dabei zu belassen.«

Ich denke an das Manuskript, das auf meinem Laptop gespeichert ist: die Geschichte von einem Mädchen, dem man nicht glaubt, und einem Mann, der seine Machtstellung ausnutzt. Ich denke an die schwangere Frau, über die ich geschrieben habe, die Szenen, an denen ich mühsam gefeilt habe.

Die ich durchlebt habe.

»Versprich mir das«, sagt Maeve.

31 Elle

Orientiere dich bei der Einstellung der Linse an deinen Charakteren. Korrigiere den Wahrnehmungswinkel, um die Wahrheit über deine Charaktere zu enthüllen – oder bloßzulegen.

Die Schriftstellerin Elle Fielding

Das Meer liegt wie eine glatte Fläche vor mir. Im schwachen Morgenlicht wirkt es fast gläsern. Die hohen Spitzen des Dünengrases hinter mir wiegen sich nicht im Wind. Die Fußabdrücke haften im Sand. Vollkommene Ruhe liegt in der Luft, und ich fühle mich emporgehoben und gehalten, als würde sich jeder Moment endlos ausdehnen.

Schließlich lasse ich das Handtuch fallen und wate weiter. Das Meer teilt sich und umschließt mich, hüllt mich in seine eisige Umarmung. Meine Atmung lässt sich nicht mehr regulieren, und ich kämpfe mit wilden Tritten gegen die Kälte an. Meine Muskeln ziehen sich zusammen, schrumpfen.

Das Licht bricht sich im Wasser, sodass meine Beine fern und geisterhaft wirken.

Es dauert länger als sonst, aber schließlich finde ich einen Rhythmus. Mit jeder Armbewegung und jedem Beinschlag beginnt sich mein Atem zu normalisieren. Meine Gedanken werden klar, fokussiert.

Ich denke an Luke Linden. Hier draußen ist mein Platz, mein Element. Ich frage mich, was aus mir geworden wäre, wenn man mir geglaubt hätte. Wenn ich mir selbst geglaubt hätte. Wäre ich an der Uni geblieben und hätte mein Studium abgeschlossen? Hätte ich Flynn trotzdem kennengelernt? Wäre ich gereist? Hätte ich trotzdem die Abtreibungsklinik betreten? Oder hätte ich Vertrauen in mich selbst gehabt, zu meinen Entscheidungen, meinen abweichenden Meinungen? Was, wenn es überhaupt keinen Luke Linden gegeben hätte? Wer wäre ich dann gewesen?

Meine Gedanken wandern zu meinem unfertigen Manuskript. Ich habe aus den finsteren Orten, über die ich nie gesprochen habe, eine Geschichte gesponnen: über ein neunzehnjähriges Mädchen und einen Dozenten in einem Cordjackett.

Ich denke an Maeves Bitte.

Es liegt mir fern, Phoebe wehtun zu wollen. Ich habe Namen und Orte geändert und das Geschehen in einer anderen Zeit angesiedelt. Die Leser werden das Buch für Fiktion halten. Nur Maeve und ich werden die Wahrheit in diesen Seiten erkennen. Letztlich ist es meine Geschichte. Es ist meine Entscheidung, wie ich sie erzähle.

Mit schnellen Beinschlägen schwimme ich ans Ufer zurück.

Plötzlich weiß ich genau, wie mein Roman enden wird.

Dieser Roman, der mich gequält und auf die Folter gespannt hat, der in meine Träume eingesickert ist und mich dazu getrieben hat, zig Blätter aus meinem Notizbuch herauszureißen und zusammenzuknüllen, dieser Roman entfaltet sich nun. Ich sehe genau, wie ich die Fäden zusammenziehen werde.

Zwei Tage bleiben mir noch.

Barfuß poltere ich in mein Schreibzimmer hinauf. Als ich die Tür öffne, schaue ich nicht einmal aufs Meer hinaus, bevor ich mich mit nassen Haaren an meinen Schreibtisch setze. Noch nicht mal einen belebenden Kaffee habe ich mir gekocht. Die brennende Hitze der Inspiration hat mich gepackt, als wäre ein Feuer in mir entflammt.

Irgendwo unten höre ich ein Handy klingeln. Ich ignoriere es. Für etwas anderes bleibt kein Raum. Nur für diese Geschichte.

Meine Fingerspitzen kribbeln, als ich mich in meinen Computer einlogge und den Ordner »Bücher« anklicke, dann mein Manuskript. Als sich die Datei öffnet, schaut mich ein leerer Bildschirm an.

Ich scrolle weiter – aber das gesamte Dokument ist weiß.

Verwirrt blinzle ich. Das kann nicht sein. Ich habe doch gestern Nachmittag geschrieben. Ich habe meine Arbeit gespeichert. Es muss sich um einen Fehler in der Datei handeln.

Ich schnappe nach Luft und schließe den Ordner. Dann öffne ich ihn wieder.

Das Word-Dokument ist noch da, aber wenn ich es anklicke, erscheinen nur leere Seiten.

Das wird schon in Ordnung sein, sage ich mir, als Panik in meiner Brust aufwallt. Alles wird automatisch in der Cloud gespeichert. Außerdem habe ich einen Ordner namens »Errata«, in dem ich alle Entwürfe speichere, um die Veränderungen während des Schreibprozesses nachvollziehen zu können. Diesen Ordner klicke ich jetzt an, um nach dem zuletzt gespeicherten Entwurf zu suchen.

Aber als ich ihn öffne, ist er ebenfalls leer. Nicht eine einzige Version meines Manuskripts existiert noch, nicht einmal die allererste.

Meine Zähne bohren sich in meine Lippen, als ich an das Facebook-Livevideo denke, das am Vorabend aus meinem leeren Schreibzimmer gesendet wurde – als sei jemand hier gewesen.

Mit schweißfeuchten Händen logge ich mich in die Cloud ein, um die Onlineversion meiner Dateien einzusehen. Beim Öffnen habe ich aber bereits die grauenvolle Ahnung, dass mein Manuskript dort auch nicht sein wird.

Ich klicke auf »Bücher« und »Buch 2«.

Leer.

Die Sicherungskopie für meinen »Errata«-Ordner: leer.

Alles ist leer, leer, LEER!

Ich schlage mit den flachen Händen auf den Schreibtisch. Mein Glas hüpft, und das Wasser schwappt über.

Immer mit der Ruhe, sage ich mir und kämpfe gegen die Panik an, die in meiner Brust widerhallt. *Denk einfach nach.*

Ich atme ein paarmal durch und fühle, wie sich mein Brustkorb weitet. Es handelt sich um einen Fehler. Schlicht einen Fehler. Mein Roman wird schon irgendwo sein. Mein Computer könnte einen Virus haben, der Zugriff auf die Sicherungskopien hat. Ich habe meine Arbeit gespeichert. Natürlich habe ich das. Sie wird schon irgendwo sein.

Mindestens ein Mal in der Woche maile ich mir mein Manuskript selbst zu, damit es auch bei meinem Server hinterlegt ist, nicht nur auf meiner Festplatte. Eine todsichere Methode. Vermutlich habe ich es ein paar Tage nicht mehr getan, aber wenigstens die vorletzte Version wird sich dort finden, gut aufgehoben im E-Mail-Archiv.

Ich öffne mein Mail-Konto, ignoriere die Nachrichten, die neu hereingekommen sind, und gehe direkt auf »Archiv«.

»Nein«, flüstere ich, als ich auf den leeren Bildschirm starre: Da ist nichts, absolut nichts. Keine einzige gespeicherte Mail. Ich klicke auf den Ordner »Gesendet«, aber er ist ebenfalls leer.

Hektisch blinzelnd scrolle ich durch meinen »Gelöscht«-

Ordner, dann durch den Papierkorb, aber auch dort sind keine Mails an mich selbst zu finden.

Ich schiebe den Stuhl zurück und stehe auf. Händeringend marschiere ich in meinem Schreibzimmer auf und ab und versuche mir einen Reim auf die Sache zu machen.

Habe ich überhaupt einen verdammten Roman geschrieben? Oder spielt sich das alles nur … in meinem Kopf ab.

Angesichts der Verrücktheit dieses Gedankens muss ich lachen. Natürlich habe ich einen Roman geschrieben! Noch gestern habe ich daran gesessen. Ich habe mit diesem Roman gelebt. Geatmet. Genau dort saß ich, habe unter Hochdruck geschrieben, habe daran gefeilt, habe mich mühsam zum Ende vorgekämpft.

Ich habe ein Buch geschrieben. Und jetzt ist es verschwunden.

Maeve. Der Name erscheint in meinem Kopf, als habe jemand einen Schuss abgegeben.

Ich höre den stählernen Unterton in ihrer Stimme, als sie erklärt, dass Phoebe nie die Wahrheit über Luke Linden erfahren dürfe. Könnte sie das Manuskript vernichtet haben?

Sie war so durchtrieben, ihm ein falsches Alibi zu geben und meinen Namen in den Dreck zu ziehen, um ihren Ehemann zu retten. Wie weit würde sie gehen, um ihre Tochter zu beschützen?

Als ich in der Bücherei gearbeitet habe, stand mein Laptop ein paar Minuten lang unbeaufsichtigt herum – lang genug, um ein, zwei Seiten zu lesen und den Beschluss zu fassen, dass dieses Manuskript niemals veröffentlicht werden darf.

Ich presse die Handballen auf die Augen und versuche einen klaren Gedanken zu fassen. Der Verdacht, dass Maeve dieses Haus unter dem falschen Profil von »Joanna« gemietet haben könnte, geht mir wieder durch den Kopf. Hat ihr Ehemann, PC Steven Cart, etwas damit zu tun? Meine Gedanken wirbeln immer schneller und schneller, fügen sich aber nicht zu einem Ganzen zusammen.

Ich muss mit Maeve reden, das duldet keinen Aufschub.

Ich eile nach unten, schlüpfe in meine Stiefel und reiße meinen Mantel vom Haken. Als ich die Arme hineinschiebe und den Kragen an den Nacken ziehe, spüre ich etwas Hartes und doch Empfindliches unter meinen Fingerspitzen.

Ich schaue hinab.

Und schreie.

Ich zerre am Mantel, reiße ihn mir vom Leib, ziehe meine Arme heraus. Dann öffne ich die Haustür und werfe ihn hinaus. Er bleibt auf der Schwelle liegen, zusammengesackt, leblos.

Ich knalle die Tür zu und bleibe im Vorraum stehen, die Hände an der Kehle. Mein Herz jagt.

Eine tote Motte steckt an meinen Mantel, die pudrigen Flügel an den Körper gelegt.

Aus meinem Rachen dringt ein kehliger Schrei.

Ich drücke mich dicht an die Wand. Meine Beine zittern und drohen nachzugeben.

Ein Geräusch lässt mich herumfahren. Aber es war nur mein eigener Atem, abgehackt und unregelmäßig.

Dann erblicke ich mich im Spiegel. Ich bin kreidebleich. Meine Gesichtszüge scheinen ihre Proportionen verändert zu haben: Meine Wangenknochen stehen zu stark hervor, die Augen sind eingesunken. Wieder lege ich die Hand an die Stirn, als würde ich prüfen, ob ich Fieber habe. Aber die Stirn ist kühl.

Ich denke daran, dass mir Maeve beim Buchclubtreffen gestern Abend den Mantel abgenommen und ihn an den Holzständer gehängt hat. Hat sie das getan? Oder ist es einer der anderen Gäste gewesen? Der gesamte Buchclub weiß von meiner Mottenphobie.

Ich kneife die Augen zusammen. Vielleicht spielt sich das alles nur in meinem Kopf ab. Andere Fehler aus jüngster Zeit verbreiten sich wie Feuer in meinen Gedanken: die fehlenden Notizen bei dem Autorengespräch; der Wasserhahn, der nicht abgedreht war; die verpasste Beerdigung; die Überzeugung, in meinem Schreibzimmer eingeschlossen zu sein.

Ich öffne die Augen wieder und ermahne mich, etwas zu unternehmen. Meine Finger greifen nach der Klinke. Mit hämmerndem Herzen öffne ich die Tür. Mein Mantel liegt zusammengesunken auf der Schwelle. Ich nähere mich langsam, als hätte ich Angst, er könne wegkriechen. Der Kragen ist nicht zu sehen. Mit dem Fuß stoße ich gegen den Stoff. Ich muss auf Nummer sicher gehen.

Ich schaue genauer hin.

Da ist sie. Am Kragen klebt eine tote Motte. Die Flügel sind von einem staubigen Braun, der Körper hat rosafarbene und schwarze Streifen. Eine Sicherheitsnadel bohrt sich durch den Körper und steckt sie genau dort fest, wo zuvor meine Brosche saß.

Das spielt sich nicht in meinem Kopf ab.

Das ist real.

32 Elle

»Kannst du kommen?«, flüstere ich in mein Handy.

Kein Zögern. Keine Nachfrage. »Bin schon unterwegs.«

Eine Viertelstunde später steht Fiona auf der Türschwelle und hält meinen Mantel in der Hand.

»Mistest du aus?«

Ich weiche zurück. »Schau auf den Kragen.«

Fiona hält sich das Material unter die Nase und verzieht das Gesicht. »Was ist das denn, verdammt?«

»Das hat jemand an meinen Mantel gesteckt.«

»So ein Quatsch …« Sie hält inne, als sie meine Miene sieht.

»Lass das draußen«, befehle ich.

Dann ziehe ich meine Schwester ins Haus und erzähle ihr von dem gelöschten Manuskript. Mir ist bewusst, wie surreal das klingt, als mir die Wörter über die Lippen sprudeln.

Schließlich hebt Fiona die Hände. »Ich muss das sehen. Lass mich mal an deinen Computer.«

Fiona schaut mit gerunzelter Stirn auf den Bildschirm, als sie das leere Dokument betrachtet, wo mein Manuskript sein sollte.

»Ich verstehe nicht …«

Es ist mir eine Genugtuung, dass sie es sieht.

Fionas Kopf dreht sich hin und her, als sie sagt: »Ich begreife einfach nicht …«

»Wie das geschehen konnte?«

Wir gehen nach unten.

Der Tag weicht der Dämmerung, aber die Küche scheint viel zu grell. Alles wirkt überlebendig: der Klang meiner Schritte auf dem Holzboden, das Ticken der Uhr, das Tosen der Wellen durch das offene Fenster.

Ich rede, gehe auf und ab, rede.

Fiona beobachtet mich wortlos.

»Morgen ist der Abgabetermin. Und nun gibt es kein Buch mehr, das ich abgeben könnte, nicht einmal einen Teil.« Ich schüttle den Kopf, als ich an die Folgen denke. »Der Roman soll nächsten Sommer erscheinen. Die Redakteurin wartet. Der Herstellungsprozess ist genau geplant. Die Designer stehen in den Startlöchern, um das Cover zu gestalten. Alles rausgeworfenes Geld, vergeudete Zeit. Man wird mich fallen lassen wie eine heiße Kartoffel. Der Vertrag ist hinfällig. Ich werde dieses Haus verlieren. Alles werde ich verlieren.«

Fiona geht zum Kühlschrank. Ich schaue zu, wie sie eine Milchflasche herausnimmt. In einem der Unterschränke findet sie einen Topf. Mir wird bewusst, dass sie eine heiße Schokolade kochen will. Das hat unsere Mutter immer getan, als wir noch klein waren.

»Setz dich.«

Ich lasse mich auf dem Küchenhocker nieder. Es hat etwas Tröstliches, wie meine Schwester in der Küche herumhantiert, Schokoladenpulver in den Topf schüttet und nach einem Kochlöffel sucht.

»Was glaubst du, kann da passiert sein?«, frage ich.

Ich möchte, dass sie einen trockenen, bissigen Witz reißt, um meine Angst zu bändigen. Stattdessen schaut sie weg – und in diesem Moment begreife ich.

Ich erstarre, und meine Stimme hebt sich. »Du glaubst mir nicht.«

Langsam dreht sie sich um und schaut mir direkt in die

Augen. Ihr Blick ist forschend, als suche sie etwas Vertrautes in meiner Miene.

»Du denkst, ich habe die tote Motte selbst an meinen Mantel gesteckt? Und mein Manuskript gelöscht?« Meine Fingerspitzen werden weiß, als ich sie gegen den Marmortresen presse.

Nach einer Weile sagt sie: »Warum, Elle? Warum sollte dir jemand so etwas antun?« Sie schaut mich erwartungsvoll an.

Weil ich es verdiene, denke ich.

Tränen quellen mir aus den Augen. »Ich möchte heute Nacht nicht hierbleiben.«

Sie nickt langsam. »Ich beziehe das Schlafsofa für dich.«

»Danke.«

Sie holt ihr Handy heraus und schickt Bill eine Nachricht, damit er weiß, dass wir kommen. Dann legt sie es auf den Küchentresen.

»Soll ich fahren?«, fragt sie.

»Ich komme nach. Ich muss noch ein paar Sachen packen.«

Fiona schaut mich an. »Alles wird gut, Elle.«

Ich schlucke und nicke.

Sie reicht mir den Holzlöffel. »Gut, aber jetzt rühr erst einmal für mich um. Ich muss mal.«

Ich lehne mich an den Herd und rühre mechanisch im Topf. Der Duft der Schokolade steigt mir in die Nase, und ich werde von Erschöpfung übermannt. Am liebsten würde ich nur noch die Augen schließen und einschlafen, damit alles andere sich in Luft auflöst.

Ein Klingeln dringt durch die Küche. Fionas Handy.

»Ich geh schon ran«, rufe ich und wische über das Display. »Hallo?«

»Ist das die Nummer von Fiona Henley?«

»Ja, das ist sie. Ich bin ihre Schwester, Elle.«

»Die Elle mit dem Haus auf der Klippe?«

»Ja …«

»Hier ist Joanna Elmer. Von Airbnb. Ich sollte mich …«

»Joanna?«, sage ich verdutzt. Unermessliche Erleichterung überkommt mich, weil es sie gibt, weil sie wirklich existiert. »Ich habe versucht, Sie zu erreichen«, sage ich schnell. »Ich wollte Ihnen eine Nachricht zukommen lassen, aber Ihr Konto existiert nicht mehr.«

»Ja, dieses Problem mit den Hackern. Echt nervig.«

Ihre Sprache ist artikuliert und gewählt und passt perfekt zu ihrem Profilbild. All die finsteren Gedanken über die mysteriöse Person, die mein Haus gemietet haben könnte, lösen sich in Luft auf. Joanna und ihre Familie waren hier, in diesem Haus.

»Freut mich, dass ich Sie erreiche«, sagt Joanna, und ich registriere die Anspannung in ihrer Stimme. »Ich habe mit ein paar Freunden gesprochen, die oft über Airbnb mieten, und sie haben mich darüber aufgeklärt, dass ich nicht den vollen Betrag hätte zahlen müssen. Ich möchte ja nicht kleinlich sein, und ich weiß natürlich, dass ich mich schon früher hätte melden müssen, aber bei allem, was so passiert ist, war ich in Gedanken ganz woanders. Das verstehen Sie vermutlich. Aber egal, jetzt habe ich mir die Vertragsbedingungen noch einmal genau angeschaut, und da steht klipp und klar, dass man, wenn man die Buchung mehr als vierundzwanzig Stunden zuvor storniert, nur fünfzig Prozent des Betrags zu zahlen hat.« Sie holt Luft. »In meinem Fall waren es tatsächlich mehr als vierundzwanzig Stunden, ich habe es noch einmal überprüft. Sechsundzwanzig Stunden waren es, um genau zu sein.«

»Storniert?« Mein Herz bleibt stehen.

»Ja. Als ich angerufen habe, um die Buchung zu stornieren, hat mir Ihre Verwalterin nicht mitgeteilt, dass ich Anspruch auf eine Teilerstattung habe.«

Ich starre in den Topf. Am Ende des Kochlöffels bildet sich eine Haut.

»Wollen Sie behaupten, dass Sie nicht in dem Haus auf den Klippen gewohnt haben?«

»Das habe ich Ihrer Verwalterin doch schon alles erklärt«, sagt sie leicht gereizt. »Meine Schwägerin hatte eine Blinddarmentzündung, daher mussten wir in die Midlands fahren, um uns um die Kinder zu kümmern …«

»Und das haben Sie … Fiona alles erzählt?«

»Sie war ganz reizend und hat erklärt, das sei kein Problem. Aber von einer Erstattung oder einer Verschiebung des Aufenthalts war nicht die Rede. Im Eifer des Gefechts habe ich das auch gar nicht hinterfragt. Erst jetzt kam mir der Gedanke, dass das nicht ganz fair war.«

Mir wird eiskalt. »Wenn Sie und Ihre Familie gar nicht hier waren, warum hat Fiona mir das nicht erzählt? Ich habe doch die Miete erhalten. Hat sie sie Ihnen nicht rückerstattet?«

»Doch, natürlich – das Geld ist direkt auf mein Konto geflossen. Die Überweisung habe ich in meinen Online-Kontoauszügen gesehen.«

Warum also?

Ich muss an den Abend denken, an dem ich aus Frankreich zurückgekommen bin. Das Haus war sauber und praktisch so, wie ich es hinterlassen hatte, mal abgesehen von den Gegenständen, die Joannas Familie vergessen hat: die Baby-Wundcreme, die Spielzeuggiraffe, das Haarwachs. Wenn sie nicht Joannas Familie gehörten, wem gehörten sie dann?

»Was ist denn nun mit der Rückerstattung?«

Meine Aufmerksamkeit wird wieder auf das Gespräch gelenkt. Joanna wartet auf eine Antwort.

»Ja … Ja. Natürlich bekommen Sie Ihre Rückerstattung. Ich werde mich sofort darum kümmern.«

Ich beende das Gespräch und lege Fionas Handy auf den Küchentresen.

Direkt über meinem Kopf höre ich Schritte. Hatte sie nicht gesagt, sie wolle zum Klo? Mein Badezimmer ist nicht über der Küche. Dort ist mein Schlafzimmer.

Mein Herzschlag beschleunigt sich, als ich sie über den Treppenabsatz gehen und die Treppe herunterkommen höre. Ich stehe immer noch am Küchentresen, als sie die Küche betritt.

»Hat vorhin mein Handy geklingelt?«

»Es war meines.«

Als ich aufschaue, sehe ich, dass Fiona mich eindringlich mustert. »Alles in Ordnung?«

Ich ringe mir ein Lächeln ab und nicke. Dann gehe ich zum Herd und blicke in den Topf.

»Fahr schon mal. Ich trinke das hier, packe meine Sachen und komme nach.«

Fiona tritt näher heran und bleibt direkt hinter mir stehen. Sie stützt das Kinn auf meine Schulter, sodass sich unsere Wangen fast berühren.

»Oh«, sagt sie, »du hast es versaut.«

Ich erstarre.

»Die heiße Schokolade. Du hast die Milch anbrennen lassen.«

Ich gehe die Treppe hinauf, ohne das Licht einzuschalten. Am Fenster auf dem Treppenabsatz bleibe ich stehen und beobachte, wie meine Schwester durch die Einfahrt zu ihrem Wagen geht.

Die Luft entweicht in flachen Stößen aus meiner Lunge. Mein Gesicht drückt sich so fest an die Scheibe, dass sich auf dem Glas ein kleiner Fleck bildet.

Warum hat Fiona mir nicht erzählt, dass Joanna die Buchung storniert hat?

Irgendjemand hat hier gewohnt, da bin ich mir sicher. Hat Fiona das Haus ein zweites Mal vermietet? Hat sie eine andere Familie zur Kasse gebeten und das Geld behalten?

Noch eine Möglichkeit kommt mir in den Sinn. Drake war in der Woche, in der ich in Frankreich war, bei Bills Eltern. Fiona war ganz allein. Als sie erfuhr, dass Joanna die Buchung stornieren wollte, hat sie vielleicht beschlossen, an ihrer Stelle hier zu wohnen.

Als ich Fiona in den Wagen steigen sehe, fällt mir Enids Bemerkung ein, dass sie in dem Zimmer oben im Haus jemanden gesehen hat.

Fiona?

Ich muss daran denken, wie Fiona früher immer in mein Zimmer gekommen ist und beiläufig in meinen Sachen herumgeschnüffelt hat. Sie hat durch die Seiten meiner Schulhefte geblättert oder mein Etui umgedreht, um sich die Kritzeleien auf der Rückseite anzuschauen. Als ich mal einen Brief an einen Freund schrieb, hat sie die Seite aus dem Block gerissen und gelesen, entspannt an die Wand gelehnt, als seien meine Dinge auch ihre.

Falls Fiona einen Zugang zu meinem Schreibzimmer gefunden hat, dürfte das ihre Neugierde angestachelt haben. Ich stelle mir vor, wie sie durch den Raum geht, die Titel in meinem Bücherregal inspiziert, die Schreibtischschubladen aufzieht. Und dann? Wo hat sie haltgemacht?

Die Haut in meinem Nacken spannt sich an, als ich an das Wort denke, das in das Bein meines Schreibtischs geritzt war. *Lügnerin.*

Ein einziger Gedanke tickt in meinem Kopf. *Sie hat es gefunden.*

Ich laufe nach ganz oben, immer zwei Stufen auf einmal nehmend.

Meine Hand schlägt auf den Lichtschalter. Ich eile sofort zu der Eichentruhe, reiße den Deckel auf und ziehe Tagebücher und alte Notizbücher heraus. Was ich suche, ist eine abgewetzte, weiche hellbraune Ledermappe.

Das Bündel mit Karten von Flynn schiebe ich zur Seite, außerdem eine alte Kassette mit einem Musikmix, ein Notizbuch mit alten Polaroidfotos auf dem Einband und eine Mappe mit einem geometrischen Gänseblümchenmuster.

Wo ist sie?

Sie sollte genau hier sein, ganz unten in der Truhe, versteckt unter Fotoalben und Notizbüchern. Ich habe schon viele Monate nicht mehr hineingeschaut. Das lässt es leichter erscheinen, so zu tun, als existiere sie nicht.

Der Boden um mich herum ist mit Briefen, Fotos und Tagebüchern übersät. Dann entdecke ich sie – ein Stück Leder. Die Zeichen der Zeit machen sich an den weichen Ecken bemerkbar. Die Mappe befindet sich noch in der Truhe! Mein Herz hüpft vor Erleichterung.

Ich ziehe die Mappe heraus, aber schon als ich das tue, habe ich das Gefühl, dass irgendetwas nicht stimmt. Das Gewicht in meinen Händen ist zu gering, die Mappe nicht dick genug.

Mein Atem wird flacher, als ich sie aufklappe.

Nein …

Sie ist vollkommen leer.

Ich fahre herum, wachsam. Das Knirschen von Kies war noch nicht zu hören.

Ich stehe auf, durchquere mein Schreibzimmer und eile durchs dunkle Treppenhaus. Am Fenster auf dem Treppenabsatz bleibe ich stehen, beuge mich vor, drücke die Hände ans kalte Glas.

Fionas Wagen steht noch in der Einfahrt. Die Innenraumbeleuchtung brennt. Ich sehe, wie Fiona ihr Handy herausnimmt; das Display taucht ihr Gesicht in einen kühlen Glanz. Sie schaut etwas nach.

Dann hebt meine Schwester den Blick bis zu mir herauf, als wüsste sie, dass ich am dunklen Fenster stehe.

Im nächsten Moment öffnet sich die Wagentür.

Mist!

Der Bewegungsmelder springt an. Mir läuft ein Schauer über den Rücken, als ich meine Schwester auf die Haustür zukommen sehe.

Ich wappne mich für das Geräusch des Türklopfers. Ich muss sie nicht hereinlassen. Ich könnte so tun, als hörte ich sie nicht, als sei ich in der Dusche.

Ich brauche Zeit zum Nachdenken. Muss die Dinge begreifen.

Aber es klopft gar nicht.

Stattdessen ist, in weiter Ferne, das Geräusch eines Schlüssels in der Tür zu hören. Eine kühle Brise weht die Treppe herauf. Ich höre, wie sich die Jalousien im Vorraum bewegen, an die Fenster schlagen. Dann legt sich der Luftzug wieder. Die Tür wurde geschlossen.

Fiona ist im Haus.

33 Elle

Hab eine Vorstellung davon, wie deine Geschichte enden soll – aber erlaube es dir, in die Fußstapfen deiner Charaktere zu treten und dich überraschen zu lassen. Die Schriftstellerin Elle Fielding

Ich warte am Fenster, mit angehaltenem Atem. Das Blut pulsiert in meinen Ohren, als ich auf das rhythmische Klacken der Stiefelabsätze lausche, mit dem Fiona durch das Haus marschiert.

Man hört, wie der lange Mantel über die Stufen schleift und die Armreifen am polierten Holzgeländer klirren.

Plötzlich gerate ich in Bewegung, drehe mich um, renne die Treppe hinauf und greife nach dem Lichtschalter. Mit ausgestreckten Armen bleibe ich im erleuchteten Türrahmen stehen und blockiere den Eingang zu meinem Schreibzimmer.

Nach und nach erscheint Fiona auf der Treppe: ihr Scheitel, der dunkle Bogen der Augenbrauen, die gerade Linie ihrer Nase, der fließende schwarze Mantel, die Handtasche über ihrer Schulter. Auf dem Treppenabsatz bleibt sie stehen und schaut mich an. Ihre Augen funkeln, ihr Gesicht wirkt verkniffen und bleich.

Sie sagt kein Wort.

Das Schweigen umhüllt uns und zieht uns tiefer in den

Blick der anderen hinein. Wir sind genau gleich groß, denke ich; ihre Augen befinden sich exakt auf Höhe der meinen.

Mein Herz schlägt hart und schnell. Es fühlt sich an, als würde unter meiner Haut etwas rebellieren, würde gegen eine Naht drücken und sie zum Platzen bringen wollen.

Schließlich sage ich: »Du bist einfach hereingekommen.«

»Ich habe einen Schlüssel.« Ihre Stimme ist nicht wiederzuerkennen. Flach und gefühllos. Eine tote Stimme.

»Ich habe die Schlösser austauschen lassen.«

»Du hattest einen Ersatzschlüssel im Sekretär.«

O Gott.

Fiona steckt die Hände mit den langen Fingern in die weiten Taschen ihres Mantels. »Du bist an mein Handy gegangen, als Joanna angerufen hat.«

Meine Stimme klingt fremd, dünn. »Sie hat nie hier gewohnt.«

»Stimmt.«

»Wer dann?«

Fionas Mund verzieht sich zu einem kaum merklichen Lächeln. »Ich nehme an, du hast die Antwort bereits erraten.«

Ich schaue meine Schwester an. »Du.«

Ein kurzes Nicken.

»Warum?«

»Joanna hat storniert, das Haus stand leer – und alles war bezahlt. Warum also nicht?«

»Das ist kein Grund.«

»Brauche ich wirklich einen besseren? Wie wär's dann damit: Drake war bei Bills Eltern. Ich musste einen Prospekt fertigstellen und wusste, dass ich zu Hause nur abgelenkt sein würde. Also habe ich beschlossen, in deinem Haus zu arbeiten. Im Haus der *Schriftstellerin.*«

Die Kälte des letzten Satzes ergießt sich wie ein Eisregen über mich.

»Wenn du mich gefragt hättest, wäre das kein Problem gewesen.«

»Ich habe dich in Frankreich angerufen. Drei Mal.«

»Ich hatte keinen Empfang. Du hättest es mir wenigstens hinterher erzählen können …«

Fiona lacht, ein scharfer, spröder Klang. Ich erwarte, dass sie noch etwas sagt, aber es kommt nichts mehr.

In der Ferne hört man das Rollen und Tosen der Wellen, die sich unterhalb des Hauses brechen.

»Dein Wagen stand nicht hier«, platze ich in die Stille hinein.

»Ich habe ein Taxi genommen. Alles sollte anders sein. Ich wollte dieses Haus als ich selbst betreten, nicht als deine Schwester und auch nicht als Ehefrau und Mutter. Einfach als ich selbst.« Ihre Stimme klingt emotionslos, ein stumpfes Messer. »Ich wollte an diesen heiteren, ruhigen Ort kommen und mich ein einziges Mal so privilegiert fühlen, wie du dich täglich fühlen kannst. Ich wollte an deinem Schreibtisch sitzen, aufs Wasser hinausschauen und schreiben.«

»Das Zimmer war abgeschlossen.«

Fiona zuckt mit den Schultern, was mir vor Augen führt, dass meine Schwester nichts dabei fand, hier einzubrechen. Die Angst in meiner Brust verhärtet sich. Wenn Fiona in meinem Schreibzimmer war, weiß ich genau, was sie gefunden hat.

Sie kommt auf mich zu – und ich weiche zurück.

Fiona geht an mir vorbei, die Hände tief in den Taschen ihres Wintermantels vergraben. Als ich sie mein Schreibzimmer betreten sehe, muss ich unweigerlich daran denken, wie sie früher in mein Kinderzimmer gekommen ist und den Blick über die Regale, meinen Schrank und die Kuscheltiere am Kopfende meines Betts hat gleiten lassen. Jedes Mal griff sie nach etwas – einem meiner Lieblingsbilderbücher, einem Glitzerstift – und verkündete, sie nehme es mit in ihr Zimmer, nur leihweise. *Wir müssen teilen, Elle,* lautete die Begründung. War das nur die Haltung einer älteren Schwester mit starkem Willen gewesen? Oder hatte sie sich im Recht gefühlt, weil sie wusste, dass sie von mir alles bekam?

»Weißt du eigentlich«, beginnt Fiona, das Kinn vorgereckt und die Stimme stählern, »dass ich, seit du in diesem Haus wohnst, erst ein einziges Mal hier oben in deinem Schreibzimmer war? Und zwar, bevor es ganz fertiggestellt war. Du wolltest mir diesen Schreibtisch zeigen.«

Sie stellt ihre Handtasche darauf. Ihre Fingerspitzen streichen über die Maserung.

»Ich kann mir vorstellen, wie hart Flynn gearbeitet hat, um ihn zu restaurieren. Ein Schriftstellerschreibtisch – für seine kleine Schriftstellerin. Er hat so fest an dich geglaubt.« Sie zieht die oberste Schublade heraus, als würde sie bewundern, wie geschmeidig sie auf den Schienen gleitet, wie kunstvoll sie gearbeitet ist. Sie macht sich nicht die Mühe, sie wieder zu schließen.

»Ich habe mich gefragt, warum du mich nie mit hierherauf genommen hast. Meine Vermutung lautete, dass dir das unangenehm war: meine kleine Schwester mit ihrem ultimativen Schreibzimmer. Der prächtige Schreibtisch und der Meerblick. Der weite, offene Raum, frei von jedem Schnickschnack. Der wunderbar aufgearbeitete Lesesessel. Absolut perfekt, Elle, wirklich. Du hast dir ein Heiligtum geschaffen. Vielleicht wolltest du so taktvoll sein, mir den Anblick zu ersparen, weil man unweigerlich einen Funken Neid verspüren muss. So habe ich mir das jedenfalls zurechtgelegt.«

Ich starre meine Schwester fassungslos an.

»Genau hier habe ich gesessen, an deinem Schreibtisch. Zum ersten Mal seit Drakes Geburt hatte ich Zeit für mich selbst, Zeit zum Schreiben. Natürlich habe ich, anders als du, nicht die Freiheit zu schreiben, was ich möchte. Eine Geschichte aus den Bildern im eigenen Kopf zu spinnen, das ist etwas Magisches. Ein Privileg.«

Sie hält inne und betrachtet mein Bücherregal.

»Erinnerst du dich noch an die Bücher, die ich als Kind gemacht habe? Ich habe stapelweise Blätter aus Mums Drucker genommen, sie zusammengefaltet und in der Mitte geheftet – das war dann der Buchrücken. Tausend Geschichten habe ich geschrieben, sie in mein Bücherregal gestellt und mir eingebildet, es wären Bücher von mir, veröffentlichte Bücher.«

Ich höre genau hin. Meine Sinne sind geschärft und konzentrieren sich auf die Untertöne.

»Die Arbeit an dem Prospekt hatte ich innerhalb von zwei Tagen erledigt. Es ist unglaublich, wie viel man schafft, wenn man nicht abgelenkt wird. Als ich fertig war, saß ich an deinem Schreibtisch, schaute hinaus und verspürte eine merkwürdige Ziellosigkeit. Es hatte etwas Beunruhigendes – Drake fort, Bill bei der Arbeit, du in Frankreich. Und Mum tot.«

Wieder macht sie eine Pause, als würden ihre Gedanken in eine andere Richtung wandern. »Als wir Mums Wohnung ausgeräumt haben, habe ich kaum etwas behalten. Ein paar Teile von ihrem Roségoldschmuck, ein paar Fotos, dann diesen Schal mit dem Pfauenmuster, den ich so geliebt habe. Ich bin mir sicher, dass du mich für herzlos gehalten hast, als der Rest in Kisten verschwand. Aber ich wollte nicht ihre Kleider oder Bücher oder Möbel oder Platten: Ich wollte sie.

Ich wünschte, mir hätte jemand gesagt, dass ich solche Dinge später vielleicht doch haben möchte. Da ich wusste, dass du mehr behalten hast, bin ich zu deiner Truhe gegangen«, sagt sie und begibt sich in die Richtung. »Ich wollte mir Fotos von Mum anschauen und herausfinden, ob du irgendetwas Besonderes aufgehoben hast.«

Fiona kniet sich vor die Truhe, mitten zwischen die am Boden verstreuten Fotos und Notizbücher.

»Du hast ein Album, das ich schon Jahre nicht mehr gesehen habe, von einer unserer Cornwallreisen. Wir waren in dieser Bucht und haben gepicknickt.«

Sie greift nach einem marineblauen Fotoalbum. Blasse Finger blättern die Seiten um, bis sie das Gesuchte findet.

»Hier«, sagt sie und hält es hoch. »Auf dem Foto sieht man die alte Fischerhütte, die auf der Klippe stand.«

Fiona hat recht. Das ist mir noch nie aufgefallen. Ich verspüre eine merkwürdige Verbindung, einen hauchdünnen Faden, der zwischen unserer Vergangenheit und unserer Gegenwart verläuft.

»Mum hat sich sofort in das Cottage verliebt. Sie hat es uns gezeigt und erklärt, dass sie sich keinen besseren Ort zum Schreiben vorstellen könne.«

Ich blinzle langsam. Hatte sie das gesagt? Ich kann mich vage daran erinnern, dass wir unten in der Bucht auf einer roten Fransendecke saßen und unsere Mutter zur Klippe hochschaute.

»Aber du musstest die Hütte ja abreißen. Musstest unbedingt etwas Größeres, Protzigeres hier hinstellen.«

Ich will etwas sagen, aber Fiona deutet bereits auf ein anderes Foto. Es zeigt unsere Mutter im Fenstersitz des Wohnwagens, den wir immer gemietet haben. Ein Notizbuch auf den Knien und den Vorhang ihrer Haare vor dem Gesicht hockt sie da und schreibt. Ganz offensichtlich bemerkt sie nicht, dass sie fotografiert wird, aber ich kann mich nicht erinnern, wer hinter der Kamera stand, Fiona oder ich.

Fiona schaut auf und blickt mich ruhig an. »Mum wollte immer eine Schriftstellerin sein. Das war ihr Traum, nicht wahr?«

Ich sage nichts.

»Ich habe weiter in der Truhe gewühlt. Es gab so viele kostbare Dinge zu entdecken – Fotos, Briefe, Tagebücher, Notizbücher. Und dann bin ich auf etwas gestoßen, das mich vollkommen umgehauen hat.«

Mein Atem geht flach. Ich bekomme nur noch schwer Luft.

»Eine in Leder eingebundene Mappe. Zunächst dachte ich, es sei ebenfalls ein Fotoalbum.«

Hellbraun, abgewetzt.

»Aber als ich sie aufschlug, wurde mir klar, dass es sich um etwas ganz anderes handelt. Vermutlich muss ich dir nicht sagen, was es war, oder?«

Es ist, als würde sämtliches Blut aus meinem Körper weichen. Meine Arme fühlen sich schwer und kalt an; meine Fingerspitzen kribbeln.

Fionas Stimme verändert sich nicht, hat keine Eile.

»Weißt du eigentlich, wie hart es war, feststellen zu müssen, dass du ein Buch geschrieben hast, ohne mir etwas davon zu erzählen? Du bist nicht zu mir gekommen, um mich um Hilfe zu bitten oder dich von mir darin bestärken zu lassen. Du hast es heimlich getan. Als ich mich bei Bill darüber beklagt habe, sagte er, ich solle das nicht persönlich nehmen – es sei doch ganz natürlich, dass du das allein durchziehen wolltest, bis du etwas in den Händen hattest. Mich hat es trotzdem verletzt. Es war peinlich, dass Freunde mich danach gefragt haben und ich zugeben musste, dass ich keine Ahnung hatte. Mir wurde klar, dass unsere Beziehung Risse hat.«

Ich kann mich noch erinnern, wie ich Fiona angerufen habe, um ihr von meinem Buchvertrag zu erzählen. Meine Hände waren so verschwitzt, dass mir fast das Handy zu Boden gefallen wäre. Unnatürlich beiläufig sagte ich: »Hallo, ich muss dir etwas erzählen!« Zuvor hatte ich die Arbeit an dem Roman nie erwähnt, weil ich die Befürchtung hatte, dass sie mich aufziehen oder mir einen dieser Blicke zuwerfen könnte, die keinen Zweifel an ihrer Meinung ließen: *Elle, das wird doch sowieso nichts.*

»Ich gebe zu, dass ich unbedingt wissen wollte, wo die Geschichte, die dich groß gemacht hat, ihren Ausgang genommen hat«, fährt Fiona fort. »Den einen Moment bist du meine kleine Schwester – die Weltreisende, die Barkeeperin, der leichtsinnige Freigeist …«

Sie holt Luft, und ihre Stimme bekommt etwas Stählernes. »… und den nächsten Moment bist du eine Schriftstellerin – eine international anerkannte Bestsellerautorin, deren Debütroman einen Haufen Preise absahnt. Ich habe mich gefragt, wie eine solche Verwandlung möglich ist. Es war, als hätte ich einen wesentlichen Teil der Handlung verpasst.«

Fiona steht auf. Sie schaut mich intensiv an, als ihre nächsten Worte durch den Raum dringen.

»Und das habe ich auch, nicht wahr?«

Ich verhalte mich vollkommen still. Vom selben Moment an, als die Sache begann, habe ich darauf gewartet. Ich habe darauf gewartet, dass die Wahrheit sich einen Weg ans Tageslicht bahnt und die Hunderte von winzigen Lügen, die ich erzählt habe, wie Maden aus ihrem verrotteten Kern herauskrabbeln.

»Denn es ist gar nicht dein Buch, Elle, nicht wahr?«

34 Elle

Die Leser möchten immer wissen, wie es passiert ist. Sie möchten erfahren, wie man vom Möchtegernschriftsteller zum publizierten Autor wurde.

In meinem Fall war es eine Kette von Ereignissen – winzige Perlen der Begeisterung und der Angst und des Zufalls, die, miteinander verknüpft, das Gewicht ergeben, das jetzt um meinen Hals hängt.

Es ist passiert, als Flynn im Ausland war. Er hatte einen vierwöchigen Job bei einem Filmset in Spanien angenommen und sollte für einen Independentfilm einen verwunschenen Wald kreieren. Ein befreundeter Baumchirurg hatte das vermittelt, und das Angebot war zu verlockend, um es auszuschlagen. Wäre alles anders gekommen, wenn er in Bristol geblieben wäre? Vermutlich.

Als Flynn mir einen Abschiedskuss gab, packte er mich an den Oberarmen und beugte seinen Kopf vor, um mir direkt in die Augen schauen zu können.

»Viel Erfolg beim Verlag. Ruf mich sofort an, wenn das Treffen vorbei ist. Ich möchte alles ganz genau wissen.«

Und das tat ich auch. Als ich aus der Drehtür auf den belebten Londoner Gehweg trat, griff ich bereits nach meinem Handy. Ich wollte ihm von jedem einzelnen Detail berichten: von den Empfangsdamen mit den maßgeschneiderten schwarzen Kostümen und den Kopfhörern; von dem gläsernen Fahrstuhl, der wie eine Rakete durch das Gebäude schoss;

von der Aussicht aus dem zwölften Stock auf die Windungen der braunen Themse. Von dem Programmleiter, der die Geschichte liebte und mit mir über die Figuren geredet hat, sodass sie sich zum ersten Mal real anfühlten. Außerdem würde ich ihm mitteilen: *Bis morgen muss ich mit einer neuen Buchidee aufwarten! Sie möchten wissen, was ich sonst noch so in petto habe.* Flynn würde lachen, mir gratulieren und seine Begeisterung kundtun.

Aber Flynn ging nicht an sein Handy.

Zurück in Bristol, habe ich mir einen Kaffee gekocht und mich aufs Sofa gesetzt, ein Notizbuch auf den Knien. Eine neue Buchidee bis morgen! So absurd das war, es war auch merkwürdig aufregend, plötzlich ein Ziel zu haben, einen Termin. Meine Träume schienen zum Greifen nahe.

Ich begann Ideen hinzukritzeln und tief in den Abgründen meiner Erinnerung zu kramen. Alte Einfälle flatterten auf wie Vögel, die mein Gesichtsfeld streiften, aber zu schnell waren, um sie in all ihrer Pracht festzuhalten.

Vage erinnere ich mich an das Bild einer Frau, die mit einem verstaubten Pick-up durch die kanadische Prärie fuhr, ein Baby auf dem Beifahrersitz; an den Scheinwerfern klebte ein bisschen Blut, an der Stoßstange hatte sich ein Büschel Menschenhaare verfangen. Als ich das Bild aber näher betrachten wollte, konnte ich den Gesichtsausdruck der Frau nicht erkennen und sah auch keine Details, die etwas darüber aussagen würden, wie sich die Geschichte zugetragen hat.

Nachdem ich mir noch einen Kaffee gekocht hatte, schritt ich mit dem Becher im Zimmer auf und ab und verbrannte mir prompt die Oberlippe. Ich brauchte etwas Unverbindliches, ein, zwei Absätze, ein Konzept. Wie meine Agentin gesagt hatte: Es ging lediglich darum, zu zeigen, dass man über ein gewisses Spektrum an Ideen verfügte.

»Selbst wenn die Ihnen einen Buchvertrag anbieten, werden sie Sie nicht auf die Idee festlegen.«

Ein Vertrag gleich über zwei Bücher! O Gott, schon allein der Gedanke!

Ich ließ mich aufs Sofa sinken und schob eine Kiste mit Fotoalben von meiner Mutter zur Seite. Plötzlich wurde ich von heftigem Kummer überwältigt. Wie gerne hätte ich mit ihr gesprochen. Bis tief in die Nacht wären wir wach geblieben und hätten mit Ideen gespielt, hätten Handlungsstränge aus unseren Lieblingsbüchern herausgegriffen und darüber diskutiert, wie man sie in etwas Frisches verwandeln könnte.

Kurz dachte ich darüber nach, Fiona anzurufen, verwarf die Idee aber wieder. Ihren kühlen Tonfall konnte ich mir schon vorstellen, ihre Überraschung, dass ich ohne ihr Wissen Kontakt zu einem Verlag aufgenommen hatte. Nein, ich habe es auch allein so weit gebracht.

Zehn Minuten Pause, dann zurück zu meinem Notizbuch, beschloss ich.

Ich griff nach einem der alten Fotoalben meiner Mutter und betrachtete die Fotos. Es war ein Weihnachtsalbum, winterlich blass; Fiona und ich saßen auf dem rosafarbenen Teppich in einem Meer aus zerrissenem Geschenkpapier. Das nächste Album war in weiches, hellbraunes Leder gebunden. Als ich es aufschlug, entdeckte ich allerdings keine Fotos darin, sondern einen Stapel Blätter, die mit der Handschrift unserer Mutter beschrieben waren. Mein erster Gedanke war, dass es sich um Briefe handeln müsse, aber als ich durch die Seiten blätterte, entdeckte ich die Kapitelüberschriften.

Ich legte sie mir in den Schoß, in der Erwartung, eine der alten Geschichten meiner Mutter vor mir zu haben. Als ich aber zu lesen begann, kamen mir die Wörter vollkommen neu und unbekannt vor. Ich hatte das Gefühl, eine große Kostbarkeit in den Händen zu halten: einen Teil meiner

Mutter, der sich noch nicht durch Erinnerungen abgenutzt hatte.

Innerhalb weniger Minuten hatte ich mich in der Geschichte verloren. Es war, als würde ich in einem sprudelnden Traum verschwinden. Die Charaktere waren so lebensecht, dass ich in die Seiten eintauchen, bei ihnen sitzen, mit ihnen reden und mit ihnen weinen wollte

Das Licht im Raum schwand dahin, die Stunden verstrichen. Ich bewegte mich nur, um eine Lampe anzuschalten und mir eine Decke über die Knie zu legen. Die Geschichte zog mich vollkommen in ihren Bann. Sie war von atemberaubender Schönheit und verwob geschickt etliche Handlungsstränge zu einer einzigen strukturierten Erzählung. Das Tempo war atemberaubend.

Es war früher Morgen, als ich die letzte Seite gelesen hatte. Draußen hörte ich die Vögel zwitschern, hörte den Signalton eines Lkws, der zurücksetzte, das Klappern eines Müllwagens. Ich war erschöpft, aber absolut enthusiastisch. Was unsere Mutter vollbracht hatte, war unglaublich! Ich konnte es kaum erwarten, mit Fiona darüber zu reden.

Ich legte das Manuskript zur Seite und wollte schnell duschen, um den Kopf freizubekommen. Dann würde ich weitermachen. Mir blieben nur noch vier Stunden, um mich bei meiner Agentin zu melden.

Als ich mir das dampfende Wasser über den Kopf strömen ließ, sah ich es: einen roten Flecken frischen Bluts. Ich betrachtete das hypnotische Muster, zu dem es ausfranste, bevor es in Richtung Ausfluss rann. Meinen Zyklus kannte ich in- und auswendig; die kleinsten Veränderungen meines Körpers nahm ich höchst aufmerksam wahr: den dumpfen Schmerz im Kreuz oder das Gefühl, dass mein Bauch leicht aufgebläht war. Daher war ich stets vorgewarnt. Mir war es auch lieber, wenn ich schon vorher wusste, dass mein Körper mich wieder einmal im Stich gelassen hatte, als den Beweis in Form des roten Bluts erleben zu müssen.

Aber diesen Monat hatte ich die üblichen Anzeichen verpasst – vielleicht weil ich besonders anstrengende Schichten im Café gehabt hatte oder von der Begeisterung über das Gespräch mit dem Verlag erfüllt war – und mir stattdessen den winzigsten Herzschlag der Hoffnung gegönnt.

Zwei Jahre und fünf Monate versuchten wir es nun schon. Neunundzwanzig Zyklen lang, die alle gleich ausgegangen waren. Allmählich wurde mir klar, dass die Zukunft, die ich mir ausgemalt hatte und in der sich alles um meine zentrale Rolle als Mutter drehte, revidiert werden musste. Es galt, die Möglichkeit in Betracht zu ziehen, dass ich eine andere Person wurde als jene, die winzige Dinosaurierschlafanzüge zusammenfaltete oder auf dem Bürgersteig ein pummeliges Händchen hielt und ständig mahnte: »Du musst in beide Richtungen schauen.«

Wütend drehte ich die Dusche ab, wickelte ein Handtuch um die feuchten Haare und kehrte zu meinem Laptop zurück. Vielleicht, sagte ich mir, als ich die Nachricht von meiner Agentin las – »Schon eine Idee im Kopf, die ich dem Verlag stecken könnte?« –, vielleicht war es ja meine Bestimmung, Schriftstellerin zu werden.

In diesem Moment fühlte ich mich instinktiv mit meiner Mutter verbunden, als würde sie mich beobachten und mir diese Seiten schenken. Als würde sie sagen. »Hier! Lass deinen Traum wahr werden!«

Außerdem musste ich meiner Agentin ja auch nur zwei Absätze schicken, nur den Kern der Geschichte meiner Mutter. Den Rest musste ich nicht übernehmen. Es ging lediglich um den Nachweis, dass ich Ideen hatte.

Wie eine große Sache fühlte sich das nicht an. Es fühlte sich nicht einmal so an, als hätte ich eine Entscheidung getroffen.

Ich tippte einfach zwei kurze Absätze ab, zog meine Uniform an und ging zur Arbeit.

»Ich ging zur Arbeit«, erzähle ich Fiona. »Ich hatte keinerlei Schuldgefühle, als ich Mums Idee einreichte, weil sich der Verlag ja für das Buch interessierte, das ich bereits geschrieben hatte – das Buch, an dem ich achtzehn Monate gearbeitet hatte.«

Fiona ist still und fixiert mich unentwegt.

»Später an jenem Tag schrieb mir meine Agentin, dass der Verlag ein Angebot machen will.«

Den Anruf nahm ich im Lagerraum bei der Arbeit entgegen, mit dem Rücken zur Tür, das Handy ans Ohr gepresst. Ich erinnere mich noch an die überbordende Begeisterung, als würde etwas in mir aufsteigen, an die Luft drängen, meine Lungen mit den glorreichen Aussichten einer neuen Zukunft füllen. Eine, die nicht vorsah, dass ich schwarze Halbschürzen trug oder eine Spülmaschine mit Tassen mit Kaffeerand füllte.

Während ich zuhörte und angeregt nickte, zitternd und hoffend, dass der Empfang nicht mitten im Gespräch zusammenbrechen und meine Rettungsleine kappen möge, sagte meine Agentin: »Das Lektorat mochte Ihren Roman. Sie finden ihn frisch und schön, aber sie gehen nicht davon aus, dass er für den gegenwärtigen Buchmarkt stark genug ist. Sie hielten die Geschichte für zu ruhig, kurz gesagt. Außerdem fehle der Aufhänger, mit dem man sie an die Leser bringen könne. Aber von Ihrer zweiten Buchidee waren alle total begeistert. Die halten sie für den absoluten Knüller.«

Das wunderschöne Gefühl, das in mir aufwallte, war im nächsten Moment verpufft.

»Also, was meinen Sie?«, fragte meine Agentin, die natürlich auf ein begeistertes »Ja!« wartete. Das war der Traum eines jeden Schriftstellers: ein Buchvertrag bei einem der größten und renommiertesten Verlage der Branche.

Wie konnte ich meiner Agentin sagen, dass die zweite Buchidee – die, in die sich das ganze Lektorat verliebt hatte – nicht meine eigene war? Ich würde nicht nur den Buchvertrag verlieren, sondern auch meine Agentur.

Ich wollte nur, dass *mein* Buch veröffentlicht wurde. Die Arbeit hatte *ich* geleistet. Ich hatte eine Geschichte mit neunzigtausend Wörtern geschrieben. Aber in diesem hoch aufragenden Londoner Glasgebäude hatten Leute um einen Tisch herumgesessen, Literaturtrends und Verkaufsstrategien diskutiert und beschlossen, dass sich meine Geschichte nicht verkaufte. Die andere Idee hingegen überzeugte sie, der Minientwurf, den ich ihnen auf die Schnelle gemailt hatte.

Und sie hatten recht gehabt.

Ich schaue Fiona an. »Ich nahm das Angebot an und redete mir ein, dass es nur der Beginn war. Mums Buch würde mir den ersten Vertrag sichern, danach würde ich wieder meine eigenen Geschichten schreiben.«

Es war ein schlichter Vertrag. Man bot mir einen Vorschuss von fünfzehntausend Pfund an. Mir war noch nicht klar, dass meine Agentin die Rechte in alle Welt verkaufen würde und dass sich in Deutschland zwölf Verlage einen Bieterwettstreit mit drei Runden liefern würden. Aus den Niederlanden bekam meine Agentin das, was sie »Liebesbriefe« nannte: emotionale Werbeschreiben für den jeweils eigenen Verlag. Und in den Vereinigten Staaten instruierte eine Lektorin bereits ihr Designerteam, wie man das Buch, das vermutlich der erfolgreichste Sommertitel dieser Frau werden würde, am besten verpackte.

»Ich hatte das Gefühl, als hätte ich auf *Start* geklickt und könnte den Prozess nun nicht mehr aufhalten«, erkläre ich. »Alle wollten ein Interview mit mir. Lesereise folgte auf Lesereise, und ich musste ständig erklären, was mich zu diesem Roman inspiriert hat und wie ich den Figuren Leben eingehaucht habe.«

Das Manuskript meiner Mutter einzureichen, das war die erste Lüge gewesen. Die anderen ergaben sich daraus und schaufelten mit der Zeit eine so gewaltige Grube, dass ich irgendwann nicht mehr herauskam.

»Die Schlaflosigkeit ergriff wieder Besitz von mir. Vor den Interviews litt ich unter Panikattacken, denn wie konnte ich vor überfüllten Räumen stehen und über ein Buch reden, das ich gar nicht geschrieben hatte? Alle gratulierten mir und erklärten, dass ich furchtbar stolz auf meine Leistung sein müsse.«

Ich schaue meine Schwester an. »Dieses Leben, das ich gar nicht gewollt habe, ist für mich zur Falle geworden.«

Fionas Blick ist starr. »Du hast es nicht gewollt?«

35 Elle

»Mum hatte zwei verschiedene Jobs«, sagt Fiona und schaut finster ins Leere. »Aber sie hat trotzdem jeden Morgen den Wecker gestellt, um vor der Arbeit schreiben zu können.«

Ich hocke angespannt neben der Eichentruhe.

Wenn ich als Kind früh aufgestanden bin, sah ich meine Mutter oft am Küchentisch sitzen, den Kopf über ein Notizbuch gebeugt, die Augenbrauen konzentriert gerunzelt. Ich erinnere mich noch, mit welcher Perfektion ihre Schrift über die Seite floss. Wenn meine Mutter mich bemerkte, schaute sie auf, den Stift immer noch über das Papier haltend, und bot an, mir Frühstück zu machen. Aber ich sah es in ihren Augen, was es sie kosten würde, sich von ihrer Geschichte loszureißen.

»Mum hat ihre ganze Energie in die Schriftstellerei gesteckt«, fährt Fiona fort. »Sie hat nicht das Privileg genossen, zur Uni gehen zu dürfen, und gelangte auch nie in den Genuss finanzieller Unterstützung. Sie hat sich die Momente zum Schreiben stets mühsam abgerungen, jeden einzelnen Tag.«

Sie dreht sich zu ihrer Handtasche um und holt einen großen Umschlag heraus, dem sie einen Stapel Blätter entnimmt: Ich erkenne das Manuskript unserer Mutter.

»Mum hat uns nie erzählt, dass sie an einem Roman arbeitet«, sagt sie und legt das Manuskript wie ein Beweisstück auf den Tisch. »Warum wohl, was meinst du?«

Die Frage verlangt keine Antwort.

»Mum war nie überzeugt davon, dass sie etwas kann. Ihre Schriftstellerei nannte sie immer ›ihr dummes kleines Hobby‹. Sie wollte auch niemandem davon erzählen. Außer dass sie ein paar Kurzgeschichten veröffentlicht hat, hat sie immer nur für sich geschrieben, zu ihrem eigenen Vergnügen. Sie hat geschrieben, weil sie nicht anders konnte.«

Fiona legt den Finger auf das Manuskript, ein Pfeil, der es auf den Schreibtisch spießt.

»Als Mum starb, hatte sie keine Ahnung, dass sie ein Werk von so überragender Schönheit hinterlassen hat, dass Menschen auf der ganzen Welt es lesen und weiterempfehlen und sich in ihre Figuren verlieben würden. Nichts davon hat sie mitbekommen. Ihr war gar nicht klar, dass all die Jahre, die sie ihrem törichten kleinen Hobby gewidmet hat, den Aufwand wert waren.«

Schuldgefühle steigen in mir auf, heiß und klebrig.

»Als du ihr Manuskript gefunden hast, hättest du die Chance ergreifen können, sie zu ehren. Du hättest ihre Geschichte posthum veröffentlichen und ihren Traum zum Leben erwecken können. Dann wäre es Mums Vermächtnis gewesen, die Spur, die sie hinterlassen hat.« Sie macht eine winzige Pause. »Aber du hast den Ruhm lieber für dich beansprucht. Niemand konnte dir auf die Schliche kommen, also dachtest du: Das lasse ich mir nicht entgehen.«

Meine Zähne bohren sich in die Innenseiten meiner Wangen, ins warme Fleisch. Die Worte klingen so dunkel, so berechnend.

Seit ich das Manuskript meiner Mutter eingereicht habe, versuche ich zu verdrängen, wie niederträchtig das war. In den hintersten Winkel meines Kopfs habe ich es verbannt. Dort scheint es einen gewaltigen Druck auszuüben, wächst und dehnt sich aus.

Fionas Worte schaffen ein Ventil. Schuldgefühle und Bedauern strömen aus mir heraus. Ich schlage die Hände vors Gesicht und stoße einen unkontrollierten Seufzer aus. Aus meinen Augen strömen heiße Tränen.

Meine Mutter hat mich geliebt, hat an mich geglaubt.

Und ich habe sie verraten.

Fionas Miene bleibt emotionslos, starr. »Weiß Flynn davon?«

Die Frage ist schlicht, die Antwort nicht schwierig. Ich wische mir mit dem Handrücken über das Gesicht.

»Nein.«

»Flynn hat nie dein Originalmanuskript gelesen – niemand hat das –, daher dachtest du, du würdest damit durchkommen.«

»Es war nie meine Absicht, damit durchzukommen. Er war im Ausland, als die Sache mit dem Buchvertrag lief. Als er zurückkehrte, steckte ich schon zu tief drin und wusste nicht, wie ich wieder herauskommen soll. Ich war …«

»Ich kann mich noch erinnern, wie du mich angerufen hast, um mir davon zu erzählen«, schneidet Fiona mir das Wort ab. Sie lehnt am Schreibtisch, die Knöchel übereinandergeschlagen, den Kopf erhoben, die Lippen geschürzt. »Damals war ich im achten Monat schwanger. Ich kniete vor meiner Reisetasche und fragte mich, was, zum Teufel, man in eine Kliniktasche packt. Wie gerne hätte ich mit Mum gesprochen und mir von ihr versichern lassen, dass alles gut werden würde. Und dann riefst du an. Als ich deine Stimme vernahm, war ich furchtbar erleichtert und habe dich sofort mit all meinen Fragen zur Kliniktasche überfallen. Du hast dir das angehört – ewig hast du dir das angehört –, um ganz zum Schluss zu sagen: ›Übrigens, ich habe Neuigkeiten.‹«

Fionas Miene spannt sich an, an ihrem Unterkiefer zuckt ein Muskel. »Ich war platt. *Ein Buchvertrag*? Ein beschissener Buchvertrag! Schreiben war immer mein Metier gewesen. Es war Teil meines Selbstverständnisses und Teil dessen, wie andere Menschen mich wahrnahmen: *Fiona, die Journalistin*. Als ich das Handy weglegte, war mir klar, dass sich unser Leben irgendwie vertauscht hatte. Nach Drakes Geburt bist du zu Besuch gekommen. Du hast gesehen, wie schwer es mir fiel, mich an die Mutterrolle zu gewöhnen. Ich hatte erwartet, von dieser instinktiven, überwältigenden Liebe erfüllt zu werden, von der junge Mütter immer reden. Aber ich … es war einfach nicht so. Ich hatte keine Ahnung, was ich da eigentlich tue. Und dieser ganze Wirbel um deinen Erfolg – die überschwänglichen Kritiken, der plötzliche Reichtum – führte mir vor Augen, was mir alles fehlte. Wie eine Versagerin kam ich mir vor. Ich wurde Drake nicht gerecht. Ich wurde Bill nicht gerecht. Und mir selbst wurde ich auch nicht gerecht.«

Sie tritt vom Schreibtisch weg, kehrt mir den Rücken zu und stellt sich vor die Glaswand. Der Strand liegt im Dunkeln. Nur die weißen Schaumkronen, die auf das Ufer zurollen, sind zu erkennen. Im Spiegelbild sehe ich Fionas versteinerte Miene.

»Ein paar Wochen nach Drakes Geburt hast du beschlossen, nach Cornwall zu ziehen. Ich hätte mich gerne darüber gefreut, wirklich. Ich wusste, wie sehr du Drake magst und dass du in seiner Nähe sein wolltest. Gleichzeitig hatte ich aber auch das Gefühl, dass der Platz, den ich für mich selbst suchte, Schaden dadurch nahm.«

Fiona lässt den Kopf sinken und drückt die Stirn an die Scheibe.

»Neid ist so dumpf, so verdammt vorhersehbar. Ich habe mich selbst dafür gehasst, dass ich so neidisch war – aber genau das war ich. Nachdem ich in deinem Haus gelebt hatte, mit all dem Raum und dem Licht und der Ruhe, die du dir hier geschaffen hast, konnte ich nach meiner Heimkehr die Risse in der Wandfarbe und die fadenscheinigen Stellen im Teppich kaum noch übersehen.«

Nun dreht sich Fiona zu mir um. »Dass du in Cornwall bist, hätte etwas Positives, Wunderbares sein können, aber ... das war es nicht.«

Eine tiefe Traurigkeit ergreift von mir Besitz.

»Seit du hierher gezogen bist, hat jeder, den ich kennenlernte, gesagt: Du bist doch Elles Schwester, oder? Du bist das Maß, an dem andere mich messen.« Die Bitterkeit lässt ihre Stimme eine Spur schriller klingen. »Die halbe Stadt folgt dir in den Sozialen Medien. Wir alle schauen auf dein Bilderbuchhaus, deine märchenhafte Karriere, den entspannten Lebensstil, den du kultivierst – dabei ist das alles eine große Lüge.«

Sie tritt einen Schritt vor, die Augen halb zusammengekniffen. »Du weißt, dass Bill und ich Schwierigkeiten hatten, mit einem einzigen Gehalt zurechtzukommen. Unser Haus bröckelte vor sich hin – und dann kamst du mit deinen Arbeitsplatten aus Granit und den Falttüren und diesen beschissenen Glaswänden, und das alles von Geld, das dir gar nicht gehört.«

»Ich hatte aber doch angeboten, euch etwas abzugeben. Ich wollte euch die Badezimmerrenovierung finanzieren ... und eure Hypothekenraten tilgen ...«

»Almosen waren das! Mir kam es so vor, als würdest du uns ein verdammtes Almosen geben! Natürlich habe ich abgelehnt. Mir war ja nicht klar, dass das Geld eigentlich unserer Mutter gehört.« Sie bleckt die Zähne. »Was ist mit Drake? Du hättest ja auch Geld für ihn anlegen können, für später, wenn er älter ist. Stattdessen hast du alles in dieses Haus gestopft. Und jetzt stehst du kurz davor, alles zu verlieren – nachdem du alles gehabt hast.« Sie verzieht den Mund. »Du hast Mums Traum geklaut und ihn zu deinem eigenen gemacht. Du hast sie betrogen. Du hast uns alle betrogen, Elle.«

Jetzt steht sie so nahe vor mir, dass ich ihren schalen Atem rieche, versetzt mit einem Hauch von Parfum. Ich höre, wie sie Luft in die Lungen saugt, schnell und tief. *Dein Gesicht*, denke ich. *Wer bist du?* Die Adern in ihrem Hals spannen sich an, ihre Zähne sind gebleckt, eine Haarsträhne steckt in ihrem Mund.

Aber dann scheint sich Fionas Miene zu verändern. Ihr Mund entspannt sich, und die Falten über ihren Augen glätten sich. Ihre Augen werden leer und verschließen sich. Ihre Miene ist vollkommen undurchdringlich.

Ich sehe nicht länger meine Schwester, sondern eine fremdartige Version von ihr.

»Du«, sagt Fiona mit einem stählernen Flüstern, »hast verdient, was du bekommst.«

36 Elle

Wir könnten Fremde sein.

Ich versuche, diese Fiona mit der anderen in Übereinstimmung zu bringen, die mir die Haare geflochten hat, im Schneidersitz auf dem Boden hockend, summend. Oder mit der Jugendlichen, die mit mir in den Park ging, wenn meine Mutter bei der Arbeit war. Oder mit der Schwester, die ihre Bettdecke anhob und mich in ihr Bett schlüpfen ließ, wenn ich einen Albtraum gehabt hatte.

Aber die Fiona, die vor mir steht, hat sich Zugang zu meinem Haus erschlichen, ist in mein Schreibzimmer eingebrochen und hat in meinen Sachen herumgeschnüffelt … um was zu tun?

Meine Gedanken wandern zurück zu den Ereignissen der letzten Wochen und stolpern über die beunruhigenden Veränderungen in diesem Haus und mein Gefühl, an Verfolgungswahn zu leiden.

»Du hast mich hier eingeschlossen. Das habe ich mir nicht eingebildet. Du hattest den Schlüssel.«

Fiona schaut mir direkt in die Augen. »Ja.«

»Warum?«

»Bill war früher am Tag hier und hat dir geholfen, das Bett zu verrücken.«

Das stimmt.

»Bevor er aufgebrochen ist, hat er geduscht, ein frisches Hemd angezogen und sich Rasierwasser auf die Wangen getupft. Ich musste mit ansehen, wie sich mein Ehemann herausputzt, als hätte er ein Rendezvous. Nur, dass er zu dir fuhr.«

Jenseits des Schreibzimmers wühlen Böen das Wasser auf und fegen über die Klippe.

»Ich habe es schon vor Monaten erraten«, sagt Fiona.

»Was erraten?«

»Dass er einen Narren an dir gefressen hat. Das ist doch offensichtlich – wie er bei deinen Besuchen immer in unserer Nähe herumlungert und sofort auflebt, wenn du im Raum bist. Natürlich versucht er das zu verbergen – er gibt sich alle Mühe, dich nicht länger als nötig anzuschauen –, aber er kann gar nicht anders. Vor ein paar Wochen habe ich ihn mal dabei überrascht, wie er sich eines deiner Facebook-Livevideos angesehen hat. Er wurde knallrot, als hätte ich ihn dabei ertappt, wie er Pornos konsumiert.«

»Fiona …«

Sie hebt einen Finger, um mich zum Schweigen zu bringen. »Bill hat mir erzählt, was in deinem Wohnzimmer passiert ist.« Sie holt Luft. »Später an jenem Abend bin ich gekommen, um mit dir zu reden, obwohl ich eigentlich nicht wusste, was ich sagen sollte. Ich habe geklopft, aber du hast nicht reagiert. Da ich das Licht in deinem Schreibzimmer brennen sah, dachte ich, dass du vielleicht mit Kopfhörer arbeiest«, erklärt sie. »Also habe ich selbst aufgeschlossen.«

An meinen Armen bildet sich eine Gänsehaut.

»Ich stieg die Treppe hoch – und da warst du dann und schriebst an deinem neuen Roman, ohne auch nur die geringste Ahnung davon zu haben, was du mir angetan hast. Ich war stinksauer und so verletzt, dass ich einfach die Tür zugezogen habe. Und den Schlüssel herumgedreht. Geplant war das nicht. Keine groß angelegte Aktion.« Nun lacht sie, ein kurzer, bitterer Laut. »Natürlich hast du versucht, rauszukommen, und als das nicht klappte, hast du ausgerechnet mich angerufen.«

Fiona war die ganze Zeit in meinem Haus. Ich erinnere mich, dass ich die Polizeisirene hörte, das Knirschen der Reifen auf dem Kies – aber erst jetzt wird mir klar, dass ich nur einen Wagen kommen hörte. Fionas Wagen muss längst in der Einfahrt gestanden haben.

Ich starre meine Schwester an, vollkommen verwirrt. »Du hast mich eingeschlossen – und bevor die Polizei eintraf, hast du die Tür wieder aufgeschlossen.«

Meine Gedanken straucheln und überschlagen sich in meiner Eile, die Bruchstücke zusammenzusetzen.

»All die Dinge, die in meinem Haus passiert sind … die Wörter, die in meinem Roman markiert waren, der angeschlagene Briefbeschwerer … Ich dachte schon, ich werde verrückt und bilde mir das alles nur ein. Dieser Facebook-Post mit dem Text, den ich dir als SMS geschickt habe … war das … hast du …«

Fiona seufzt ungeduldig. »Weißt du eigentlich, wie widerlich es ist, all diesen Unsinn zu lesen, den du postest? Die arrangierten Schnappschüsse von deinem Haus, die weichgezeichneten Selfies, die Bildunterschriften über die Anzahl der geschriebenen Wörter, deine inspirierenden Ansichten. Nicht zu vergessen deine Schreibtipps auf Facebook-Live.« Sie imitiert meine Stimme perfekt: »›Ich fühle mich nicht dazu berufen, anderen Leuten Ratschläge zu erteilen‹ … *aber jetzt kippe ich euch trotzdem diesen ganzen Mist vor die Füße*. Mir ist es ein Rätsel, wieso Tausende von Menschen sich diesen Unfug anschauen. Dass du hier in deinem gläsernen Schreibzimmer sitzt, vor dich hin laberst und anderen Menschen – wirklichen Schriftstellern, hart arbeitenden Schriftstellern, die keine sechsstelligen Vorschüsse und internationalen Verträge einheimsen – Ratschläge erteilst, das soll doch wohl ein Witz sein!«

Sie zeigt mit dem Finger auf mich. »Ich habe sie mir angehört, Elle. Alle. Es gab einen einzigen Ratschlag, der mich berührt hat.« Sie legt eine kurze Pause ein. *»Orientiere dich bei der Einstellung der Linse an deinen Charakteren. Korrigiere den Wahrnehmungswinkel, um die Wahrheit über deine Charaktere zu enthüllen – oder bloßzulegen.«* Sie schaut mir direkt ins Gesicht. »Weiser Rat.«

Fionas Bitterkeit ist derart übermächtig, dass ich noch einen Schritt zurücktrete. »Woher hast du mein Passwort?«

»Deine Festplatte«, sagt sie und nickt zu der Kiste hinüber, in der ich meine elektronischen Geräte aufbewahre.

Und plötzlich ist mir klar, wie Fiona es geschafft hat. Auf der Festplatte sind alle meine Passwörter gespeichert, außerdem Details zu meinem Konto in der Cloud und meinem Facebook-Konto und das Kennwort, mit dem ich mich in meine E-Mails einlogge. Mit einem Gefühl des Grauens wird mir klar, dass Fiona Zugang zu absolut allem gehabt hat.

Dreiunddreißig Jahre kenne ich sie nun schon. Wir sind zusammen in die Läden gerannt und haben uns Süßigkeiten ausgesucht. Immer hat sie sich im letzten Moment noch einmal umentschieden. Beim Schwimmen sieht sie wie ein kleines Mädchen aus, weil sie den Kopf so hoch aus dem Wasser reckt.

Ein Teil meines Gehirns rebelliert und will mir weismachen, dass das nicht meine Schwester sein kann. Aber natürlich kann sie das sein: ihre Skrupellosigkeit als Journalistin; ihre Fähigkeit, ihre Gefühle zu unterdrücken, um sich ganz auf ihre Aufgabe zu konzentrieren; ihr unbedingtes Erfolgsstreben und ihr Wunsch, immer den Sieg davonzutragen.

All das steht mir jetzt klar vor Augen. Meine Finger krampfen sich zusammen und entspannen sich, als mir bewusst wird, dass Fiona es war, die den Facebook-Livefeed aus meinem verlassenen Schreibzimmer gesendet hat, im Hintergrund die geöffnete Truhe. Eine Botschaft war das, ein kleiner Vorgeschmack auf das, was kommen wird. Ein höchst kreativer, böser Impuls. Sie muss die Schaltung eingerichtet haben, bevor sie zum Buchclubtreffen gekommen ist.

»O Gott«, sage ich, als es mir plötzlich wie Schuppen von den Augen fällt. »Die tote Motte.« Ich stelle mir vor, wie sie auf der Türschwelle steht und meinen Mantel inspiziert. »Du hast sie an meinen Mantel gepinnt.«

»Ja«, sagt Fiona. Ihre Augen sind finster, ihr Gesicht so leer und fremd, wie ich es noch nie gesehen habe.

»Du hast sie genau an der Stelle festgemacht, wo immer Mums Brosche steckte.«

»Du erinnerst dich nicht daran, nicht wahr? Mum hat sich die Brosche gekauft, als sie ihre erste Kurzgeschichte veröffentlicht hat. Sie hat sich nie etwas geleistet, sondern jeden Penny für uns gespart, damit wir neue Schuhe bekamen oder die gleichen Taschen, wie sie die anderen Kinder hatten. Ich war so glücklich, dass sie sich auch mal etwas gekauft hat. Als ich sie fragte, warum sie sich ausgerechnet einen Mauersegler ausgesucht habe, sagte sie, dass sie sich beim Schreiben so fühle, als würde sie in den Himmel aufsteigen.« Ihre Lippen sind verkniffen, als sie die nächsten Worte an mich richtet. »Du hast es nicht verdient, sie zu tragen.«

»Also hast du sie mitgenommen.«

»Ja.«

»Aber das ist nicht alles, was du getan hast.« Meine Stimme hebt sich vor Wut. »Du hast eine tote Motte an ihre Stelle gesteckt. Das ist so verdammt … beschissen.«

In den Wölbungen des Briefbeschwerers, der auf dem Schreibtisch liegt, reflektiert das Licht. Ich greife danach, drehe das kühle Glas in meinen Händen herum, fühle die abgeschlagene Stelle.

»Dann das hier …«, sage ich.

Ich hatte Fiona von meiner Befürchtung erzählt, dass jemand in meinem Schreibzimmer gewesen sein und den Briefbeschwerer beschädigt haben könnte. Sie hat nur gelacht und abgewiegelt. *Es spielt sich nur in deinem Kopf ab.*

Was gar nicht stimmte.

»Du hast ihn kaputt gemacht.« Ich umklammere den Briefbeschwerer noch fester, als ich an den fehlenden Splitter denke, den ich in meinem Schlafzimmer gefunden habe. Er war nicht zufällig mit einem Schuhabsatz dorthin gelangt, sondern absichtlich in das flauschige Teppichgewebe gesteckt worden, direkt vor meinem Spiegel. »Du hast den Splitter genau an die Stelle gesteckt, wo ich immer stehe.«

»Ja.« Das Wort klingt bestimmt und enthält keinerlei Bedauern.

Diese unterschwellige Gewalt, diese Grausamkeit in der Planung, diese unausgesprochene Drohung …

Die Luft im Raum fühlt sich unerträglich dick an, ich kann kaum noch atmen. Alles um mich herum neigt und dreht sich. Meine Schwester hat mich mit voller Absicht verletzt, immer wieder und wieder …

Das harte Gewicht der Glaskugel in meinen Händen. Mein Daumen, der sich auf die abgeplatzte Stelle drückt.

Diese finsteren Augen. Der Hass, der mir entgegenschlägt.

Mein Arm zieht sich zurück, die Sehnen spannen sich an.

Sie bemerkt den Briefbeschwerer, den Winkel meines Handgelenks. Ich sehe, dass sie überrascht die Augenbrauen hochzieht, während sie sich gleichzeitig duckt und die Hände vors Gesicht hält, um sich zu schützen.

Ich werfe mit aller Kraft. Aber in dem Moment, als der Briefbeschwerer meine Finger verlässt, wanke ich.

Die Glaswand zerspringt. Ein perfekter Eiszapfen aus Glassplittern hängt herab, als habe er sich aus einem Spinnennetz gelöst.

Schweigen senkt sich über uns. Der ganze Raum ist davon erfüllt. Nur die Meeresbrise dringt durch die zerstörte Glaswand.

Fionas Stimme klingt plötzlich leiser als zuvor. »Du wolltest mich treffen.«

Ich denke an all die Stunden, die ich in diesem Raum verbracht habe. An den Versuch, einen Roman zu schreiben, der an jenen herankommt, den ich meiner Mutter weggenommen habe. An die Wörter, an denen ich gearbeitet, gefeilt, gezweifelt und wieder gearbeitet habe.

»Mein Manuskript. Hast du es vernichtet?«, frage ich, obwohl ich die Antwort bereits kenne. Fiona hat sich an meinen Dateien, meinen E-Mails und meinen Daten in der Cloud vergriffen. Sie hat bis zu dem Tag vor dem Abgabetermin gewartet, um sicherzugehen, dass mein Buchvertrag platzt.

»Jede einzelne Kopie.«

Ich knirsche mit den Zähnen, und in meinem Kiefer baut sich Druck auf. Ich lege den Kopf in den Nacken und öffne den Mund. Aus meiner Kehle dringt ein leises Stöhnen.

»Was willst du?« Ich gehe durch den Raum und nehme das Manuskript meiner Mutter vom Schreibtisch. »Behältst du das als eine Art Sicherheit? Wartest du darauf, es der Presse präsentieren zu können, um mich in aller Öffentlichkeit bloßzustellen? Damit alle sehen, dass ich eine Betrügerin bin? Oder legst du es auf etwas anderes an? Geld? Rache? Was willst du, Fiona?«

»Schau auf den Umschlag.«

Unter dem Manuskript befindet sich der Briefumschlag, den ich nun umdrehe. Er ist an Jane Riley adressiert, meine Lektorin.

»Ich möchte«, sagt Fiona, »dass *du* ihn ihr schickst.«

Ich kneife die Augen zu und stelle mir vor, was passieren wird. Sämtliche Exemplare meines Buchs, die im Umlauf sind, müssen vom Markt genommen werden. Es wird ein Verfahren geben. Ich werde finanziell ruiniert sein und nie wieder etwas veröffentlichen dürfen. Alle Menschen, die ich kenne und mag, werden es erfahren.

»Denkst du wirklich« – ich öffne die Augen wieder und schaue meine Schwester an – »dass ich dieses Leben freiwillig gewählt habe? Natürlich wollte ich schreiben, aber nicht so. Das Einzige, was ich mir gewünscht habe, sind ein Zuhause, Kinder, ein Mann.«

»Du hast viele Entscheidungen getroffen. Du hast Tausende von Lügen erzählt. Du hast einen Betrug aufrechterhalten, der Folgen für uns alle hat. Versuch jetzt nicht, die Geschichte umzuschreiben und dich selbst zum Opfer zu stilisieren.«

»Wenn du das unbedingt so sehen möchtest, dann tu das. Rede dir ein, dass jeder Schritt sorgfältig geplant war. Vermutlich ist dir aber klar, dass es anders war.« Ich halte inne und schaue ihr fest in die Augen. »Du bist es vielmehr, die so handelt, Fiona.«

Ich presse das Manuskript an die Brust. Die handgeschriebenen Seiten enthalten Stunden um Stunden der Gedanken meiner Mutter, dazu die Denkpausen, in denen sie die Feder auf das Papier gedrückt hielt, sodass es sich mit Tinte vollsog.

Als ich anfing, die Geschichte abzutippen, wollte ich Änderungen daran vornehmen und etwas Eigenes einbringen, aber das war unmöglich. Die Sprache war so prägnant und jedes Wort so passend – klar, atemberaubend. Die Geschichte war perfekt, so wie sie war. Das Manuskript wurde zu meinem kostbarsten Besitz, weil es die Brillanz, das Talent und das Einfühlungsvermögen meiner Mutter zeigte.

Aber es war auch das Einzige, von dem ich weiß, dass ich es nie hätte behalten dürfen.

37 Elle

Fiona streckt die Hand aus. »Gib es mir.«

Ich rühre mich nicht.

Fionas Augenbrauen wölben sich, als wolle sie sagen: *Los, mach schon.*

Ich wende meiner Schwester den Rücken zu, ziehe die Schreibtischschublade auf und greife hinein. Ich weiß, dass es dort ist. Meine Finger legen sich um die Plastikhülle, dann halte ich sie schnell an den unteren Rand des Manuskripts und streiche mit dem Daumen über den Metallring.

Eine bläulich gelbe Flamme steigt auf. Ich halte das Feuerzeug ganz ruhig. Wenige Sekunden werden genügen …

Das Papier fängt Feuer, die unteren Ecken der Blätter wellen sich und werden schwarz. Die Flammen fressen sich weiter hinauf und verschlingen Wörter, Sätze, Absätze. Der Metalleimer steht unter meinem Schreibtisch, das Manuskript muss nur noch einen kurzen Moment den Flammen ausgesetzt bleiben.

Ich erwarte, dass meine Schwester sich auf mich stürzt und mich anschreit, sofort aufzuhören. Aber sie verharrt reglos.

»Denkst du allen Ernstes, dass ich nur dieses eine Exemplar habe?«

Natürlich hatte sie weitere Kopien! Alles war peinlich genau geplant, nichts dem Zufall überlassen. Plötzlich lecken die Flammen an meinen Fingern. Ich schreie auf und lasse das Manuskript fallen.

Die Seiten erheben sich wie brennende Flügel in die Luft. Ich schaue fasziniert zu, wie sie durch den Raum wirbeln und dann zu Boden sinken.

Als sie auf dem Holzboden landen, sieht es so aus, als würde der Raum brennen.

Nun gerate ich in Bewegung und trete die Flammen aus. Die Hitze versengt meine Knöchel, als ich mit den Schuhsohlen auf den brennenden Seiten herumstampfe.

Sobald ein Blatt gelöscht ist, eile ich zum nächsten. Aber immer, wenn eine Flamme erstickt ist, scheint eine andere aufzulodern.

In der Küche steht ein Feuerlöscher. In weniger als einer Minute kann ich unten und wieder oben sein. Ich eile zur Tür – und halte inne. Hinter mir hat Fiona zu schreien begonnen.

Ich drehe mich um. Der Saum von Fionas langem Mantel steht in Flammen. Das Feuer hat das synthetische Material erfasst und strahlt Hitze aus. Mit hektischen, ungelenken Bewegungen will sie ihre Arme aus den Ärmeln zerren, der Blick panisch. Ich eile hin und reiße ihr den Mantel vom Leib. Der brennende Stoff fällt auf dem Boden in sich zusammen.

Ich trample darauf herum. Qualm steigt aus dem schwelenden Material auf und brennt in meiner Kehle.

»Ist alles in Ordnung?«, frage ich atemlos.

Fiona erwidert nichts. Der Schock steht ihr ins Gesicht geschrieben.

Aus dem Augenwinkel sehe ich, dass eine Manuskriptseite vor meinem Lesesessel gelandet ist und die Flammen auf ihn übergreifen.

Auf dem Schreibtisch steht der Wasserkrug, der vermutlich nicht mehr als ein einziges Glas Wasser enthält. Ich schütte es auf das Material. Mit einem Zischen erlöschen die Flammen, und ein letztes Flämmchen flackert auf, das ich mit dem Absatz austrete.

Ich stelle den Krug ab und hole Luft.

»Elle …«

In der Glaswand sehe ich Fionas Spiegelbild. Sie hat die Hände vors Gesicht geschlagen. Ich drehe mich um.

»Was ist?«

Und dann sehe ich es.

In der Ecke neben der Tür leuchtet etwas. Zunächst kann ich es nicht zuordnen, aber dann erkenne ich, dass aus meinem Bücherregal ein Flammenmaul speit. Das Feuer hat sich im untersten Regalbrett ausgebreitet, wo Taschenbücher, Karten und Reiseführer wie Zunder brennen.

»O Gott«, flüstere ich, als das gesamte Bücherregal in Flammen aufgeht.

Als ich mich umdrehe, sehe ich, dass sich das Feuer bereits bis zu meiner Eichentruhe ausgebreitet hat. Gewundene bläulich grüne Flammen nagen an den Plastikumschlägen der Fotoalben und erfüllen die Luft mit beißendem Rauch.

»Nein«, schreie ich. Ich renne hin, werfe mich auf die Knie und versuche, ein Album zu retten, aber die Hitze zwingt mich dazu, zurückzuweichen. Ich kämpfe mich auf die Füße und schaue hilflos zu, wie das Feuer alles auffrisst: Flynns Postkarten, die Fotos von unserer Mutter, meine Notizen und Tagebücher. Innerhalb weniger Sekunden steht alles in Flammen. Lärm erfüllt den Raum: das Knacken von Holz, das sich ausdehnt und zerbirst, das Dröhnen von Flammen.

»Wir müssen hier raus!«, ruft Fiona, packt mich am Handgelenk und zieht mich hinter sich her.

Eine heiße, dunkle Rauchwolke steigt an die Decke. Ich spüre, wie der Qualm in meine Lunge eindringt.

Instinktiv ziehe ich meinen Pullover über den Mund. Wir eilen zur Tür, aber die sengende Hitze treibt uns wieder zurück. Die Flammen haben den Türrahmen erfasst und einen tödlichen Feuerring entzündet.

Schwarze Rauchsäulen steigen zur Decke auf, werden immer dichter und undurchdringlicher.

Wir kauern uns hin. »Was sollen wir tun?«, kreischt Fiona.

Ich drehe mich um, mein Verstand rast. Als mein Blick auf die zersplitterte Glaswand fällt, weiß ich, dass sie unser einziger Ausweg ist.

»Hilf mir mal«, rufe ich und packe meinen Schreibtischstuhl aus schwerer Eiche.

Wir zerren ihn zur Glaswand und drehen ihn so, dass die robusten Beine zur Wand zeigen.

»Bei drei«, rufe ich.

Wir ziehen den Stuhl zurück und lassen ihn mit aller Kraft gegen das Glas knallen. Ein Bein dringt durch die zerstörte Stelle und erweitert das Loch.

Nachdem wir das noch ein zweites und ein drittes Mal getan haben, trete ich den Rest des Glases mit dem Fuß heraus. Scherben verteilen sich auf meiner Jeans.

Ich rieche die frische Salzluft, aber als sie in den Raum weht, stößt sie auf die wütenden Flammen und scheint Rauch und Hitze zur Glaswand zu saugen.

»Wir müssen springen«, schreie ich.

Unter mir sehe ich den Balkon vor meinem Schlafzimmer. Er kragt vor, aber zur Seite hin muss man eine Distanz von ungefähr einem Meter überwinden. Wir müssen weit genug springen, denn wenn wir ihn verfehlen, landen wir auf den zerklüfteten Felsen in der Tiefe.

»Das kann ich nicht!«, ruft Fiona.

Ich packe ihre Hand und ziehe sie zum Rand. Unter unseren Füßen knirscht Glas.

»Bei drei geht es los! Du musst so weit springen, wie du kannst, verstanden?«

Fiona antwortet nicht. Ihre Augen sind glasig vor Angst.

Ich helfe ihr, sich am Rand der Glaswand in Position zu

bringen, aber das ist nicht ganz einfach. Unter dem zerstörten Glas können wir uns nicht richtig aufrichten, und wir werden von Rauch eingehüllt. Ich greife nach dem Metallrahmen, um Halt zu finden, aber er ist sengend heiß.

Uns bleibt keine Zeit mehr. Wir müssen springen.

»Fertig?«

Ich packe die Hand meiner Schwester noch fester.

»Eins … zwei … drei!«

Im selben Moment, als sich meine Füße vom Gebäude abstoßen, spüre ich, dass mir Fionas Hand entgleitet. Dann umfängt mich die Nacht. Ich höre, wie sich ein Schrei aus meiner Kehle löst. Einen anderen Schrei höre ich hinter mir.

Ich falle allein durch die Dunkelheit. Das Schreibzimmer hinter mir steht in Flammen.

Die Landung ist unsanft und presst mir die Luft aus der Lunge.

Es dauert eine Weile, bis ich zu mir komme und spüre, dass wieder Sauerstoff in meinen Brustkorb eindringt. Benommen rappele ich mich auf und fasse mir in die Haare, um nach Blut zu tasten.

Als ich aufschaue, sehe ich nur ein tobendes Flammenmeer. Das Feuer hat sich im gesamten Schreibzimmer ausgebreitet und verschluckt meinen Lesesessel, mein Bücherregal. Meine Schwester sehe ich nicht …

»Fiona!«

Ist sie danebengesprungen?

Bitte nicht …

Aber dann, ganz langsam, sehen meine Augen wieder schärfer. Vage erkenne ich eine Gestalt am Rand der zersplitterten Glaswand, die Arme über den Kopf gelegt. Die Flammen sind direkt hinter ihr, schwarzer Rauch quillt in die Nacht.

»Du musst springen!«

Nichts deutet darauf hin, dass Fiona mich gehört hat.

»Bitte, Fiona! Sofort!«

Eine Windböe weht vom Meer herauf, fegt über die Klippe und dann in das Schreibzimmer. Die Flammen scheinen die zersplitterte Glaswand zu erreichen.

Fiona schreit, ein gellender Schrei.

Dann geschieht alles ganz schnell. Fiona streckt die Beine durch und tritt in die dünne Luft hinaus.

Ich sehe sofort, dass etwas nicht stimmt. Ihr Körper ist zu weit vorgebeugt, ihre Glieder zappeln. Sie hat sich nicht fest genug abgestoßen, ist nicht weit genug gesprungen.

Ich kann nur mit ansehen, wie sie durch die Nacht fällt, wie ihr das Haar aus dem Gesicht geweht wird, wie sie panisch die Augen aufreißt.

Ihre Beine strampeln hilflos in der Luft.

Sie fällt, streckt die Arme aus – und dann erreichen ihre Füße auf wundersame Weise das Balkongeländer und landen. Ich sehe nur, wie Fiona vornüberkippt und auf den Balkon knallt, mit den Knien zuerst. Ihre Knochen knirschen beängstigend bei dem Aufprall auf dem Holzboden.

Ein Schrei zerreißt ihren Körper.

Dann bleibt sie liegen, auf dem Balkon ausgestreckt, den Kopf zur Seite gedreht. Ihr Gesicht ist bleich im Mondlicht. Ich taumle zu ihr und sehe das Blut auf ihren Lippen und das Weiß ihrer verdrehten Augen.

»Fiona!«

Sie stöhnt, ein düsterer Klagelaut aus den Tiefen ihrer Kehle.

Ich schaue über die Schulter in mein Schlafzimmer. Jenseits der Tür ist zu sehen, dass sich auf dem Treppenabsatz bereits der Rauch sammelt und zur Treppe hinüberquillt. Wir müssen sofort hier weg.

Ich lege den Arm um Fiona und versuche, sie hochzuhieven, aber sie schreit, und ihre Beine scheinen sie nicht zu tragen.

Keuchend lasse ich sie wieder sinken. Aus dem Schreibzimmer über uns fällt ein brennendes Teil auf uns herab. Es erwischt das Balkongeländer und hüllt uns in einen Funkenregen. Es bleibt keine Zeit. Ich muss Fiona hier wegbringen.

Ich lege beide Arme um ihren Oberkörper und nehme all meine Kraft zusammen, um sie rückwärts vom Balkon ins Schlafzimmer zu schleifen. Meine Arme und mein Rücken protestieren, aber ich beiße die Zähne zusammen und ziehe weiter, bis wir den Treppenabsatz erreichen.

Dort halte ich inne, nur kurz, um nach Luft zu schnappen, aber der Rauch ist zu dicht und zu schwer. Ich ersticke fast und bekomme einen Hustenanfall. Ich spüre, dass die Feuersbrunst nach unten drückt und sich durch unsichtbare Schächte und an den Innenwänden entlang ausbreitet.

Ich packe Fiona und mache mir, als ich sie die Treppe hinabschleife, die Schwerkraft zunutze. Bei jedem dumpfen Aufprall auf den Holzstufen erwarte ich einen Schrei, aber sie gibt keinen Laut mehr von sich.

Schließlich erreichen wir das Erdgeschoss. Ich bleibe nur kurz stehen, um mein Handy vom Sekretär zu nehmen, dann reiße ich die Eingangstür auf und ziehe Fiona mit letzter Kraft raus aus dem Haus in die frische, wunderbar kühle Luft.

Ich wähle die 999 und drücke beim Reden die Fingerspitzen an Fionas Hals. Ihr Puls ist schwach, aber vorhanden. Mein Mantel liegt immer noch auf der Schwelle. Ich hole ihn und breite ihn über sie. Dann gehe ich neben ihr in die Hocke und rede sanft auf sie ein, während ich darauf warte, die Sirene des Krankenwagens zu hören und den Widerschein des Blaulichts auf der dunklen Straße zu sehen.

Jenseits des zuckenden Flammenmeers wirbelt der Wind vom Meer herauf; das Tosen der Wellen hallt vom Kliff wider. Ich ziehe Fiona den Mantel enger um die Schultern.

Meine Schwester liegt reglos auf dem Boden, ihre Haut ist totenblass.

Ich kneife die Augen zu und wünsche mir den Krankenwagen herbei. Draußen auf dem Meer brechen sich rhythmisch die Wellen.

Ich denke an den Traum meiner Mutter: einen Platz zum Schreiben mit Meeresblick.

Ihr Traum.

Mein Traum.

Der Traum meiner Schwester.

Als ich die Augen aufschlage, sehe ich, dass die Motte auf meinem Mantel gegen Fionas Schlüsselbein gepresst ist. Das Schreibzimmer über uns erglüht rot.

Epilog

Ein Jahr später

Ich höre es klappern, als etwas in den metallenen Schlund des Briefschlitzes gesteckt wird. Dann erklingt das dumpfe Geräusch, mit dem ein Päckchen auf der Fußmatte landet, gefolgt von dem harten Knall, mit dem die Klappe wieder zufällt.

Flynn redet weiter. Er erzählt mir gerade von einem der Lehrlinge, die er zu Baumchirurgen ausbildet. Dabei füllt er am Wasserhahn eine Flasche und schließt die klare Flüssigkeit dann mit einer Drehung des Deckels ein. Zusammen mit einem Apfel und einem Paket Kekse wandert die Flasche in seinen Rucksack.

Er beugt sich vor, um mich zu küssen. Unsere Lippen berühren sich, und ich spüre die Spannung zwischen uns. Keiner von uns wird die Trennung je vergessen – wie kurz wir davor waren, uns für immer zu verlieren. Ich greife nach dem Ausschnitt seines T-Shirts und ziehe ihn zu mir herab, Baumwolle, die sich in meinen heißen Händen ballt.

Ich habe Flynn alles erzählt, sämtliche verworrenen Fäden der Geschichte. Es hat eine Weile gedauert, aber allmählich klären sich die Dinge. Wir bahnen uns einen Weg um den verknoteten Kern herum, in der Hoffnung, unsere Beziehung wieder reparieren zu können.

Ich höre, wie Arbeitsstiefel hochgehoben werden, dann das

Stampfen, als Füße hineinsteigen. Mit einem Klirren nimmt Flynn den Schlüsselbund von der Fensterbank. Schließlich spüre ich einen Windzug, als sich die Tür öffnet.

»Päckchen für dich«, ruft er noch, bevor sich die Tür schließt.

Dann ist er fort, verschwunden in der blauen Frische des Morgens.

Während ich aus dem Fenster schaue, denke ich an den Tag, der vor mir liegt. Jenseits der Felder erstreckt sich das schimmernde Meer. Uns hat es auf die Nordinsel von Neuseeland verschlagen. Irgendwann werden wir wieder umziehen, aber im Moment habe ich das Gefühl, dass ich schon lang nicht mehr so glücklich war. Ich schreibe, schwimme, schlafe – an Flynns Seite.

Wie so oft denke ich an den Abend des Brandes zurück. Ich gebe mir alle Mühe, mir die Erinnerung zu eigen zu machen und sie nicht in einen Winkel des Hirns zu verbannen, wo sie vor sich hin gären würde. Also denke ich darüber nach und rede mit Flynn darüber.

Ich frage mich, ob Fiona mit irgendjemandem darüber spricht.

Bill, Drake und sie leben immer noch in Cornwall. Wir haben keinen Kontakt, aber über Dritte habe ich gehört, dass sie sich gut erholt hat. Bei dem Sprung aus dem Schreibzimmer hat sie sich beide Beine gebrochen. Ich höre es immer noch, ihren durchdringenden Schrei und das schreckliche Knirschen von Knochen.

Das Haus am Rand der Klippen ist Vergangenheit. Verkauft an einen wohlhabenden Kunden aus London, der das Schreibzimmer, wie ich erfahren habe, wiederaufgebaut und zu einem Fitnessraum umfunktioniert hat. Ich habe festgestellt, dass ich das Haus nicht vermisse. Vielleicht sagt das schon einiges – möglicherweise war es nie für mich bestimmt.

Nach dem Brand hat sich meine Lektorin bei mir gemeldet. Es tat ihr furchtbar leid, dass mein Roman den Flammen zum Opfer gefallen war, obwohl ich ihr die Überraschung anmerkte, dass es bei keinem externen Server eine Sicherungskopie gab. Wie hätte ich ihr das erklären sollen? Vermutlich hätte ich zu Kreuze kriechen und um eine Verlängerung bitten können, um das Buch noch einmal zu schreiben. Aber ich tat es nicht. Die Geschichte hatte ihre Zeit, war ein Teil von mir. Jetzt muss ich loslassen.

Also habe ich mit einem neuen Roman begonnen. Im Moment sind es nur vage Ideen, nichts, das in eine tragfähige Geschichte münden würde. Aber ich sammle Erfahrungen, lerne das Handwerk und werde es schon irgendwann schaffen. Mir gefällt es, keinen Vertrag im Nacken zu haben, keinen Abgabetermin. Sämtlicher Druck ist von mir abgefallen, und ich kann meiner Kreativität freien Lauf lassen.

Einen Schreibtisch habe ich nicht. Ich sitze im Schneidersitz auf dem Wohnzimmerboden oder an einem Cafétisch oder lehne an der abgeblätterten Borke eines Eukalyptusbaums. Mir ist es ziemlich egal, wo ich schreibe. Es ist eine Art Meditation, bei der ich mich an den Seiten entlanghangele und aus meinem Selbst heraustrete.

Nachdem ich beschlossen habe, heute Morgen im Garten zu arbeiten, gehe ich in den Flur, wo mein Blick auf das Päckchen auf der Fußmatte fällt. Wir bekommen hier draußen nicht oft Post, da ich unsere Adresse nur wenigen Leuten mitgeteilt habe.

Ich bücke mich, um den wattierten Umschlag aufzuheben. Gewicht und Form sind unverkennbar: ein Buch. Vermutlich ein Vorabexemplar. Britische Briefmarke. Meine Agentin schickt mir immer noch Bücher anderer Schriftsteller, wenngleich immer seltener. Ich reiße das Papier auf und suche nach dem Brief eines Verlegers, finde aber keinen. Sonderbar.

Schließlich hole ich das Buch heraus und betrachte das Cover. Ein Leseexemplar, erschienen bei HarperCollins.

Das Cover hat etwas Unheimliches. In kräftigen Nuancen von Grau und Weiß zeigt es ein leeres Treppenhaus, das sich durchs Herz eines Hauses zieht. Als ich noch einmal hinschaue, erkenne ich den Schatten einer Gestalt, die sich an das Treppengeländer drückt. Schaut. Wartet.

Angst kriecht in mir hoch.

In der dunklen Ecke des Bildes findet sich der Name des Autors.

Mein Herzschlag setzt aus, um sich dann zu beschleunigen; mein Atem wird schneller.

Das kann nicht sein.

Die Buchstaben verschwimmen und beginnen zu tanzen, flirren in der Hitze meines Schocks. Zögernd schlage ich das Buch auf. Meine Fingerspitzen sind feucht, als sie sich auf das Papier drücken.

Als ich zu lesen beginne, habe ich ein Déjà-vu-Erlebnis. Das alles kommt mir irgendwie bekannt vor, als handele es sich um eine leicht verzerrte Wirklichkeit, die man aus weiter Ferne oder durch eine beschlagene Linse betrachtet.

Der Rhythmus der Sprache ist mir vertraut. Mein Blick gleitet über Sätze, Absätze, Seiten. Ich blinzle kaum. Meine Beine haben mich ins Schlafzimmer getragen und auf der Bettkante abgesetzt, wie ich jetzt bemerke. Meine Konzentration gilt einzig diesem Buch.

Es geht um eine Frau, die in einem Haus am Rand der Klippen wohnt. Eine Frau, deren erster Roman nicht ihr eigener war. Eine Frau, die jahrelang in einer Scheinwelt lebte, weil sie einst im Büro eines Englischdozenten ein aufwühlendes Erlebnis hatte, das ihre Selbstwahrnehmung erschüttern sollte – ihr Gefühl dafür, was glaubhaft ist und was man besser verheimlicht. Diese Geschichte – die Geschichte, die ich aufgeschrieben habe – findet sich jetzt zwischen diesen Buchdeckeln.

Den Kopf über das Buch gebeugt, entfaltet sich die Geschichte vor meinen Augen und weckt die Erinnerung an meine eigenen Worte. Fast spüre ich den soliden Schreibtisch an meinen Unterarmen und die Holzdielen unter meinen Füßen. Unzählige Stunden habe ich im Schreibzimmer verbracht, um etwas Wertvolles zu schaffen, etwas, das mit dem Manuskript meiner Mutter mithalten konnte, einen Roman, der mich freisprechen würde.

Dies ist meine Geschichte, mein gelöschtes Manuskript.

Nur dass Fiona eine Kopie behalten hat.

Aber es ist nicht nur meine Geschichte über Luke Linden. Mit meinem gelöschten Manuskript wurde eine zweite verwoben – eine, die ich nicht geschrieben, sondern erlebt habe.

Alles findet sich darin wieder. Die Entdeckung eines scharfkantigen Splitters von einem beschädigten Briefbeschwerer. Das Wort »Lügnerin«, eingeritzt in ein Tischbein. Ein Spaziergang am Strand mit einem kleinen Jungen, der sich einen Bart aus Meeresschaum gebastelt hat. Das für Cornwall so typische Licht der frühen Morgenstunden.

Ich muss an Bills Worte denken, dass Fiona wohl an einem neuen Projekt sitze – lang nachdem der Prospekt fertiggestellt war. Mir wird bewusst, dass der Roman, den ich jetzt in den Händen halte, ebenjenes Projekt war. Sie hat den rechten Moment abgepasst, hat an dem Buch gearbeitet, die Handlung strukturiert und – mit dem Instinkt der Journalistin – auf die vollständige Geschichte gewartet.

Fiona hat schon immer vorausschauend gedacht, eine meisterhafte Schachspielerin, die jeden Schritt überlegt. Natürlich hat ein Schriftsteller nicht die Übersicht über die vollständige Geschichte. Er hat eine Vorstellung vom Handlungsbogen und von der Stoßrichtung, aber ab einem gewissen Punkt muss er den Figuren gestatten, vorzutreten und das Geschehen zu übernehmen. Dann beginnen seine Charaktere zu leben und zu atmen.

Fiona hat beobachtet. Und gewartet.

Dieses Buch handelt von uns beiden. Die Namen sind andere, Details wurden verändert, die Orte sind fiktiv, aber zwischen diesen Seiten findet sich die Wahrheit über uns.

Ich frage mich, an welchem Punkt Fiona beschlossen hat, Teile meines Manuskripts zu verwenden, um es mit ihrem eigenen zu verbinden. Sicher entsprach es ihrem strengen Gerechtigkeitssinn, meine Worte zu benutzen und ihren Namen darüberzuschreiben.

Auge um Auge.

Ich spüre den Widerhall, diesen Sog, der Fiona in all seiner Deutlichkeit, Symbolkraft und Vergeltungswirkung angezogen hat.

Wem gehört eine Geschichte? Der Person, die sie erzählt? Der Person, die sie liest? Der Person, von der sie handelt?

Allen zusammen?

Als ich die letzte Seite gelesen habe, blättere ich wieder nach vorn, um eine Karte oder eine Botschaft meiner Schwester zu suchen.

Nichts.

Ich schaue aus dem Fenster, wo der Tag immer noch glüht. Plötzlich macht sich ein Gefühl der Ruhe in meiner Brust breit. Diese Geschichte wurde aus einer langen Reihe von Momenten geboren, die meine Schwester, unsere Mutter und mich verbinden. Es ist eine Geschichte über Entscheidungen und Fehler, Wahrheit und Fiktion, Träume und Scheitern – und all die anderen chaotischen Dinge, die das Leben gibt und nimmt wie Wellen, die heranrollen und wieder zurückweichen.

Meine Worte sind nicht gelöscht oder verloren. Diese von Wahrheit erfüllten Seiten sind entstanden – genau wie die meiner Mutter –, um sich in der Fantasie anderer Menschen zu entfalten.

Die Dämmerung drängt an mein Fenster, und ich greife nach dem Schalter der Lampe. Licht fällt auf die Buchseiten. Und in diesem Moment entdecke ich die Widmung.

Als ich auf die drei Wörter starre, die dem Roman vorangehen, frage ich mich, ob sie boshaft gemeint sind, eine letzte Häme, Fionas Abschiedsworte.

Vielleicht sind sie aber auch – wie ich hoffe, als ich mit dem Finger darunter entlangstreiche – von einem tieferen Gefühl erfüllt.

Verständnis.

Für meine Schwester.